ELLY BLAKE

FIRE & FROST

VOM EIS BERÜHRT

ELLY BLAKE

FIRE & FROST

VOM EIS BERÜHRT

Band 1

Aus dem amerikanischen Englisch
von Yvonne Hergane

Ravensburger Buchverlag

Bibliografische Information der Deutschen Nationalbibliothek:

Die Deutsche Nationalbibliothek verzeichnet diese Publikation in der Deutschen Nationalbibliografie. Detaillierte bibliografische Daten sind im Internet auf www.dnb.d-nb.de abrufbar.

FSC
www.fsc.org
MIX
Papier aus verantwortungsvollen Quellen
FSC® C114500

1 2 3 4 5 E D C B A

Deutsche Erstausgabe

Published by arrangement with Elly Takaki
Die Originalausgabe erschien unter dem Titel »Frostblood« bei Little, Brown and Company.
Dieses Werk wurde vermittelt durch die Literarische Agentur Thomas Schlück GmbH, 30827 Garbsen.

Umschlaggestaltung: Carolin Liepins, München
Verwendete Bilder von ©Yuriy Zhuravov/Shutterstock, ©iiiphevgeni/Shutterstock und ©Iulila Gatcko/Shutterstock

Printed in Germany

ISBN 978-3-473-40157-4

www.ravensburger.de

Für Darren, Nicklas, Aleksander und Lukas –
ich liebe euch für alle Zeit

TEIL I

1

Ich bot dem Feuer meine Hand.

Funken sprangen aus der Feuerstelle auf meine Finger über, Hitze, die von Hitze angezogen wurde, und glitzerten wie flüssige Edelsteine auf meiner Haut. Mit der freien Hand zog ich einen Eimer mit schmelzendem Schnee heran und rutschte auf Knien ein Stück näher, bereit, mich damit abzulöschen, falls die Funken zu etwas Größerem aufflammen sollten.

Was genau meine Absicht war.

Die Wintersonnenwende war zwar noch sechs Wochen entfernt, doch mein Dorf, das sich hoch in den Bergen befand, lag schon lange unter einer dicken Schneedecke verborgen. Die Gabe einer Fireblood könne man nur in der Kälte wirklich prüfen, hatte Großmutter immer gesagt. Aber dann war sie gestorben, ohne mir mehr als die Grundlagen ihres Könnens beizubringen. Und Mutter hatte mir das Versprechen abgenommen, selbst dieses geringe Wissen niemals, niemals anzuwenden.

Es war ein Versprechen, das ich nicht halten konnte. Falls die Soldaten des Königs mich entdeckten, war es da nicht besser, wenn ich mit meiner Hitze umzugehen wusste?

Ich schloss die Augen und konzentrierte mich auf meinen Herzschlag, zwang die aufkeimende Wärme nach oben und hinaus, so wie Großmutter es mir gezeigt hatte. Wenn ich es richtig machte, würden die grellen Funken auf meiner Hand sich in winzige Flammen verwandeln.

Komm schon, glühe, glühe …

So viele Jahre hatte man mir eingebläut, mein Feuer zu unterdrücken, es geheim zu halten, es unsichtbar zu machen, sodass ich jetzt jedes Mal Mühe hatte, es in mir zu finden. Aber da war es, ein kleiner, wirbelnder Feuerfaden. Ich drängte ihn voran, zunächst widerstand er, aber dann wuchs er doch, ein bisschen und noch ein bisschen.

Das ist es. Ich hielt den Atem an aus Angst, den Bann zu brechen.

Ein eisiger Windhauch peitschte mir die Haare ins Gesicht. Die Funken auf meiner Hand erstarben, eilig flüchtete sich das Flämmchen zurück in mein Herz.

Mutter schlug die Tür zu und stopfte die Quiltdecke wieder in den Spalt darunter, wobei ihre zartgliedrige Gestalt unter dem Umhang erschauerte. »Furchtbar frostig da draußen. Ich bin bis auf die Knochen durchgefroren.«

Angesichts ihres Zitterns rutschte ich beiseite und gab den Blick auf das flackernde Feuer frei. »Ich dachte, du solltest einem Kind auf die Welt helfen.«

»Die Zeit war noch nicht reif.« Beim Anblick der hohen Flammen riss sie die Augen auf, dann kniff sie sie gleich wieder zu schmalen Schlitzen zusammen.

»Es war so kalt«, sagte ich mit einem entschuldigenden Achselzucken, und meine Freude schmolz dahin.

»Ruby, du hast *doch* geübt.« Ich kannte diesen enttäuschten Unterton in ihrer Stimme. »Wenn jemand beobachtet, was du da tust, wenn auch nur ein einziger Mensch das sieht … Die hetzen dir die Soldaten des Königs auf den Hals. Der verregnete Sommer, die magere Ernte … Die Menschen hungern und würden alles tun, um zu überleben – auch eine Belohnung kassieren, indem sie jemanden wie dich ausliefern.«

»Ich weiß, ich weiß. Du musst es mir nicht immer wieder sagen.«

»Warum tust du es dann immer wieder? Wir haben es schon schwer genug, auch ohne dass du ständig versuchst, deine Gabe einzusetzen.« Sie deutete auf einen Haufen halb verbrannter Fetzen. Auf dem Boden waren immer noch mehrere Brandflecken zu sehen.

Meine Wangen glühten. »Tut mir leid, dass ich neulich mal wieder die Beherrschung verloren habe. Aber Mutter – heute hab ich es fast geschafft, die Flamme unter Kontrolle zu halten!«

Sie schüttelte den Kopf so heftig, dass ich wusste, es hatte keinen Sinn, sie überzeugen zu wollen. Ich schlang mir die Arme um den Oberkörper und wippte beruhigend vor und zurück. Irgendwann streckte Mutter eine Hand aus und strich mir langsam eine Haarsträhne aus dem Gesicht. *Sei froh, dass du schwarze Haare hast und nicht die roten Flammen einiger anderer Firebloods*, sagte sie immer. Meine Haut mochte für ein Kind des Nordens einen Tick zu sonnengebräunt sein, aber hier, in diesem verschlafenen Nest, in dem niemand über besondere Kräfte verfügte, weder über das Eis noch über das Feuer, hier sah keiner so genau hin.

»Ich weiß, dass deine Gabe ein Teil von dir ist«, sagte Mutter sanft. »Aber ich liege jede Nacht wach und mache mir Sorgen. Wie sollen wir dein Geheimnis wahren, wenn du dein Feuer immer wieder entfesselst, obwohl du weißt, wie schnell es sich verselbstständigen könnte?«

Diese Frage stellte sie mir immer und immer wieder, seit Monaten, seit ich entschieden hatte, mit dem Üben anzufangen. Und ich hielt darauf immer dieselbe Antwort parat. »Wie soll ich lernen, das Feuer zu beherrschen, wenn ich es nie entfessle? Und wenn wir hier nicht sicher sind, warum können wir dann nicht an einen anderen, sicheren Ort ziehen?«

»Fang nicht wieder damit an. Du weißt doch, dass wir es nicht einmal bis zur Grenze schaffen würden. Und selbst wenn, wären wir dort nur zwischen den Fronten.«

»Die Küste …«

»Wird inzwischen schwer bewacht.«

»Wir hätten schon vor Jahren aufbrechen sollen«, sagte ich verbittert. »Wir hätten nach Sudesien gehen sollen.«

Mutter wich meinem Blick aus. »Aber wir sind nun mal geblieben, und es hat keinen Sinn, mit der Vergangenheit zu hadern.« Sie seufzte, als sie den dezimierten Haufen Kienspäne sah. »Ruby, war es wirklich nötig, die Hälfte unseres Holzvorrats aufzubrauchen?«

Ich schluckte mein schlechtes Gewissen herunter. »Ich lege jetzt nichts mehr nach, ja?«

»Dann werden wir frieren, sobald das Scheit abgebrannt ist.«

»Ich halte dich warm. Hier, du kannst neben mir schlafen.« Ich klopfte auf meine Matratze, die ich näher ans Feuer gezogen hatte, gerade mal außerhalb der Reichweite fliegender Funken.

Mutters Blick wurde weicher und ein Lächeln umspielte ihre Lippen. »Du bist besser als jedes Feuer. An dir verbrenne ich mich nicht, egal wie nahe ich heranrutsche.«

»Genau. Eine Fireblood-Tochter zu haben kann nämlich sehr nützlich sein.«

Sie lachte auf, und mein Herz hüpfte vor Freude.

»Dafür bin ich auch sehr dankbar, glaub mir.« Sie zog mich an sich heran und keuchte lachend auf, als sie die Hitze spürte, die in Wellen aus mir herausströmte. »Als würde man ein gekochtes Hähnchen umarmen. Du solltest einen Spaziergang machen, um dich etwas abzukühlen. Vielleicht kannst du ja ein paar Zweige auftreiben, um unseren Holzvorrat wieder aufzustocken.«

Ich schob mich zwischen Schneewehen hindurch, und der Schnee zischte, wenn er oberhalb meiner Stiefel an meinen Schienbeinen zerschmolz. Von Südwesten her heulte der Wind, zerrte mir die Kapuze vom Kopf und zerzauste mir mit nach Kiefernadeln duftenden Fingern die Haare. Die Luft war bitterkalt, aber meine Haut war immer noch wesentlich heißer als sonst nach einer Übungsstunde. Mutter hatte mir zwar aufgetragen, Holz zu suchen, aber der Hauptzweck dieses Spaziergangs lag darin, mich abzukühlen – hier und jetzt, in der Sicherheit der dunklen Winternacht.

Es war nicht das erste Mal, dass ich mich so spät in den menschenleeren, schneeverhangenen Wald hinausschlich, um meine Hände in ein hastig zusammengeschustertes Feuer zu rammen im verzweifelten Versuch, über die Flammen zu herrschen. Aber mehr als mir den Mantelsaum zu versengen war mir bisher nie gelungen.

Ich sammelte eine Handvoll kleiner Zweige und fasste sie locker zusammen. Der Wald hielt den Atem an, nur das Rauschen des Windes in den Baumwipfeln zerschnitt die gespenstische Stille. Normalerweise kam nie jemand hierher, aber ich sah mich trotzdem hastig nach allen Seiten um, und in meinen Ohren rauschte mein Herzschlag. Dann schloss ich die Augen und hielt in meinem Inneren Ausschau nach dem winzigen Feuerfaden, den ich vorhin schon einmal gespürt hatte. In meinen Händen wurden die Zweiglein warm.

Der Wind wechselte die Richtung, rollte von Norden heran, die Überreste eines nasskalten Wintersturms im Schlepptau. Fröstelnd umklammerte ich die Zweige fester, kämpfte gegen die Kälte an, die durch meine Poren hereinsickerte und mir die Hitze aus dem Leib zog.

Plötzlich dröhnten aus der Ferne Schritte durch den Wald.

Ich ließ die Zweige fallen und kletterte auf einen Felsen, wobei schwere Schneeklumpen nach allen Seiten herunterklatschten. Nach Nordwesten hin verwandelte sich der Pfad in einen Hohlweg, der vor Schnee-Einfall geschützt war. Nur noch wenige Augenblicke, dann würde ich sehen, wer sich da näherte, ohne meinerseits gesehen zu werden.

Als Erstes kam eine Kapuze in Sicht, dann blitzte ein Metallhelm zwischen den vom stählernen Himmel grau gewaschenen Baumstämmen auf. Blaue Tuniken erschienen im grellen Weiß der Waldlandschaft.

Soldaten! Sie zerschnitten die Stille mit ihren schweren krachenden Schritten und ihren durchdringenden Stimmen.

Das Blut rauschte in meinen Adern, meine Angst erblühte als Hitze, die mich von oben bis unten durchströmte.

Tausendmal hatte man mich vor den Soldaten des Königs schon gewarnt, aber ich hatte mich immer damit beruhigt, dass unser Dorf zu unbedeutend war und zu weit oben in den Bergen lag, um nach Firebloods durchsucht zu werden. Vielleicht waren die Männer ja nur auf dem Rückweg von einer Reise in den unwirtlichen Norden. Aber unsere Hütte lag genau an dem Pfad, auf dem sie unterwegs waren. Es würde ein Leichtes für sie sein, dort haltzumachen, um unsere Vorräte zu plündern oder die Nacht zu verbringen. Und wir konnten es nicht riskieren, sie so in meine Nähe zu lassen, dass sie die Hitze spürten, die von meiner Haut ausging.

Ich glitt vom Felsen herunter und stürmte nach Hause. Mit pfeifendem Atem schoss ich an Bäumen und Sträuchern vorbei, nutzte das dichte Unterholz und meine Kenntnis von der Landschaft, um unbemerkt heimzukommen.

Als ich ins Haus kam, saß Mutter am Feuer. Ihr langer Zopf hing über die Lehne des aus Baumrinde geflochtenen Stuhls herab.

»Soldaten!«, keuchte ich, griff nach ihrem dicken Mantel, der immer noch am Feuer trocknete, und warf ihn ihr zu. »Im Wald. Wenn sie hier haltmachen …«

Mutter starrte mich nur eine Sekunde sprachlos an, bevor sie sich in Bewegung setzte. Sie schnappte sich einen Tuchfetzen, packte etwas trockenen Käse und Brot hinein, dann taumelte sie zu dem narbenübersäten Holztisch, auf dem Heilkräuter in der Wärme der Glut trockneten. Viele Stunden hatten wir damit verbracht, die kostbaren Heilpflanzen zu sammeln, und weder Mutter noch ich brachten es über uns, sie hier zurückzulassen. Hastig wickelten wir sie in kleine Stoffreste und steckten sie ein.

Aber wir waren noch nicht fertig damit, als die Tür krachend aufflog und ein Luftzug die restlichen Kräuter vom Tisch fegte. Zwei Männer tauchten in der verschneiten Dunkelheit auf. Ein weißer Pfeil zierte ihre blauen Tuniken.

»Wer von euch ist die Fireblood?« Die zusammengekniffenen Augen des Soldaten wanderten zwischen Mutter und mir hin und her.

»Wir sind beide Heilerinnen.« In Mutters Stimme lag Angst.

Einer der Männer stapfte mit ein paar großen Schritten auf mich zu und packte mich bei den Armen. Mein Magen rebellierte wegen der widerlichen Mischung aus altem Schweiß und fauligem Atem. Der Soldat ließ eine kalte Hand in meinen Nacken gleiten. Ich hätte ihn am liebsten gebissen, geschlagen, getreten, mit den Fingernägeln aufgeschlitzt, alles, nur um seine Hand loszuwerden, aber das Schwert an seinem Gürtel zwang mich stillzuhalten.

»Ihre Haut ist brennend heiß«, sagte er und kräuselte die Oberlippe.

»Sie hat Fieber«, erwiderte Mutter verzweifelt.

Ich holte bebend Luft. *Versteck deine Hitze. Unterdrücke sie. Beruhige dich.*

»Du wirst dich anstecken«, sagte ich und versuchte, das Zittern in meiner Stimme zu verbergen.

»Mit dem, was du hast, kann ich mich nicht anstecken.« Der Mann umklammerte mit einer Hand meinen Arm und zerrte mich zur Tür. Ich wand mich in seinem Griff, trat um mich und kippte dabei einen Eimer mit roten Beeren um, die ich noch kurz vor dem Schnee-Einbruch gesammelt hatte. Wie Blutstropfen rollten sie über den Boden und wurden unter den Stiefeln des Soldaten zerquetscht, als er mich ins Mondlicht hinausschleifte.

In meiner Brust stieg der Druck an. Es war, als wäre das Feuer aus dem Kamin unter meine Rippen gekrochen und drängte jetzt nach draußen. Großmutter hatte mir das Gefühl einmal beschrieben, aber bisher hatte ich es noch nie selbst erlebt. Es stach und brannte und presste von innen so heftig gegen meinen Brustkorb, dass ich mir am liebsten die Haut heruntergerissen hätte, um es freizusetzen.

Der Schmerz wuchs immer weiter an, bis ich schon dachte, er würde mich umbringen. Ich schrie auf – und ein Schwall brennend heißer Luft umschloss plötzlich meinen Angreifer. Er ließ mich los und stürzte unter Schmerzensschreien zu Boden.

Ich stolperte in unsere Hütte hinein, wo Mutter sich gegen den zweiten Soldaten wehrte, der sie zur Tür zu zerren versuchte. Ich griff nach einem Holzscheit vom Stapel und ließ ihn mit Wucht auf den Hinterkopf des Mannes krachen. Er kippte zur Seite und blieb reglos liegen.

Ich nahm Mutter bei der Hand, und gemeinsam stürzten wir in die

Nacht hinaus. Der Soldat, den ich verbrannt hatte, kauerte immer noch auf allen vieren am Boden und drückte sich Schnee ins Gesicht.

Wir schoben uns so schnell wie möglich durch das dichte Unterholz, weg von unserem Häuschen, weg von dem einzigen Ort, der uns Wärme und Sicherheit geboten hatte, und mit jedem Schritt umwölkten die Angst und die Ratlosigkeit meine Gedanken und machten meinen Kopf so taub wie meine Finger. Ich musste Mutter von hier wegbringen, irgendwohin, in Sicherheit. An einer Weggabelung zog ich sie nach rechts zum Wald hin, wo wir uns zwischen den Kiefern verstecken konnten, die dort so dicht wuchsen, dass nicht einmal der Schnee zum Boden gelangte.

»Zu kalt«, protestierte Mutter keuchend und zerrte an meiner Hand. »Kein Schutz. Ins Dorf.«

Wir stürmten an Höfen und Häusern vorbei, duckten uns in den Schatten, bis Mutters Schritte immer langsamer wurden. Durch die Schneewehen, die sich wie eisige Wellen über den Pfad ergossen hatten, musste ich sie regelrecht hindurchschieben. Als wir uns in den Schatten neben der Schmiede zwängten, sah ich mehrere orangerote Lichter, die auf dem Dorfplatz auf und ab wippten.

»Fackeln«, raunte ich und brachte Mutter mit einem Zug am Arm zum Stehen.

Alles kam mir auf einmal so unwirklich vor. Seit ich zurückdenken konnte, war ich mindestens einmal in der Woche ins Dorf gekommen, nicht nur um Essen und Vorräte zu kaufen, sondern um auch mal der Einsamkeit unserer abgelegenen, winzigen Hütte zu entkommen, um mit anderen Menschen ein Lächeln oder Kopfnicken zu wechseln, um frisch gebackenes Brot zu riechen und manchmal sogar einen Hauch von dem Rosenwasser, das einige der Ehefrauen und Töchter der Ladenbesitzer trugen. Zwar konnte ich im Dorf niemanden wirklich als

Freund bezeichnen, doch gab es durchaus einige, die meinen Gruß erwiderten oder die gern ein Fläschchen Stärkungsmittel von meiner Mutter in Empfang nahmen, weil ihr Vater, ihr Kind, ihre Schwester krank geworden war.

Nun war meine heile Welt in tausend Scherben zersprungen, wie ein Glas, das auf dem Steinfußboden zerschellte, und alles Vertraute war unwiederbringlich verloren. Vom Dorfplatz schlug uns ein fremder, falscher Geruch entgegen nach säuerlichem Fackelrauch und den Ausdünstungen zu vieler kaputt gerittener Pferde samt ihren ungewaschenen Reitern.

Wir wirbelten herum und wollten uns durch den schmalen Spalt zwischen zwei Häusern hindurchquetschen, doch schon tauchten drei Soldaten wie Schreckgespenster aus der Finsternis auf und fingen uns ein, bevor wir recht wussten, wie uns geschah. Wortlos wurden wir zum Dorfplatz gezerrt, wo die Leute sich in Grüppchen versammelt hatten, mit vor Angst und Bestürzung verzerrten Gesichtern, als wären sie eben erst aus ihren Betten gescheucht worden. Ich wehrte mich, suchte verzweifelt nach einem Ausweg, aber selbst wenn mir die Flucht gelungen wäre, wie hätte ich Mutter allein zurücklassen können? Reglos und stumm stand sie neben mir.

»Ist dies das Fireblood-Mädchen?« Der Mann war groß gewachsen, mit scharfen Wangenknochen und einem sandfarbenen Bart, und ein harter Befehlston schwang in seiner Stimme mit. Blank polierte Knöpfe glänzten an seinem Mantel.

Ich musterte die vertrauten Gesichter der Leute aus meinem Dorf. Graham, der Müller, mit seiner Tochter Flax. Die drei Bauern Tibald, Brecken und Tom mit ihren Frauen Gertie, Lily und Melody. Sie alle waren schon zu meiner Mutter gekommen, als Krankheiten sie plagten, hatten aber sicher keine Ahnung von meiner Gabe. Ich hatte immer gut aufgepasst, dass ich für sie nie etwas anderes war als eine gewöhnliche Nachbarin.

Ein Junge, etwa in meinem Alter, trat einen Schritt vor. Mir sank das Herz, als ich Clay erkannte, den ältesten Sohn des Fleischers. Beim Erntedankfest hatte er mich, während das ganze Dorf um das Feuer herum tanzte, zur Seite genommen, und seine Hand hatte in meiner gezittert, als wir uns im Schutz der Dunkelheit küssten. Bei der Berührung meiner heißen Lippen war er erstaunt zurückgezuckt, doch er hatte meine Hand nicht losgelassen. Seitdem warfen wir einander immer wieder verstohlene Blicke zu, wenn ich die Fleischerei seines Vaters betrat.

»Das ist sie, Hauptmann«, sagte Clay mit bebenden Lippen. »Sie hat meinen Bruder umgebracht.«

Mutter keuchte auf und drückte meine Hand. Mir war, als wäre mein ganzer Körper mit einem Schlag taub geworden.

Vor einigen Wochen war meine Mutter von Clays Vater gerufen worden, weil sein neugeborener Sohn einfach nicht trinken wollte. Als sie dort ankam, war die Haut des Babys schon ganz kalt. Mutter versuchte es mit jeder Salbe und jedem Trank, den sie kannte, schließlich ließ sie mich nachkommen in der Hoffnung, dass meine Hitze das Kind wieder aufwärmen könnte. Aber das Baby war trotzdem gestorben. Drei Tage lang hatte ich damals nicht aufhören können zu weinen.

»Du weißt, dass das nicht stimmt«, raunte ich Clay zu. »Ich hab versucht, ihn zu retten.«

»Fireblood!«, schrie Clays Vater. »Du hast das Unglück über uns alle gebracht!«

Ich schüttelte ungläubig den Kopf. »Clay? *Du* hast die Soldaten auf mich gehetzt?«

Clay verzog das Gesicht, gab aber keine Antwort, sondern wandte sich nur schweigend ab.

Wie auf einen unausgesprochenen Befehl hin zogen sich die Dorfbewohner zurück, während die Soldaten näher rückten. Innerhalb weniger Sekunden standen nur meine Mutter und ich noch da, zwei zitternde, von lodernden Fackeln umringte Frauen.

»Es gibt nur einen Weg, die Wahrheit herauszufinden«, sagte der Hauptmann und streckte mit einem sichtlichen Freudenfunken in den kalten Augen die Fackel nach vorn. »Firebloods verbrennen nicht.«

»Mutter, zurück!« Ich schubste sie zu Boden.

Die Fackeln, sechs oder sieben an der Zahl, kamen von allen Seiten näher, und ich spürte ihre Hitze auf meinem Gesicht. Von einer sprangen Funken auf mein Kleid über. Flammen fraßen sich durch den Stoff und brüllten in meinen Ohren. Meine Haut war glühend heiß, aber sie verbrannte nicht.

Der Hauptmann trat vor, und als er nach seinem Schwert griff, stürzte Mutter sich auf ihn. Sie fuhr mit den Fingernägeln über sein Gesicht, sodass ihm das Blut die Wangen hinabrann. Ich wollte sie zurückreißen, aber als ich nach vorne hechtete, rammte der Hauptmann seinen gestiefelten Fuß gegen meine Brust. Atemlos stürzte ich zu Boden, und das Feuer, das an meinen Kleidern leckte, verdampfte zischend im Schnee.

Während ich mich mühsam aufrappelte, hob der Hauptmann mit einer beinahe trägen Armbewegung das Schwert. Dann ließ er den Griff mit einem Übelkeit erregenden Krachen auf Mutters Kopf heruntersausen.

Wie eine zerbrochene Puppe fiel sie in sich zusammen. Ihr Haar lag auf dem Schnee ausgebreitet, wie mit Kohle hingemalt, ihr langer, wunderschöner Hals war seltsam verbogen, wie ein welker Blumenstängel.

Ich kroch zu ihr hin, packte sie bei den Schultern, rief ihren Namen.

Meine Hände flogen zu ihrer Brust, ihrer Kehle, suchten nach dem Herzschlag, stark und gleichmäßig, wie er es immer gewesen war. Aber da war nichts.

Die Welt gefror zu Eis.

Nein. Nein. Nein.

Das kleine Feuerfädchen in meiner Brust wurde zu einem Inferno, viel zu stark, um es noch kontrollieren zu können. Und wozu hätte ich mich jetzt auch noch beherrschen oder meine Gabe verbergen sollen? Ich atmete tief ein, sog die Luft aus dem Himmel, aus den Bäumen, aus der Welt. Der Wind schien sich um mich zu drehen, als wäre ich das Auge des Sturms.

Und dann atmete ich aus.

Die Flammen, die meinen Körper bedeckten, explodierten als ohrenbetäubendes, wirbelndes Feuerrad nach allen Seiten. Vor meinen umnebelten Augen stürzten von Panik ergriffene, sich windende Soldaten zu Boden, schoben verzweifelt Hände und Gesichter in den Schnee.

Die stumme Gestalt meiner Mutter lag immer noch hinter mir, die Glieder merkwürdig verdreht. Ich streckte die Arme nach ihr aus, wollte sie an mich ziehen, aber schon packten mich mehrere Hände bei den Schultern. Ich schlug mit den Fäusten nach ihnen und suchte in meinem Inneren nach der Flammenquelle, die sie alle vernichten sollte.

Aber die Hitze erstarb schlagartig, als sie mich in eine Pferdetränke warfen. Mein Körper durchbrach die dicke Eisschicht, die sich auf dem Wasser gebildet hatte, wie Nadeln bohrte sich die Kälte in meine Haut. Die Wände aus grob gezimmertem Holz drückten mir in die Seiten. Ich stemmte mich hoch, die Brust bis zum Bersten mit dem Schmerz der Kälte gefüllt, wurde aber gleich wieder nach unten gestoßen. Mit starren Fingern umklammerte ich den Rand der Pferdetränke, die Nägel tief ins Holz gekrallt.

Schließlich zerrte mich jemand wieder heraus. Ich würgte und spuckte und atmete gierig die eisige Luft.

Der Hauptmann war in ein flackerndes orangefarbenes Licht getaucht, als er sich zu mir herunterbeugte. Er griff mir in die dampfenden Haare und schob sein Gesicht ganz nah an meins heran. Auf seinen krebsroten Wangen hatten sich Brandblasen gebildet.

»Für das, was du mir und meinen Männern angetan hast, wirst du bitter büßen! Du und dein ganzes Dorf, ihr werdet dafür bezahlen!«

Schon loderten hinter ihm Flammen auf, aus den Geschäften und Wohnhäusern drang schwarzer Rauch. Einige Dorfbewohner versuchten, sich den Soldaten in den Weg zu stellen, die ihre Fackeln an Wänden und Wagen und Holzstapeln lecken ließen, wobei sie johlten und jubelten, als wäre das alles ein großer Spaß. Ihre Stimmen mischten sich mit den Schreien der Leute, die zusehen mussten, wie ihr ganzes Hab und Gut niedergebrannt wurde.

Zorn mischte sich in meine Todesangst, brachte mein Blut zum Kochen und das Wasser in der Tränke zum Dampfen.

»Eine gerechte Strafe dafür, dass sie eine Fireblood beherbergt haben, findest du nicht?«, zischte der Hauptmann, und seine Augen funkelten teuflisch.

Alle, alle würden meinetwegen leiden.

»Für das, was ihr in dieser Nacht getan habt, werde ich dich töten«, flüsterte ich mit letzter Kraft.

Die Flammen warfen gespenstische Schatten auf sein schmieriges Grinsen. »Bindet sie an ein Pferd. Wir schaffen sie ins Blackcreek-Gefängnis.«

»Aber Hauptmann«, wandte einer der Soldaten ein. »Ihre Hitze …«

»Dann schlag sie eben bewusstlos.«

Ein scharfer Schmerz spaltete meinen Hinterkopf. Das Letzte, was ich sah, bevor die Welt in Schwarz versank, war der weiße Pfeil auf der Brust des Hauptmanns.

Das Zeichen des Frostkönigs.

2

Fünf Monate später

Die Stiefelschritte schlurften schwerfällig heran, ein Zeichen dafür, dass die Wachen schon ziemlich tief ins Glas geschaut hatten. Die Sonne war gerade untergegangen, durch das winzige vergitterte Fenster drang nur noch ein schwacher rötlicher Schein in den Raum.

»Aufstehn, aufstehn, du kleine Drecksgöre!«

Ich lag in meiner üblichen Position da, die Knie angezogen, die Arme um den Oberkörper geschlungen, um meine Körperwärme festzuhalten, die der steinerne Boden so gierig aufsog. Als ich mich langsam aufsetzte, schlug meine Fußfessel klirrend gegen die Eisenkette. Drei Gesichter stierten durch die Gitterstäbe zu mir herein.

»Wie spät isses?«, lallte Bragger, eindeutig betrunken.

»Höchste Zeit für dich, zu deiner Baracke abzuziehen«, erwiderte ich mit einer Stimme, die heiser war vor Durst.

Er verzog das Gesicht zu einem schmierigen Lächeln. »Wie gefällt dir dein neues Schmuckstück?«

Ich schaute auf meine graue Fußfessel herunter. »Ich glaube, es passt nicht ganz zu meinem Kleid.«

Er schnaubte. »Wieso, is doch genauso schmuddelig wie alles andere an dir. Und wie fühlt sich's an?«

»Überflüssig.«

»Dann hassu also nicht vor, deine Hitze so schnell wieder einzusetzen?«

»Kommt drauf an, ob du vorhast, deine besondere Aufmerksamkeit wieder mal einem der anderen Insassen zukommen zu lassen.«

Ein paar Wochen zuvor hatten Bragger und seine bierseligen Kumpane beschlossen, dass ihnen der hohle Husten des alten Mannes aus der Zelle neben mir lange genug auf die Nerven gegangen war. Seine Hilfeschreie waren durch die vielen Schichten aus Taubheit gedrungen, die ich mir zugelegt hatte, um das alles hier ertragen zu können. Obwohl das verdorbene Essen und der Schmutz hier im Gefängnis mich krank und schwach gemacht hatten, war ich in der Lage gewesen, einen Arm durch die Gitterstäbe zu strecken und Bagger einen hübschen kleinen Hitzschlag auf den bloßen Unterarm zu verpassen. Daraufhin hatten sie aufgehört, den alten Mann zu verprügeln, doch er war noch in der folgenden Nacht gestorben. Als Belohnung für meine Einmischung hatte ich seine Fußfessel geerbt.

»Geht dich alles nix an, du feurige Filzlaus«, sagte Bragger. »Vielleicht wenden wir uns ja nächstes Mal gleich dir zu. Wenn wir mit dir fertig sind, hältst du nich mal mehr einen Tag durch.«

Mir drehte sich der Magen um, aber nach außen hin gab ich mich aalglatt. »Das versprichst du mir doch schon seit Monaten, aber ich bin immer noch da. Kann es sein, dass ihr mich irgendwie ins Herz geschlossen habt? Dein Kumpel Templeton lässt mir inzwischen sogar Extrarationen zukommen.«

Templeton, der Kleinste und Stillste der drei, wollte schon protestieren, aber Bragger grinste nur. »Du willst uns doch nur gegeneinander aufhetzen, damit wir von dir ablassen. Darauf fall ich nicht mehr rein. Also noch mal, du kleines Dreckstück: Wie spät isses?«

»Die perfekte Zeit, um euch alle zu Asche zu verbrennen.«

Dass ich die Worte laut ausgesprochen hatte, wurde mir erst klar, als er auflachte. »Wenn du dazu noch genug Feuer im Leib hättest, dann hättest du das längst getan. Aber nur für alle Fälle – Rager, hast du den Eimer?«

»Klar«, sagte Rager und zog den Blecheimer scheppernd an den Gitterstäben entlang.

Ein Schlüssel klackte im Schloss, dann schwang die Tür auf.

»Wie spät isses?«, wiederholte Bragger, und seine tiefgrollende, ernste Stimme verriet mir, dass es nur noch schlimmer werden konnte, wenn ich jetzt nicht mitspielte.

Ich biss die Zähne zusammen. »Die perfekte Zeit, mich zu begießen.« Sein grinsendes Gesicht war eine Fratze grausamer Vorfreude.

Ich tat mein Bestes, ruhig zu bleiben und nicht zurückzuweichen. Aber ich konnte dennoch nicht verhindern, dass ich zusammenzuckte, als das eiskalte Wasser mich traf und zischend auf meiner Haut verdampfte. Die Wachmänner bogen sich vor Lachen.

»Immer wieder ein tolles Schauspiel«, johlte Bragger und verpestete die Luft vor meinem Gesicht mit seinem fauligen Atem. »Ein Dampfkessel in Gestalt von nem Mädchen. Was wohl passieren würde, wenn wir den ganzen roten Tee aus ihr herausquetschen?«

Langsam strich ich mir eine triefnasse Strähne aus dem Gesicht. Wachsam verfolgte er meine Bewegung.

»Ich hab keine Angst vor dir«, keifte er. Aber dann hielt er doch Abstand, als Rager vortrat und mir einen neuen Schwall Wasser ins Gesicht schleuderte, diesmal voller Eisklumpen, die mir die Wangen aufschlitzten und sich in meinen Haaren verfingen. Ich keuchte auf und wünschte, ich könnte den Dampf, der die Männer so entzückte, zurückhalten. Aber ohne den Dampf hätten sie auch keine Angst vor mir. Und ich hatte mehr als einmal erlebt, was sie den Gefangenen antaten, vor denen sie keine Angst hatten.

Die dritte Eimerladung klatschte mir gegen den Rücken. Ich begann zu zittern.

»Keine Ahnung, warum der Scharfrichter dich nicht schon längst geholt hat«, sagte Bragger. »Aber das ist nur eine Frage der Zeit.«

Er stieß mir in die Schulter, sodass ich das Gleichgewicht verlor. Sekunden später verließen sie meine Zelle. Ich rollte mich in einer Ecke zusammen, während die Tür krachend ins Schloss fiel und das Gelächter der drei Wachmänner langsam auf dem Flur verklang.

Ich bin so kalt wie die Gefängnismauern. Ich spüre nichts mehr.

Das Eis knackte wie brechende Knochen.

Mit einem Schlag wachte ich auf und mein Herz raste. Eine dunkle Gestalt, seltsam und nicht menschengleich, hatte sich über mich gebeugt und mir glühend heiß die Wange gestreichelt. Ich blinzelte den Traum beiseite und sah wieder meine vertraute Zelle vor mir.

Der Frost hatte das Gefängnis in eine weiße Welle getaucht, hatte Steinmauern mit Eis überzogen und war in jede Ritze und jedes Schlüsselloch gekrochen. Das gefrorene Wasser hatte den Boden um mich herum spiegelglatt werden lassen und war in Form von glitzernden Kristallen bis auf wenige Zentimeter an mich herangekrochen, sodass ich nur noch auf einer Insel blanken Steins kauerte.

Stiefelschritte näherten sich über den Gang und hielten vor meiner Zelle an. Ich unterdrückte ein Stöhnen. *Nicht schon wieder. Bitte heute keine Wachen mehr.*

Aber Wachen rochen nicht nach geöltem Leder und Seife. Als ich aufblickte, stand eine große Kapuzengestalt vor meiner Zelle und hielt eine Fackel in der rechten Hand. Mein Rücken versteifte sich, in meinem Nacken richteten sich die Härchen auf.

Eine zweite Gestalt mit Kapuze gesellte sich zur ersten. Sie war kleiner und stützte sich auf einem Gehstock ab, der bei jedem Schritt auf dem Boden klackte. Ein kurzer weißer Bart hing über den Kragen des Gewandes.

»Bist du gewiss, dass sie es ist?«, fragte dieser Mann leise, und seine gewählte Sprechweise wirkte unpassend an diesem von Mördern und Dieben bewohnten Ort.

»Schau«, sagte die andere Gestalt, deren Stimme tiefer und kräftiger klang. »Siehst du, wie das Eis sich weigert, sie zu berühren?« Er holte tief Luft und stieß sie dann kraftvoll aus. Sofort verwandelte sich die Luftfeuchtigkeit in meiner Zelle in Eiskristalle, die auf mich herabrieselten und verdampften, sobald sie auf meine Haut trafen.

Ich riss entsetzt die Augen auf und biss mir auf die Unterlippe, um nicht zu stöhnen. Das also waren Frostbloods, deren Gabe das genaue Gegenteil der meinen war. Ich versuchte, meine Angst zu verbergen und meinen Atem ruhig zu halten.

»Siehst du?« Seine Stimme war tief, aber triumphierend.

»Setz dich auf, Kleines«, sagte der kleinere Mann und klackerte mit seinem Gehstock an die Gitterstäbe, als würde er an meine Tür klopfen. »Wir wünschen mir dir zu sprechen.«

Ich regte mich nicht. Konnten die nicht einfach wieder verschwinden und mich in Ruhe lassen? So eine Angst hatte ich seit dem Tag nicht mehr gehabt, als die Soldaten ins Dorf gekommen waren. Schon die Wachen konnten mir das Leben zur Hölle machen, obwohl sie keine Gabe besaßen. Und zumindest hatten sie Angst vor meinem Feuer. Aber was konnte mir ein Frostblood alles antun?

»Mach schon!«, sagte der größere Mann, der sich breitbeinig vor dem Gitter aufgebaut hatte. »Setz dich auf, sonst suche ich mir einen Eimer Wasser, und dann schauen wir mal, wie du zitterst.«

Der Widerwille erhitzte meine Haut und ich richtete mich auf.

Der ältere Mann trat näher heran. »Wie alt bist du?«

Stirnrunzelnd suchte ich in meinem Kopf nach der richtigen Antwort. Hier drin, im Verlies des Königs, verschwammen die Tage zu Wochen zu Monaten zu Jahren …

Der Mann deutete meine Ratlosigkeit richtig. »Die Frühlings-Tagundnachtgleiche ist zwei Wochen her«, sagte er.

Ein dumpfer Schmerz machte sich in meiner Brust breit. Fast ein halbes Lebensjahr hatte ich also verloren. »Dann bin ich jetzt siebzehn.«

»Du hast die Soldaten des Königs verbrannt, einige von ihnen schwer«, sagte der Mann. »Aber mithilfe erfahrener Heiler haben sie überlebt.«

»Schade eigentlich«, erwiderte ich, die Stimme so kalt wie der eisüberzogene Boden.

Der Mann sah zu seinem Begleiter. »Seltsam, dass ihr Haar schwarz ist. Die wirklich Begabten haben meist feuerrote Haare.« Er streckte eine Hand durch die Gitterstäbe herein. »Zeig uns dein Handgelenk.«

Ich zog beide Hände an die Brust. »Warum?«

»Wir wollen nur mal schauen.« Seine Stimme war nun weich und warm.

Ohne nachzudenken, hob ich einen Arm, der zerschlissene Ärmel rutschte zurück und gab den Blick auf mein dünnes Handgelenk frei. Der Mann nahm seinem Begleiter die Fackel ab und hielt sie näher ans Gitter, sodass der Lichtschein auf die Ader fiel, die sich wie ein roter Wurm unter meiner Haut wand.

»Siehst du, wie rot sie leuchtet?«, staunte der Mann, während ich meine Hand wieder wegzog. Dann schob er seinen Ärmel hoch, um mir sein Handgelenk zu zeigen, an dem die Ader kaltblau statt rot pulsierte. »Wir wollen dir nichts Böses«, versicherte er mir. »Wir sind gekommen, um dir ein Angebot zu unterbreiten. Wenn du einen Auftrag für uns erfüllst, wirst du dafür deine Freiheit wiedererlangen.«

Das Herz schlug mir bis zum Hals. Das Wort *Freiheit* hallte wie der reine Klang einer Tempelglocke in meinen Ohren. Schon der Gedanke daran war Versuchung pur – frische Luft in die Lunge zu saugen, mir die Haut von der Sonne liebkosen zu lassen, den Wind in den Haaren zu spüren … Ich erbebte, hin und her gerissen zwischen Sehnsucht und panischer Angst.

Es gibt Schlimmeres, als in einer Gefängniszelle dahinzusiechen.

Stumm und still warteten die zwei Gestalten im flackernden Fackellicht, nur das Eis knackte leise unter ihren Sohlen. Ihr Atem vernebelte die Luft mit kalten Dampfwolken.

»Worin besteht der Auftrag?«, fragte ich.

Der alte Mann sah sich um und schüttelte dann den Kopf. »Es geht um etwas, wobei du uns nur zu gern behilflich sein wirst.«

»Warum sollte ich einem Frostblood überhaupt bei etwas behilflich sein? Außer beim Sterben?«

Mit runzligen Händen strich er sich die Kapuze vom Kopf, enthüllte sein faltiges Gesicht, das dunkler war als meins. Er hatte fein geschnittene Gesichtszüge und schmale Wangen, und seine Augen, so hellblau, dass sie beinahe weiß erschienen, bohrten sich in meine. Der Hauch eines Lächelns umspielte seine Lippen. »Der Frost und das Feuer waren einst Freunde.«

»Nicht zu meinen Lebzeiten.«

Der Mann sah zwischen seinem Begleiter und mir hin und her. »Ich bin sicher, der Auftrag wird dich interessieren. Unser Ziel ist der Thron selbst.«

Ich presste die Hände gegen die kalte Steinwand, um nicht umzukippen. Das war genau das, wonach ich mich schon so lange sehnte. Das Einzige, was ich gewollt hatte, seit dem Tag, an dem die Soldaten mir alles im Leben weggenommen hatten. Ich wollte den König töten, der den Überfall auf mein Dorf befohlen hatte. Denn ohne den Frostkönig hätte es keine Soldaten gegeben, keinen Hauptmann, kein Gefängnis.

Meine Mutter wäre noch am Leben.

In meinem Kopf drehte sich alles, aber ich sah den Frostblood an. Sie wollten, dass ich den König für sie tötete, aber um welchen Preis? »Erwartet ihr, dass ich euch glaube?«

Der Mann streckte die Hände aus. »Wir sind hier und wir bieten dir einen Ausweg an. Wenn man uns entdeckt, wird man uns hängen.«

»Wenn ihr Glück habt.«

Er nickte.

»Und wenn ich ablehne?«

Der größere Mann blies geräuschvoll die Luft aus. »Dann verrottest du hier, bis eines Tages nur noch ein Häuflein Knochen von dir übrig ist, das von einer Kette zusammengehalten wird.«

Ich kräuselte die Lippen. »Ein Schrei von mir, und ihr verrottet an meiner Seite.«

»Ein verlockendes Angebot«, sagte der breitschultrige Mann. »Ich verstehe nicht, wieso bisher niemand versucht hat, dich zu befreien.«

Der alte Mann unterdrückte ein Lachen. »Das reicht, Arcus. Also, Mädchen, schlägst du ein?«

Ich wog meine Möglichkeiten ab. Nach dem zu urteilen, was ich von den anderen Gefangenen gehört hatte, waren die meisten Firebloods im Reich entweder umgebracht oder weggejagt worden. Einige siechten wahrscheinlich auch in irgendwelchen Kerkern vor sich hin, so wie ich. Aber früher oder später kam der Henker zu jedem.

Und diesen zwei Männern würde ich sicherlich sehr viel leichter entkommen können als dem königlichen Verlies.

Ich biss die Zähne zusammen und nickte.

Der ältere Mann beugte sich vor und blies ins Schlüsselloch. Eisnadeln bildeten sich im Schloss, dann klickte es leise, und die Tür schwang nach innen auf.

»Und meine Fessel?« Ich deutete auf meinen Knöchel.

Er kam näher, wobei er sich auf seinen Stock stützte, und stieß einen zweiten Atemzug aus. Eis kristallisierte sich im Verschluss meiner Fußfessel, schmolz aber eine Sekunde später wieder zu Wasser. Er versuchte es noch einmal, mit demselben Ergebnis.

»Dein Widerstand gegen die Kälte ist zu stark, Mädchen. Kannst du deine Gabe unterdrücken?«

Ich schüttelte den Kopf. Großmutter war gestorben, bevor sie mir alles hatte beibringen können.

Ein tiefes Stöhnen drang auf dem Wachzimmer zu uns herein.

»Die Posten werden langsam wach«, sagte der Mann, der Arcus hieß. »Geh zurück!«

Bevor ich auch nur einmal blinzeln konnte, blies er einen Schwall eisiger Luft auf die Kette, zog ein Schwert hinter seinem Rücken hervor und ließ es hinabsausen. Atemlos zuckte ich zusammen, als die eisspröde Kette auseinanderbrach. Das Krachen des splitternden Eisens dröhnte in die Gefängnisstille hinein, und ein weiteres Stöhnen war zu hören.

»Schnell!«, drängte der alte Mann.

Ich versuchte aufzustehen, aber der Schmerz in meinen Gelenken war so stark, dass ich wieder zu Boden sackte. Meine Muskeln waren inzwischen zu schwach, als dass ich hätte laufen können.

»Du musst sie tragen, Arcus.«

Arcus beugte sich zu mir herunter, und seine Kapuze war nur noch wenige Zentimeter von meinem Gesicht entfernt. Der Duft nach Seife und Pferd und Leder stieg mir in die Nase.

»Wenn du irgendwas versuchst«, flüsterte mir Arcus ins Ohr, »breche ich dir das Genick.«

Ich starrte ihn still an und wünschte, seine Augen in den dunklen Schatten sehen zu können. Nur Kinn und Unterlippe waren zu erkennen, beide voller Entschlossenheit und von einer dicken, hässlichen Narbe entstellt. »Wenn du mir wehtust, verbrenne ich dich so schlimm, dass selbst deine Geliebte schreiend vor dir davonläuft.«

Er schnaubte leise, dann schob er seine Arme unter meinen Rücken und meine Oberschenkel. Als er mich anhob, spürte ich das Gewicht der Fußfessel an meinem Knöchel. Ich stöhnte vor Schmerz und war überrascht, als Arcus mich wieder absetzte und ein Stück Stoff unter seinem Gewand hervorzauberte. Er wickelte es um meinen Fuß, damit das Metall der Fessel nicht mehr so in meine Haut einschneiden konnte. Dann nahm er mich wieder auf die Arme.

Als mein Oberschenkel die nackte Haut an seinem Arm berührte, zog er vernehmlich die Luft durch die Nase ein. Aber selbst mit meinem zusätzlichen Gewicht bewegte er sich schnell und geschmeidig. Als wir gerade die bröckelnde Treppe erreicht hatten, taumelte Bragger auf den Gang. Mit aufgerissenen Augen schaute er ungläubig zu, wie eine seiner Gefangenen davongeschleppt wurde.

Der Frost hatte den Boden mit einem glitzernden, weitverzweigten Netz überzogen. Es klang wie tausend klappernde Zähne als das Eis an Braggers Beinen hochkroch und sich über seinen Rumpf bis zu den

Armen, Fingern und seinem Hals ausbreitete. Er öffnete den Mund, der sich jedoch sofort mit erstickendem Eis füllte.

Ich starrte zu dem alten Mann mit dem Gehstock, an dessen Hand Eiskristalle glänzten. Aber jetzt war keine Zeit, die Macht seiner Gabe zu bewundern. Weitere Wachen waren offensichtlich erwacht, ihre Stimmen drangen bereits in den Flur. Arcus stieg mit mir am gefrorenen Bragger vorbei die Treppe hoch, bis zu einer Tür, die von einem schmalen Brett offen gehalten wurde. Der alte Mann folgte uns rasch.

Als die schwere Tür hinter uns ins Schloss fiel, erzitterte ich angesichts meiner Lage: Ich befand mich tatsächlich wieder in Freiheit! Ich füllte meine Lunge mit der wundervollen reinen Luft hier draußen, und meine Augen schmerzten beinahe beim fast vergessenen Anblick der Sterne, die mir so hell vorkamen wie Fackeln in einem verdunkelten Raum.

Unter meinem Oberschenkel fühlte sich Arcus' Arm bitterkalt an. Sein Atem ging inzwischen ziemlich flach.

»Meine Haut brennt, nicht wahr?«

»Es ist dein Gestank, der mir in der Nase brennt, Fireblood, und sonst nichts. Ich hoffe, Bruder Thistle hat genug Seife in der Abtei, um dich einigermaßen erträglich zu machen.«

Sollte mir recht sein, dass er meine Nähe nicht aushielt. Mir ging es mit ihm ja genauso.

»Seid Ihr Bruder Thistle?«, wandte ich mich an den alten Mann, der sich mühsam auf einen Wagen zuschob, der samt Kutscher auf der anderen Straßenseite in der Dunkelheit wartete.

»Der bin ich, Mädchen. Und wie heißt du?«

»Ruby«, antwortete ich. »Ruby Otrera.«

»Ruby. Ein Rubin«, sagte der Mann lächelnd. »Wie passend.«

3

Ich hatte schon fast vergessen, wie übel eine Kutschfahrt einem die Knochen durcheinanderrütteln konnte. Arcus saß neben mir, Bruder Thistle uns gegenüber. Als wir über einen Feldweg holperten, der sich aus der Stadt hinauswand, duckte ich mich tief in die Wagenecke, so weit weg wie möglich von dem jüngeren Frostblood und seiner eiskalten Haut. Obwohl ich in mehrere Decken gehüllt war, schmerzten meine Gelenke vor Kälte, und die eisige Luft, die in Wellen zu mir herüberschwappte, machte die Sache auch nicht gerade besser.

Arcus stieß einen gereizten Seufzer aus. »Ich wusste gar nicht, dass Firebloods so verfroren sein können.«

Ich starrte ihn an. Meine Hitze hatte mich am Leben gehalten, während andere Gefangene sich zu Tode gehustet hatten oder erfroren waren. Aber im Laufe der Monate war mein inneres Feuer immer schwächer geworden, sodass ich inzwischen ständig fror, auch wenn meine Haut sich unter Arcus' Berührung dennoch warm anfühlte. Ich zweifelte daran, dass er das verstehen könnte, und angesichts meiner Schmerzen hatte ich wenig Lust, ihm alles zu erklären. Nach ein paar Stunden hatte ihn das leise Stöhnen, das ich nicht immer unterdrücken konnte, soweit entnervt, dass er einer kurzen Rast zustimmte.

Wir hielten auf offener Strecke an, weit und breit war niemand zu sehen. Der Kutscher vertrat sich die Beine, während die zwei Frostbloods sich zurückzogen. Sie besprachen sich im Schutz ihrer Kapuzen und eines ausladenden Baumes, dessen Äste sich vor dem zunehmenden Mond skelettartig abzeichneten.

»Sie ist wirklich schwach«, flüsterte Arcus. »Ich weiß nicht, ob sie die Reise überleben wird.«

»Ja, schwach ist sie«, gab Bruder Thistle ihm genauso leise recht. »Aber sie hat das Gefängnis überlebt. Vielleicht verfügt sie über verborgene Kraftreserven. Und sogar über andere Kräfte, von denen wir nichts wissen.«

»Zum Beispiel über ein ausgezeichnetes Gehör«, sagte ich.

Der Mönch wirbelte erschrocken zu mir herum. Sie konnten mich immer noch ins Gefängnis zurückbringen, allzu lang war die Strecke bis hierher nicht gewesen. Ich durfte nicht zulassen, dass sie mich für schwach hielten.

Der alte Mönch verbeugte sich peinlich berührt. »Ich bitte um Verzeihung, Miss Otrera.«

Meine Wangen knisterten wie trockenes Leder, und ich ertappte mich dabei, dass ich angesichts seiner Verlegenheit lächeln musste. Meine Gesichtsmuskeln hatten sich so lange nicht mehr zu einem solchen Ausdruck verzogen, dass ich beinahe vergessen hatte, wie sich Lächeln anfühlte.

Als Arcus sich zu mir umdrehte, blitzte der Verschluss seines Umhangs im Mondlicht auf. Seine hoch aufgeschossene Gestalt und das glänzende Metall weckten in mir Erinnerungen an andere große Männer, die sich im Schein ihrer Fackeln bedrohlich auf mich zuschoben. Mein Lächeln verschwand und ich verkroch mich tiefer unter meine Decken.

»Ich deute deine Unhöflichkeit als Zeichen, dass es dir schon besser geht«, sagte Arcus.

Keine Minute später waren wir schon wieder unterwegs, rumpelten an Wäldern und geduckten Dörfern vorbei, von denen man im Mondlicht gerade so die eingefallenen Dächer, schief in den Angeln baumelnden Türen und zerbrochenen Zäune erkennen konnte. Die meisten Häuser, ob fest gemauert oder nur aus Lehm und Stroh gebaut, waren eindeutig von ihren Bewohnern verlassen und dem Verfall anheimgegeben worden.

Je mehr Männer und Frauen in den Krieg gezogen waren, desto mehr war die Hoffnung geschwunden, dieses karge nördliche Land bestellen und abernten zu können. Hunger und Tod hatten sich der Dörfer bemächtigt. Die Felder rochen modrig und verrottet, noch schlimmer als vor Monaten, als man mich in den Kerker geworfen hatte.

Ein, zwei Stunden später begann die Landschaft sich zu verändern. Statt auf Wälder und Felder schien der Mond nun auf niedriges Buschwerk und schneeverkrustetes Gestrüpp. Wir holperten über einen Weg, der so schmal wie ein Trampelpfad für Ziegen war, langsam einen Berghang hinauf.

»Seid ihr sicher, dass ihr mich nicht lieber auf der Stelle umbringen wollt?«, fragte ich zwischen zusammengebissenen Zähnen und presste mir die Hände auf den Bauch, um meine Eingeweide an Ort und Stelle zu halten. »Dann müsste ich viel weniger leiden, und das Ergebnis wäre dasselbe.«

»Wir brauchen dich noch«, gab Arcus zurück. »Und zwar nicht als Anschauungsobjekt dafür, wie ein knochiger Körper aussieht, wenn er den Berg hinunterkullert.«

Er klang allerdings ganz so, als fände er die Vorstellung durchaus reizvoll. So wie ich die Vorstellung reizvoll fand, ihn an einer besonders scharfen Biegung aus der Kutsche zu stoßen. Oder seine ach so kostbare Kapuze in Brand zu setzen.

Wir erreichten eine Hochebene, die von zerklüfteten, mit schneebedeckten Kiefern bestandenen Abhängen gesäumt war. Was mir aus der Ferne wie eine Felsansammlung vorgekommen war, entpuppte sich nun als breit angelegtes Bauwerk, an dessen einem Ende ein Turm in die Höhe ragte. Die Mondsichel sah aus, als würde sie das flache Turmdach aufspießen.

»Ist das die Abtei, von der ihr gesprochen habt?«, fragte ich mit Blick auf die großen Löcher in den Mauern und die Steinhaufen, die sich darunter auftürmten. »Dagegen war das Gefängnis ja der reinste Palast.«

»Du darfst gerne wieder dahin zurück«, erwiderte Arcus eisig. »Ich bin sicher, die Wachen würden dich mit offenen Armen empfangen. Und der Scharfrichter bestimmt auch.«

»Der Scharfrichter schien kein großes Interesse an mir zu haben. Wahrscheinlich hat er genug mit den vielen Abweichlern zu tun, die von den Soldaten des Königs eingefangen werden. Der würde sich vermutlich erst an mich erinnern, wenn die Grenzkriege mal zu einem Ende kommen.«

Arcus schnaubte. »Bis dahin wärst du längst tot.«

Ich presste die Lippen aufeinander. Wahrscheinlich hatte er vollkommen recht.

Der Wagen hielt vor einer Stalltür und der Kutscher sprang vom Bock, während eine breite Gestalt herbeieilte, um mit den Pferden zu helfen. Arcus stieg aus und streckte mir die Arme entgegen. Für einen Mann seiner Statur bewegte er sich erstaunlich leichtfüßig. Ich versteifte mich, als er mich hochhob und gegen seine Brust drückte.

»Verbrenn mich nicht, sonst wird es dir leidtun«, erneuerte er unser früheres Abkommen. Schmerz lenkte mich von meiner Angst ab. Ich biss mir innen auf die Wange, krallte mich in Arcus' Gewand fest und schloss die Augen. Mein wunder Knöchel pochte.

»Sag Bruder Gamut, dass unser Gast eingetroffen ist«, wandte sich Bruder Thistle an einen Mann, der an der Tür wartete. »Arcus, bring sie in die Krankenstube.«

»Gast?«, wiederholte ich trocken. »Empfängt die Abtei öfter Gäste mit Fußfesseln?«

»Das Niveau ist hier in letzter Zeit ziemlich gesunken«, erwiderte Arcus und stieg über ein paar Pflastersteine hinweg, die sich wie schartige Finger emporreckten. »Der perfekte Ort für dich.«

Und für dich, ergänzte ich in Gedanken. Dass Arcus und Bruder Thistle mir zur Flucht aus dem königlichen Verlies verholfen hatten, machte sie in den Augen des Königs zu genauso üblen Verbrechern wie mich.

Ein Mann mit einer Kerze in der Hand hielt uns die massive hölzerne Eingangstür der Abtei auf. Er hatte eine Tonsur und das Kerzenlicht leuchtete auf seiner blanken Kopfhaut. Der Mann war ziemlich alt, sein Rücken war gebeugt, er hatte eine lange Hakennase und eingefallene Wangen.

»Zur Krankenstube«, sagte Arcus.

Der Mönch drehte sich um und schlurfte in die Dunkelheit davon. Wir folgten dem schwachen Kerzenschein durch einen Flur mit bogenförmigen Fenstern bis zu einem kleinen Zimmer mit vier Strohmatratzen. Auf einer davon lagen ein fadenscheiniges weißes Laken, ein dünnes Kissen und am Fußende eine gefaltete Quiltdecke. Es war seit Monaten das erste Mal, dass ich so etwas wie ein Bett erblickte. Ich beugte mich herunter und Arcus legte mich unsanft darauf ab. Mir die Hüfte reibend, starrte ich ihn vorwurfsvoll an.

Er machte eine fahrige Handbewegung in meine Richtung. »Wasch sie.«

Damit wirbelte er herum und verließ den Raum.

»Liebreizender Geselle«, wandte ich mich an den Mönch, der gerade eine Wandleuchte anzündete.

Er sah mich durchdringend an, aber dann nickte er. »Er kann recht ruppig sein, durchaus. Aber bei seiner Geschichte ist das mehr als verständlich.«

»Und was ist das für eine Geschichte, die seine Unverschämtheiten verzeihlich macht?«

»Für Fragen wird morgen noch genügend Zeit sein«, wehrte der Mönch ab. »Jetzt kümmern wir uns erst einmal um deine körperliche Verfassung.«

Ich schlang die Arme um meinen Oberkörper und beäugte ihn erschrocken. Die Gefängniswärter waren mit dem Amputieren entzündeter Gliedmaßen nur zu schnell bei der Hand gewesen. Einmal hatte ich ihrem filzverlausten Möchtegern-Heiler gedroht, ihn mit Brandblasen zu übersäen, wenn er auch nur einen Fuß in meine Zelle setzte.

»Schon gut, schon gut.« Der Blick des Mönchs wurde weicher. »Du befindest dich an einem seltsamen, fremden Ort und hast zweifellos viel Leid erlitten, aber wir sind hier in der Forwind-Abtei. Die Brüder und Schwestern des Fors-Ordens haben das Gelöbnis abgelegt, jedem Menschen Obdach zu gewähren, der zu Unrecht verfolgt wird und Hilfe braucht. Manche hier mögen dir misstrauen, aber ich verspreche dir, es wird dir nichts geschehen.«

Ich musterte ihn, die angespannt zusammengekniffenen Augen, die hochgezogenen Schultern. »*Ihr* misstraut *mir.*«

Er sah mich etwas zu lange an, bevor er zu einer Antwort ansetzte. »Ich werde dich anhand deiner Taten beurteilen, nicht aufgrund deiner

Herkunft. Aber ich empfehle dir, dein Feuer verborgen zu halten. Gelöbnis hin oder her – nicht jeder ist so tolerant wie ich.«

»Das braucht Ihr mir nicht zu sagen.«

Der Mönch deutete mit dem Kopf auf meinen Knöchel. »Ich bin Bruder Gamut. Man sagt mir die Gabe der Kräuterkunde nach. Wenn du mir deine Verletzungen zeigst, kann ich deinen Schmerz vielleicht lindern.«

Widerstrebend entfernte ich den Stofffetzen unter meiner Fußfessel. Der Mönch sog geräuschvoll die Luft ein, als er die blutrote Wunde sah, die einst mein Knöchel gewesen war. Seinen Argwohn beiseiteschiebend, kam er näher und blickte stirnrunzelnd auf den Metallring hinab.

»Der muss sofort entfernt werden.« Er wandte sich ab und schlurfte Richtung Tür.

»Kein Schwert!«, flehte ich.

Als Bruder Gamut sich umdrehte, kräuselte ein amüsiertes Lächeln seine Lippen. »Nein, Kind. Ich habe einen großen Schlüsselbund, vielleicht passt ja einer davon. Ich bin gleich wieder da.«

Ich war mir nicht sicher, ob ich ihm glauben konnte, aber er hielt Wort. Schon wenige Minuten später war er wieder da, mit einem Satz Schlüssel, einem Stoffbündel und einem Tablett, auf dem eine Tasse, eine Schüssel mit Wasser sowie Mörser und Stößel standen. Er stellte es vorsichtig auf einem dreibeinigen Schemel ab. Seine lahme Hand zitterte, als er einen Schlüssel nach dem anderen probierte, bis meine Fußfessel schließlich mit einem endgültigen Klicken aufsprang. Der Mönch legte Schlüssel und Metallring beiseite und nahm dann einige Kräuter zur Hand, die an seinem Gürtel hingen. Sorgsam trennte er die verschlungenen Stängel voneinander, suchte bestimmte Blätter und Blüten heraus und zerstieß sie im Mörser zu feinem Pulver. Einen Teil gab er in die mit dampfender Flüssigkeit gefüllte Tasse, den Rest ließ er in die Schüssel mit Wasser rieseln, in die er die Leinenstreifen tunkte. Ich sog vor Schmerz zischend die Luft ein, als er meine Wunde säuberte und die Stoffstreifen wie einen Verband eng um meinen pochenden Knöchel wickelte.

Bruder Gamut sah mich unter seinen weißen Augenbrauen hinweg an. »Es gibt Anzeichen einer beginnenden Infektion, aber du hast Glück gehabt, sie ist noch nicht weit fortgeschritten. Ich habe Kräuter aufgelegt, die eine Blutvergiftung verhindern und den Schmerz lindern werden.«

Und tatsächlich, es dauerte nicht lange, bis der Schmerz spürbar nachließ. Mir wurde ganz schwummrig vor Erleichterung.

»Welche Kräuter habt Ihr benutzt?«, fragte ich.

»In den Bergen wachsen vielerlei Pflanzen. Ich experimentiere einfach herum, bis ich die wirksamsten gefunden habe. Für deinen Knöchel habe ich jetzt eine Mischung aus Birkenblättern, Wintergrün und Eisschweif verwendet. Mein Tee wird dir ebenfalls guttun.«

Er reichte mir die dampfende Tasse vom Tablett. Noch vor wenigen Minuten hätte ich das Gebräu sicher sehr argwöhnisch betrachtet, aber inzwischen hatte der Mönch seine Bewährungsprobe an meinem Knöchel bestanden. Ich nippte am Tee. Der minzige Geschmack des Wintergrüns wurde von einem mir fremden Aroma begleitet, das wohl vom Eisschweif kommen musste. Als die Tasse leer war, gab ich sie Bruder Gamut zurück.

»Darf ich vielleicht ein Bad nehmen?«, fragte ich, während er seine Kräuter und die Schüssel wieder wegpackte. Trotz meiner absoluten Erschöpfung sehnte ich mich nach dem Luxus, endlich wieder sauber zu sein.

»Morgen«, entschied der Mönch. »Die Tinktur und der Tee arbeiten

Hand in Hand und werden dich schläfrig machen. Es ist eine Wohltat, wenn der Schmerz nachlässt, nicht wahr?«

Mir fielen fast die Augen zu und mein Kopf sank ins Kissen. »Aber Arcus der Zornige hat doch angeordnet, mich zu waschen. Habt Ihr keine Angst, dass er wütend wird, wenn seine Befehle nicht ausgeführt werden?«

Bruder Gamut schob lächelnd die Tür auf. »Es gibt andere Dinge, vor denen ich wesentlich mehr Angst habe.«

Licht sickerte durch das Fenster der Krankenstube und schmerzte in meinen Augen, die Helligkeit nicht mehr gewöhnt waren. Seit Monaten hatte ich außer dem dumpfen, schwachen Schein, der durch mein winziges, vergittertes, nach Norden zeigendes Zellenfenster gedrungen war, kein Licht mehr gesehen. Ich hatte mich in ein nachtaktives Tier verwandelt, das sich bei jeder Regung scheu in die Finsternis seiner Höhle zurückzieht.

Aber jetzt bestand mein Bau aus einer Strohmatratze, einer weichen Decke und einem dünnen Daunenkissen. Es kam mir vor wie ein Traum: keine Kälte mehr, keine Schmerzen, keine grausamen Zwangsduschen mit fauligem Wasser. Und auf dem dreibeinigen Schemel stand – beim allmächtigen Tempus! – nicht etwa der ekelhafte Gefängnisfraß, sondern eine Schüssel mit dickem Haferbrei, eine Scheibe Käse und ein Glas Wasser. Ich blinzelte gegen das grelle Licht an, schlug die Decke beiseite und kroch zitternd zum Schemel.

Der Haferbrei war mit einem Schlag Sirup gesüßt, der Käse schmeckte weich und köstlich salzig. Glückseligkeit pur!

Ich war längst wieder im Bett, als Bruder Gamut mit einer Tasse seines heilenden Tees hereinkam. Er beugte sich über mich, wickelte vorsichtig die Bandagen an meinem Knöchel ab, genau wie meine Mutter es bei jedem Mann, jeder Frau und jedem Kind aus dem Dorf getan hatte, wenn die ihrer Fürsorge bedurft hatten. Mir wurde die Brust eng, ich fühlte mich auf einmal seltsam verletzlich, als spürte ich in der sanften Berührung des Mönches auch die Hände meiner Mutter. Ich kämpfte dagegen an, versuchte mich verzweifelt wieder in die Taubheit zurück zu flüchten, die mich während der vergangenen Monate vor dem Schmerz und der Trauer bewahrt hatte.

Als Bruder Gamut fertig war, sprach ich ihn wieder auf ein Bad an, ein heißes Bad, denn zum Aufwärmen des Wassers fehlte mir immer noch die innere Hitze. Eine große, magere Frau und ein untersetzter Mann brachten eine zerbeulte Zinkwanne herein und beäugten mich gleichermaßen argwöhnisch.

Ich ignorierte ihre Blicke und konzentrierte mich auf das heiße Wasser, das eimerweise hereingeschleppt und in die Wanne geschüttet wurde.

»Aber Vorsicht, der Knöchel muss trocken bleiben«, warnte mich Bruder Gamut, bevor er und die beiden anderen den Raum verließen.

Als ich mich ins heiße Wasser sinken ließ, brachte die Wärme mein Blut zum Singen. Meine Gabe, so lange klein gehalten von schlechtem Essen, feuchter Kälte und Verzweiflung, drängte nun auf einmal wieder aus meinem Herzen heraus. Ich legte meinen verletzten Fuß über den Rand der Wanne und seifte mich genussvoll ein. Dennoch konnte ich mich nicht völlig entspannen. Das alles war einfach zu schön, um wahr zu sein.

Als ich fertig war, kletterte ich aus dem nunmehr schmutzig braunen Wasser heraus und trocknete mich ab, wobei ich mich an der Wanne abstützte. Bruder Gamut hatte mir einige bescheidene Kleidungsstücke hingelegt. Ich zog die Leinenunterwäsche, das braune Kleid und die Ledersandalen an. Der Kontrast zwischen dem Gestank meines alten

Kleides und dem Duft meiner jetzt sauberen Haut traf mich wie ein Schlag. Die Monate im Gefängnis hatten mein schlichtes blaues Kleid und die Unterwäsche in eine Handvoll zerschlissener Fetzen verwandelt. Ich hob sie auf und schob mich auf eine Feuerschale zu, die an der gegenüberliegenden Wand flackerte, doch dann überlegte ich es mir anders und wandte mich zur Tür.

Mir war ein weit besserer Weg eingefallen, die Sachen zu entsorgen.

Zögerlich drehte ich den Türknauf. Durfte ich denn überhaupt einfach so hinausspazieren? Was würde geschehen, wenn ich hier Regeln verletzte? Die Gefängniswärter hatten mich wegen meiner Hitze gefürchtet, aber Arcus hatte mir schon mehrfach gedroht. Sein Frost würde ihn vor meinem Feuer schützen, und vielleicht steckte in ihm genauso viel Grausamkeit wie in den Wachleuten.

Zitternd öffnete ich die Tür. Nein, ich würde mich nicht von meiner Angst beherrschen lassen. Ich war keine Gefangene mehr, und wenn man mich als solche behandeln sollte, würde ich fliehen, sobald meine Gesundheit es zuließ.

Ich schlich den Flur hinunter und wich dabei den neugierigen Blicken einiger Kapuzengestalten aus. Immer wieder musste ich mich mit einer Hand an der kalten Steinmauer abstützen und verfluchte die Schwäche in meinen Beinen. Aber dann erinnerte ich mich daran, dass ich erst einen Tag zuvor noch so schwach gewesen war, dass ich nicht einmal stehen konnte. So gesehen war dies schon ein großer Fortschritt.

Eine Minute später entdeckte ich eine Tür, die nach draußen führte. Als ich über die Schwelle trat, füllte sich meine Lunge mit frischer, nach Kiefernadeln duftender Luft. Ich schloss die Augen und hielt der Sonne mein Gesicht entgegen. So viele Monate waren ins Land gegangen … Erst jetzt wurde mir bewusst, wie sehr ich es vermisst hatte, die Sonne zu sehen und saubere Luft zu atmen.

Ich schluckte den Kloß in meinem Hals hinunter und ließ die Abtei hinter mir. Der Schnee war größtenteils weggeschmolzen, nur in ein paar schattigen Ecken lagen noch kümmerliche Häuflein. Ein kleiner Hain knospender Obstbäume führte zu einem schmalen Bach, der über glatt geschliffene Steine hinwegplätscherte und zwischen hohen Gräsern verschwand.

Ich wollte außer Sichtweite sein und nicht zu nah an trockenen Zweigen oder Farngewächsen. Unter einem spindeldürren Baum säumten ein paar flache Felsen das Ufer, auf denen wahrscheinlich Kleidung zum Waschen hingelegt wurde, wenn es warm genug war.

Ich breitete meine alten Fetzen auf den Felsen aus. Der Morgen, an dem ich sie zuletzt angezogen hatte, war zum schlimmsten Tag meines Lebens geworden. Tagsüber gelang es mir zwar, die Erinnerungen zu verdrängen, aber in der Nacht, in jeder Nacht, kehrten sie unweigerlich zurück. Ich konnte die Bilder, die in mir spukten, nicht ausradieren, aber ich konnte immerhin dieses Erinnerungsstück daran zerstören. Ich hielt meine Handflächen über den Fetzenhaufen und schloss die Augen. Schon sammelte sich die Hitze in konzentrischen Kreisen um mein Herz.

Lass ihr Zeit, sich aufzubauen. Geduld. Ruhe. Mach es so, wie Großmutter es dir gezeigt hat. Warte, bis die Hitze bereit ist, nach außen zu dringen, dann zähme und lenke sie.

Aber Selbstbeherrschung war noch nie meine Stärke gewesen.

Ich rief das wilde Drängen herbei, das all die Monate unter meiner Haut ausgeharrt hatte, und unter meinem Brustbein kribbelte es leise. *Furcht. Brennender Zorn.* Ich goss meine Gefühle wie Öl ins Feuer, um meine innere Flamme zu entfachen.

Ich wollte etwas spüren, was mich auflodern ließ. Ich dachte an Mutters zu Klauen verkrallten Händen, als sie sich auf den Hauptmann gestürzt hatte, an sein im Licht der Fackeln aufblitzendes Schwert. Ihr Name brannte auf meinen Lippen.

Sie hätte mich gebraucht, aber ich hatte mein Feuer zu spät gefunden, um sie retten zu können.

Wenn ich nur damals gewusst hätte, wie ich meine Gabe beherrschen konnte. Wenn ich meine Kraft nur nicht beim Üben vergeudet hätte. Wenn ich nur immer auf Mutter gehört hätte.

Es war alles meine Schuld. Ich war dafür verantwortlich, dass meine Mutter gestorben und mein Dorf zerstört worden war.

Ich fiel auf die Knie und klatschte die Hände auf den flachen Stein. Die Erinnerung wirkte wie ein Funken, der auf trockenen Zunder fällt. Die Hitze entwickelte sich zu schnell, viel zu schnell, um sie kontrollieren zu können, sie spritzte aus meinen Handflächen auf den Fetzenhaufen und griff von da auf mein neues Kleid über, fraß sich gierig nach oben, bis der Stoff völlig in Flammen stand. Ich wusste zwar, dass eine unvorstellbare Hitze nötig wäre, um eine Fireblood zu verbrennen, aber es fühlte sich dennoch an, als fräßen mich die Flammen bei lebendigem Leib auf, als würden sie mir die Augäpfel versengen, mir die Luft aus der Kehle stehlen und verwundbare Stellen an meinem Körper finden, denen das Feuer doch etwas anhaben konnte. Mir war, als wäre ich wieder in meinem Dorf und die Fackeln kämen unausweichlich von allen Seiten auf mich zu.

Ich ballte die Hände zu Fäusten. *Dräng sie zurück! Übernimm die Kontrolle! Beherrsche das Feuer!* Aber das Feuer akzeptierte keinen anderen Herrscher als sich selbst. Die brennenden Kleidschöße wickelten sich um meine Füße, als ich versuchte, mich aus dem Stoff zu befreien, den Mund zu einem stummen Schrei aufgerissen.

4

Ich war am Ertrinken.

Kräftige Hände wie die der Soldaten an jenem schwarzen Tag drückten mich unter Wasser. Ich bäumte mich auf und schlug um mich. Leise Flüche prasselten auf mich ein, als ich aus dem Wasser gezerrt und auf weiche Erde gerollt wurde. Die schweren Hände auf meinen Schultern verbündeten sich mit dem Gewicht meiner durchnässten Kleidung und pressten mich auf den Boden.

»Loslassen!«, keuchte ich zwischen zwei Hustenanfällen.

»Wenn du dann bitte so nett wärst, deine Krallen aus meinen Armen zu ziehen«, erwiderte eine tiefe Männerstimme. Ihr Besitzer hob die Hände und schüttelte meine verkrampften Finger ab.

Arcus. Er drehte mich auf die Seite und klopfte mir auf den Rücken, damit ich das Wasser heraushusten konnte. So wie er über mich gebeugt war, rutschte seine Kapuze ein Stück zurück und gab den Blick auf eine wohlgeformte, kräftige Nase und mehrere Narben an seinen Wangen frei. Wo die Haut unverletzt war, schien sie ganz glatt zu sein. Arcus konnte also höchstens ein paar Jahre älter sein als ich.

Als ich endlich wieder atmen konnte, wand ich mich unter ihm.

»Wenn du nicht ruhig bist, schmeiß ich dich gleich wieder in den

Fluss«, drohte er mir. »Kein Wutanfall, den ein tüchtiges Tauchbad nicht abkühlen könnte. Und jetzt will ich wissen, was du hier draußen zu suchen hattest.«

Ich wich zurück und lehnte mich mit dem Rücken gegen einen warmen Felsen. »Ich wollte meine Kleider verbrennen«, sagte ich und prustete wieder.

»Du hast deine Kleider in Brand gesetzt, während du sie anhattest?«, fragte Arcus ungläubig.

»Nein, natürlich nicht«, rief ich. »Ich hab mein altes Kleid verbrannt. Das ich im Gefängnis getragen habe.«

»Neben den Stallungen ist ein Abfallhaufen«, sagte Arcus trocken und deutete mit dem Kopf nach rechts. »Dafür hättest du kein Inferno entfachen müssen. Wobei ich der Vernichtung der stinkenden Lumpen durchaus etwas abgewinnen kann.«

Ich strich mir über die Arme und das Gesicht und konnte immer noch nicht aufhören, Flusswasser hervorzuwürgen. Meine Haut war heiß, aber heil und unverletzt. Ich war gleichermaßen erleichtert wie beschämt. Ich hatte mir von meinem eigenen Feuer Angst einjagen lassen und war wegen nichts und wieder nichts in Panik geraten.

Arcus deutete auf den rußgeschwärzten Baum hinter dem Felsen. »Ich war zufällig hier spazieren, da habe ich lichterlohe Flammen in den Himmel schießen sehen. Du hattest das Feuer eindeutig nicht unter Kontrolle.«

Ich zupfte an meinem Gewand und versuchte, den unangenehm kalten Stoff von meiner Haut zu lösen. Das neue Kleid hatte die Feuersbrunst nicht viel besser überstanden als die alten Lumpen, die ich eigentlich als Einzige hatte verbrennen wollen. Jetzt hing es mir in rußigen Fetzen am Leib und ließ die Unterwäsche aus weißem Leinen aufblitzen. Normalerweise hätte mich das peinlich berührt, aber Arcus war so kalt wie ein Stein und hatte es bestimmt nicht einmal bemerkt. Ich gab mir alle Mühe, meine Angst vor ihm zu verbergen.

Ich nahm einen Rest meiner Rockschöße in die Hand und wrang sie aus. »Jetzt muss ich mich wohl bei dir bedanken.«

»Nein«, gab Arcus steif zurück. »Ich mache mir nichts aus Dankbarkeit.«

»Wie bescheiden von dir.«

»Das hat nichts mit Bescheidenheit zu tun. Dankbarkeit knüpft ein Band, das einen nur dazu verpflichtet, den anderen weiterhin zu beschützen und ihm zu helfen. Und ich habe schon mehr als genug Verpflichtungen.«

»Dann kannst du ganz beruhigt sein, ich brauche weder deinen Schutz noch deine Hilfe. Ich habe meine Gabe und kann gut auf mich selbst aufpassen.«

»Eine Gabe, welche die Soldaten in dein Dorf gelockt hat.«

Sein Ton war nicht vorwurfsvoll, aber seine Worte trafen mich an meiner empfindlichsten Stelle.

»Es war Grausamkeit, die die Soldaten in mein Dorf gelockt hat. Die Grausamkeit *deiner* Leute mit ihren Grenzkriegen und ihren Überfällen auf schutzlose Dörfer.«

»Wenn die Firebloods verhandelt hätten, statt zu morden, dann hätte es vielleicht …«

»Die Geschichtsschreibung der Frostbloods«, unterbrach ich ihn verächtlich. »Verzeih bitte, aber deine Version ist von der Wahrheit Welten entfernt.«

»Und wie lautet dann deine Version?«

Meine Version stammte von meiner Großmutter. Sie hatte erzählt, Feuer und Frost hätten sich schon seit Menschengedenken bekriegt, um die Vorherrschaft zu erlangen. Irgendwann hatten die Frostbloods dann das im Norden gelegene Tempesien eingenommen, während sich die Firebloods auf die Feuerinseln Sudesiens zurückgezogen hatten. Doch als die Inseln zu klein wurden, um alle Bewohner zu beherbergen, hatten sich einige Firebloods auf den Weg nach Süd-Tempesien aufgemacht und dort mehrere Generationen lang schwer geschuftet, um die Äcker der Aris-Ebenen fruchtbar zu machen. Je sachkundiger sie darin wurden, desto mehr wurden sie als Bauern geachtet – bis die Frostbloods eines Tages beschlossen, das Land für sich zu beanspruchen.

Doch jeder konnte die Geschichte so drehen und wenden, wie es ihm passte. Ich würde Arcus sicher nicht von meiner Version überzeugen können, und er sah seine Leute bestimmt als die rechtmäßigen Herrscher an, die nur die Angriffe der Fireblood-Rebellen zurückgeschlagen hatten.

»Meine Gabe kann heilen«, versuchte ich eine andere Taktik. »Hitze besitzt die Macht, Leben zu retten.«

»Oder sie zu zerstören«, gab Arcus zurück. »Feuer kann verstümmeln und töten. Du hast den Soldaten schwerste Verletzungen beigebracht.«

Ich setzte mich ruckartig auf. »Kälte kann aber genauso gefährlich sein! Wer bist du, dass du dich als so perfekt und ohne Fehler hinstellen darfst? Du hast mir bisher noch nicht mal gesagt, was hier von mir erwartet wird.«

Arcus zögerte. »Bruder Thistle dachte, es wäre besser, noch eine Weile zu warten, bis wir dir alles erzählen.«

»Warum? Hält er mich auch für schwach, so wie du?«

Er schüttelte den Kopf. »In dem Augenblick, als ich deine …«, er deutete auf den Baum, »… Feuerwolke sah, wusste ich, dass deine Gabe ein wildes Tier ist. Ein gefährliches Tier. Bevor wir dir die Wahrheit anvertrauen können, brauchst du erst einmal mehr Übung im Umgang damit.«

»Und wer bitte schön soll mich darin unterrichten? Der König hat doch bestimmt alle Fireblood-Meister längst umbringen lassen.«

Ich hatte natürlich noch nie einen Fireblood-Meister kennengelernt, doch Großmutter hatte mir einmal erzählt, dass ein paar von ihnen in Tempesien Zuflucht gesucht hätten. Meister, die viele Jahre üben, bis sie ihre Gabe vollständig beherrschen können. Und nur ein Rat aus Firebloods oder Frostbloods kann darüber entscheiden, ob derjenige oder diejenige die Meisterschaft wirklich erlangt hat.

Arcus stand auf und klopfte sich die Kleider ab. »Du hast recht. Es gibt keine Fireblood-Meister mehr. Aber Frostblood-Meister durchaus. Einer von ihnen lebt in dieser Abtei und ist gewillt, dich zu unterrichten.«

»Das wirst ja wohl nicht du sein …!«

»Nein. Bruder Thistle. Das Ausmaß seiner Gabe ist dir ja wohl nicht verborgen geblieben?«

Da hatte er allerdings recht. Im Gefängnis war unter jedem Schritt von Bruder Thistle Frost erblüht. Selbst die Luft in der Kutsche hatte eisig geknistert. Und er hatte außerdem die Fähigkeit, seine Kraft gezielt zu bündeln, was er beim Aufbrechen meiner Zellentür unter Beweis gestellt hatte.

Genau diese Fähigkeit wollte ich mir auch aneignen.

»Angenommen, ich würde mich damit einverstanden erklären«, sagte ich. »Wie genau würde der Unterricht aussehen?«

»Du hast dich längst einverstanden erklärt, sonst wärst du nicht hier«, gab Arcus zurück. »Und wegen seiner Unterrichtsmethoden musst du ihn schon selbst fragen. Ich bin kein Lehrmeister.«

»Dann werde ich das tun.«

Die Müdigkeit zerrte spürbar an meinen Knochen. Ich rappelte mich auf und machte mich wieder auf den Weg in die Abtei.

Arcus holte mich mit zwei großen Schritten ein. »Wenn du lernst, deine Gabe zu beherrschen, bist du vielleicht eine Hilfe bei unseren Plänen und keine ständige Gefahr für dich selbst.«

»Ich bin für niemanden eine Gefahr, nur für Leute, die mir wehtun wollen.«

»Bisher scheinst du mir noch nicht in der Lage, viel auszurichten.«

»Du bist wohl Experte in Sachen Selbstbeherrschung«, sagte ich. »Was kein Kunststück ist, wenn man innerlich aus Eis besteht.«

»Wer sich nicht selbst beherrschen kann, wird ganz schnell von anderen beherrscht. Merk dir das!«

»Wenn du versuchst, mich zu beherrschen, wirst du ganz schnell was ganz anderes merken.«

Ich blieb an einem Erdklumpen hängen, geriet aus dem Gleichgewicht und kippte nach vorn. Arcus packte mich von hinten am Kleid und zog mich hoch. Sein verächtliches Schnauben ließ meine Wangen nur noch heftiger glühen.

»Wenn du mir drohen willst, warte damit lieber, bis du nicht mehr so wacklig auf den Beinen bist.« Bevor ich etwas einwenden konnte, warf er mich mit Leichtigkeit wie einen Sack Kartoffeln über die Schulter. »Langsam gewöhne ich mich daran, dieses Bündel knisterndes Feuerholz zu schleppen.«

Knisterndes Feuerholz, soso. Was wohl bedeuten sollte, dass ich spindeldürr und unangenehm warm war. Tja, er wiederum kam mir unerträglich frostig vor. Ich fror in der Kälte, die seinem Brustkorb entströmte, und widerstand dem Drang, mich freizustrampeln. Das würde ihn nur darin bestärken, dass ich eine undankbare Wilde war.

Er trug mich bis in die Krankenstube. Ich wies ihn an, mich auf dem Boden runterzulassen, da ich meine Pritsche nicht mit meinen triefenden Kleidern nass machen wollte. Arcus setzte mich so hastig ab, dass meine Hüfte wieder unliebsame Bekanntschaft mit dem Boden machte.

Wütend rappelte ich mich auf. »Während Bruder Thistle mir Selbstbeherrschung beibringt, könnte Bruder Gamut dir vielleicht zeigen, wie man mit Menschen richtig umgeht.«

»Jetzt hör mir mal gut zu!« Er baute sich über mir auf, und angesichts seines stählernen Tonfalls fragte ich mich, ob ich nicht doch ein bisschen zu weit gegangen war. »Für deinen Aufenthalt hier gelten einige Regeln. Innerhalb der Abtei darfst du dich frei bewegen, mit Ausnahme der Räume, in denen die Mönche und Nonnen schlafen.«

Ich schnaubte. »Als würde ich mich da so häufig herumtreiben ...«

»Um genau zu sein«, fuhr Arcus fort, »wäre es sowieso besser, wenn du dich von den anderen komplett fernhältst. Für Bruder Thistle und Bruder Gamut gilt das natürlich nicht. Die anderen würden dich eher den Soldaten ausliefern als zu riskieren, dass die in die Abtei kommen. Oder dass du sie in ihren Betten abfackelst.«

»Das würde ich nur tun, wenn sie mir einen Grund dafür liefern«, erwiderte ich mit süßem Gift in der Stimme.

»Jetzt hör zu, denn ich werde das nur einmal sagen: Nach Norden hin bildet der Fluss die Grenze deines Bewegungsspielraums, nach Süden der Weg, nach Westen der Waldrand, und Richtung Osten sind es die Stallungen. Solltest du diese Grenzen überschreiten, verpasse ich dir eine ordentliche Tracht Prügel und du verlierst sämtliche Freiheiten und Privilegien.«

»Wenn du mir nur ein einziges Härchen krümmst ...«

»Ja, ja, dann verbrennst du mich so schlimm, dass meine Geliebte schreiend davonrennt. Ich fürchte, das schüchtert mich nicht im Geringsten ein, Feuermädchen. Und jetzt trockne dich ab, bevor du noch krank wirst. Du bist sowieso schon schwach genug.«

Dann verließ er das Zimmer und schloss die Tür mit einem leisen Klicken, während ich in meinen nassen Kleidern dastand und ihm hinterherstarrte.

5

Die nächsten drei Tage verbrachte ich in der Krankenstube, ohne jemand anderen zu Gesicht zu bekommen als Bruder Gamut, der mir eine Tasse Heiltee nach der anderen brachte. Wenn das lange Ruhen mich zu Tode langweilte, rappelte ich mich manchmal auf und humpelte eine Runde durchs Zimmer, wobei ich immer wieder Pausen einlegen musste. Erstaunlich, wie schnell ich mithilfe von Bruder Gamuts Kräutern zu Kräften kam. Zum ersten Mal seit vielen Monaten fing ich langsam wieder an, mich sicher zu fühlen.

Bis ich in der dritten Nacht mit dem Geschmack von Asche auf der Zunge erwachte.

Ich krallte die Fäuste in die Decke und versuchte die Bilder von lichterloh brennenden Häusern abzuschütteln. *Es war nur ein Traum.* Doch der säuerliche Geruch in meiner Nase blieb. Starr vor Angst setzte ich mich ruckartig auf.

Feuer.

Ich warf mich in mein Kleid, riss die Tür auf und stürzte so schnell, wie mein Knöchel es zuließ, den Flur hinunter und durch den Kreuzgang nach draußen. Den Rauchschwaden folgend, bog ich um die nordwestliche Ecke der Abtei. Mönche und Ordensschwestern eilten vom Fluss herbei und schütteten Eimer voller Wasser über den Flammen aus, die aus dem nördlichen Eingang der Abtei hervorloderten. Ihre bleichen Gesichter mit den weit aufgerissenen Augen, ihre in die Eimerhenkel gekrallten Finger wirkten ganz weiß im Widerschein des Feuers. Eine der Frauen schrie auf, als eine Feuerzunge über sie hinwegleckte, und das Wasser aus ihrem Eimer traf zischend das Türblatt. Einen Augenblick später wirbelte sie herum und rannte zurück zum Fluss.

»Wo ist Bruder Thistle?«, schrie ich und eilte zu den anderen. Seine Fähigkeit, Frost zu erzeugen, war stärker als eintausend Eimerladungen Flusswasser.

Einer der Männer deutete auf eine Gestalt, die ausgestreckt am Boden lag. Ich rannte zu ihm und warf mich auf die Knie. Bruder Thistles Brustkorb hob und senkte sich eindeutig zu schnell.

Bruder Gamut kam herbeigeeilt, ein gebeugter Umriss vor dem orangefarbenen Schein des Feuers. »Er war im Kapitelsaal an seinem Schreibtisch eingeschlafen. Bruder Peele hat ihn dort gefunden und nach draußen getragen.«

»Wir müssen ihn wach bekommen«, sagte ich. »Er kann das Feuer löschen.«

»Haben wir schon versucht. Er kommt einfach nicht zu sich.«

In dieser Situation war meine Hitze wohl kaum von Nutzen. Ich beugte mich über den Mönch und rüttelte sanft an seiner Schulter. Wenn ich bloß ein paar streng riechende Kräuter gehabt hätte, um sie ihm unter die Nase zu halten.

Das Dröhnen von Hufen ließ die Erde unter uns erzittern. Als ich mich umdrehte, kam gerade ein riesiger weißer Hengst zum Stehen und Arcus schwang sich aus dem Sattel.

»Was hast du getan?«, stieß er hervor und ließ sich auf der anderen

Seite von Bruder Thistle auf die Knie fallen. Sein Gesichtsausdruck war in den Schatten der Kapuze nicht zu erkennen, aber der Vorwurf galt eindeutig mir.

»Gar nichts hab ich getan«, erwiderte ich. »Außer zu versuchen, ihn zu wecken.«

Bruder Gamut kam mir zu Hilfe und begann zu erklären, was Bruder Thistle zugestoßen war. Noch während er sprach, erhob sich aus den Reihen der Ordensschwestern die Stimme einer Frau, die offenbar die Anwesenden durchgezählt hatte. »Schwester Pastel ist nicht hier!«

Bruder Gamut rang die Hände und schaute Arcus eindringlich an. »Sie muss in der Bibliothek sein.«

Arcus sprang auf und raste zum Nordeingang. Er ließ den eisernen Türknauf mit seinem Atem gefrieren und riss das Holztor auf. Rauch quoll hervor, hungrige Flammen leckten am Türrahmen. Arcus stand wie gebannt da und rührte sich nicht vom Fleck. Etwas an seiner Haltung erinnerte an ein kleines Tier, das einem Fleischfresser gegenübersteht und dessen Leben davon abhängt, dass es stillhält.

Ich ließ die beiden Mönche allein und rannte zu Arcus. »Was ist los?«

Er schüttelte nur den Kopf.

»Verwende deine Kälte, um das Feuer zurückzudrängen, während du dich hindurchkämpfst«, sagte ich verständnislos. »Oder stimmt irgendwas nicht? Ist deine Kraft nicht … stark genug?«

»Natürlich ist sie das!«, bellte er. »Es ist nichts.«

Dann streckte er die Hände nach vorne aus. Die Luft knisterte vor Frost, doch angesichts der wütenden Hitze schmolz das Eis sofort wieder. Entgeistert sah ich zu, wie Arcus' Hände zitterten.

»Hast du Angst vor dem Feuer?«, fragte ich völlig überrascht.

Er bedachte mich mit einem zornigen Blick, der im Licht des Feuers unter seiner Kapuze aufblitzte, doch sein Atem ging stoßweise, sein Brustkorb hob und senkte sich, als hätte er gerade einen Zehnmeilenlauf hinter sich gebracht.

Ich hätte gedacht, dass seine Schwäche mir Genugtuung verschaffen würde, aber alles, was ich fühlte, war Besorgnis. »Wo ist die Bibliothek?«

»An der Kapelle vorbei, die dritte Tür«, antwortete er.

Ich nickte. »Ich werde einen freien Fluchtweg brauchen. Tu dein Bestes, um den Gang feuerfrei zu halten. Und sag Bruder Gamut, er soll sich bereithalten, ich bringe ihm Schwester …«

»Pastel«, sagte Arcus. »Aber du kannst da unmöglich rein. Das Dach kann jederzeit einstürzen.«

»Dann muss ich eben wieder raus sein, bevor es einstürzt.« Ich wandte mich ab und stürmte in den Gang, wobei ich die Schreie ignorierte, die Arcus mir hinterherschickte. Eine Feuerwand versperrte mir den Weg. Ich schloss die Augen, hechtete durch die Flammen und rollte mich auf der anderen Seite über den Steinfußboden, um meine brennenden Kleider zu löschen.

Hinter der dritten Tür tat sich ein großer, mit Rauch gefüllter Raum auf, dessen Wände bis zur Decke mit Büchern bedeckt waren. Auf den Tischen waren fein säuberlich Pinsel und Tintenfässchen aufgereiht. Zwischen zwei Bogenfenstern hing ein Wandteppich mit dem Abbild von Tempus, dem Vater der vier Winde, der einen Sturm entfesselte, um ungehorsame Seeleute zu strafen.

»Schwester Pastel?«, rief ich mit schriller Stimme.

Eine große Gestalt in Nonnentracht lag auf dem Boden unter dem Wandteppich. Ich erkannte sie als die Schwester, die mich argwöhnisch beäugt hatte, als mir am Tag nach meiner Ankunft in der Abtei die Wanne hereingebracht worden war. Ich schob die Hände unter ihre

Achseln und ächzte vor Anstrengung, als ich sie anhob. Ihre Haut war kühler als meine, aber weit entfernt von Arcus' stechender Kälte. Ganz offensichtlich verfügte sie nicht über die Gabe des Frostes, die sie vor den Flammen hätte bewahren können, welche inzwischen den Gang erfüllten.

Die Fenster waren nun unser einziger möglicher Fluchtweg. Vorsichtig ließ ich Schwester Pastel wieder zu Boden gleiten, griff mir einen Holzstuhl und schleuderte ihn gegen eine der Scheiben. Sie erzitterte, zerbrach aber nicht. Ich versuchte das Glas mit der Schulter zu durchstoßen, prallte aber nur unter höllischen Schmerzen ab. Ich wich ein paar Schritte zurück, um erneut Anlauf zu nehmen, da hörte ich einen dumpfen Schrei von draußen: »Bleib zurück!«

Ich bedeckte Schwester Pastel so gut wie möglich mit meinen Kleiderschößen und legte mir schützend die Hände auf den Kopf. Eine Sekunde später explodierte das wunderschöne Buntglasfenster nach innen, und ein vielfarbiger Scherbenregen ergoss sich auf den Boden. Ein Schwall frischer Luft pustete mir den Kopf frei, während Arcus durch den Fensterrahmen in den Raum kletterte.

Ich riss den Teppich von der Wand und legte ihn über die scharfen Scherben, die noch im Rahmen steckten. Mit vereinten Kräften hievten wir Schwester Pastel nach draußen, dann stiegen wir selbst hinaus. Während Arcus die Nonne ein Stück weiter weg auf einen kleinen Hügel bettete, stützte ich die Hände auf den Knien ab und atmete gierig die frische Luft ein. Dann wirbelte ich herum und hielt wieder auf die Bibliothek zu.

Meine Mutter hatte mir zwar die Buchstaben erklärt, aber es war meine Großmutter gewesen, die mir das Lesen und die Liebe zu Büchern vermittelt hatte, indem sie bei jedem Besuch etliche Bücher mitbrachte. Und die Aufzeichnungen meiner Mutter über verschiedene

Kräuter waren ein kostbarer Schatz gewesen. Der Gedanke an all die wertvollen Bücher, die in der Abteibibliothek zu Asche zerfallen würde, war mir unerträglich.

»Was machst du da?«, rief Arcus.

»Ich rette die Bücher!«

Seine Schritte näherten sich von hinten, dann packte er mich bei den Schultern und zog mich zur Seite, sodass er zwischen mir und der brennenden Abtei stand. Sein Gesicht war nur ein dunkler Umriss vor dem Schein des Feuers. »Bleib hier! So weit wird das Feuer nicht kommen.«

Er rannte an der Abteimauer entlang und ich folgte ihm. Noch immer schleppten Mönche und Nonnen Eimer um Eimer voller Flusswasser heran. Arcus berichtete ihnen, wo er Schwester Pastel abgelegt hatte, dann eilte er zu Bruder Thistle.

»Wie geht es ihm?«, fragte er Bruder Gamut.

»Er ist am Leben«, erwiderte der Mönch und schaute zornig zum lodernden Feuer hin.

Arcus nickte und hastete zurück zu dem vom Feuer erleuchteten Eingang, dort wo er nur wenige Minuten zuvor so hilflos und bewegungsunfähig gestanden hatte. Die Flammen waren glühende Zungen, die sich in Sekundenschnelle von Orange zu Schwarz verfärbten. Arcus streckte die Arme weit zu beiden Seiten aus und klatschte die Hände dann vor sich zusammen. Sofort überzog ein dünner Eisfilm den Stein, der aber gleich wieder schmolz. Arcus klatschte erneut in die Hände, wieder bildete sich Eis, wieder taute es augenblicklich weg.

Arcus ließ sich auf die Knie fallen und schlug mit flachen Händen auf den aufgeheizten Boden ein. Sein Rücken hob und senkte sich im Rhythmus seines keuchenden Atems.

»Ich brauche noch eine Minute«, sagte er. »Ist doch schwerer, als ich erwartet hatte.«

»Viel wahrscheinlicher ist, dass du überhitzt bist«, entgegnete ich. »Wenn ich nass werde oder stark friere, verliert meine Gabe auch an Kraft. Vermutlich wirkt es sich bei dir ähnlich aus, wenn deine Haut heiß wird. Du hast dich zu lange in der Nähe des Feuers aufgehalten.«

Er gab ein unverständliches Geräusch von sich, wahrscheinlich die größtmögliche Zustimmung, die von ihm zu erwarten war. Ich entdeckte einen Mönch, der mit einem Kübel Wasser an uns vorbeilief.

»Halt!«, rief ich und riss ihm den Eimer aus der Hand. Der Mann kam schlitternd zum Stehen. »Wir brauchen mehr Wasser, bitte. Hierher, zu mir.«

Ich wandte mich ab und kippte Arcus das Wasser ins Gesicht. Keuchend stand er da und schüttelte seine tropfenden Hände aus. »Was soll das denn?«, rief er entrüstet.

»Ich kühle dich ab. Ah, der nächste Eimer. Gut.« Ich schleuderte ihm die zweite Ladung entgegen.

»Ich weiß deine Hilfe zu schätzen, aber du musst mich nicht gleich ertränken.«

»Schön, dann mach das eben selbst.« Ich reichte ihm einen dritten Eimer, den eine Nonne angeschleppt hatte.

Mit starrem Blick in meine Richtung kippte er sich das Wasser über den Kopf, dann wandte er sich wieder dem brennenden Tor zu. Wieder klatschte er in die Hände, wieder bildete sich Eis ... Eine Weile sah es so aus, als würden die Flammen sich nicht davon abbringen lassen, die Kapelle und mit ihr die ganze Abtei zu verschlingen. Doch nach und nach schaffte es die dünne Eisschicht, immer länger auf den überhitzten Steinmauern auszuharren. Arcus blies eisige Wolken durch den Gang, und die Flammen wichen immer weiter zurück, wobei sie dicke Qualmwolken ausstießen.

Nur wenige Minuten später war es vollbracht. Das Feuer war besiegt.

Nur ein Chor hustender Stimmen ertönte in der Stille. Einer der Mönche holte eine Fackel aus der Abtei und postierte sich neben Bruder Thistle. Mehrere andere folgten seinem Beispiel und blickten mit besorgter Miene auf Bruder Thistle hinunter. Ich hielt mich ein Stück abseits und wünschte, ich könnte mehr für ihn tun.

Ein Mann drehte sich zu mir um. Seine buschigen Augenbrauen begegneten sich in der Mitte der Stirn, sein rundes Gesicht war finster. Ich erkannte in ihm den Mönch, der ebenfalls mitgeholfen hatte, meine Badewanne hereinzutragen. »Du bist durchs Feuer gegangen! Du bist eine Fireblood!«

In meinem ganzen Leib brannte der Drang wegzulaufen, so sehr kamen die bösen Erinnerungen wieder hoch und drohten mir die Kehle zuzuschnüren.

»Sie ist ein Flüchtling, Bruder Lack«, sagte Arcus und kam auf uns zu. Ich hatte Mühe, an Ort und Stelle stehen zu bleiben. »Wir haben ihr Obdach angeboten, weil ihr Zuhause zerstört wurde. Es ist unbedeutend, welches Blut sie hat.«

Ich sah Arcus verwundert an. Hatte er mich etwa gerade verteidigt?

Bruder Lack ging sofort auf ihn los. »Sie ist eine Gefahr für die Abtei und alle, die darin wohnen.« Jedes Wort hatte er mit der Wucht eines Hammerschlags ausgestoßen. »Sie ist eine Fireblood und damit eine Verbrecherin. Sie trug eine Fußfessel, als ihr sie hierher gebracht habt, das habe ich mit eigenen Augen gesehen!«

»Sie ist genauso eine Verbrecherin wie all die Hunderte von glücklosen Tempesiern, die nichts anderes verbrochen haben, als sich gegen Angriffe zur Wehr zu setzen.«

»Und was meinst du, welch königlicher Zorn über uns hereinbrechen wird, wenn herauskommt, dass wir eine Fireblood beherbergen?«, keifte Bruder Lack weiter.

Eine schwache, aber empörte Stimme drang von hinten an unsere Ohren. »Hast du den Sinn und Zweck unseres Ordens vergessen? Der darin besteht, Kranke zu heilen und Verfolgten Zuflucht zu gewähren?«

Wir wirbelten herum. Bruder Thistle stemmte sich mühsam auf einen Ellbogen hoch und wurde von einem heftigen Hustenanfall erfasst.

Arcus kauerte sich neben ihn und legte ihm sacht eine Hand auf die Schulter. »Ganz langsam, mein Freund. Du hast viel Rauch in die Lunge bekommen.«

Bruder Lack hingegen starrte mich immer noch an, als wäre ich eine Natter, die jede Sekunde zubeißen könnte. »Vielleicht wird sie ja aus gutem Grund verfolgt. Vielleicht wollen die Götter sie für ihre Sünden bestrafen. Ich darf euch daran erinnern, dass ich aus dem Süden stamme. Ich habe so meine Erfahrungen mit Firebloods. Ein gefährliches, durchtriebenes, nicht vertrauenswürdiges Pack, dem unsere Werte nicht das Geringste bedeuten.«

»Du vergisst dich«, warnte Bruder Thistle schwer atmend. Sein leiser, aber missbilligender Ton erzeugte mir Gänsehaut an den Armen. »Ihre einzige Sünde besteht darin, eine Fireblood zu sein, und das ist keine Sünde.« Er hustete ein paarmal, dann fuhr er fort: »Wenn Mitgefühl dir so fernliegt, sollten wir vielleicht überprüfen, wie sehr du dich wirklich den Glaubenssätzen unseres Ordens verpflichtet fühlst.«

»*Ich?* Ich habe mein ganzes Leben dem Orden gewidmet. Ich habe doch nur zu bedenken gegeben, dass wir die Reinheit dieses geheiligten Ortes bewahren müssen. Dass ihr eine *Fireblood* hier reingebracht habt …«

»Vergiss nicht«, unterbrach ihn Bruder Thistle, »dass ich derjenige bin, der hier die Entscheidungsgewalt hat. Der Orden hat mir diese Verantwortung übertragen, niemandem sonst.«

Eine bedeutungsschwangere Pause folgte, in der nur Bruder Lacks aufgeregtes Atmen zu hören war. Die beiden Männer sahen sich mit verhärteten Gesichtern an, zwischen ihnen schien ein wortloser Kampf stattzufinden. Schließlich gab Bruder Lack klein bei. Seine Nasenflügel bebten, aber er senkte beinahe unmerklich das Haupt.

»Ich bitte um Verzeihung. Ich habe unrecht gesprochen.«

»Schon verziehen«, sagte Bruder Thistle, während er von einem erneuten Hustenanfall geschüttelt wurde.

Bruder Lack hob den Kopf. »Tatsache bleibt allerdings, dass sie ein Feuer entfacht hat, das dich das Leben hätte kosten können.«

»Das war ich nicht!«, ging ich empört dazwischen. »Aus welchem Grund sollte ich so etwas tun?«

Arcus sah mich schweigend an, und mir wurde klar, dass ich wohl mehr als nur einen Grund dafür gehabt hätte. Sie ablenken, um flüchten zu können. Mich an den Frostbloods rächen. Und Arcus hatte miterlebt, wie ich unten am Fluss die Kontrolle über mich verloren und meine Kleidung verbrannt hatte.

Gemurmel erhob sich unter den Mönchen und Nonnen, und ihre Gesichter wurden von Argwohn und Sorge überschattet. Angst und Wut pulsierten in heißen Wellen in mir, vom Brustkorb bis zu den Fingerspitzen.

»Wir können noch die ganze Nacht hier stehen und darüber debattieren«, erhob sich Arcus' Stimme über das Rumoren hinweg. »Und währenddessen die Wunden eures Bruders und eurer Schwester unversorgt lassen. Ich gebe euch mein Wort, dass ich das Mädchen streng im Auge behalten werde. Über alles andere reden wir dann morgen weiter.«

Er sprach mit dem kompromisslosen Ton eines Mannes, der keinen Widerspruch duldet. Die meisten Mönche nickten denn auch stumm und begannen sich zu zerstreuen. Bruder Lack hingegen blieb stehen, die Arme vor der Brust verschränkt und einen finsteren Ausdruck im Gesicht, als könnte ich jederzeit wieder voranstürmen und die Abtei in Schutt und Asche legen.

»Folge uns«, wandte sich Arcus an mich, seine Stimme bestimmt, aber nicht unfreundlich. »Bruder Lack, ich verlasse mich darauf, dass du Miss Otrera in die Abtei begleitest.«

Mit der Hilfe eines anderen Mönchs half er Bruder Thistle auf die Beine. Es entging mir nicht, wie sanft Arcus mit dem alten Mann umging, als trüge er seinen eigenen Vater auf den Armen. Da war tiefer Respekt, ja Zuneigung zwischen den beiden, und diese Erkenntnis schmerzte mich auf eigentümlich eifersüchtige Weise. Es war lange her, dass jemand sich so zärtlich um mich gekümmert hatte.

Sie liefen um die Abtei herum in Richtung der Krankenstube. Ich folgte ihnen langsam, mein Knöchel immer noch steif von den Strapazen und der kalten Nachtluft.

Bruder Lack ging neben mir her, und auf einmal beugte er sich zu mir herüber, um mir ins Ohr zu flüstern. »Du magst Bruder Thistle getäuscht haben, aber ich erkenne dich als das, was du bist: eine rachsüchtige Fireblood, die darauf aus ist, einen Ort zu zerstören, der dem Gott des Nordwinds huldigt. Ich weiß nicht, wie du es geschafft hast, dich hier hereinzuschmuggeln, aber eines verspreche ich dir: Ich werde nicht ruhen, ehe du nicht wieder im Gefängnis bist, wo du hingehörst. Und wenn ich dich eigenhändig dahin schleifen muss.«

Das Aufblitzen seiner kleinen schwarzen Augen bewies mir, dass er es todernst meinte. Er würde nicht viel tun müssen, um sein Ziel zu erreichen. Eine schlichte Nachricht, und schon würden die Soldaten herbeieilen, um mich in Gewahrsam zu nehmen. Oder vielleicht würde ich eines Nachts aus dem Bett gerissen, in einen Wagen gesteckt und auf kürzestem Weg zur nächstgelegenen Garnison gebracht werden. Ich hatte leichtsinnig begonnen zu glauben, dass ich hier in Sicherheit war. Doch mit solchen Verfolgern auf den Fersen würde ich niemals und nirgendwo in Sicherheit sein. Das durfte ich nie vergessen.

Arcus tauchte auf der Türschwelle der Abtei auf.

»Hinein!«, befahl er.

Ich durfte es mir nicht mehr leisten, zu zögern, ich konnte meinem Körper nicht noch mehr Zeit geben, um vollständig zu heilen. Was auch immer mich außerhalb der Abteimauern erwartete – alles war besser, als wieder im Kerker zu landen.

Ich beschloss, noch heute Nacht aufzubrechen.

6

In der Krankenstube war alles ruhig. Es war eine dichte, übersättigte Stille, in der man selbst die unmöglichsten Geräusche zu hören glaubt: eine über den Fenstersims krabbelnde Spinne etwa oder den auf dem Boden hin und her fegenden Schwanz einer Maus, die im Dunkeln davonhuscht.

Ich lag wie üblich auf meiner Pritsche und tat so, als schliefe ich, während Bruder Thistle und Schwester Pastel auf benachbarten Liegen ruhten. Arcus hatte sich die Matratze ausgesucht, die der Tür am nächsten war. Wie ein Schatten, der die Abtei vor den Gefahren beschützte, die von mir ausgehen mochten.

Ich hatte zunächst befürchtet, dass Arcus die ganze Nacht aufbleiben würde, um mich zu bewachen, aber er hatte mir nur einen steinernen Blick zugeworfen, mir befohlen, mich schlafen zu legen, und sich dann selbst hingelegt. Er ließ durch nichts erkennen, ob er mir für die Hilfe bei der Rettung von Schwester Pastel dankbar war oder ob er ebenfalls glaubte, ich hätte das Feuer gelegt. Vielleicht war es ihm in diesem Moment auch gleichgültig. Seine Bewegungen waren mir langsam und erschöpft vorgekommen, als hätte ihm die Anstrengung des Feuerlöschens jeden Funken Kraft aus dem Leib gesogen.

Als um mich herum bloß noch leises, gleichmäßiges Atmen zu hören war, das nur von gelegentlichem rasselnden Husten unterbrochen wurde, hob ich ein Paar Lederstiefel auf, die vor Bruder Thistles Pritsche lagen und so aussahen, als könnten sie mir passen. Dann nahm ich mir einen dicken Umhang, der an einem Wandhaken hing, und schlich auf nackten Zehenspitzen zur Tür.

Der Türknauf ächzte leise, als ich ihn drehte. Ich erstarrte und sah ängstlich zu Arcus' breitschultriger Gestalt hinüber. Er schlief auf der Seite, und selbst im Schlaf bedeckte die Kapuze sein halbes Gesicht. Hatte sich sein Atemrhythmus etwa gerade verändert? Ich hielt die Luft an und lauschte. Doch als er sich nicht regte, zog ich die Tür leise auf.

Stumm tastete ich mich durch die samtene Finsternis zum östlichen Bogentor der Abtei voran. Erst dort schlüpfte ich in die Stiefel und huschte über den eisknirschenden Boden in die Küche, wo ich einen Lederbeutel fand, den ich mit Äpfeln, Hartkäse, einem Stück Trockenfleisch, ein paar Nüssen und Samen, einem scharfen Messer mit Holzgriff und einem Trinkschlauch füllte.

Ich wusste von Bruder Gamut, dass an die Küche ein kleiner Raum grenzte, der als Apotheke diente, weil der Mönch dort seine Heilkräuter trocknete und zu Pulver zerstieß. Zahllose Glasbehälter säumten die Regale. Ich ging hastig die Etiketten durch und suchte mir die Fläschchen aus, die mir am wertvollsten erschienen. Hätte die Abtei über Silber- oder Goldgegenstände verfügt – Kerzenständer oder Ähnliches –, dann hätte ich stattdessen die genommen. Aber ich hatte hier nichts wirklich Kostbares gesehen.

Ich entdeckte einen zweiten Lederbeutel und füllte ihn bis zum Anschlag mit den Glasflaschen, die ich vorher einzeln in Leinen wickelte.

Als ich zu den Stallungen kam, waren die Pferde sehr unruhig, wahrscheinlich wegen des Rauchs, der nach dem Brand immer noch in der

Luft hing. Auch Arcus' riesiger, eleganter weißer Hengst stand hier, schnaubte und stampfte mit den Hufen auf und starrte mich aus seinen blitzenden, wild rollenden Augen an. Ich näherte mich einer blonden Stute, die mich mit sanften Augen anblinzelte. Ich strich ihr über die Stirn und war erleichtert, als sie nicht vor meiner Hitze zurückwich. Innerhalb weniger Minuten hatte ich sie gesattelt.

Wir verließen die Abtei in Richtung Westen. Schon bald hatten das Pferd und ich uns so aneinander gewöhnt, dass ich die Zügel lockerer lassen konnte. Die Rückenmuskeln der Stute zuckten, und mich durchschoss ein Gefühl von Freiheit, heiß und wunderbar, sodass ich die Beine fester um die Flanken des Tieres schloss und es zu einem berauschenden Galopp antrieb. Jedes Geräusch brannte in meinen Ohren, und ich wartete nur darauf, dass hinter mir ein Schrei ertönte oder der Boden von dröhnendem Hufgetrappel erzitterte.

Doch dann überquerte ich die Grenze, die Arcus mir im Westen gesteckt hatte, und der stille Wald umschloss mich wie die Umarmung eines alten Freundes.

Die Stute fand einen Pfad zwischen hohen, duftenden Kiefern, kahlen Eichen und Ahornbäumen hindurch, und ich überließ es ihr, dem Weg zu folgen.

Ich würde eine Hafenstadt suchen, wo ich mich auf ein Schiff schleichen konnte. Tevros lag nordwestlich von Tempesien, aber ich war mir nicht sicher, wo genau oder wie weit entfernt es war. Während ich überlegte, welche Richtung ich einschlagen sollte, erinnerte mich mein knurrender Magen an ein sehr viel dringlicheres Problem.

Ich beugte mich seitlich hinunter, um nach dem Lederbeutel mit den Lebensmitteln zu greifen – und fluchte. Er war weg! Wahrscheinlich hatte er sich gelöst, als ich galoppiert war, und im Dunkeln hatte ich jetzt keine Chance, ihn wiederzufinden. Ich gab mir alle Mühe, nicht in Panik zu geraten.

Hätte ich meine Gabe besser im Griff gehabt, dann hätte ich jagen können, hätte mir ein Feuer machen und ein Eichhörnchen oder einen Schneehasen braten können. Aber dies lag jenseits meiner Möglichkeiten. Wahrscheinlich würde ich mit dem Bau einer Falle mehr Glück haben, aber das Messer hatte in demselben Beutel gelegen wie die Lebensmittel, und so hatte ich nichts, womit ich Zweige hätte zurechtschneiden können. Jetzt konnte ich nur noch hoffen, dass der Pfad über kurz oder lang zu einem Dorf führen würde. Statt kopflos weiterzureiten, machte ich im Schutz eines Kiefernhains für die restliche Nacht Rast.

Am nächsten Morgen sah ich zu, wie der Sonnenaufgang die Stute in Gold tauchte, als würde Butter auf einem Stück frisch gebackenem Brot zerschmelzen.

»Von jetzt an nenne ich dich Butter«, sagte ich zu dem Pferd und tätschelte es. Die Stute schnaubte leise zur Antwort.

Während sie kümmerliche Grasbüschel ausrupfte, sammelte ich ein paar essbare Wurzeln fürs Frühstück. Meine Kehle war wie ausgedörrt, aber von Wasser weit und breit keine Spur – bis zum Nachmittag, als ein leises Rauschen Butter die Ohren spitzen ließ. Und da war er plötzlich, ein munterer Bach, der sich durch sein felsiges Bett ergoss. Nachdem wir uns satt getrunken hatten, ließ ich Butter den Fluss bis zu einem Wasserfall entlanglaufen. Dort bogen wie nach Süden ab und folgten einem Pfad nach dem anderen, bis die Sonne erneut unterging.

Es war gespenstisch leise um mich herum. Ein säuerlicher Brandgeruch befleckte die ansonsten frische, reine Waldluft. Und es war nicht der Geruch von kürzlich abgebranntem Holz, sondern das schale Echo von etwas, was vor langer Zeit abgefackelt worden war.

Kurz darauf stießen wir auf einen Irrgarten hölzerner Gebäude, Wohnhäuser und Läden, die zerstört, verrußt und eingesunken vor sich hin moderten.

Auch hier waren sie also gewesen. Soldaten.

Ich wagte kaum zu atmen. Es war unwahrscheinlich, aber nicht ausgeschlossen, dass sie noch irgendwo in der Nähe waren, und für den Fall war ich auf der Hut, um jederzeit umdrehen und von hier verschwinden zu können. Aber ich konnte es mir nicht leisten, auf die Chance zu verzichten, irgendwo in den Vorratsräumen der verlassenen Häuser noch Essbares zu finden. Ich war schon ganz schwach vor Hunger. Und es war klar, dass das Dorf menschenleer war.

Eines der Häuser schien mir etwas weniger zerstört zu sein als die anderen. Darin fand ich Steckrüben, ein paar Kartoffeln, einen halb zerschmolzenen Käselaib – der in meinen gierigen Augen sein Gewicht in Gold wert war – und eine Metallflasche. Hastig steckte ich alles ein, schwang mich wieder auf Butters Rücken und ritt noch eine Stunde weiter, bevor ich mir wieder eine Rast gönnte.

Am nächsten Tag entdeckten wir einen schmalen, eisbedeckten Bach. Ich durchbrach die Eisschicht und füllte meine Flasche mit Wasser. Ich aß den Käse, doch die Rüben und Kartoffeln waren zu hart und ich würde sie kochen müssen, um sie essbar zu machen. Das vor uns liegende Stück Weg führte steil nach oben, war zu felsig nackt und bot keinen Unterschlupf, also ritten wir ohne Unterlass weiter, bis die Nacht hereinbrach.

Ich war ein Häuflein Elend voller Schmerzen und Verletzungen und konnte mich kaum mehr auf dem Rücken der Stute aufrecht halten, als in der Ferne schließlich ein paar Lichter aufblitzten und wie verspielte Kobolde zwischen den Bäumen aufflackerten und wieder erloschen.

Nach einer Weile öffnete sich der Wald zu einer Lichtung, auf der ein Dutzend Wagen um mehrere Lagerfeuer herum angeordnet waren. Ich brachte Butter im Schutz der Bäume zum Stehen und glitt von ihrem Rücken, sorgsam darauf bedacht, nicht vom Licht des Feuers erfasst zu werden.

Mehrere Menschen kauerten dicht gedrängt vor den Flammen und drehten aus Zweigen gemachte Spieße in den Händen. Mir lief das Wasser im Mund zusammen, als aus einem aufgespießten Hasen Säfte ins Feuer tropften und zischend verglühten. Die Leute teilten das Essen in Portionen auf, aber zu meiner Enttäuschung rollten sie nach der Mahlzeit weder ihre Schlafmatten aus noch zogen sie sich zur Nachtruhe in die Wagen zurück. Stattdessen versammelten sie sich in der Mitte der Lichtung und balgten sich um die besten Plätze auf den umgefallenen Stämmen, die in einem Halbkreis um eines der Feuer hingelegt worden waren. Eine Frau mit walnussbraunem Haar und einem stark zerfurchten Gesicht trat vor und erlaubte einem vielleicht neun oder zehn Jahre alten Mädchen, sich eine Geschichte auszusuchen.

Ich saß auf dem mit Kiefernnadeln bedeckten Boden, den Rücken an einen Baum gelehnt, während Butter ein paar Meter hinter mir stand, dankbar für die Ruhepause.

Das Mädchen entschied sich für die Legende vom Ursprung: die Geschichte darüber, wie Frostbloods und Firebloods entstanden waren. Die alte Frau verschränkte die Hände im Schoß und schien im Schein der tanzenden orangefarbenen Flammen ein Stück zu wachsen. Alle Gesichter wandten sich ihr zu, die Vorfreude spürbar, und alle lauschten still, als sie zu erzählen anfing.

»Ganz zu Beginn der Zeit«, ertönte ihre tiefe melodische Stimme, »hatten die Menschen weder Eis noch Feuer. Sie lebten mit den Tieren unter einem Dach, trugen die Felle derjenigen, die sie erbeutet hatten, und waren selbst kaum mehr als Tiere. Die Götter der vier Winde lebten im Himmel, jeder in seinem Königreich, voneinander getrennt, aber gleichberechtigt. Doch Fors, der Gott des Nordwindes, fühlte sich einsam. Er sehnte sich nach jemandem, der so war wie er, der sich an beißendem Frost und knackendem Eis ergötzte.«

Die Hände der alten Frau flatterten wie weiße Vögel vor dem Hintergrund der dunklen Schatten. »Also wischte er mit der Hand über den Gletscher auf der Spitze der Welt und sammelte die kältesten Bruchstücke ein. Dann schrumpfte er sich selbst auf Menschengröße und beobachtete die Stämme dabei, wie sie sich bekriegten, eine endlose Abfolge von Töten und Getötetwerden.«

»Auf welche Art töteten sie einander, Magra?«, fragte ein Mädchen, die Stimme ein fasziniertes Flüstern.

»Kaitryn!«, ging eine Frau, die vermutlich ihre Mutter war, dazwischen. »Solche Fragen stellt man nicht.«

Magra beugte sich lächelnd zu der Kleinen, als wäre ihr die Faszination des Mädchens für blutrünstige Details nur allzu vertraut. »Auf jede Art, die du dir nur denken kannst. Mit bloßen Händen, mit Steinen, mit Schwertern und Äxten.«

»Das war bestimmt ganz schrecklich«, sagte das Mädchen begeistert.

Die Geschichtenerzählerin nickte. »Fors wandte sich an die Frau, die die Stämme des Nordens anführte: ›Hier, nimm mein Eis und benutze es dazu, eure Feinde einzufrieren. Dann wird niemand euch mehr besiegen können.‹ Er steckte ihr eine Eisscherbe ins Handgelenk und ihre Vene verfärbte sich blau. Der Körper der Frau erkaltete, ihre Augen verblassten. Sie hob die Hand und überzog die feindlichen Stämme mit tödlichen Eis- und Schneeschauern, bis auch der Letzte, der noch am Leben war, entsetzt vor ihr davonrannte.«

Das Mädchen klatschte in die Hände und ein paar Jungen rutschten ein Stückchen näher, die Augen ganz dunkel im Feuerschein. Selbst die Erwachsenen lauschten mit gefesseltem Blick, reglos und ohne ein Wort zu sagen.

»Allerdings war Sud, die Göttin des Südwindes«, fuhr die Frau mit ernstem Gesichtsausdruck fort, »in einen der Krieger eines vernichteten Stammes verliebt gewesen, und es zerriss ihr das Herz, ihn sterben zu sehen. Sie erkannte, wie mächtig die eiskalte Kriegerfrau des Nordens geworden war, und fürchtete, sie würde nun auch alle anderen Stämme auslöschen.«

Magra streckte eine Faust aus, als hielte sie darin etwas verborgen. »Also wischte Sud mit der Hand durch einen mächtigen Vulkan und schöpfte Tropfen kochender Lava heraus. Dann schrumpfte sie sich auf menschliche Größe und sah den Menschen zu, die Mühe hatten, genug Nahrung zu finden und sich vor dem Stamm der Eisleute in Sicherheit zu bringen.«

Magra öffnete die Hand und spreizte die Finger, als präsentierte sie ein Geschenk. »›Hier‹, sagte die Göttin zu dem Häuptling eines Wüstenstammes. ›Nimm diese Lava und benutze sie, um das Eis eurer Feinde zu schmelzen. Wer euch bekriegt, wird verbrannt. Dann müsst ihr nie wieder kämpfen.‹ Sie träufelte dem Häuptling die Lava ins Handgelenk und seine Ader kochte heiß. Sein Körper erwärmte sich, seine Haare färbten sich rot. Er hob die Hand und überzog seine Feinde mit Feuer, und ab dem Tag wagte es niemand mehr, ihn herauszufordern.«

Magra machte eine weit ausholende Handbewegung, wobei ihr langer Ärmel sich aufbauschte, und die Kinder wichen ängstlich zurück, als könnte aus ihren Fingerspitzen Feuer hervorschießen.

»Mit der Zeit gingen die Stämme Bündnisse ein, entweder mit dem Eis oder mit dem Feuer, und es gab einen Waffenstillstand zwischen den Firebloods und den Frostbloods. Beide Parteien nahmen ihr Land in Besitz, Karten wurden gezeichnet, die Menschen kamen zur Ruhe.«

Sie machte eine Pause, als wäre dies das Ende der Geschichte, und die Zuhörer lauschten mit angehaltenem Atem.

»Doch Eurus, der Gott des Ostwindes, war voller Missgunst. Er ging zu Neb, der Mutter aller Winde, um sich zu beklagen und einzufordern, dass auch er seine eigene Kreatur erschaffen dürfte. Neb war es längst leid, dass ihre Kinder gegeneinander kämpften, und sie erklärte ihm, dass in allen Dingen immer Gleichgewicht herrschen müsse. Was auch immer Eurus erschuf – Cirrus, die Göttin des Westwindes, würde genau das Gegenteil davon erschaffen müssen.«

Magra hielt die Handflächen hoch, als wären sie die zwei Seiten einer Waage.

»Voller Tatendrang tauchte Eurus seine Hand in die Tiefen des Ozeans, tief, tief hinunter, bis in den schwärzesten Schatten der tiefsten Höhle. Von dort nahm er eine Handvoll vollkommener Dunkelheit. Und dann, überzeugt, das beste Geschenk aller Zeiten gefunden zu haben, schrumpfte er sich auf Menschengröße und sah zu, wie die Menschen unter der Herrschaft von Frost und Feuer litten. ›Hier‹, sagte er zu einem mächtigen Schamanen. ›Nimm diese Finsternis und benutze sie, um all euer Elend wegzuwischen. Ihr werdet nie wieder leiden müssen.‹ Dann steckte er die Dunkelheit ins Handgelenk des Mannes und dessen Ader verfärbte sich schwarz. Doch anstatt Erleichterung zu verspüren, sank der Schamane zu Boden, wand sich unter Schmerzen und bettelte um Gnade. Innerhalb weniger Minuten war er tot.«

Die kleineren Jungen rissen erschrocken die Augen auf. Kaitryn beugte sich weiter vor.

»Eurus versuchte es immer und immer wieder, aber niemand überlebte sein Geschenk des süßen schwarzen Vergessens. Also teilte der

Gott des Ostwindes seine Finsternis in kleine Tropfen, die er über die Welt verstreut herabregnen ließ, und wo immer ein Tropfen die Erde berührte, erwachte ein Schatten zum Leben.«

Magra senkte die Stimme, bis sie ganz weich und wie nicht von dieser Welt war. Ich spürte, wie sich mir die feinen Härchen im Nacken aufstellten. »Die Schatten waren hungrig. Sie verschlangen Tiere und Menschen und wurden doch niemals satt. Und wenn ein Schatten, ein Minax, Gefallen an dir findet, schlüpft er unter deine Haut und färbt deine Augen und dein Blut tiefschwarz. Du wirst dann ganz bösartig und wild, durchtrieben und blutrünstig, und verzehrst dich danach, die Befehle des Minax auszuführen und dich in seiner Dunkelheit zu verlieren.«

Ich rieb mir über den Nacken, um den Schauer zu besänftigen, der mir das Rückgrat hinunterkroch. Im Blackcreek-Gefängnis hatte ich ständig Albträume von einem lebenden Schatten gehabt. Offenbar hatte sich der gruseligste Teil der alten Legende mit meiner Angst und meiner Einsamkeit gepaart und diesen Albtraum geboren, in dem eine finstere Gestalt meine Wange streichelte. Die Berührung war schmerzhaft gewesen, als würde sie Brandblasen werfen, und ich war jedes Mal panisch und zitternd aufgewacht.

»Es waren finstere Zeiten«, fuhr die Erzählerin fort. »Aber die Kreaturen durften nicht lange frei umherstreifen. Cirrus, die Göttin des Westwindes, die den Frieden mehr liebte als alles andere, bohrte ein Loch in die Erde. Dort hinein, in die dunkle Tiefe, zwang sie die lebenden Schatten und erschuf ein Tor des Lichts, welches das Loch versperrte und welches die Minaxe nicht überwinden konnten.«

Magra reckte ihre Handflächen gen Himmel. »Dann tauchte Cirrus ihre Hand in den farbenfrohen Sonnenuntergang und fing einen Lichtstrahl ein, den sie in einen Kristall einschloss. Sie richtete das Licht auf zwei Berge, deren Spitzen sich daraufhin in Wachposten verwandelten, und diese ließ sie in einen tiefen Schlaf fallen. Würde das Tor angegriffen, sollten die Wächter erwachen und ihren Dienst tun. Schließlich rief Cirrus den feurigen Häuptling und die eisige Kriegerin zu sich und befahl ihnen, seinen Frost und ihr Feuer miteinander zu vermengen, um damit das Tor zu versiegeln.«

»Ich wette, sie sind aufeinander losgegangen«, sagte einer der Jungen.

»Nein, sind sie nicht«, widersprach Magra. »Sie arbeiteten zusammen, weil dies der Wunsch der großen Göttin war. Von der Anstrengung erschöpft, fiel sie zu Boden. Eine weise Frau namens Sage brachte Cirrus zu ihrer Höhle, nährte sie mit Brühe und Fleisch und pflegte sie wieder gesund. Aus Dankbarkeit pflanzte Cirrus den letzten Hauch des Sonnenuntergangs aus dem Kristall in Sages Handgelenk, sodass ihr Haar und ihr Blut sich golden färbten. Seit diesem Tag besitzt Sage die Gabe, Kranke zu heilen und Unglück zu wittern, bevor es geschieht. Sie ist der dritte Wächter, der das Tor des Lichts beschützt, und sie wird erst sterben, wenn auch der letzte Minax vernichtet ist.«

»Aber die Schatten sind doch alle unter der Erde gefangen«, wandte Kaitryn ein.

»Tja … Es heißt, Eurus habe zwei seiner liebsten Geschöpfe vor Cirrus' Gefängnis gerettet, indem er sie an einem Ort versteckte, wo niemand sie findet. Also muss Sage solange Wache halten, bis auch diese beiden vernichtet sind.« Magra legte die Hände in den Schoß und lehnte sich zurück. »Aber die Welt hat heutzutage genug von den alten Geschichten.« Sie senkte die Stimme als Zeichen dafür, dass die Erzählstunde vorbei war. »Nur noch die Kinder mögen ihnen lauschen.«

Erinnerungen überfluteten mich. Auch meine Großmutter hatte die Geschichte vom Ursprung jedes Mal mit diesem Satz beendet.

»Ich werde den Geschichten immer lauschen«, sagte Kaitryn. »Und dann werde ich sie anderen weitererzählen, auf meinen Abenteuerreisen quer über das Meer zu den Feuerinseln von Sudesien und nach Westen hin, wo Ungeheuer leben, und dann beschaffe ich mir ein Schwert und …«

»Mam sagt, du bist zu krank, um reisen zu können«, warf einer der Jungen ein. Ich ließ meine Augen zu Kaitryn hinüberwandern. Sie sah nicht wirklich krank aus, nur ihre Wangen waren leicht gerötet.

»Aber ich werde wieder gesund!«, gab sie zornig zurück. »Und ich werde einen Ort ohne Soldaten finden, ohne böse Menschen und ohne einen wahnsinnigen König.«

Ihre Mutter riss die Augen auf, und im Kreis der Zuhörenden wurde es schlagartig still.

»Schweig, Kind!«, zischte ein Mann leise.

»Warum sollte ich?«, sagte Kaitryn, wenn auch mit gesenkter Stimme. »Seine Soldaten haben unser Zuhause abgebrannt.«

»Mein Dorf auch«, flüsterte ich.

»Für die Kleinen wird es Zeit«, sagte Kaitryns Mutter und griff sich mit jeder Hand ein Kind. »Morgen setzen wir unsere Reise fort, und in zwei Tagen sind wir an der Küste. Ihr braucht jetzt euren Schlaf.«

Also waren es nur noch zwei Tagesmärsche bis zur Küste. Vielleicht konnte ich den Leuten unauffällig folgen, ihnen nachts ein bisschen Essen stehlen und auf dem von ihnen eingeschlagenen Pfad sicher den Berg hinunter gelangen.

Eins nach dem anderen wurden die Feuer gelöscht und alle schlurften zu ihren Wagen. Leider zerschlugen sich meine Hoffnungen auf etwas essbare Beute dadurch, dass ein großer, bärtiger Mann als Wache zurückblieb. Er setzte sich auf die Lichtung, den Rücken gegen einen Wagen gelehnt, und nahm einen Schluck aus einer Flasche.

Nach einer Weile gesellte sich sogar ein zweiter Mann zu ihm. Er trug eine dunkle Klappe über einem Auge.

»Meinst du, wir haben irgendwas zu erwarten?«, fragte er und wickelte sich den zerschlissenen Umhang fester um den Leib.

»Wohl kaum«, erwiderte der Bärtige. »Die Soldaten sind längst weitergezogen. Und das Fireblood-Mädchen ist schon halb über dem Meer, wenn es auch nur einen Funken Verstand besitzt. Denn wenn nicht, werden sie es früher oder später kriegen, irgendwo zwischen hier und der Küste.«

Mein Herz klopfte wie wild. Die Wahrscheinlichkeit, dass außer mir noch andere Fireblood-Mädchen auf der Flucht waren, kam mir sehr gering vor. Also sprachen sie wohl über mich.

Der Mann mit der Augenklappe hustete und spuckte dann auf den Boden. »*Das* ist alles, was ich für die verfluchte Fireblood übrig habe. Sie flieht aus dem Gefängnis und wir müssen alle darunter leiden.«

Ich schlug mir die Hand vor den Mund.

»Es heißt, Firebloods wären die Bösen. Aber von denen hat jedenfalls keiner mein Haus niedergebrannt.«

»Im Sommer kehren wir zurück«, sagte der Bärtige. »Obwohl ich nur wenig Sinn darin sehe, alles neu aufzubauen, nur damit die es uns jederzeit wieder wegnehmen können. Wir sind doch nur noch ein Haufen Kranker und Verwundeter, wie sollen wir uns da verteidigen?«

Der andere Mann schnaubte. »Bestimmt beschließen die bald, dass wir gesund genug sind. Egal ob ich das Ding hier habe …«, er deutete auf seine Augenklappe, »… und du einen dicken Ast statt eines Beins. Wir waren jedenfalls keine große Hilfe, als sie uns überfallen haben.«

Der bärtige Mann seufzte. »Ich kann nachts trotzdem nicht gut schlafen, solange eine Fireblood mit Feuer in den Fingerspitzen da draußen herumläuft.«

Ich bin doch keine Bedrohung für euch!, hätte ich am liebsten geschrien. Die Frostblood-Soldaten waren die wahre Bedrohung. Der Hauptmann, der meine Mutter umgebracht hatte, der sie einfach niedergemetzelt hatte, als wäre sie ein Nichts.

»Aber denk an die Belohnung. Fünftausend Münzen …« Der Bärtige deutete mit der Flasche in der Hand zur Rechten. »Ich könnte ein Schiff anheuern und nach Osten aufbrechen, mir auf einer einsamen Insel ein Stück Land kaufen, ein Haus bauen. Ein Heilmittel für Kaitryn finden.«

Der Mann mit der Augenklappe legte ihm eine Hand auf die Schulter. »Die Heilerin in Tevros macht sie bestimmt schnell wieder gesund, wirst sehen.«

Der Bärtige reichte seinem Kollegen die Flasche. »Übernimm du die Wache«, sagte er und humpelte steif zu einem der Wagen hinüber.

Fünftausend … Ich zog mich tiefer zwischen die Bäume zurück und hatte Mühe, meinen erschrockenen Atem zu kontrollieren. Ich würde niemals irgendwo in Sicherheit sein. Die Soldaten waren so nah … Sie grasten das ganze Land ab auf der Suche nach … nach wem wohl. Nach mir. Wenn ich den Dorfleuten folgte und wir ein Stück offenes Land überqueren mussten, wäre es für sie ein Leichtes, mich zu entdecken. Andererseits gab es hier nichts als gewundene, von dichten Wäldern gesäumte Pfade, wo man immer ein schnelles Versteck finden konnte.

Lautstarkes Husten begleitete meine unentschlossenen Gedanken. Es klang nach einem Kind und schien von der Lichtung zu kommen. Ich schob mich vorsichtig näher heran, bis ich mehr sehen konnte. Der bärtige, humpelnde Mann trug eine kleine Gestalt heraus, eine Frau folgte ihm dicht auf den Fersen.

»Magra!«, rief der Mann und klopfte an die Wand eines Wagens. »Wir brauchen Hilfe! Kaitryn hat schon wieder einen Anfall.«

Die Geschichtenerzählerin kam heraus und fröstelte in der kalten Nachtluft. »Ich weiß nicht, was ich noch tun kann. Meine ganzen Kräuter sind im Feuer verbrannt. Und selbst wenn ich sie noch hätte – ich habe schon alles versucht.«

»Aber diesmal ist es viel schlimmer als sonst.« Kaitryns Mutter rang verzweifelt die Hände. »Sie hat den Rauch eingeatmet ... Und es war vorher ja schon schlimm genug. Der Winter ist so feucht ...« Sie holte bebend Luft. »Du musst doch irgendwas tun können!«

»Das Einzige, was wir tun können, ist, sie so gut wie möglich zu wärmen«, sagte Magra.

Das Mädchen hustete so heftig, dass es kaum Luft bekam. Seine Mutter begann zu weinen, versuchte ihre Schluchzer mühsam zu unterdrücken.

Was hätte meine Mutter in so einer Situation getan? Es war ein feuchter Husten, kein trockener. Da würde Dampf mit dem Aroma von Baumjasmin oder Königskerze schon mal nicht helfen. Ich müsste ihre Stirn fühlen, um zu wissen, ob sie Fieber hatte, und das konnte ich unmöglich machen, ohne mich zu zeigen. Aber ich konnte immerhin hören, wie ihr Husten klang. Ich ging in Gedanken alle Patienten meiner Mutter durch, bis mir jemand einfiel, dessen Husten sich so ähnlich angehört hatte. Ein Junge, nur wenige Jahre älter als ich, dessen Husten so schlimm gewesen war, dass am Ende schon Blut kam. Mutter hatte ihm irgendeine Tinktur auf die Brust geschmiert. Ich schloss die Augen und versuchte mich zu erinnern. Lungenkraut ... Nein, das war lila, die Tinktur war aber gelb gewesen. Vor meinem inneren Auge sah ich noch, wie die Hände meiner Mutter das Kraut im Mörser zerkleinerten. Und plötzlich fiel es mir wieder ein.

»Essenz von Wintergrün und Talraute«, flüsterte ich.

Ich kroch zurück zu Butter, die leise schnaubte, tätschelte ihr beruhigend die Flanke und wühlte dann in den Satteltaschen nach den Fläschchen, die ich aus Bruder Gamuts Apotheke gestohlen hatte. Es kostete mich mehrere Minuten, jedes zu entkorken und daran zu schnüffeln, aber dann hatte ich die beiden Kräuter gefunden, die ich suchte. Die Fläschchen fest umklammernd, schlich ich zum Rand der Lichtung und kauerte mich nieder.

Jemand hatte das Feuer geschürt und frisches Holz aufgelegt. Der humpelnde Mann saß vor den Flammen, Kaitryn dicht an seine Brust gepresst. Ihre schmale Gestalt war in eine Decke gewickelt, und er klopfte ihr zärtlich auf den Rücken, während ihre Mutter ihr sanft über das honigblonde Haar strich.

Es tat mir in der Seele weh, sie so zu sehen. Genauso hätte meine Mutter sich um mich gekümmert – sie hätte über mich gewacht, mir beigestanden, alles für mich getan … Sie *hatte* alles für mich getan. Ihr ganzes Leben lang hatte sie mich beschützt. Und jetzt dieses kleine Mädchen zu sehen, das sich geschworen hatte, die Meere zu befahren, aber kaum einen Atemzug tun konnte … Ich wusste, ich konnte nicht tatenlos zusehen. Ich musste ihnen helfen.

Nach einigen Minuten ließ Kaitryns Husten etwas nach.

»Am besten bleiben wir beim Feuer«, sagte die Mutter. »Im Wagen ist es zu kalt.«

Der Mann nickte. Sie drängten sich eng aneinander und rückten einige Male hin und her, bis sie eine bequeme Position gefunden hatten. Kurz darauf signalisierte mir ihr gleichmäßiges Atmen, dass sie eingeschlafen waren. Doch ich würde unmöglich an das Mädchen herankommen können, ohne seine Eltern zu wecken.

Ich kehrte zu Butter zurück und begann wieder in den Satteltaschen zu suchen. Diesmal brauchte ich das allerkleinste Fläschchen. Auf dem Etikett stand, dass man schon beim Einatmen eines Tröpfchens davon in tiefen Schlaf sinken würde. Ob Bruder Thistle das Mittel benutzt hatte, um die Wachposten im Gefängnis außer Gefecht zu setzen?

Mit dem winzigen Fläschchen in der Hand schob ich mich hinter den Wagen, vor dem der Mann mit der Augenklappe stand und Kaitryn samt ihren Eltern mit einem ernsten Gesichtsausdruck betrachtete. Ich träufelte einen Tropfen der Schlaftinktur auf den Saum meines Umhangs und schlich, um vollkommene Lautlosigkeit bemüht, auf den Wachmann zu. Dabei achtete ich darauf, von seiner rechten Seite zu kommen, dort wo er die Augenklappe trug.

Gerade als ich mich auf ihn stürzen wollte, drückte er sich vom Wagen ab und stapfte davon. Mit einem leisen Fluch verzog ich mich wieder in die Schatten. Wenn er jetzt eine Kontrollrunde entlang der Baumgrenze drehte, hatte ich zumindest ein paar Minuten Zeit, bevor er zurückkam. Aber ich musste schnell sein.

Ohne mir die Chance zu lassen, meine Entscheidung noch einmal zu überdenken, huschte ich zu der Familie, die vor dem Feuer kauerte, und hielt ihnen den feuchten Saum meines Umhangs vors Gesicht, erst dem Vater, dann der Mutter. Da sie schon schliefen, würde das Mittel nur bewirken, dass sie eben noch ein bisschen fester schliefen.

Ich starrte das kleine Mädchen an, dieses zarte, verletzliche Wesen, das auf seine Art doch so stark war und gegen den unablässigen, quälenden Husten kämpfte. Bei ihm, dessen Atmung ohnehin schon so schwer ging, durfte ich keine Schlaftinktur riskieren. Also rüttelte ich sachte an seiner Schulter.

»Kaitryn«, sagte ich leise. »Wach auf.«

Ich musste sie noch ein paarmal schütteln, aber dann schlug sie schließlich die Augen auf.

»Ich bin müde«, lallte sie schlaftrunken. »Geh weg.«

Ich lächelte. »Ich hab Medizin für dich. Dann kriegst du besser Luft.«

Sie starrte mich stirnrunzelnd an. »Ich kenn dich nicht.«

»Ich bin eine Freundin, vertrau mir. Du kannst doch nicht zu einer Abenteuerreise starten, wenn du nicht richtig atmen kannst. Stimmt's, kleine Kapitänin?«

Nach ein paar Sekunden nickte sie matt.

»So ist es gut. Ich tropfe dir jetzt etwas auf die Brust, ja?«

Sie ließ sich von mir die Tropfen – einen, zwei – auf den Brustkorb träufeln, dann schlug ich die Decke wieder über ihrem Körper zu.

»Und jetzt atme«, sagte ich. Mir lief langsam die Zeit davon. Der Wachmann konnte jeden Augenblick zurückkommen. »Schon besser?«

Kaitryn holte ein paarmal Luft und hustete. Ich dachte angestrengt nach. Als Mutter den hustenden Jungen behandelt hatte, hatte sie mich herbeigerufen, damit ich ihm mit meinen Händen die Brust wärmte.

»Ach, hab ich ganz vergessen, kleine Kapitänin«, raunte ich. »Wir brauchen auch Hitze dazu.« Ich legte meine Hände flach auf die Decke, die ihre Brust bedeckte. »Wird es schon warm?«

»Ein bisschen«, sagte Kaitryn.

Ich musste noch mehr Hitze aussenden. Aber wie sollte ich wissen, wann es zu viel war? Auf einmal fiel mir das Baby ein, Clays Bruder, den ich zu wärmen versucht hatte. Vielleicht war es tatsächlich meine Schuld gewesen, dass er gestorben war. Arcus hatte auch gesagt, ich sei wild und unkontrolliert.

Kaitryn hustete wieder. Ich erlaubte mir keinen Gedanken mehr. Stattdessen sandte ich einen Hitzestrahl aus und konzentrierte mich darauf, ihn gleichmäßig lodern zu lassen, nicht zu viel, nicht zu wenig. Meine Körpertemperatur ansteigen zu lassen, war ein sehr viel sanfterer Prozess als das Entfachen eines Feuers. Ich konnte es schaffen.

Nach etwa einer Minute legte Kaitryn ihre kleine kalte Hand auf die meine, zog sie aber sofort wieder weg. »Du bist so heiß!«

Ich hielt den Atem an. Würde sie jetzt um Hilfe schreien? Doch sie blinzelte nur und lächelte mich an. »Ich muss gar nicht mehr husten.«

»Das ist gut.« Am liebsten hätte ich vor Erleichterung lauthals aufgelacht. Stattdessen drückte ich Kaitryn die Fläschchen in die Hand und erklärte ihr, wie ihre Eltern die Tinktur anwenden mussten. Immer in Verbindung mit Hitze.

Sie nickte. »Das kann ich mir merken.«

Ich lächelte. »Kluges Mädchen. Aber jetzt kommt noch was Wichtiges. Ihr müsst noch mehr Kräuter kaufen, sobald ihr Gelegenheit dazu habt, in einem Dorf oder einer Apotheke oder bei einem Heiler. Essenz von Wintergrün und Talraute.« Ich ließ sie die Namen der Pflanzen dreimal wiederholen. »Ein guter Heiler wird die Kräuter am Geruch erkennen«, sagte ich. »Aber für den Fall, dass er es nicht schafft, weißt du schon mal Bescheid.«

»Wer zum Henker bist du denn?«, blaffte auf einmal eine tiefe, bedrohliche Stimme.

Ich sah ruckartig hoch. Der Mann mit der Augenklappe stand nur wenige Schritte von mir entfernt, sichtlich erschrocken, nach seiner Kontrollrunde auf eine Fremde zu stoßen, die sich seelenruhig mit einem der Kinder unterhielt.

Ich stand hastig auf und zeigte ihm meine offenen Handflächen. »Nur ein Flüchtling, genau wie ihr. Ich will zur Küste.«

»Und wo sind die anderen?« Er ließ den Blick über den Wald schweifen. »Deine Leute.«

»Tot. Von den Soldaten umgebracht.«

Er schüttelte den Kopf. »Soldaten fackeln vielleicht Häuser ab, wenn sie betrunken sind, aber sie bringen nicht einfach so Menschen um, jedenfalls nur selten. Nur wenn man dabei erwischt wird, dass man einen Fireblood versteckt hat.«

Ich zwang mich zu einem ruhigen Gesichtsausdruck und reckte das Kinn vor. »Tja, ich wollte nicht so lange dableiben, um das rauszufinden.«

»Was hast du mir ihr gemacht?« Der Mann deutete auf Kaitryn.

»Sie geheilt. Mit Kräutern. Kaitryn, zeig ihm die Fläschchen.«

»Micha«, sagte der Mann und stieß Kaitryns Vater die Stiefelspitze sachte in die Rippen. »Dierle. Wacht auf!«

Als sie nicht reagierten, presste er die Lippen aufeinander. »Was hast du mit ihnen angestellt?«

»Ich hatte Angst, dass sie mich nicht zu Kaitryn lassen, also habe ich ihnen was gegeben, was sie tief schlafen lässt.«

»Du hast diese guten Menschen mit deinem faulen Zauber vergiftet? Für mich sehen sie tot aus!«

Ich schüttelte den Kopf. »Es geht ihnen gut! Sie müssten in ungefähr einer Stunde wieder aufwachen. Schau doch selber nach – sie atmen.«

Er schob sich auf die beiden zu und bückte sich, um ihrem Atem zu lauschen. Als er sich wieder halb aufrichtete, sah ich plötzlich, wie er die Muskeln anspannte – und dann stürzte er sich auf mich.

7

Erstaunlich, wie schnell der Mann war! Hastig griff ich nach dem Saum meines Umhangs und hielt ihn ihm unter die Nase. Der Mann hatte mich schon mit beiden Armen fest umschlungen, aber dann atmete er einmal ein – und das war sein Fehler. Als seine Augenlider zu flattern anfingen, schubste ich ihn ohne zu zögern von mir weg.

Ich wirbelte herum und rannte auf die Bäume zu. Hinter mir hörte ich den Mann mit der Augenklappe um Hilfe schreien. In meiner Panik stürmte ich zu weit links in den Wald und musste wieder ein Stück zurück, um Butter zu finden. Ich dachte schon, ich hätte sie verloren. Doch dann blitzte ihr helles Fell im schwachen Lichtschein auf, und ich hätte beinahe vor Erleichterung aufgeschrien. Sud sei Dank, dass ich sie nicht abgesattelt hatte.

»Ich bin's nur«, sagte ich leise und fuhr ihr mit einer Hand über den Nacken, bevor ich in den Sattel sprang. »Keine Zeit mehr zu schlafen, mein Mädchen. Wir müssen uns in Bewegung setzen.«

Der Wald war zwar nicht undurchdringlich, doch die Bäume standen zu dicht beisammen, als dass wir hätten hindurchgaloppieren können. Ich konnte Butter nur im Schritt gehen lassen, und so wurde der Abstand zwischen uns und unseren Verfolgern, die sich auf der Suche nach dem Eindringling mit ihren hellen Fackeln im Wald verteilten, nur langsam größer.

Wenn ich Glück hatte, war Kaitryn nicht dazu gekommen, den anderen von der Hitze meiner Hände zu erzählen. Und zwischen dem Mann, der mich gepackt hatte, und mir waren mehrere Schichten Kleidung und dicke Umhänge gewesen. Vielleicht waren sie froh, mich in die Flucht geschlagen zu haben, und gaben die Verfolgung schon bald wieder auf.

Aber nur, wenn sie nicht begriffen, dass ich eine Fireblood war.

Butter kam gut voran, vor allem als wir zu einem schmalen, eisverkrusteten Bach kamen, an dessen Ufer wir uns schneller bewegen konnten als zwischen den dicht stehenden Bäumen. Irgendwann erloschen die Fackeln hinter uns in der Ferne. Ich zwang mich aufzuatmen – wir waren entkommen. Als wir schließlich unter einer ausgehöhlten Felswand Rast machten, beschäftigte mich dieses Wort noch immer. Ich kaute darauf herum wie ein Hund auf einem Stück trockenem Leder.

Entkommen.

Ja, entkommen, fliehen ... Das war so ziemlich alles, was ich derzeit tat. Ich war aus dem Gefängnis geflohen, aus der Abtei, und nun aus dem Lager der Flüchtlinge. War das jetzt mein Leben? Eine endlose Abfolge von Fluchten um Haaresbreite, bis ich eines Tages mein ganzes Glück verbraucht haben würde?

Im Tempesien würde ich niemals in Sicherheit sein. Ich konnte mich nirgends verstecken, ohne fürchten zu müssen, dass mich doch jemand aufstöberte und mich der nächstbesten Garnison verriet, um die Belohnung zu kassieren. Ich hatte gehofft, mich bis zur Küste durchschlagen und auf ein Schiff schleichen zu können, aber wenn die Soldaten damit rechneten, dass ich genau das tat, würden sie jeden Weg dorthin genau im Auge behalten und jeden Ankerplatz kontrollieren.

Aber das wahre Problem war mein Gewissen, das einfach nicht mehr schweigen wollte. Solange der König am Leben war, würde es immer irgendeinen weiteren Hauptmann geben, irgendeinen Raubzug und noch einen und noch einen, bis mein Volk komplett ausradiert wäre, und selbst dann würde das vielleicht nicht aufhören. Als Arcus und Bruder Thistle zu mir ins Gefängnis gekommen waren, hatten sie mir eine Chance geboten, gegen den König vorzugehen. Damals war ich mir nicht sicher gewesen, ob ich ihnen vertrauen konnte, hatte aber eingewilligt, weil alles besser gewesen war, als langsam im Kerker zu vermodern.

Aber was, wenn Arcus und Bruder Thistle einen *echten* Plan hatten, den König zu stürzen oder zu töten …? Und was, wenn ich Teil des Planes war? Bisher war ich zu schwach und verängstigt gewesen, um ernsthaft zu glauben, dass ich ihnen wirklich behilflich sein könnte. Aber jetzt, wo ich gesehen hatte, was die Menschen erleiden mussten, weil ich geflohen war – die abgebrannten Dörfer, die vertriebenen Menschen wie etwa das kleine Mädchen, das um jeden Atemzug ringen musste, weil seine Medizin mitsamt seinem Zuhause abgefackelt worden war – war ich jetzt nicht verpflichtet, zumindest zu versuchen, ihnen zu helfen?

Es ging nicht etwa darum, dass ich besonders edelmütig war. An Rachedurst war nie etwas Edles dran. Es ging darum, dass ich das bekam, was ich wollte: eine Chance, den König zu töten. Und darum, dass niemand meinetwegen leiden sollte.

Ich sah ratsuchend zu den Sternen hoch, dann bestieg ich Butter erneut und schlug den Weg zurück zur Abtei ein.

Nach einigen Tagen voller Um- und Irrwege erreichten wir schließlich einen ausgedehnten Wald, der nur einen Tagesritt von der Abtei entfernt war. Wir wanden uns zwischen Bäumen hindurch, deren verwitterte Borke zum grauen Himmel passte. Gegen Mittag begannen die Wolken dicke Flocken auszuspucken, die wie winzige, aus Seidenfäden gehäkelte Zierdeckchen vom Wind davongetragen wurden. Am Nachmittag wechselte der Wind die Richtung und peitschte nun von Norden her seitwärts heran. Der Schnee wurde feucht und schwer, jede Flocke war von Eisstücken durchzogen. Als die erste auf mein Gesicht fiel, zischte es. Doch schon bald kühlte meine Haut ab und ich konnte meine Wangen nicht mehr spüren.

Alles um mich herum versank in grausamem Weiß. Der Wind stieß mir unzählige unsichtbare Nadeln in die Augen, sodass sie tränten. Ich konnte kaum ein paar Schritte weit vor Butters Nüstern sehen. Wir hätten jederzeit über eine Klippe stürzen können und es erst begreifen, wenn wir schon auf halbem Weg in den Abgrund wären.

Ein Stück hinter uns hatte es eine Senke im felsigen Boden gegeben, eine Art Höhle, in der die Windböen nicht mehr als leichte, spielerische Luftzüge gewesen waren. Dort hätte ich anhalten sollen. Ich hätte klug genug sein müssen, einen Wintersturm im Gebirge nicht zu unterschätzen.

Fluchend zog ich an den Zügeln. Dass ich die Nacht überleben konnte, bezweifelte ich nicht. Meine Hitze würde mich innerlich warm genug halten. Aber Butter würde erfrieren. Sie hatte nur ihr Fell als Schutz gegen die Kälte. Die Temperatur war schlagartig gefallen, und wir mussten dringend umkehren und nach dem Plätzchen suchen, das uns Schutz bieten konnte – mehr um Butters willen als um meiner selbst.

Aber andererseits waren wir vielleicht nur noch wenige Stunden von der Abtei entfernt. Ich hatte keine Ahnung, wie viel des Waldes wir schon hinter uns gebracht hatten und wie weit es noch war.

»Wir gehen einfach weiter«, sagte ich zu dem Pferd. »Der Schnee ist schon zu dick, um noch mal zu der Senke gelangen zu können. Du findest doch sicher nach Hause zurück, nicht wahr, mein Mädchen?«

Ich drückte ihr die Fersen in die Flanken und sie zockelte voran. Ich hätte nicht sagen können, ob sie wusste, wo wir uns befanden, aber im Lauf der folgenden Stunde wurde sie jedenfalls immer langsamer, bis sie schließlich stehen blieb.

»Ist nicht mehr weit«, drängte ich und rieb ihr über den eisverkrusteten Nacken. Aber in Wahrheit hatte ich in dieser undurchdringlichen Schneewüste keine Chance, mich zurechtzufinden. Ich rutschte von Butters Rücken herab, landete in einer hohen Schneewehe und legte der Stute beide Hände auf die Flanke.

»Ich will dich nur ein bisschen wärmen«, sagte ich und sandte ihr etwas Wärme aus, ganz sachte, wie ich es schon bei Kaitryn gemacht hatte. Das schien Butter gutzutun, mich hingegen laugte es völlig aus. Seite an Seite krochen wir eine scheinbare Ewigkeit durch den immer höher werdenden Schnee voran.

Längst konnte ich meine Füße nicht mehr spüren. Der Wind war abgeflaut, aber es schneite unablässig weiter. Inzwischen sah es aus, als würden wir durch aufgewirbelte Daunenfedern waten. Ich verspürte den Drang, nach den Flocken zu greifen und sie mir ins Gesicht zu reiben. Ich fühlte mich ganz merkwürdig. Und ich war so müde … Es wäre so schön, sich jetzt hinlegen und ausruhen zu können, nur ein Weilchen …

Ich hatte den Gedanken kaum zu Ende gedacht, da sank ich schon zu Boden, den Rücken gegen einen Baumstamm gelehnt.

»Nur einen Augenblick Ruhe«, raunte ich und merkte, dass ich dabei kaum meine Lippen spüren konnte. Vielleicht hatte ich mich getäuscht. Vielleicht konnte eine Fireblood doch erfrieren, wenn es einfach zu kalt war und sie zu erschöpft und ohne jegliche Nahrung, die ihr hätte Energie geben können. Der Gedanke drang jedoch nur wie aus weiter Ferne zu mir durch, eher faszinierend als beängstigend. Ich schloss die Augen.

Nur schwach hörte ich Butter wiehern und spürte, wie sie mich mit ihrer kalten, so kalten Schnauze an der Wange berührte.

Eine Frau mit goldenem Haar starrte mit drängendem Blick zu mir herunter. Eine tiefe Falte zerschnitt die goldene Glätte zwischen ihren Brauen, ihre bernsteinfarbenen Augen funkelten.

»Wach auf!«, sagte sie. »Deine Zeit ist noch nicht gekommen.« Sie schaute sich verängstigt nach hinten um und ein Schatten verfinsterte ihr Gesicht. »Du musst dich retten.«

»Fors versucht mich zu töten«, flüsterte ich. »Er hat einen Sturm geschickt, um mich zu erfrieren.«

»Steh auf, Kind! Er braucht dich.«

»Fors?«, fragte ich, der Kopf ganz schwummerig von einer ungekannten Schwäche. »Warum sollte der Frostblood-Gott mich brauchen?«

Meine Muskeln spannten sich an, als versuchten sie mich ohne mein Zutun wieder aufzurichten. Ich stöhnte, als ich die Kälte spürte, die wie mit spitzen Zähnen in meine Haut biss.

Eine geschmeidige, schwarze Gestalt schob sich an die Stelle der goldenen Frau und baute sich über mir auf. Ich hatte das Gefühl, als wären böse Augen auf mich gerichtet, obwohl die Gestalt kein Gesicht hatte. Meine Haut schmerzte, war bis zum Zerreißen gespannt. Eine dunkle Ranke reckte sich nach mir, und ich wusste tief in meinem Inneren, dass sie mich nicht berühren durfte, sonst würde ich für alle Zeit verwandelt sein.

Mit einem Ruck wachte ich auf. Es war immer noch taghell. Ich lehnte immer noch mit dem Rücken am Baumstamm. Nur die Schneewehen waren höher geworden und reichten mir jetzt fast bis zur Brust.

Mit großer Mühe brach ich unter dem Schnee hervor, hievte mich hoch und stöhnte, als der Schmerz mir wie mit winzigen Messern die Glieder malträtierte. Ich sah mich um – nirgends eine Spur von Butter. Ich war hin und her gerissen zwischen der Enttäuschung darüber, dass sie mich verlassen hatte, und der Erleichterung, weil sie vielleicht doch noch am Leben war.

Fluchend und mit brennenden Muskeln kämpfte ich mich durch die schweren Schneeverwehungen, einen schmerzhaften Schritt nach dem anderen. Ich hatte keine Ahnung, ob ich mich in die richtige Richtung bewegte.

»Butter!«, rief ich immer wieder mit heiserer Stimme. Als würde sie auf einen Namen hören, den ich ihr gerade erst gegeben hatte, und als würde sie ausgerechnet mir gehorchen, einer Fremden, die sie mitten in der Nacht entführt hatte. Aber sie war meine einzige Hoffnung, jemals aus dem Wald herauszufinden. Ich hielt nach Hufabdrücken Ausschau, aber sie waren wohl längst unter dem Schnee begraben worden. »Butter! Wenn du nicht sofort herkommst, sorge ich dafür, dass du den Rest deines Lebens nur noch verdorbenen Hafer bekommst!«

Und plötzlich kam die Antwort: ein deutlich vernehmbares Pferdeschnauben ein Stück zu meiner Linken.

»Butter, hierher!«, schrie ich, und in meiner Brust glomm ein neuer Hoffnungsfunke.

Aber das Pferd, das zwischen den verwaschenen Bäumen hervorkam, war nicht Butter. Sondern ein Hengst, aus Schnee geformt, mit Saphiren als Augen und einem dunkel verhüllten Reiter im Sattel.

Der Hauptmann hatte mich gefunden.

Ich wirbelte herum und rannte los, doch die Schneewehen klammerten sich an meinen Füßen fest. Ich versuchte das Feuer in meinem Inneren anzufachen, doch mir war so kalt, dass ich meine Körpertemperatur kaum beibehalten konnte.

Eine Hand griff von hinten nach meinem Umhang und hievte mich mühelos auf den Pferderücken, sodass ich bäuchlings vorne über dem Sattel zum Liegen kam. Ich schlug mit den Ellbogen um mich und der Hengst tänzelte erschrocken.

»Hör auf!«, befahl eine Stimme.

Ich sah hoch. Er hatte die Kapuze tief in die Stirn gezogen und trug darunter eine Maske, welche die obere Hälfte seines Gesichts verdeckte. Aber diese wohlgeformten Lippen, die nun zornig aufeinandergepresst waren, kannte ich nur zu gut.

»Arcus.«

»Schön, dass du dich an mich erinnern kannst. Und jetzt hör auf zu strampeln, sonst schmeiße ich dich in den nächstbesten Schneehaufen. Seit fünf Tagen suche ich dich, dabei habe ich nicht die geringste Ahnung, ob du den Aufwand überhaupt wert bist.«

Seine Wut schlug in Wellen über mir zusammen, die kälter waren als die eisigen Böen des Nordwindes. Ich schwang ein Bein über den Rücken des Hengstes und hielt mich am Sattelknopf fest.

»Wie hast du mich gefunden?«

Er entspannte die Kiefer weit genug, um antworten zu können. »Als Blondie zum Stall zurückgekommen ist, bin ich ihren Spuren gefolgt, soweit sie sichtbar waren. Und als ich dann jemanden hörte, der sinnlos vor sich hin schrie, wusste ich sofort, dass du das sein musst.«

»Wer zum Henker ist Blondie?«

»Das Pferd, das du aus der Abtei gestohlen hast«, erklärte Arcus, als hätte er einen Dorftrottel vor sich.

»Ach, du meinst Butter. Ich hab sie doch gar nicht gestohlen. Nur ausgeliehen. Also ist sie in Sicherheit?«

»Ausgekühlt und erschöpft, aber ja, sie steht warm und trocken im Stall und frisst, als wäre sie fast verhungert. Was dank dir vermutlich auch zutrifft. Und ihr Name ist *nicht* Butter.«

»Jetzt schon.«

»Sie gehört dir nicht, es steht dir also nicht zu, ihr einen Namen zu geben.«

»Jetzt, wo wir ein Abenteuer zusammen bestanden haben, gehört sie im Geiste zu mir. Außerdem passt der Name zu ihr. Sie ist weich und gelb wie Butter.«

Arcus schnalzte angewidert mit der Zunge. »Wenn wir alle Namen hätten, die zu uns passen, dann würdest du wohl Mein-Dorn-im-Auge heißen. Oder Die-Rache-der-Götter.«

Seine Verachtung setzte sich wie ein Stachel in meinem Fleisch fest. »Und du Blödhammel.«

»Was Besseres fällt dir nicht ein?«

»Mit etwas mehr Zeit bestimmt. Ich bin halb erfroren.«

Jetzt, wo ich nicht mehr im Schnee lag, kehrte langsam das Gefühl in meine Beine zurück, und Wärme erfüllte meinen Brustkorb. Nur mein Rücken, der gegen Arcus gepresst war, wollte sich nicht erwärmen. Mit jedem Auf und Ab des Pferderückens wurde mir immer mehr bewusst, wie fremd es sich anfühlte, einem Männerkörper so nahe zu sein und über einen längeren Zeitraum. Arcus saß eisern aufrecht im Sattel, während ich hin und her schwankte, aufgefangen von seinen Armen, die mich zu beiden Seiten hielten und stützten.

»Du lässt mich erfrieren«, beklagte ich mich, um meine Befangenheit zu überspielen. »Vielleicht solltest du Eistyrann heißen. Nein, warte. Gefühlskaltes Ungeheuer.«

Er machte sich nicht die Mühe, auf meinen spöttischen Ton einzugehen. »Ist mir vollkommen gleichgültig, wie du mich nennst. Wenn Bruder Thistle mich nicht so gedrängt hätte, hätte ich dich nur allzu gern im Schnee sterben lassen.«

Danach brachte ich auf dem ganzen Weg zurück zur Abtei kein einziges Wort mehr hervor.

8

Am nächsten Tag schalt Bruder Gamut mich heftig dafür, dass ich weggelaufen war, vor allem jetzt im Winter und ohne Proviant. Ich hatte inzwischen gebadet und mir trockene Kleider angezogen und saß auf meiner Pritsche in der Krankenstube, wo er mir eine Tasse heißen Tee nach der anderen aufdrängte.

Ich nahm einen Schluck. »Ich dachte, ihr wärt froh gewesen, mich wieder los zu sein.«

Er sah mich aus seinen grauen Augen an, die Brauen hochgezogen. »In der Tat war es während der vergangenen Tage erfrischend ruhig hier. Und es hat wirklich einige gegeben, die gehofft haben, du würdest nie mehr zurückkommen. Aber die Brüder und Schwester vertrauen Bruder Thistle und stehen loyal hinter ihm. Nicht wenigen von ihnen hat er Obdach und einen Lebenszweck geboten, als sie aus ihren Heimatprovinzen fliehen mussten, weil es dort Kämpfe gab. Wenn Bruder Thistle sagt, dass wir dich hier verstecken müssen, dann werden sie sich seinem Wunsch beugen. Und du hast bei einigen einen Stein im Brett, seit du Schwester Pastel aus den Flammen gerettet hast.«

Noch vor wenigen Tagen hätte ich jetzt eine spitze Bemerkung abgefeuert. Ich hätte mir nichts daraus gemacht – oder zumindest hätte ich nicht zugegeben, dass ich mir etwas daraus machte –, was die Anhänger Fors' von mir hielten. Aber jetzt erfüllte es mich mit einer seltsamen Freude, dass ich ein kleines Stück ihres Vertrauens gewonnen hatte.

»Wie geht es deinem Knöchel?«, fragte Bruder Gamut.

Ich zuckte mit den Schultern. »Euer Tee wirkt gut.«

»Gut. Dann trink jetzt aus. Arcus will dich in der Bibliothek sprechen.«

Ich stöhnte. »Ihr meint wohl eher auspeitschen.«

»Höchstens mit seiner spitzen Zunge. Er braucht ein Ventil, um ein bisschen Dampf abzulassen, danach ist er sicher ruhiger.« Er zögerte. »Ich glaube, er hatte sich Sorgen um dich gemacht.«

Ich schnaubte. »Arcus ist ein Eisklotz. Wenn er überhaupt Gefühle haben sollte, wird er sie sicherlich nicht auf mich verschwenden.«

»Einem Frostblood fällt es nicht leicht, Gefühle zu zeigen oder zumindest zuzugeben, dass er welche hat. Unter den Anhängern Fors' gelten Logik und Selbstbeherrschung als höchste Tugenden. Aber du musst jetzt los. Lass ihn nicht warten.«

Seufzend verließ ich die Krankenstube.

Als ich die Bibliothek betrat, saß eine hochgewachsene Nonne mit einer messerschneidendünnen Nase an einem der Tische und hielt einen Pinsel in der langfingrigen Hand. Sie bewegte ihn mit großer Sicherheit, jeder Schwung beherrscht und präzise. Vor dem zerbrochenen Fenster hing der Wandteppich von Tempus, der inzwischen von Rauch und Ruß gesäubert worden war.

Hinter der Nonne, in der finstersten Ecke des Raumes, war eine weitere Gestalt zu erkennen. Arcus. Seine Anwesenheit ließ die Luft beinahe hörbar vibrieren. Er saß auf dem hölzernen Sessel, mit dem ich erst wenige Tage zuvor die Scheibe hatte einschlagen wollen, und seine

Finger trommelten einen raschen Rhythmus auf die Armlehne. »Schwester Pastel, wärt Ihr so freundlich, uns allein zu lassen?«, bat er.

Als Schwester Pastel aufsah und mich erblickte, neigte sie mit ernster Miene den Kopf. Ich nickte zurück und war erleichtert zu sehen, dass sie sich von der Rauchvergiftung erholt hatte.

Nachdem sie gegangen war, warf ich einen Blick auf ihren Tisch. Offenbar hatte sie an einem Pergament mit farbenfrohen Illustrationen gearbeitet, welche die Göttin Cirrus darstellten, wie sie in einem makellos weißen Kleid dastand und mit wohlwollendem Blick auf eine Wiese voller wohlgenährter Schafe hinunterschaute. Die Göttin des Westwindes war nämlich zugleich auch die Göttin des Regens und der Bauern. Und der Seeleute. Eigentlich stand sie für sehr vieles, was gut und gütig war. Ganz anders als Fors, der, sein eisiges Schwert schwingend, jedem Rache schwor, der sich ihm widersetzte.

Aus dem Augenwinkel sah ich, wie Arcus mir bedeutete, mich zu setzen. Ich schüttelte den Kopf.

Er stand auf und kam einen Schritt auf mich zu. Mein ganzer Körper versteifte sich.

»Du hast uns verlassen«, sagte er schließlich.

Hitze kroch meinen Nacken hinauf. »Wenn du vorhast, mich dafür zu bestrafen, dass ich eure Grenzen überschritten habe, dann hättest du dir lieber einen besseren Ort dafür aussuchen sollen. Du wirst doch die Bücher nicht mit meinem Blut beflecken wollen.«

Arcus schwieg, aber ich spürte, wie sein ganzer Körper vor Anspannung bebte. Seine bedrohlich aufragende Gestalt und die Wellen aus kaltem Zorn, die von ihm ausgingen, ließen mein Herz galoppieren.

Ich wusste genau, was er da tat. Die Wachmänner im Gefängnis waren Meister darin gewesen, mich auf jede erdenkliche Art zu demütigen. Sie hatten zu viel Angst gehabt, um sich mir ganz zu nähern, hatten aber andere Wege gefunden, mir das Leben so schwer wie möglich zu machen: ein Eimer eiskaltes Wasser, ein schwerer Gegenstand, der mir an den Kopf geworfen wurde, wenn ich mich in den hintersten Winkel meiner Zelle verzogen hatte, ein auf die Gitterstäbe krachendes Schwert wenn ich kurz davor war einzuschlafen … Wer es genoss, andere leiden zu lassen, konnte aus fast allem eine wirksame, gewaltige Waffe machen.

Aus irgendeinem Grund war ich zutiefst enttäuscht – ich hätte nicht gedacht, dass Arcus einer dieser Menschen sein könnte. Daran, dass er mich bestrafen würde, hatte ich nicht gezweifelt. Ich hatte nur nicht damit gerechnet, dass er ein grausames Spiel daraus machen würde.

»Und, macht es dir Spaß?«, forderte ich ihn mit geschürzten Lippen heraus.

»Ich hatte dir die Regeln doch erklärt«, erwiderte er mit tiefer Stimme.

»Und ich habe sie gebrochen.« Als er sich immer noch nicht rührte, wurde ich lauter. »Soll ich es dir einfacher machen? Ich wünschte, ich hätte das Feuer in der Kirche wirklich selbst gelegt. Ich wünschte, die ganze Abtei wäre bis auf die Grundmauern niedergebrannt!«

»Ich wollte dich von Anfang an nicht hier haben.«

Es überraschte mich, dass seine Äußerung mich traf. Ja, er hatte mir das schon mal zu verstehen gegeben, und er hatte auch schon wesentlich schlimmere Sachen zu mir gesagt, zum Beispiel dass er mich am liebsten im Wald hätte sterben lassen, wenn Bruder Thistle nicht gewesen wäre. Aber das war aus der Wut geboren gewesen, und jetzt war er ganz ruhig und kühl. Ich erinnerte mich selber daran, dass es mir gleichgültig war, was er von mir hielt.

»Doch leider sind wir auf dich angewiesen«, fuhr er grimmig fort. »Du bist der Schlüssel zu allem, was ich brauche. Und genau deswegen kannst du nicht einfach überallhin spazieren, wie es dir gerade passt. Zu vieles hängt von dir ab.«

»Nur, dass du mir immer noch nicht verraten hast, warum ihr mich braucht. Wieso sollte ich dann bleiben? Wäre doch viel schlauer, wenn ich weglaufe.«

»Ich würde dich immer wieder zurückschleifen.«

»Für eure Pläne ist es also nicht wichtig, dass ich freiwillig mitmache? Ihr könntet mich einfach zwingen?«

Arcus schwieg. Doch seine bebenden Nasenflügel verrieten mir, dass ich ins Schwarze getroffen hatte.

Ich verschränkte die Arme vor der Brust. »Also seid ihr doch auf meinen guten Willen angewiesen. Und das bedeutet, dass ihr mir mehr Informationen geben müsst.«

»Und wenn du gefasst wirst, verrätst du den Soldaten alles, was du weißt. Das Risiko kann ich nicht eingehen.«

Die Stille dehnte sich zu einer haarfeinen Mauer zwischen uns aus, bis ich es einfach nicht mehr aushielt. Kopfschüttelnd wandte ich mich ab. »Das nächste Mal, wenn ich von hier weggehe, komme ich nicht mehr zurück.«

»Ich habe dich aus dem Kerker rausgeholt!«, rief Arcus. »Ich habe dir das Leben gerettet!«

Ich wirbelte herum. Meine Haut erhitzte sich. »Na und? Bin ich deswegen deine Sklavin?«

Eine andere Stimme erhob sich plötzlich hinter mir, eine gebildete Stimme, in der Entsetzen mitschwang. »Was soll das Geschrei denn?«

Ich drehte mich um – Bruder Thistle stand im Türrahmen, die Brauen zu einem finsteren Ausdruck zusammengezogen. Er hätte wie jeder andere alte Mann ausgesehen, wie die Greise meines Dorfes, die Hühner fütterten oder in den Bergen Kräuter sammelten, wäre da nicht der eisige Atem gewesen, den er ausstieß, und die dünne Eisschicht, die den Steinfußboden im Korridor hinter ihm bedeckte.

»Es sieht dir nicht ähnlich, die Fassung zu verlieren«, schalt er Arcus.

»Dieses Mädchen würde selbst einen Gott an den Rand seiner Geduld bringen«, murmelte Arcus und ließ sich wieder in den Sessel fallen.

Bruder Thistle deutete auf einen Stuhl vor dem Tisch, auf dem das Pergamentbuch lag. »Bitte nimm Platz, Ruby.«

Ich setzte mich. Bruder Thistle zog sich einen hölzernen Hocker heran und betrachtete mich lange und eindringlich. »Warum hast du die Abtei verlassen?«

»Was denkt Ihr denn? Ich habe keinerlei Verlangen, wieder ins Gefängnis zu wandern.«

»Das wirst du auch nicht.«

»Bruder Lack hatte mir gedroht, er werde erst ruhen, wenn die Soldaten meinen Aufenthaltsort kennen.«

Arcus beugte sich im Sessel vor, umklammerte die Armlehnen und starrte Bruder Thistle an. »Ich habe dich gewarnt! Ich habe doch gesagt, man kann ihm nicht trauen. Aber du willst immer nur das Gute im Menschen sehen.«

»Darüber sprechen wir später. Im Moment müssen wir Ruby fragen, warum sie uns nicht um Hilfe gebeten hat, sondern in den Wäldern verschwunden ist.«

»Ich hatte Angst«, gab ich ehrlich zu. »Ihr habt mir nicht gesagt, warum ihr mich hierher gebracht habt, welche Rolle ich in eurem Plan, den König zu stürzen, spielen soll. Und ihr habt geglaubt, ich hätte die Abtei in Brand gesteckt.«

»Und, hast du?«, fragte Arcus.

»Ich glaube nicht, dass du das getan hast«, ging Bruder Thistle hastig dazwischen. »Und ich kann deine Furcht nachvollziehen. Aber du musst versprechen, nie wieder wegzugehen. Es ist höchst gefährlich, sich in den umliegenden Dörfern aufzuhalten.«

»Ich weiß, dass die Soldaten nach mir gesucht haben. Ich bin an einem verlassenen Dorf vorbeigekommen und über ein Lager voller Flüchtlinge gestolpert.«

»Aber du hast dich ihnen hoffentlich nicht gezeigt«, sagte Arcus, und als ich schwieg, fügte er drängend hinzu: »Oder?«

»Na ja, zumindest nicht absichtlich.«

Arcus fluchte.

»Ich musste einem kleinen kranken Mädchen helfen!«, rechtfertigte ich mich. »Und ich glaube, sie haben nicht erkannt, dass ich eine Fireblood bin.« Ich hatte nicht vor, ihnen zu erzählen, dass das kleine Mädchen durchaus bemerkt hatte, wie heiß meine Hände waren. »Sie ziehen Richtung Küste. Sie werden bestimmt nicht nach mir suchen, selbst wenn auf meinen Kopf eine Belohnung von fünftausend Münzen ausgesetzt ist.«

Arcus fluchte noch lauter. Bruder Thistle hielt Ruhe gebietend eine Hand hoch. »Wir wussten doch, dass eine Belohnung ausgesetzt ist, auch wenn ich nicht gedacht hätte, dass sie so hoch ausfällt.« Er schloss die Augen und strich sich über die Stirn. »Ich habe Sorge, dass die Flüchtlinge den Soldaten von dir erzählen könnten. Es gibt schon für Informationen zu deinem Aufenthaltsort eine kleinere Belohnung.«

»Oh«, sagte ich. »Das wusste ich nicht.«

Arcus riss verzweifelt die Arme hoch. »Was hätte es auch für einen Unterschied gemacht?«

»Wahrscheinlich gar keinen.«

»Versprich mir, dass du nicht wieder wegläufst«, sagte Bruder Thistle sanft. »Dann können wir über alles reden, was du wissen willst.«

Ich zuckte mit den Schultern. »Ihr sagt mir erst, was Ihr vorhabt, und dann entscheide ich.«

Von Arcus' Sessel aus breitete sich ein feiner Eisfilm knisternd über den Boden aus.

»Ist das seine Art auszurasten?«, wandte ich mich an Bruder Thistle.

»Die Geduld eines Gottes …«, murmelte Arcus vor sich hin.

»Das reicht«, sagte Bruder Thistle. »Wenn du nicht versprichst, hier zu bleiben, kann ich dir nichts erzählen. Es hängen einfach zu viele Menschenleben von uns ab.«

»Und mein Wort würde Euch reichen?«

Er sah mir so lange eindringlich in die Augen, dass ich schon dachte, er würde gar nicht mehr antworten. »Ja«, sagte er dann mit sanfter Überzeugung.

Ich stieß einen langen Atemzug aus. »Ich bin doch zurückgekommen, oder nicht? Ich habe beschlossen, euch zu helfen. Also gut, ich verspreche, nicht mehr wegzulaufen.«

»Dann ist es an der Zeit, dir zu erklären, warum wir dich hierher gebracht haben.« Bruder Thistle beugte sich vor, die Hand auf seinen Stock gestützt. »Wir hatten Gerüchte gehört, der König habe jemanden einkerkern lassen, der die Kunst der Hitze beherrscht.«

Die Kunst der Hitze. Ja, so war meine Gabe einst genannt worden, hatte mir Großmutter damals erzählt. Eine sehr respektierte, geradezu hochverehrte Gabe. Frost und Feuer, die zusammenarbeiteten, um ein gemeinsames Ziel zu verfolgen und allen ein besseres Leben zu ermöglichen. So war es gewesen, vor langer, langer Zeit.

»Bevor wir ins Gefängnis kamen«, fuhr Bruder Thistle fort, »gaben wir uns alle Mühe, mehr über dich herauszufinden. Wir erfuhren zum Beispiel, dass in deinem Dorf niemand sonst, deine Mutter eingeschlossen, über deine Gabe verfügte.«

Ich ballte im Schutz meiner Ärmel die Hände zu Fäusten. »Meine Mutter«, sagte ich leise, »besaß eine Gabe, die weit kostbarer war als die Fähigkeit, Wasser zum Kochen zu bringen, ohne Feuer machen zu müssen. Sie war eine begnadete Heilerin.«

Er nickte. »Ja, das wurde uns auch erzählt. Noch ein Grund mehr, uns für dich zu interessieren.«

»Und was waren die anderen Gründe?«

»Zum einen gibt es in Tempesien nur noch wenige deiner Zunft. Zumindest wenige, die deine Gabe in diesem Ausmaß besitzen. Gut möglich, dass du die mächtigste verbliebene Fireblood im ganzen Königreich bist.«

Seine Worte brachten mich völlig durcheinander. In meinem Dorf hatte ich mich immer einsam und unverstanden gefühlt. Aber ich hatte mich mit dem Gedanken aufrecht gehalten, dass eines Tages ein Fireblood kommen würde, um mir zu helfen, das zu verstehen, was in meiner Brust loderte. Damit ich lernte damit umzugehen, es zu beherrschen und zu benutzen, ohne Angst haben zu müssen, dass jemand um mich herum dadurch zu Schaden kam. Und nun stellte sich heraus, dass es niemanden mehr gab außer mir selbst?

»Dann sind sie also alle bei Überfällen getötet worden«, sagte ich. Es war mir ein Bedürfnis, ihren Tod in Worte zu fassen und ihnen zumindest mit dieser kleinen Geste meinen Respekt zu zollen.

»Einige von ihnen, ja«, sagte Bruder Thistle. »Andere starben im Gefängnis. Aber die Stärksten werden zumeist in die Arena des Königs geführt.«

Ich richtete mich überrascht auf. »Ich habe mal gehört, wer als Sieger aus den Kämpfen hervorgeht, könne sich damit seine Freiheit zurückerobern, manchmal sogar einen Platz am königlichen Hof. Aber ich dachte, das würde nur für Frostbloods gelten.«

»Einst war das so, das stimmt. Aber unter der Herrschaft des letzten Königs, Rasmus' älterem Bruder, der sich nichts aus sinnlosem Blutvergießen machte, wurde dieses Vorgehen außer Kraft gesetzt. König Rasmus hat es wieder eingeführt und erweitert. Er zwingt die mächtigsten Fireblood-Gefangenen dazu, gegen seine Frostblood-Meister zu kämpfen.«

»Und dann kann ein Fireblood sich auch seine Freiheit erkämpfen?«, fragte ich.

Bruder Thistle zögerte. »Wir haben nie von einem Fireblood gehört, der lebend aus der Arena gekommen wäre.«

Also waren selbst die Mächtigsten meiner Zunft allein zur Unterhaltung des Königs abgeschlachtet worden. »Wie konnte es dazu nur kommen?«, flüsterte ich. »Großmutter hat mir einmal erzählt, dass Frost und Feuer früher friedlich zusammengelebt haben.«

»Als die Firebloods auf der Suche nach neuem, fruchtbarem Land übers Meer kamen, waren es unsere Mythen, Gebräuche und Traditionen, die uns zu Rivalen machten«, erklärte Bruder Thistle. »Zwar wurde Frieden vereinbart, aber irgendwann überschritten die Firebloods dann doch ihre Grenzen, griffen die Grundbesitzer an und forderten mehr Land für sich.«

»Das stimmt so nicht«, widersprach ich. »Eigentlich war doch alles abgemacht. Es war König Akur, der die seit Hunderten von Jahren existierenden Grenzen zu seinen Gunsten verändern wollte. Die Firebloods hatten das Land zu dem gemacht, was es war, und dann hat er versucht, es sich zurückzuholen.«

Er neigte den Kopf. »Die Firebloods waren weit in der Unterzahl, und so verlegten sie sich darauf, hochrangige Frostbloods zu ermorden. Als auch dies nicht dazu führte, dass King Akur seine Truppen abzog, töteten sie einige der wichtigsten Mitglieder seines Hofstaats.«

»Sowie seine Ehefrau«, fügte Arcus hinzu, und seine Stimme klang im Gegensatz zu Bruder Thistles sanftem Ton rau und heiser.

»Trotzdem. König Rasmus macht doch nur da weiter, wo sein mörderischer Vater aufgehört hat«, sagte ich.

»Er ist viel schlimmer, als sein Vater es jemals gewesen ist«, verbesserte mich Arcus. »König Akur hat zumindest großzügig Almosen für die Armen gespendet und in den Städten Verbesserungen eingeführt. Rasmus hingegen benutzt seinen Reichtum nur dazu, noch mehr Waffen herzustellen und noch mehr Soldaten auszubilden. Er lässt jeden foltern, der des Hochverrats verdächtigt wird, tötet die Fürsten, die sich ihm widersetzen, und erstickt jeden Anflug von Rebellion, indem er alle diensttauglichen Männer und Frauen an die Grenzen versetzt, wo sie nichts ausrichten können.«

»Und die, die zurückbleiben, müssen hungern«, fügte ich hinzu. »Tempus sei Dank, dass wenigstens die Abteien und ihre Mönche und Nonnen offenbar in Sicherheit sind. Und … was auch immer *du* sein magst.« Ich zeigte unschlüssig auf Arcus.

Ein Mönch war er nicht, das stand schon mal fest. Er hatte einfach nichts *Mönchisches* an sich. Er verhielt sich wie ein Krieger und redete wie ein Adeliger. Er trug edle Kleidung und Stiefel, versteckte sich aber in einer Abtei.

»König Rasmus huldigt immer noch dem Gott des Nordwindes«, sagte Bruder Thistle. »Er würde es nicht riskieren, Fors zu verstimmen, indem er sich an dessen Anhängern vergreift.«

Ich drehte mich auf meinem Sitz so herum, dass ich Arcus ansehen konnte. »Und wie soll ich den mächtigsten König der Geschichte zur Strecke bringen?«

»Er ist nicht der mächtigste König der Geschichte«, widersprach Arcus. »Grausamkeit ist nicht Macht. Tyrannei ist keine Stärke.«

Es verblüffte mich, meine tiefsten Überzeugungen ausgerechnet aus seinem Munde zu hören. In der Tat konnte ich vielem von dem, was er sagte, nur beipflichten. »Selbst du, ein Frostblood …«, begann ich. »Du hasst den König also auch.«

»Wir sind mit der Art und Weise, wie König Rasmus regiert, nicht einverstanden«, erklärte Bruder Thistle und warf Arcus einen Blick zu. »Und mit seinem Mangel an Mitgefühl.«

»*Mangel an Mitgefühl?*« Mit einem Mal erbost, sprang ich auf. »Ist das eure schwache Beschreibung von einem König, der seine Soldaten losschickt, um ein ganzes Dorf dem Erdboden gleichzumachen, nur weil es das *Gerücht* von einer einzigen Fireblood gegeben hat?« Ich keuchte. »Mein Zuhause, meine Mutter … alles verloren, nur weil ich mit einer Gabe geboren wurde, für die ich nichts kann, die ich nicht unter Kontrolle habe und nie, nie wieder loswerden kann!«

Eine Flamme brach aus meiner Handfläche hervor und huschte über den Boden, bevor sie sich an einem Tischbein hochschlängelte. Arcus sprang auf und zerschnitt mit einer Hand die Luft. Das Eis tötete das Feuer, bevor es das auf dem Tisch liegende Pergament erfassen konnte. Nur ein länglicher Rußfleck blieb auf dem polierten Holz zurück.

»Beruhige dich«, sagte Arcus schwer atmend.

Ich rang die Hände. Ich konnte es nicht leiden, dass es mir nicht gelang, meine Gabe zu zügeln, wenn ich aufgebracht war. Langsam kehrte ich zu meinem Sessel zurück, schlang mir die Arme um den Oberkörper und starrte zu Boden. »Ich würde sagen, wir sollten dem König einen ebensolchen *Mangel an Mitgefühl* entgegenbringen. Ihn fesseln und die Eiswölfe auf ihn loslassen. Und das wäre immer noch ein gnädigerer Tod als der, den er so manchen Menschen gegönnt hat.«

»Ruby, wir sind im Grunde ganz deiner Meinung«, sagte Bruder Thistle mit Blick auf meine geballten Fäuste. »Um das Königreich zu heilen, müssen wir der Herrschaft von König Rasmus ein Ende setzen.«

Eine Welle der Erleichterung durchfloss mich, obwohl ich innerlich immer noch kochte.

»Vielleicht sollten wir dieses Gespräch an einem anderen Tag fortsetzen«, fügte Bruder Thistle hinzu. »Wir vergessen nur zu schnell, welchen Strapazen du ausgesetzt warst und dass du immer noch nicht ganz geheilt bist.«

Ich zog meine zittrigen Beine unter dem Kleid an den Körper heran. Es war nicht gut, vor diesen Männern die Fassung zu verlieren. Wenn ich ständig nichts anderes tat als zu fauchen und zu spucken wie eine Wildkatze, würden sie mir bestimmt nie vertrauen.

»Ich danke euch für die Heilkräuter und das Essen«, sagte ich aus tiefstem Herzen und versuchte so ruhig wie möglich zu klingen. »Bruder Gamut hat wunderbar für mich gesorgt.«

»Deine wichtigste Aufgabe ist es, wieder gesund zu werden«, sagte Bruder Thistle. »Alles andere kann warten, bis es so weit ist.«

»Alles andere kann *nicht* warten«, ging Arcus dazwischen, und sein Befehlston hallte in dem kleinen Raum wider. »Ich sage, es ist Zeit, uns damit auseinanderzusetzen. Wozu herumsitzen und warten, während der Thron …«

Bruder Thistle hielt Ruhe gebietend eine Hand hoch, und erstaunlicherweise verstummte Arcus sofort.

»Vertrau mir, mein Freund«, sagte der Mönch. »Wir haben nun schon so lange gewartet und das Mädchen gesucht. Die Zeit mag unser Feind sein, aber manchmal ist Geduld der stärkere Verbündete.«

Arcus stand ruckartig auf und stürmte an meinem Sessel vorbei aus dem Zimmer. Ein eiskalter Windhauch streifte meine Wange und stach mich wie mit tausend Nadeln.

9

Während der folgenden Tage kühlte mein Gemüt im selben Maße ab, in dem mein Gesundheitszustand sich besserte. Einmal bat ich Bruder Thistle um genauere Auskunft, worin meine Aufgabe eigentlich bestehen solle, aber er wies mich an, mich auf meine Gesundung zu konzentrieren, alles andere würde mir dann zu gegebener Zeit erklärt werden. Nach drei Tagen entschied Bruder Gamut, ich sei erholt genug, um mit der Ausbildung zu beginnen. Ich bekam einen Umhang aus Wolle, ein ausgeblichenes weißes Hemd, dunkle Beinkleider und eine rote Tunika, außerdem ein Paar Lederstiefel, die ich mir fest an die Füße schnürte. Man band mir die Haare nach hinten und ich erhielt den Befehl, mich an einer bestimmten Stelle zwischen Abtei und Wald mit Bruder Thistle zu treffen – dort würde uns ein kleiner Hain vor neugierigen Blicken schützen.

Auf dem Weg zum angewiesenen Ort kam ich an einem Mönch und zwei Nonnen vorbei. Der Mann trug eine Tonsur, währen die Frauen sich die Haare einfach so kurz geschoren hatten, dass sie kaum ihre Schläfen bedeckten. Alle drei traten beiseite, um mich durchzulassen, und gaben sich erst gar keine Mühe, ihre Feindseligkeit mir gegenüber zu verbergen. Offenbar wurde mir mein Einsatz während des Brandes nicht von allen hier gutgeschrieben. Vielleicht dachte so mancher sogar immer noch, ich hätte das Feuer selbst gelegt.

Und daher war ich, als ich durch das Westtor schritt, so in Gedanken versunken, dass ich einen Moment brauchte, um zu begreifen, wer da auf mich wartete – Arcus.

Er trug eine blaue Tunika und enge schwarze Beinkleider, unter denen sich seine Oberschenkelmuskeln deutlich abzeichneten. Seine Schultern sahen unter den silbernen, in der matten Sonne glänzenden Schulterklappen noch breiter aus. Außerdem trug er eine Kapuze ganz ohne Umhang und dieselbe Maske, die er auch schon aufgehabt hatte, als er mich aus den Schneemassen rettete, und die beide Wangen und seine Nase verdeckte.

Als ich in seine Augen blickte, erstarrte ich wie schockgefrostet.

Sie waren lichtblau, winzige Eissplitter, die wie gefrorene Juwelen glitzerten. Gespenstische, faszinierende, wunderschöne Augen. *Falls man Eis überhaupt als wunderschön bezeichnen kann.*

Ich nickte zur Begrüßung und ging auf ihn zu. Er schloss sich mir an und verkürzte seine Schritte, um sich meinem Tempo anzupassen.

»Du konntest wohl der Versuchung nicht widerstehen, mitzuerleben, wie Bruder Thistle mich zu Boden gehen lässt?«, fragte ich.

»Das hängt ganz von dir ab.« Seine Stimme klang wohlwollend, aber distanziert. »Ich möchte mich vergewissern, dass deine Ausbildung gut verläuft.«

»Wieso? Deine Rolle in diesem ganzen Plan ist mir nach wie vor mehr als unklar.«

Er biss die Zähne zusammen, behielt aber den leichten Ton bei, als er das Thema wechselte. »Was ich dir schon viel früher hätte sagen sollen – es war sehr mutig von dir, ins Feuer zu gehen, um Schwester Pastel zu retten.« Er machte eine Pause. »Danke.«

Ich blieb verdattert stehen und starrte ihn an.

»Dafür, dass du sie gerettet hast, als ich gezögert habe«, fügte er hinzu und sah mir in die Augen.

»Für eine Fireblood war das nicht allzu mutig.« Ich nestelte am Saum meiner Tunika herum, während wir unseren Weg langsam fortsetzten. »Und ohne dich hätte ich es nie geschafft, sie rauszuholen.« Ich verzog das Gesicht. »Außerdem hat mich die Vergangenheit gelehrt, dass meine Gabe meist nur dazu führt, dass ich mich selbst in Brand setze.«

»Dann tu's einfach nicht mehr«, sagte Arcus scharf. »Ich hab wirklich keine Lust, dich den ganzen Weg zum Fluss schleppen zu müssen.«

»Du könntest die Flammen doch auch einfach mit Eis ersticken«, wandte ich ein.

»Aber das Gefühl des Eises auf der Haut wäre für dich bestimmt nicht besonders angenehm.«

Ich sah ihn an. »Hast du mich deswegen stattdessen ins Wasser geworfen? Aus Rücksichtnahme?«

»Ich habe nur praktisch gedacht«, gab er zurück, ohne meinen Blick zu erwidern. »Deine Hitze widersteht dem Eis viel länger, als Flammen dem Wasser widerstehen können. Also war es am einfachsten, dich hineinzuwerfen.«

Das klang durchaus einleuchtend, aber seine Bemerkung vorhin, mich *den ganzen Weg zum Fluss* schleppen zu müssen, wurmte mich immer noch. »Du tust ja so, als wäre ich so schwer wie ein ausgewachsener Ochse«, sagte ich. »Letzte Woche war ich noch ein Bündel Feuerspäne.«

»Du bist immer noch viel zu mager.«

»Wenn ich etwas zulege, vergleichst du mich vielleicht nicht mehr mit dürren Feuerspänen.«

»Ja, vielleicht wächst du dich eines Tages zu einem Zweig aus.«

Ich beäugte ihn scharf, konnte aber nicht verhindern, dass ich es etwas schmeichelhaft fand, wie er mit mir schäkerte.

»Oder gar zu einem Ast«, schlug ich vor.

»Das bezweifle ich«, gab Arcus trocken zurück und sah zu meinem Bein hinunter. »Du humpelst nicht mehr so sehr. Anscheinend verheilt dein Knöchel.«

»Ja.« Der Fuß tat mir immer noch weh, aber angesichts dessen, dass es meine erste Übungsstunde war, würde Bruder Thistle hoffentlich Milde walten lassen.

Wir erreichten den vereinbarten Ort. Es war ein nackter Flecken Erde, unsere Stiefelsohlen knirschten auf ein paar mageren trockenen Grasbüscheln, die aus dem frisch geschmolzenen Schnee herauslugten. Die Luft roch nach Holzrauch und Kiefernnadeln, Vogelgezwitscher drang aus weiter entfernten Bäumen zu uns herüber. Nebelschwaden schlängelten sich über den Boden und erhoben sich langsam in die Luft, während die Sonne am Horizont aufging.

»Guten Morgen, Ruby.« Bruder Thistle trug seine übliche Robe und stützte sich auf seinen Gehstock. »Du bist also bereit für deine erste Unterrichtsstunde?«

Ich nickte. Arcus ging ein paar Schritte zur Seite, blieb aber nah genug stehen, um alles mitzuhören, ohne im Weg zu sein.

»Nimm Platz«, befahl der Mönch. Wir setzten uns beide auf den Boden. »Schließ die Augen.«

Ich machte ein Auge zu, hielt das andere aber offen. Wieso sollte ich mich ganz ausliefern? Ich war nicht bereit, mich einem Überraschungsangriff auszusetzen.

»Beide Augen.«

Seufzend machte ich beide Augen zu.

»Zuerst müssen wir deinen Geist reinigen.«

Ich riss die Augen wieder auf. »Meinen Geist? Was hat der denn damit zu tun? Meine Hitze kommt aus dem Herzen.«

»Das von deinem Geist beherrscht wird. Was du längst wüsstest, wenn du gelernt hättest, deine Gabe zu kontrollieren.«

Von nun an folgte ich Bruder Thistles Anweisungen. Er sprach mir ein merkwürdiges Wort vor, das entweder uralt oder völliger Quatsch sein musste, und ich wiederholte es immer und immer wieder. Der Plan war, mich dahin zu bringen, dass mein Geist komplett leer wurde. Ich dachte, ich würde mich dabei gar nicht so dumm anstellen, da drang plötzlich ein lauter Seufzer an mein Ohr.

»Ruby Otrera, selbst ein Kolibri verhält sich ruhiger als du. Vielleicht käme dein Geist ja zur Ruhe, wenn du nicht ständig so herumzappeln würdest.«

Betroffen sah ich ihn an. Mir war gar nicht bewusst gewesen, dass ich mich bewegt hatte.

»Die Anstrengung, meinen Geist zu reinigen, macht mich zappelig«, gab ich zurück. »Und wenn Ihr mir Geduld beibringen wollt, solltet Ihr vielleicht erst mal mit gutem Beispiel vorangehen.«

Bruder Thistle starrte mich verblüfft an und seine Wangen röteten sich.

»Du magst recht haben«, sagte er, stand auf und stützte sich auf seinem Stock ab. »Aber du begreifst offenbar nicht, wie wenig Zeit wir noch haben. Es ist Frühling – deine Gabe erstarkt, die meine wird schwächer. Zur Sommersonnenwende solltest du für deine Aufgabe bereit sein.«

Eine Welle aus Angst und Vorfreude zugleich schwappte über mich hinweg, und in meinen Fingerspitzen begann es zu kribbeln.

»Das ist nur noch gut zwei Monate hin«, fuhr er fort. »Was dir vielleicht lange erscheinen mag. In Wirklichkeit jedoch braucht man normalerweise mehrere Jahre, um sich die nötigen Fertigkeiten anzueignen. Wir müssen die wenige Zeit also so gut nutzen wie nur möglich. Und ich möchte am Ende mit dem Ergebnis zufrieden sein können.«

Ich spürte, wie meine Wangen angesichts seiner schicksalsergebenen Stimme glühten. Da lag ein unterschwelliger Tadel in seinen Worten, als würde er davon ausgehen, enttäuscht zu werden.

»Deine Körpertemperatur steigt«, sagte Bruder Thistle. »Das ist gut.«

»Und das merkt Ihr auf diese Entfernung?«

»Natürlich. Das kannst du bei anderen auch, du musst dich nur konzentrieren. Richte deine Aufmerksamkeit auf deine Umgebung, statt dich ständig nur mit deinen eigenen Gedanken zu befassen.«

Wieder dieser Tadel. Mein Blut heizte sich weiter auf.

»Gut. Jetzt wollen wir mal überprüfen, inwiefern du deine Gabe bereits im Griff hast. Kanalisiere deinen Zorn, um den kleinen Busch dort drüben in Brand zu setzen, so wie du es mit dem Tischbein in der Bibliothek gemacht hast.«

»Aber das habe ich nicht absichtlich getan, es ist einfach so geschehen, ohne dass ich daran gedacht hätte. Ich kann Dinge nur aufheizen, nicht aus dem Nichts Feuer entstehen lassen.«

»Denke nicht an Feuer. Denke nur daran, die Essenz der Dinge aufzuheizen, dann werden sie brennen.«

Auch wenn seine Worte nur das wiedergaben, was meine Großmutter mir schon gesagt hatte, fiel es mir schwer, dem Ratschlag eines Frostblood zu vertrauen.

»Verzeiht mir, Bruder Thistle, aber was genau versteht Ihr von der Kunst der Hitze?«

Er neigte den Kopf. »Nahe dem Ort, wo ich aufgewachsen bin, lebte seinerzeit ein großer Fireblood-Meister. Ich habe oft zugesehen, wie er seine Anhänger in der Schule unterrichtete.«

»Es gab eine Schule?« Meine Neugier war geweckt.

»Ja, weit oben auf einem Hügel nahe einem Tempel, der Sud gewidmet war. Ich vermute, der Meister wusste, dass ich zusah. Er war ein Mann großen, offenen Geistes und sehr gleichmütig für einen Fireblood.«

»Habt Ihr auch mal mit ihnen zusammen geübt?«

Er schüttelte den Kopf. »Das war verboten. Ich habe eigenständig trainiert und festgestellt, dass sich viele der Fireblood-Techniken auch auf den Umgang mit dem Eis anwenden ließen. Als ich aus Sudesien hierherkam, war ich vielen der anderen Frostblood-Krieger weit voraus.«

»Ihr stammt aus Sudesien?« Ich konnte meine Verblüffung nicht verbergen. »Und seid dann ein Frostblood-Krieger geworden?«

Bruder Thistle streckte den Rücken durch und durchbohrte mich mit einem strengen Blick. »In der Tat.«

Ich stellte ihn mir jünger vor, mit faltenlosem Gesicht und dunklem Haar, die Brust von einer ledernen oder metallenen Rüstung geschützt. Er war nicht besonders groß, verfügte aber über eine selbstbewusste, aufrechte Haltung.

Dann richtete ich den Blick auf den Busch, den er mir gezeigt hatte. Ich war mir Arcus' Gegenwart mehr bewusst, als mir lieb war, und seine stummen Blicke halfen mir nicht gerade dabei, mich zu konzentrieren. Aber ich schloss die Augen und machte die Hitze in meinem Inneren bereit, so wie Großmutter es mir beigebracht hatte. Schüre die Flammen und beherrsche sie dann.

Meine Haut wurde heiß. Schweiß sammelte sich in meinen Achselhöhlen und zwischen meinen Brüsten, und ich zitterte vor Anstrengung. Als die Hitze so stark wurde, dass ich schon fürchtete, die Kontrolle darüber zu verlieren, ließ ich sie als rauschenden Schwall herausströmen.

Das gelbe Gras zwischen mir und dem Busch fing sofort Feuer und verbrannte. Der Busch selbst blieb völlig unangetastet.

»Kontrolle, Ruby«, sagte der Mönch. »Du hast Macht, aber du musst sie unter Kontrolle bringen. Wären wir hier auf einem Schlachtfeld, hättest du jetzt deine eigenen Soldaten verbrannt und die Feinde verschont.«

»Ich habe kein Interesse daran, in eine Schlacht zu ziehen«, rief ich, von meinem Versagen tief enttäuscht. »Ich möchte nur einen einzigen Menschen töten, einen widerwärtigen König!«

Arcus knurrte missbilligend hinter meinem Rücken.

»Und was die Kontrolle angeht«, fuhr ich fort. »Dafür bin ich ja hier, um das zu lernen. Und *Ihr* seid dafür zuständig, es mir beizubringen.«

Ich stieß dem Mönch einen Finger gegen die Brust und hörte den Stoff zischen. Sofort sprang ich zurück und schlug mir die Hand vor den Mund. Er bewegte nur einen Finger, und schon ließ ein dünner Eisfilm den kokelnden Stoff erlöschen.

»Wie gesagt, Ruby«, sagte er ruhig und ziemlich frostig. »Kontrolle.«

Tränen sammelten sich in meinen Augen, als mir klar wurde, dass mein unbeherrschtes Temperament mein Versagen nur noch verschlimmert hatte. Ich wandte mich ab, um die Tränen wegzublinzeln.

»Nun habe ich immerhin einen Eindruck von deiner Technik gewonnen«, sagte Bruder Thistle. »Du baust das Feuer in deinem Inneren auf und lässt es dann als zornige Feuersbrunst herausströmen. Mit der Kälte verhält es sich da ganz ähnlich. Man kann die Kontrolle über sie verlieren und viel Schaden damit anrichten, wenn man sich nicht auf ein Ziel konzentriert.«

»Aber … ich hatte mich doch auf das Ziel konzentriert.«

»Mit den Augen, ja. Aber was war mit deinem Geist? Sobald du lernst, deinen Geist zielgenau auszurichten, wird das Feuer dir gehorchen. Sieh zu.«

Er hob einen Arm und ließ ihn blitzgeschwind vor- und zurückschnellen. Eine Eiszunge schnalzte wie eine silberblaue Peitsche durch die Luft. Ich sprang instinktiv beiseite, und der Eispfeil flog an mir vorbei und zerschellte am Boden. Bruder Thistle hob wieder den Arm. Eine Spirale eiskalter Luft hob Staub und Unrat von der Erde in die Luft, erschuf einen Wirbeltrichter, den er nun von einer Hand in die andere springen lassen konnte, je nachdem welchen Arm er bewegte.

»Man braucht viel Konzentration, um die Kraft zu bündeln«, sagte Bruder Thistle. »Am Anfang erscheint es einem unmöglich. Aber du musst deinen Geist zur Ruhe bringen. Dann kannst du die Stille zu jeder Zeit nach Belieben wiederfinden, gleichgültig welche Ablenkung sich dir in den Weg stellen will. Selbst in der Schlacht.«

Ich sah ihm in die sturmblauen Augen. »Für Euch ist das ja auch einfach. Frostbloods sind voller Eis. Ich hingegen bin voller Hitze und Feuer. Ich kann das nicht so abschalten, wie ich will.«

»Du solltest Frost nicht mit Gefühlskälte verwechseln«, gab er zu bedenken. »Frostbloods verfügen über alle Empfindungen, genau wie jeder andere auch. Es besteht nur Gefahr, dass diese Empfindungen, so tief und mächtig sie auch sein mögen, mit einer Eisschicht überzogen werden. Sie kann uns daran hindern, unsere Gefühle zu zeigen. Das ist ein sehr schmerzlicher Zustand, den ich weder dir noch sonst jemandem wünsche, Ruby.«

Sein harscher Ton überraschte mich.

»Aber hier geht es nicht um Gefühle«, fuhr er milder fort. »Es geht darum, deinen Geist zu trainieren. Wenn du deinen Geist nicht in den Griff bekommst, wirst du deine Gabe nie kontrollieren.«

»Also gut, ich versuche es noch mal«, sagte ich.

Ich holte zitternd Luft und setzte mich wieder hin.

»Wenn du den Ort der Stille gefunden hast«, erklärte Bruder Thistle, »ist es so, als hörte die Zeit auf zu existieren. Lass die Gedanken erst einmal kommen. Aber gehe immer wieder zu dem Wort zurück, das ich dir vorgegeben habe. Das wird dir helfen, den Kern deines Geistes zu finden.«

Und die Gedanken kamen. Schnell und zornig, Erinnerungsfetzen, Bilder, Sorgen. Ich versuchte meinen Geist zur Ruhe zu zwingen, doch er verwandelte sich in einen wütenden Strom unsinnigen Gebrabbels, der es darauf angelegt zu haben schien, mich in Rage zu bringen. Schließlich hörte ich auf, die Gedanken ständig zurückzudrängen, und ließ sie über mich hinwegschwappen. Als sich ein freier Raum auftat, kehrte ich zu dem Wort zurück.

Es dauerte lange, doch dann änderte sich etwas. Ich nahm nichts mehr wahr.

Ich *war* einfach nur noch.

Ich schwebte in dem stillen Raum, und etwas kribbelte am Rand meines Bewusstseins, kaum mehr als der Hauch einer Empfindung. Ein Kältehauch. Ich stieß ihn mit meinem Geist an, und er schien mich und meine jämmerlichen Anstrengungen auszulachen.

Aber nein, es war nicht die Kälte, die kicherte.

Es war …

Ich hatte Mühe, meinen Geist aus den Tiefen wieder hervorzuholen. Es war, als würde ich mich aus einem Meer aus Gänsedaunen nach oben strampeln. Als ich es endlich schaffte, die Augen aufzumachen, drehte ich mich zur Abtei um, zu dem Kältehauch, den ich verspürt hatte. Arcus saß nur wenige Meter von mir entfernt im Schneidersitz am Boden.

Er hatte die Augen geschlossen, aber ein heimliches Grinsen zog einen Mundwinkel nach oben.

Die Welt geriet ins Wanken. Ich stemmte eine Handfläche auf den Boden, um mich abzustützen.

»Arcus, war es zu viel verlangt, still zu bleiben?«, sagte Bruder Thistle.

»Es tut mir leid«, erwiderte Arcus, aber es klang nicht so, als meinte er es ernst. »Aber sie zitterte so heftig, dass ich es bis hierher spüren konnte.«

»Ich sitze ja auch schon den halben Vormittag in dieser frostigen Tundra«, entgegnete ich heftig und drückte mir die Handballen gegen die Augenhöhlen, um meinen verschwommenen Blick wieder klar zu bekommen.

»Ich dachte, Firebloods können sich selbst wärmen.«

»Ich war auf andere Dinge konzentriert, das erschwert die Sache. Außerdem hast du mich abgelenkt mit deinem …« Ich keuchte. »Ich habe es gespürt! Ich habe deine Kälte gespürt!«

Bruder Thistle lächelte. »Du spürst die Kälte auf körperlicher Ebene, aber die Empfindung ist so schwach, dass du sie ohne die geistige Übung nicht wahrgenommen hättest. Lass mich noch einmal betonen, was ich mit Übung meine. Man braucht Jahre, um diese Methode zu verinnerlichen. Aber selbst in seiner schlichtesten Ausprägung kann ein geübter Geist ein mächtiges Werkzeug darstellen. Und das wird dir mal sehr behilflich sein.«

Beim Töten des Königs, brachte ich in Gedanken den Satz zu Ende. Diese Fähigkeiten zu besitzen konnte über Erfolg oder Niederlage entscheiden.

»Warum habe ich Eure Kälte nicht gespürt?«, fragte ich den Mönch.

»Weil ich sie unterdrückt habe«, antwortete er.

Ich wandte mich Arcus zu. »Hast du deine Kälte absichtlich verstärkt, damit ich sie besser wahrnehmen konnte?«

Er zuckte mit den Schultern. »Ein bisschen.«

»Tu das nicht mehr. Such dir einen anderen Platz, und ich schau mal, ob ich dich dann immer noch spüren kann. Und Bruder Thistle, vielleicht könntet Ihr dasselbe tun? Ich würde gerne herausfinden, ob ich euch wahrnehmen kann.«

Er schüttelte den Kopf und streckte sich. »Ich muss meine alten Glieder in die Abtei zurückschaffen zum Mittagsgebet. Arcus, kannst du das Training bitte weiterführen? Ruby, ich erwarte von dir volle Konzentration bei jeder Übungsstunde. Wir sehen uns jeden Morgen hier nach dem Gebet. Du versprichst mir, dich der Sache mit Hingabe zu widmen, und ich verspreche dir, dass ich dir Dinge zeige, die zu schaffen du nie auch nur geträumt hättest.«

»Und Ihr sagt mir endlich, wofür Ihr mich ausbildet«, fügte ich hinzu.

Er nickte und machte sich auf den Weg zurück zur Abtei. Ich sprang auf, schüttelte meine steifen Gelenke aus, dehnte meine angespannten Muskeln und verzog das Gesicht wegen der Millionen Nadelstiche in meinen eingeschlafenen Fußsohlen.

»Was machst du denn da? Hat jemand was von Aufstehen gesagt?«, fragte Arcus.

»Es hat auch niemand gesagt, dass man beim Training die ganze Zeit auf dem gefrorenen Boden sitzen muss«, gab ich zurück.

Er nickte. »Du stehst, und ich bewege mich um dich herum.«

»Ist keine große Herausforderung, dich zu finden, wenn du mit deinen dicken Stiefeln herumtrampelst.«

Er presste die Lippen aufeinander. »Ich weiß, wie man sich lautlos bewegt.«

Ich schloss die Augen und kehrte zu dem Wort zurück. Wie dicker, dichter Regen prasselten die Gedanken auf mich ein. Ich holte tief Luft und ließ sie über mich hinwegschwappen. Wie zuvor dauerte es auch jetzt einige Minuten, bis mein Geist zur Ruhe kam. Aber diesmal verharrte ich halb innerhalb des stillen Ortes, hals außerhalb. Ein Teil von mir machte sich auf die Suche. Auf die Suche nach der Kälte.

Nichts.

Nein, Augenblick. Da, da seitlich von mir. Genau *da*.

Langsam hob ich inmitten des endlosen Universums selbstsicher einen Arm und deutete in die Richtung, in der ich es gespürt hatte. Ich hörte Arcus knurren.

»Sehr gut«, sagte er, und seine Stimme klang näher, als ich ihn vermutet hätte. »Aber mal sehen, wie du dich schlägst, wenn ich weiter weggehe.«

Ich nickte, atmete tief ein und suchte wieder meine Mitte.

Schwebende Achtsamkeit. Suche. Suche.

Nichts. Nichts. Nichts.

Dann ein Hauch von Kälte zu meiner Linken. Ich zeigte darauf.

»Gut. Und jetzt noch weiter weg.«

Ich atmete ein und aus. Die Gedanken wurden immer seltener, die Welt leerte sich. In diesem Zustand war ich allein, jedoch nicht einsam. Für einen winzigen Augenblick war ich vollkommen, ein vollkommenes Ganzes. Aber dann suchte ich wieder nach etwas außerhalb von mir. Meine Hitze sehnte sich nach Kälte. Wo war sie? Wo bloß?

Ich hob die Arme, Handflächen nach außen. Suchte, tastete nach der Kälte.

Und dann, an einer einzigen Fingerspitze, ein Eishauch. Ein kühles

Wispern. Ich drehte die Handfläche nach rechts, nach rechts, noch mal nach rechts, bis ich den Punkt fand, wo die Wahrnehmung am stärksten war. Direkt vor mir.

Ich zeigte darauf und erntete ein verblüfftes Lachen. »Nicht schlecht, Feuermädchen, gar nicht schlecht. Ich habe mich bei diesem Spiel seinerzeit nicht halb so gut geschlagen. Bruder Thistles Unterricht scheint sich auszuzahlen.«

Ich machte die Augen auf, konnte die Umgebung aber nicht richtig wahrnehmen, so sehr war ich noch im endlosen Raum meines Geistes gefangen. Die Erde neigte sich zur Rechten, ich geriet ins Taumeln. Feste Hände packten mich, fingen mich auf.

»Ganz ruhig«, sagte Arcus und half mir, mich wieder aufzurichten. »Du solltest dir bei der Rückkehr aus diesem Zustand mehr Zeit lassen. Setz dich kurz hin, kehre zu dem Ort zurück, lass dir Zeit, um wieder an die Weltoberfläche zu schweben. Wenn man zu schnell wieder zu Bewusstsein kommt, kann das schiefgehen.«

Ich tat, wie mir geheißen, gab meinem Geist genug Zeit, sich wieder an die Außenwelt zu gewöhnen. Nach einigen Minuten holte ich noch einmal tief Luft und schlug die Augen auf. Arcus saß vor mir, nur eine Armlänge entfernt, und sah mich an.

»Hm«, murrte er nachdenklich. »Bemerkenswert, wie gut du das nach so wenig Übung schon hinbekommst.«

In meiner Brust glomm ein freudiger Hoffnungsfunken auf. Vielleicht war für mich ja doch noch nicht alles verloren.

Auf dem Weg zurück zur Abtei schob Arcus mir eine Hand unter den Ellbogen, um mich zu stützen. Ich versteifte mich, schüttelte die Hand aber nicht ab.

»Dein Geist macht gute Fortschritte«, sagte Arcus. »Aber dein Körper macht mir Sorge. Du bist immer noch schwach.« Er blieb stehen und schob mir meinen Ärmel bis zum Ellbogen hoch. Als seine Haut die meine berührte, zuckten wir beide zusammen. »Mit den dünnen Ärmchen wirst du nie ein Schwert halten können. Wo sind deine Muskeln hin?«

»Oh ja, ich hatte im Gefängnis ja auch so viele Möglichkeiten, meine Muskeln zu trainieren.« Ich riss meinen Arm los und schob den Ärmel wieder herunter.

»Nun, jetzt hast du sie jedenfalls. Ich möchte, dass du ab morgen so hart trainierst, wie es nur geht. Die Turmstiege ist steil, du kannst sie zweimal täglich hinauf- und hinunterlaufen. Bruder Peele hat in der Küche bestimmt genug schmutzige Töpfe zum Abspülen und Mehlsäcke zum Stapeln. Hilf ihm. Und Schwester Clove findet im Stall sicher auch genug Arbeit für dich.«

Das klang so vernünftig, dass ich schwerlich dagegen argumentieren konnte. Aber es ärgerte mich dennoch, dass er mich so herumschubste.

»Und was machst du, während ich mich den ganzen Tag abrackere?«

»Ich übe, so wie immer.«

»Und wofür genau?«

Er zögerte, dann stieß er einen langen Atemzug aus. »Um dir zu helfen. Es ist meine Aufgabe, dich durch einen Seiteneingang ins Schloss hineinzubringen – und wenn wir ganz viel Glück haben, auch wieder aus dem Schloss heraus.«

Ich merkte erst, dass mir die Kinnlade heruntergeklappt war, als er anfing zu lachen.

»Was dachtest du denn? Dass wir dich ganz allein durchs Haupttor reinschicken? Ohne meine Hilfe würdest du es doch nicht mal bis zum Fuße der Berge schaffen.«

»Wie lautet der Plan? Erzähl mir alles!«

»Hast du es so eilig, in deinen Tod zu reiten, Fireblood-Mädchen? Du würdest einen guten Soldaten abgeben.« Dann wechselte er hastig das Thema. »Du schonst deine linke Schulter. Ich hatte überlegt, dich heute im Schwertkampf zu unterrichten, aber dann ist mir aufgefallen, dass du deinen linken Arm immer an den Körper presst und jedes Mal das Gesicht verziehst, wenn du ihn anhebst.«

Ich seufzte. Diese kalten blauen Augen bemerkten offenbar viel mehr, als ich dachte.

»Eine alte Verletzung«, sagte ich und ließ meine Schulter vorsichtig kreisen.

»Aus dem Gefängnis?«, hakte er sanft nach.

Ich schüttelte den Kopf. »Ich war sieben und bin vom Baum gefallen, als ich ein Eichhörnchen fangen wollte, weil ich mir so sehr ein Haustier wünschte.«

Er machte ein Geräusch, das sich verdächtig nach Gelächter anhörte. »Und das macht dir bis heute zu schaffen?«

»Nur wenn ich gezwungen bin, stundenlang auf gefrorenem Boden zu liegen.«

Er lächelte, und das berührte mich auf seltsame Weise. Wie seine Augen von Lachfältchen gesäumt wurden, wie seine weißen Zähne aufblitzten ... Die Narbe, die sich über seine Lippe zog, machte sein Lächeln nur umso reizvoller. Verwirrt zwang ich mich wegzusehen und den Blick auf die trostlosen Pflastersteine auf dem Weg zur Abtei zu richten.

»Warum versteckst du eigentlich dein Gesicht?«, fragte ich.

Ein finsterer Verdacht hatte sich in meinen Kopf geschlichen. Arcus trug immer eine Kapuze und sein Gesicht war eindeutig heftig vernarbt. Er und Bruder Thistle hatten gesagt, sie wären wegen der Ereignisse in meinem Dorf auf mich aufmerksam geworden. Was, wenn

Arcus einer der Soldaten war, denen ich damals Verbrennungen zugefügt hatte?

Kaum hatte ich die Frage ausgesprochen, sank die Temperatur um mich herum spürbar. Eis breitete sich am Boden aus und überzog herabgefallene Blätter mit einer weißen Schicht.

»Ich kann mich nicht erinnern, dir erlaubt zu haben, mir Fragen zu stellen«, stieß Arcus hervor.

»Ich kann mich nicht erinnern, dass man dafür eine Erlaubnis bräuchte. Was hast du zu verbergen?«

»Gar nichts. Ich bedecke nur das, was andere nicht gerne sehen.«

Ich verschränkte die Arme vor der Brust. Arcus starrte mich durchdringend und unnachgiebig an. Vielleicht täuschte ich mich ja und er hielt mich nun für einen der üblichen kleingeistigen Idioten, die andere wegen ihres Aussehens verspotteten. Dabei hätte ich niemals jemanden nach seinen Narben beurteilt.

»Zumindest hab ich heute mal deine Augen zu sehen bekommen«, sagte ich.

»Und warum bitte möchtest du meine Augen zu sehen bekommen?«

»Ich weiß nicht. Vielleicht weil ich so wenig über dich weiß und du so viel über mich. Oder vielleicht auch, um sicher sein zu können, dass du ein echter Mensch bist und kein Eisklotz.«

Sein Blick wurde argwöhnisch. Ich starrte ihn an. Seine Augen waren nicht einfach einfarbig blau, sondern glichen einem Mosaik aus unterschiedlichsten Blautönen. Auf einmal fühlte ich mich wie von Zauberhand zu ihm hingezogen, unmerklich, nur den Bruchteil eines Millimeters, als würden all die magischen Blautöne mein Blut an sich ziehen wie der Mond die Meeresflut, es aufheizen und abkühlen zugleich und mich in völliger Verwirrung zurücklassen.

Etwas flackerte in Arcus' Augen, und plötzlich wechselte ihre Farbe zum eisigen, leeren Blaugrau eines schneeverhangenen Himmels. »Ich *bin* ein Eisklotz.«

Die Worte trafen mich wie eine Eimerladung Wasser aus einem Gebirgsbach. Tote Blätter knirschten unter Arcus' Stiefeln, als er sich abwandte, um davonzustapfen und dabei alle Blautöne der Welt mit sich zu nehmen.

10

Die Spätnachmittagssonne sickerte durch das eine verbliebene Fenster der Bibliothek und tapezierte die steinernen Wände mit grellgoldenen Rechtecken.

»Schwester Pastel, darf ich reinkommen?«, fragte ich von der Tür aus. In den Wochen seit meiner fehlgeschlagenen Flucht aus der Abtei hatte ich Schwester Pastel, die wohl begabteste Buchmalerin der Abtei, immer wieder hier angetroffen, unermüdlich über ihre Arbeit gebeugt. Ihr Tun faszinierte mich, ihre präzisen, fließenden Buchstaben, ihre lebendigen Bilder.

Sie stellte ihren Pinsel zurück in den Becher und wandte sich mir zu. »Ja, du darfst hereinkommen, Ruby.«

Ich trat vor und achtete sorgsam darauf, keines der zarten Pergamente auf den Tischen zu streifen.

»Ich habe mich gefragt …« Ich verstummte, als mein Blick auf das rußgeschwärzte Tischbein fiel, den greifbaren Beweis meines Mangels an Selbstbeherrschung, der sich bei meinem damaligen Besuch in der Bibliothek auf so beschämende Weise gezeigt hatte. Wahrscheinlich hegte die ruhige, bedächtige Buchillustratorin wenig Lust, eine Fireblood in die Nähe ihrer kostbaren Bücher zu lassen.

»Ich freue mich, dass du gekommen bist«, sagte sie zu meiner Überraschung, und ihr Mund verzog sich zu einem Ausdruck, den ich für ein Lächeln hielt, das Lächeln eines Menschen, der das Lächeln nicht gewohnt ist. »Ich habe mich noch gar nicht bei dir dafür bedankt, dass du mir das Leben gerettet hast.«

»Das braucht Ihr auch nicht«, wehrte ich hastig ab. »Feuer macht mir nichts aus, jedenfalls nicht so schnell. Ich bin sicher, Arcus hätte es auch ohne mich geschafft, Euch zu retten.«

»Trotzdem, du bist ein Risiko eingegangen, und das beweist, wie viel Charakter du hast. Schließlich waren wir nicht gerade Freundinnen zu dem Zeitpunkt.«

»Feindinnen aber auch nicht. Zumindest nicht von meiner Seite aus.«

Sie senkte den Blick zu ihren Händen, die sie im Schoß gefaltet hielt. »Ich muss gestehen, ich habe dich damals durchaus als Feindin gesehen. Am ersten Tag, als Bruder Lack und ich dich ins Badezimmer gebracht haben, ahnte ich schon, dass du eine Fireblood sein könntest. Und ich war zornig, weil Bruder Thistle dich hierher gebracht hatte. Ich dachte, deine Anwesenheit würde uns gefährden.« Sie hielt inne.

»Und jetzt?«, hakte ich nach.

»Jetzt sehe ich, dass du mit Bruder Thistles Hilfe versuchst zu lernen, deine Gabe zu beherrschen. Ich bitte dich um Verzeihung dafür, dass ich dich vorschnell verurteilt habe.«

Ich trat unbehaglich von einem Fuß auf den anderen. »Es gibt nichts zu verzeihen. Ich werde hier sehr gut behandelt.«

Ihre Mundwinkel hoben sich wieder, und diesmal war es gut als Lächeln zu erkennen. »Also, was führt dich in meine kleine Welt aus übelriechenden Farbpigmenten und steifen Fingern?«

»Ich hatte gehofft, Ihr würdet mir einige von Euren Techniken zeigen. Ich möchte Euch natürlich nicht bei Eurer Arbeit stören. Aber ich würde Euer Handwerk furchtbar gern lernen, oder zumindest einen kleinen Teil davon. Was ich halt zustande bringen könnte. Eure Arbeit ist unglaublich schön.«

»Danke. Setz dich an den Nachbartisch, ich zeige dir gern alles.«

Meine Wangen glühten vor Freude.

»Aber eine Bitte hätte ich«, fügte Schwester Pastel leise hinzu. »Könntest du achtgeben, deine Enttäuschung über wenig gelungene Arbeit nicht in Hitze zu verwandeln? Wir wollen doch keinen neuen Brand anzetteln, vor allem nicht hier.«

Meine Euphorie erlosch. »Ich habe das Feuer nicht gelegt, Schwester Pastel.«

Sie sah mich eindringlich an. »Das freut mich zu hören. Auch wenn mich der Gedanke, dass es dann ein Mitglied meines Ordens getan haben muss, sehr verstört. Und dass diese Person nicht vorgetreten ist, um zu gestehen, als du beschuldigt wurdest.«

Ich schüttelte den Kopf. »Vielleicht hatte auch nur jemand vergessen, ein Ofenfeuer völlig zu löschen. Wir werden wohl nie erfahren, wie es passiert ist. Aber seid versichert, Ihr könnt mir vertrauen. Wenn ich merke, dass Enttäuschung in mir hochsteigt, kann ich Arcus suchen gehen und ihn fragen, ob er mir eine zusätzliche Unterrichtsstunde erteilt. Arcus gibt immer ein hervorragendes Ziel für meinen Zorn ab.«

Kichernd reichte Schwester Pastel mir einen Pinsel.

Während der darauffolgenden Woche verschwamm das Leben in der Abtei zu einem Nebel aus Unterricht und Routine. Obwohl ich mich inzwischen gut erholt hatte, schlief ich weiterhin in der Krankenstube. Zum einen fühlte ich mich dort wohl, zum anderen hatte Bruder Gamut zugegeben, dass es in der Abtei ansonsten keine anderen freien

Zimmer gab, die bewohnbar waren. Morgens wurde ich von der Frühgebetsglocke geweckt, zog mir Beinkleid und Tunika an und lief erst zweimal die Turmtreppe hinauf und hinunter, bevor ich mich zu Bruder Thistle auf das Übungsfeld begab.

Ich lernte immer schnellere Spurts hinzulegen, schaffte es endlich, den dämlichen Busch in Brand zu setzen, an dem ich in der ersten Unterrichtsstunde gescheitert war, und mit der Zeit ließ ich auch jedes andere Ziel in Flammen aufgehen, das Bruder Thistle mir anwies, selbst wenn meine Zielgenauigkeit seinen Worten zufolge »zuweilen immer noch unberechenbar« war. Außerdem brachte er mir auch feinere Methoden bei, meine Gabe zu kontrollieren, indem er mich zum Beispiel allabendlich den Kamin im Aufwärmraum anzünden oder am Waschtag die nass aufgehängten Kleider trocknen ließ. Manchmal musste ich auch aus der Ferne eine Kerze entfachen, was mich beim ersten Mal mehrere Stunden Anstrengung kostete. Aber meine Fähigkeit, die Hitze zu beherrschen, wurde erstaunlich schnell besser und zuverlässiger. Und doch gab es weiterhin auch Tage, an denen es mir beim besten Willen nicht gelang, die größeren Flammen zu kontrollieren, was mich entsetzlich wurmte und frustrierte.

Nach dem Unterricht ging ich normalerweise in den Stall, um Schwester Clove zu helfen, die für das Vieh verantwortlich war. Sie hatte harte, wie gemeißelte Gesichtszüge und große Hände, mit denen sie die Tiere unglaublich sanft anfasste. Ich half ihr die Ställe auszumisten, die Pferde zu striegeln und schwere Säcke mit Sämereien oder Getreide für die Hühner, Schweine und Ziegen zu schleppen.

Wenn ich im Stall fertig war, wechselte ich in die Küche – die wegen der Feuergefahr in einem eigenen Gebäude untergebracht war – und bot Bruder Peele, dem Koch, meine Hilfe an. Er ließ mich meistens Töpfe schrubben oder Wasser in großen Eimern aus dem Brunnen herantragen. An manchen Tagen, so wie heute, schickte er mich auch los, um Kräuter für die Gemüsesuppe zu sammeln.

Ich war gerade durchs Kloster unterwegs zurück zur Küche. Tief atmete ich den Duft gemörserter Kräuter und den Rauch der Küchenfeuer ein, zwinkerte der Statue von Fors einmal keck zu und zog meine Tunika fester um den Körper. Nach einigen milden Tagen hatte der Nordwind mit plötzlicher Macht aufgefrischt, zwängte sich unter meine Kleider, zerrte an meinen Gelenken.

Als ich die andächtige Stille der Kirche durchschritt, bemerkte ich, dass einige der Kirchenbänke fehlten – bestimmt waren sie im Feuer verbrannt, denn der Geruch nach Asche hing immer noch schwer in der Luft. Meine Schritte wurden leichter aus Ehrfurcht vor der Kuppeldecke und den großen Buntglasfenstern, die Tempus abbildeten. Intuitiv ging ich den Mittelgang hinunter und setzte mich auf eins der Kniebänkchen unter dem Fenster. Ich sah zu Tempus hoch und er starrte zurück, und es schien mir, als wären wir beide nicht sicher, was wir voneinander halten sollten. Vielleicht wäre es einfacher gewesen, wenn es sich um Sud oder Cirrus gehandelt hätte. Aber Tempus war beinahe so furchteinflößend wie Fors und als Vater der vier Winde sogar noch mächtiger. Ich faltete die Hände und betete zu Cirrus, der Bewacherin der Toten, auf dass meine Mutter in der Himmelsnachwelt in Sicherheit wäre. Meine Brust tat weh, als ich an sie dachte. Mit rissigen Knöcheln versuchte ich mir den Schmerz hinter den Augen wegzureiben, dann setzte ich meinen Weg zur Küche fort.

»Tut mir leid, dass ich so lange gebraucht habe«, sagte ich zu Bruder Peele und hängte meinen Umhang an einen Wandhaken. »Ich habe …« Es kam mir albern vor, ihm zu sagen, dass ich gebetet hatte. Er betete, wie alle anderen Mönche, fünfmal täglich zu festgelegten Zeiten. Aber zum Glück war Bruder Peele so mit Kartoffeln schneiden beschäftigt, dass er meinen unvollendeten Satz überhörte. Als ich das erste Mal zum Helfen in die Küche gekommen war, hatte er kaum ein Wort mit mir geredet und mich die ganze Zeit so finster im Auge behalten, als wäre ich ein Fuchs, der ihm seine Hühner klauen könnte. Aber mit der Zeit hatte er sich an mich gewöhnt und als ziemlich gesprächig entpuppt.

»Der Hase ist schon im Topf«, sagte er und zeigte mit seinem Messer zum Herd. Als Abkömmling der Gebirgsstämme im Norden hatte er einen besonderen Akzent, dessen rollendes R ich sehr hübsch fand.

»Ich kümmere mich dann mal um die Steckrüben«, sagte ich, holte einen kleinen Stoffbeutel hervor und legte ihn auf den Tisch. »Ich habe Euch ein bisschen wilde Petersilie mitgebracht, die ich gestern am Bach entdeckt habe.«

»Wunderbar, die werden wir gut gebrauchen können. Aber pass auf, dass du diesmal nicht wieder so viel Salz verwendest. Das stammt aus einer Mine in Safra und ist heutzutage kaum noch zu bekommen, jetzt wo der Handel unterbunden ist. Wir können es uns nicht leisten, in jeden Eintopf händeweise Salz zu werfen. Und bleib mit deinen klebrigen Fingern weg von meinem Brot. Du bist ja schlimmer als ein Dachs im Rübenkeller.«

Wir waren fleißig dabei, Gemüse zu schälen, zu schnippeln und Neckereien auszutauschen, als plötzlich die Tür aufflog.

»Wo zum Sturme bleibst du?«, schimpfte Arcus in meine Richtung.

»Ich habe Bruder Peele wieder mal um einen Keks angebettelt«, sagte ich. »Aber leider hat er sich als eher knauserig herausgestellt.«

Bruder Peele verpasste mir grinsend einen Klaps, während Arcus mich finster anfunkelte.

»Wir waren schon vor einer Stunde zum Schwerttraining verabredet.«

Ich schnappte nach Luft. »Aber das ist doch erst morgen!«

»Nein, heute.«

»Aber …« Ich schaute Bruder Peele entschuldigend an.

Arcus' Blick war unnachgiebig. »Du hast zehn Minuten Zeit. Lass mich nie wieder warten.«

Mit zitternden Händen warf ich mir die rote Tunika über und schlüpfte in meine Stiefel. In meinem Magen drehte sich alles.

Noch nie hatte ich ein Schwert in der Hand gehabt, nicht einmal so ein hölzernes Spielschwert, wie es die Jungen in meinem Dorf zu schwingen pflegten. Mutter hatte immer gesagt, eine Waffe und ein hitziges Temperament ergäben eine allzu gefährliche Mischung.

Auch mein Feuer war eine Waffe, doch die war gleichzeitig ein Teil von mir. Sie konnte Schaden zufügen, andererseits aber auch Essen kochen, Wärme zum Leben spenden oder Wasser erhitzen. Der Zweck eines Schwertes hingegen war nur, zu verstümmeln oder zu töten. Angesichts dessen, dass es schließlich mein Ziel war, den König umzubringen, erschien es mir etwas seltsam, wie sehr mich dieser Gedanke doch belastete.

Dicke graue Wolken hingen über dem Platz, den Arcus für das Schwerttraining ausgesucht hatte. Es war nicht der übliche Platz, an dem die anderen Unterrichtseinheiten stattfanden, sondern eine Schneise zwischen den knospenden Obstbäumen und dem Fluss, wo ein kleiner Fischteich matt und stumm unter einem Flickenteppich aus Seerosenblättern ruhte.

Arcus trug seine Trainingsausrüstung, die blaue Tunika und die schwarze Maske, die seine Wangen und Nase, nicht aber seine Augen bedeckte. Ihr Blau schimmerte heute wie eisige, den Himmel widerspiegelnde Gletscherbecken.

Er hielt mir ein Schwert hin. Meine Hände waren frostig, als ich den kalten Stahlschaft umfasste. Das Schwert war überraschend schwer, sodass es selbst nach meinen zwei Wochen Erholung und Kraftübungen wie ein abgeknickter Ast herunterhing.

»Wieso habe ich ein echtes Schwert und du nicht?« Ich deutete mit dem Kopf zu dem hölzernen Übungsschwert, das er in der Hand hielt. »Hast du keine Angst, ich könnte dich verletzen?«

»Dein Schwert hat eine stumpfe Klinge. Und ich möchte, dass du das wahre Gewicht dieser Waffe erlebst. Jetzt heb es erst einmal so hoch.«

Ich strengte meine Armmuskeln an und hob das Schwert.

»Höher!«, befahl Arcus. Mein Arm zitterte, aber ich schaffte es, die Schwertspitze bis auf Nasenhöhe zu bringen.

»Jetzt stell dich so hin.«

Ich ahmte seine Haltung nach, Füße auseinander, Knie gebeugt.

»Nein, du bist nicht im Gleichgewicht«, schimpfte Arcus. »Ich könnte dich mit einem einzigen Tritt umhauen.«

Er kam zu mir und bellte mir immer wieder kurze Anweisungen zu, während er mir eine Hand auf den Rücken legte, auf die Schulter, auf die Kniekehle … bis er endlich zufrieden war. Seine Hände waren zwar kalt, aber nicht mehr so unerträglich eisig. Anscheinend gewöhnte ich mich immer mehr an die Nähe zu den Frostbloods.

»Und jetzt greif mich an.«

Ich schritt voran, das Schwert nach vorne gereckt. Mit einem einzigen Hieb schleuderte er es mir aus der Hand, dass es mit einem dumpfen Aufprall im Gras landete und den Morgentau aufwirbelte. Sein eigenes Schwert hielt Arcus weiterhin in Habachtstellung.

»Ist das ein guter Zeitpunkt, um um Gnade zu winseln?«, fragte ich, absichtlich leichthin, um zu verbergen, wie sehr er mich auf dem falschen Fuß erwischt hatte.

Doch Arcus schien zu denken, ich nähme den Unterricht nicht ernst. Sofort lief er zornesrot an.

»Meinst du wirklich, die Soldaten des Königs kümmert es, wenn du um Gnade winselst?«

Hitze schoss mir über den Nacken bis in die Wangen hoch. Ich hob mein Schwert auf, packte den Griff fester und ging diesmal richtig auf Arcus los. Innerhalb von Sekundenbruchteilen parierte er meinen Schlag und entwaffnete mich zum zweiten Mal. Ich versuchte es erneut, und wieder flog mir das Schwert augenblicklich aus der Hand.

Nach dem dritten Mal hob ich das Schwert nur noch auf, um es so weit zu werfen, wie ich konnte. Platschend landete es im Fischteich.

»Du wirst deine Waffe zurückholen. Und. Zwar. Sofort.« Arcus spuckte die Worte zwischen zusammengebissenen Zähnen aus, als würde er mich am liebsten eigenhändig ins Wasser schleudern. Oder vielleicht auch nur meinen abgetrennten Kopf.

»Du sollst mir doch was beibringen!«, rief ich aus. »Dass ich mit dem Schwert ein hoffnungsloser Fall bin, weiß ich schon. Was versuchst du noch zu beweisen?«

Arcus wandte den Blick ab. »Bruder Thistle ist viel zu milde zu dir. Er will alles ganz langsam angehen, will dir keinen Druck machen. Aber in der Zwischenzeit wütet der Krieg in den Aris-Ebenen weiter. Das Land geht ein. Die Menschen verhungern. Wenn es so weitergeht, haben wir bald kein Königreich mehr, das wir retten könnten.«

»Und das ist meine Schuld, oder was?«, fragte ich. »Weil ich noch nicht so weit bin?«

Er zögerte. »Nein, es ist meine Schuld. Weil ich dich nicht schnell genug unterrichte.«

»Und du meinst, ich lerne schneller, wenn ich vor Wut außer mir bin?«

»Ich versuche dir beizubringen, dass ein Konzentrationsverlust im Kampf mit einem Verlust deines Lebens einhergehen kann. Und du verlierst die Konzentration viel zu leicht, Fireblood-Mädchen.«

Seine Worte sickerten langsam wie Regentropfen in mein Bewusstsein. Diese Lektion war also eine Prüfung gewesen, eine Prüfung, wie schnell ich die Fassung verlor. Ich musste Arcus beweisen, dass ich mich unter Kontrolle hatte.

Ich schlurfte zum Teich und suchte ihn mit den Augen ab, bis ich am flachen Ufer etwas Metallisches unter der Wasseroberfläche glitzern sah. Als ich das Schwert gerade gepackt hatte, streifte etwas meinen Handrücken. Ich sprang zurück und ließ das Schwert erschrocken fallen.

»Was ist denn?«, fragte Arcus angespannt.

Ich erschauerte. »Da war was Kaltes, Schlüpfriges.«

»Hast du etwa Angst vor Fischen?«, fragte er ungläubig.

»Ich hab keine Angst vor ihnen. Ich … kann sie nur nicht leiden. Sie sind so kalt.« Ich sah ihn vielsagend an. »Es ist, als würde ich einen Frostblood anfassen.«

»Tatsächlich«, murmelte er. »Jetzt stell dich nicht so an und hol dein Schwert endlich raus.«

Ich griff wieder ins Wasser und packte den Schaft, wobei ich mich mit zusammengebissenen Zähnen dafür wappnete, dass mich wieder irgendwas Schleimiges berühren könnte. Nass bis zu den Knien kehrte ich zum Übungsplatz zurück.

Arcus führte mir die unterschiedlichsten Angriffe vor, dazu die Möglichkeiten, sie zu blocken. Er zeigte mir, wie ich meinen Bauch, meine Seiten, meine Hüfte, meine Schulter, meinen Kopf schützen konnte. In einigen Positionen wurde mein Handgelenk in seltsamen Winkeln verdreht.

In meinem Kopf wirbelte alles wild durcheinander, so sehr strengte ich mich an, mir alles zu merken. Wenn ich einen Schlag zu hoch oder zu tief parierte, korrigierte Arcus mich und ließ mich jede Bewegung so oft wiederholen, bis mir die Arme schmerzten.

Da es unwahrscheinlich war, dass ich einen Gegner durch Kraft und Körpergröße überwältigen konnte, brachte Arcus mir vor allem bei, wie ich dem gegnerischen Schwert möglichst geschickt auswich oder – falls das nicht funktionierte – wie ich die Schläge parierte.

Eine Zeit lang gingen wir die Abläufe langsam durch, dann kamen die Hiebe immer schneller hintereinander. Keuchend versuchte ich, mich Arcus' Tempo anzupassen.

»Halt das Schwert oben!«, befahl er.

»Das versuche ich ja, aber wir üben jetzt schon seit Stunden. Ich bin erschöpft.«

»Behalte deine Umgebung im Auge!«

»Dann mach langsamer.«

»Das *ist* langsam.«

Ich wich zurück, um eine Atempause von seinen ständigen Angriffen zu gewinnen. Der schwammige Boden unter meinen Füßen gab nach, und ich geriet ins Straucheln.

»Du verlässt den sicheren Boden!«, rief Arcus mir zu. »Pass auf deine …«

Mein Fuß versank im Schlamm. Arcus warf sein Schwert beiseite und versuchte nach mir zu greifen, aber meine eigene Waffe durchschnitt vor mir die Luft, als ich mit den Armen ruderte, und einen Augenblick später klatschte ich rücklings in den Teich. Tief war das Wasser nicht, aber erschreckend kalt.

Arcus stand kopfschüttelnd am Ufer.

»Das hast du mit Absicht gemacht«, keuchte ich, atemlos vor Kälte.

»Nein, aber es wird dir eine gute Lehre sein.« Ein Lächeln umspielte seine Mundwinkel. »Du siehst aus wie eine Katze, die in die Regentonne gefallen ist.«

Ich krabbelte die Uferböschung hinauf, wobei ich mich an Teichpflanzen und Wasserlilien hochzog. Einmal rutschte mein Fuß aus und ich tauchte komplett unter.

Als ich wieder hochkam und mir das Wasser aus den Augen gewischt hatte, sah ich, dass Arcus zitterte. Ich brauchte eine Sekunde, um zu begreifen, dass er sich vor Lachen schüttelte.

»Halt den Mund, sonst …« Wieder rutschte ich aus, tauchte unter, und mein Mund füllte sich mit Wasser.

»Sonst was?«, keuchte Arcus. »Gehst du mit einem Fisch auf mich los?«

Er beruhigte sich und hielt mir immer noch lächelnd eine Hand hin. Ich griff danach und zog ihn ruckartig zu mir. Doch er ließ nur den freien Arm hervorschnellen und ließ das Wasser um mich herum gefrieren, gerade lang genug, um darauf zu treten, meine Arm als Hebel zu benutzen und sich wieder an Land zu schwingen. Das Ganze war ein sehr kontrollierter Bewegungsablauf gewesen, und er hatte darauf geachtet, mir nicht wehzutun. Einerseits bewunderte ich Arcus dafür, wie er seine Gabe einsetzte, um seine Umgebung zu seinen Gunsten zu verändern, andererseits kochte ich vor Wut.

Ein zweites Mal reichte er mir seine Hand, doch ich schlug sie weg.

»Du musst dir deiner Umgebung in jeder Sekunde bewusst sein«, sagte er mit tiefer, ernster Stimme. Das Lächeln war verschwunden. »Vor allem im Kampf. Wenn du es geschickt anstellst, kannst du sie zu deinem Nutzen einsetzen. Es könnte dir mal das Leben retten.«

»Dann wollen wir mal sehen, wie es um deine Geschicklichkeit bestellt ist«, murmelte ich.

Ich schnappte mir eine Handvoll Teichpflanzen und Schlamm und schleuderte ihm alles entgegen. Die Ladung traf ihn mitten auf der Brust, ein schleimiger grüner Strang wickelte sich um seinen Nacken.

»Vielleicht solltest du mal deine eigenen Ratschläge beherzigen«, konterte ich. »Das eben hätte genauso gut mein Schwert sein können.«

Während er sich die modrigen Pflanzen abstreifte, kehrte sein Grinsen wieder zurück. Wäre ich nicht so wütend gewesen, hätte ich es vielleicht schön gefunden, wie er mich mit seinen Augen anfunkelte.

»Punkt für dich, Feuermädchen. Und da du meine Hilfe offenbar nicht möchtest, werde ich mich jetzt verabschieden und dich aus eigener Kraft aus dem Teich steigen lassen. Ich setze unsere nächste Übungsstunde baldmöglichst an. Und vergiss nachher dein Schwert nicht.«

11

Nun, da Schwester Clove immer mehr Vertrauen zu mir fasste, durfte ich ab und zu auf Butter über das Abteigelände reiten. Gemeinsam erforschten die Stute und ich alle Blumen- und Obstgärten, Felder, Weiden und die duftenden Waldhaine, aus denen das Feuerholz für die Abtei stammte. Bei einem Ausflug zu einem nordwärts gelegenen Stück Land beim Fluss ertappte ich mich dabei, dass ich ein Lied vor mich hin sang, das meine Mutter mir einst beigebracht hatte, und in dem es hieß, man solle den Sommer genießen, solange er da sei, denn der nächste Winter würde sicher kommen und die Erde wieder mit Schnee verhüllen.

Wir wandten uns nach Osten, umrundeten ein Grüppchen von Apfelbäumen und hätten den Obstgarten auch gleich wieder verlassen, wäre mir nicht plötzlich eine Gestalt ins Auge gesprungen, die an einem Baumstamm lehnte. Obwohl er eine Mönchsrobe trug, erkannte ich Arcus sofort an seinen breiten Schultern und seiner Statur. Ich hörte auf zu singen und drehte Butter weg. Ich trug Arcus immer noch das unfreiwillige Bad im Teich nach und hatte in letzter Zeit immer wieder Ausreden dafür gefunden, warum wir keine weitere Übungsstunde anberaumen konnten. Erleichtert wurde dies auch durch die Tatsache, dass Arcus mehrere Tage weg gewesen und gerade erst zurückgekommen war. Offensichtlich verließ er die Abtei immer mal wieder für ein, zwei Tage, und niemand schien zu wissen, wohin er sich dann zurückzog. Oder sie sagten es mir einfach nur nicht.

»Ruby«, rief er. »Warte!«

Ich brachte die Stute abrupt zum Stehen. Noch nie hatte Arcus mich bei meinem Vornamen gerufen. Ich wartete, bis er herangekommen war und eine Hand hob, um Butter zu tätscheln. Ihr leises Wiehern entlockte ihm ein schwaches Lächeln.

»Das war ein schönes Lied, das du da gesungen hast«, sagte er. »Woher kennst du es?«

Ich zögerte. »Meine Mutter hat es mir beigebracht.«

Er nickte. »Wirklich schön. Es passte zu meiner … melancholischen Stimmung.«

Ich zog unwillkürlich die Augenbrauen in die Höhe und gab mir alle Mühe, meinen Gesichtsausdruck wieder zu glätten. Bruder Gamut hatte mir zwar versichert, dass Frostbloods durchaus in der Lage seien, tiefe Gefühle zu hegen, aber der Gedanke, dass Arcus überhaupt Gefühle haben könnte, erschien mir immer noch völlig fremd. Und jetzt wirkte sein Geständnis, so etwas wie Melancholie zu empfinden, seltsam entwaffnend auf mich.

»Möchtest du darüber reden?«, fragte ich zu meiner eigenen Überraschung. »Meine Mutter pflegte immer zu sagen, geteiltes Leid ist halbes Leid. Auch wenn es mir persönlich noch nie schwergefallen ist, meinen Problemen Ausdruck zu verleihen.«

Arcus zog einen Mundwinkel hoch. »Das überrascht mich nicht. Über deine Gefühle dürfte weit und breit niemand im Unklaren sein.«

Ich wartete darauf, dass er weitersprach. Doch als er nichts mehr sagte, hob ich schulterzuckend die Zügel an, um wegzureiten.

»Bruder Thistle sagt, du würdest große Fortschritte machen«, warf Arcus hastig ein, als wollte er nicht, dass ich gehe.

»Ach, Bruder Thistle übertreibt in seiner Güte. Er ist unheimlich geduldig.« Ich bereute meine Worte sofort. Bestimmt hätte ich nicht zugeben dürfen, dass ich viel zu langsam vorankam. Denn ich konnte mir nicht sicher sein, was Arcus tun würde, wenn er entschied, dass ich seine Zeit nicht wert war. »Aber immerhin habe ich inzwischen die Kontrolle über kleinere Flammen. Ich kann Feuer von einer Hand in die andere springen lassen, ohne es zu verlieren. Und meine Zielgenauigkeit verbessert sich.«

Arcus nickte und strich Butter über den Nacken. Er hatte große, schöne Hände, mit langen Fingern und ein paar Härchen auf dem Handrücken. Es faszinierte mich, wie sanftmütig er zu der Stute war. Arcus sah zu mir hoch. »Aber du hattest keine weitere Übungsstunde im Schwertkampf.«

»Eine hat mir vollkommen gereicht, vielen Dank auch.«

Er reckte das Kinn vor, und als er sprach, schwang in seiner Stimme der strenge Blick mit, den ich wegen seiner Kapuze nicht sehen konnte. »Das hast du nicht zu entscheiden.«

»So viel zur Freiheit, die ihr mir versprochen habt.«

»Nur für den Fall, dass du deine Aufgabe erfüllst.«

»Du meinst, für den Fall, dass ich sie überlebe. Und nicht vorher schon in einem Fischteich ertrinke.«

Arcus holte mit bebenden Nasenflügeln tief Luft, dann atmete er langsam aus. Es bereitete mir eine diebische Freude, seine Selbstbeherrschung auf die Probe zu stellen. Gut zu wissen, dass er überhaupt über Gefühle verfügte. Zumindest manchmal.

»In dem Punkt muss ich zugeben«, sagte er und räusperte sich, »dass ich wohl nicht gerade der allerbeste Lehrer war.«

Ich klappte den Mund auf und wieder zu. Ein Teil meines Grolls verflüchtigte sich auf der Stelle. »Stimmt«, erwiderte ich und ließ das Wort ein paar Sekunden nachhallen. »Allerdings war ich vielleicht auch nicht die allerbeste Schülerin.«

»Ich hätte dich nicht auslachen dürfen«, sagte Arcus.

Ich erinnerte mich daran, wie ich immer wieder ausgerutscht und ins Wasser zurückgeplumpst war. »Ich hab bestimmt einen lustigen Anblick geboten.« Ich starrte Arcus an, hätte gern mehr von seinem Gesicht gesehen. Mir war, als hätte sein Mundwinkel kurz gezuckt, aber dann hatte er sich sofort wieder unter Kontrolle.

»Ich weiß, dass du nicht gerade darauf erpicht bist, es noch mal zu versuchen«, sagte er mit ernster Miene. »Aber es ist wichtig, dass du die Grundlagen im Umgang mit einer Waffe lernst. Bitte vertrau mir. Ich verspreche, diesmal nicht mehr zu lachen, wenn du einen Fehler machst.«

Bitte … Ich verspreche … Solche Worte hätte ich aus dem Mund des selbst erklärten Eisklotzes wahrlich nie erwartet.

Ich neigte den Kopf. »Hat Bruder Thistle dir beigebracht, wie du am besten mit mir sprichst?«

Er hob den Kopf und lächelte. »Mag sein, dass er mir in dieser Hinsicht ein paar Ratschläge erteilt hat.«

»Und du hast sie angenommen?« Ich zog die Augenbrauen hoch.

»Ich experimentiere damit herum. Wenn sie nicht fruchten, kehre ich gern wieder zu meiner eigenen, wohlerprobten Methode zurück.«

»Drohungen aussprechen und Befehle erteilen.«

Arcus lächelte breiter.

Ich tat so, als hegte ich Zweifel. »Dann werde ich wohl dafür sorgen müssen, dass du die neue Methode lohnend findest. Wann nehmen wir den Unterricht wieder auf?«

»Morgen früh, gleich nach deinem Training bei Bruder Thistle. Selber Ort wie beim letzten Mal. Wenn das für dich in Ordnung ist.«

»Ich würde mir sogar Schleifen ins Haar flechten, wenn das dazu beiträgt, dass dein Ton so freundlich bleibt.«

Arcus grinste zu mir hoch, dann wandte er sich ab. Als er davonstapfte, summte er dabei das Lied, das ich zuvor gesungen hatte.

Ungläubig sah ich ihm nach, ein merkwürdig flatteriges Gefühl im Bauch. Dann schüttelten Butter und ich uns einmal und setzten unseren Ausritt fort.

Von da an bestand zwischen Arcus und mir eine Art Waffenstillstand.

Alle ein, zwei Tage erteilte er mir eine Unterrichtsstunde im Schwertkampf. Ich tat mein Bestes, nicht wieder in den Teich oder irgendeine Pfütze zu fallen, er tat sein Bestes, mich nicht anzuschreien oder mich auszulachen, wenn ich stolperte oder mein Schwert verlor. Trotz allem konnte ich den Lektionen nur wenig abgewinnen. Der kalte Stahl fühlte sich in meiner Hand so unnatürlich an.

Eines Tages, als wir nach dem Unterricht gerade auf dem Rückweg in die Abtei waren, gestand ich Arcus dies auch.

»Du darfst das Schwert nicht als ein Stück kalten Stahls sehen«, sagte er, berührte mich am Ellbogen und wandte sich mir zu. »Vergiss nicht, dass es einst als flüssiges Feuer begonnen hat.«

»Flüssiges Feuer?« Ich sah ihm in die Augen.

»Warst du schon mal in einer Schmiede?«

Ich nickte. »Im Dorf habe ich manchmal den alten Schmied besucht und zugeschaut, wie er Hufeisen oder Nägel machte.«

»Ich arbeite gerade an einem neuen Schwert. Komm morgen früh, wenn du mit Bruder Thistle fertig bist, in der Schmiede vorbei, dann kann ich dir zeigen, was ich meine. Wenn du den Stahl in der Stunde seiner Entstehung erlebst, empfindest du das Schwert vielleicht nicht mehr als so abstoßend.«

»Kann man die Methode auch auf Frostbloods anwenden?«, fragte ich scheinheilig. »Wenn ich dich in der Stunde deiner Entstehung erlebt hätte, würdest du dann auf mich auch weniger abstoßend wirken?«

In seinen Augen blitzte es spitzbübisch. »Welchen Zeitpunkt der Entstehung meinst du genau?«

Erst jetzt wurde mir bewusst, dass man meine Worte auch zweideutig auffassen konnte. Ich drehte mich hastig weg. »Das hättest du wohl gerne, du selbstgefälliger Eiszapfen! Ich meine, wenn ich dich schon während deiner Kindheit gekannt hätte … Was zwar auch unmöglich, aber immer noch wahrscheinlicher wäre als das Szenario, das du gerade angedeutet hast.«

»Na, Fors sei Dank. Wäre auch zu dumm, wenn ich mich vor dir entblößen würde … also ich meine, dir mein Innerstes offenbaren würde … und du mich dann abschätzig beurteilen würdest.«

Ich hatte keine Lust, mich von ihm weiter auf den Arm nehmen zu lassen, also wirbelte ich herum und baute mich vor ihm auf. Reflexartig hob er die Hände und packte mich bei den Oberarmen.

»Das wäre allerdings einen Versuch wert … Wer weiß, vielleicht treibt dir das den einen oder anderen Funken deines übermäßigen Stolzes aus.« Ich lächelte ihn so an, wie ich es früher mal bei den Töchtern der Ladenbesitzer gesehen hatte, die mit den Dorfjungen flirteten.

Arcus schwieg, ein für ihn höchst ungewöhnlicher Zustand. Es machte Spaß, ihn so aus der Fassung zu bringen, und doch spürte ich, dass mir das Ganze auch gefährlich werden könnte. Dieses Spiel könnte mich süchtig machen, wenn ich nicht aufpasste.

Ich drehte mich weg, bevor er sehen konnte, wie ich rot anlief. »Bis morgen dann.«

»Zieh deinen Umhang nicht an, wenn du in die Schmiede kommst«, rief er mir hinterher. »Da fliegen Funken. Nicht dass du in Flammen aufgehst.«

Aber es war nicht jene Art von Funken, die mir Sorgen bereitete.

Die Schmiede, ein lang gestrecktes Gebäude im Südwesten der Abtei, wurde von einem riesigen Steinofen beherrscht, der mit glühenden Kohlen gefüllt war. Ein großer Blasebalg lag davor, eine Vielzahl von Metallwerkzeugen hing an Wandhaken. Ein breitschultriger Mann, dessen Oberkörper nur von einem dünnen Schweißfilm bedeckt war, stand mit dem Rücken zu mir neben dem Ofen und ließ mit großer Wucht einen Hammer auf ein Stück heißes Metall herabdonnern, das er mithilfe einer Zange auf dem Amboss festhielt.

Zum Glück ließ sich die Röte, die meine Wangen überzog, problemlos auf die Hitze im Raum schieben.

»Mir war nicht klar, dass du das gestern ernst gemeint hast«, sagte ich zwischen zwei Hammerschlägen. »Dass du dich vor mir entblößen würdest, meine ich.«

Arcus hielt inne und drehte sich herum. Eine Lederschürze verdeckte seinen Brustkorb, das Gesicht war hinter seiner Maske verborgen. »Das hat nichts mit dir zu tun. Hier drin ist es heißer als in den Vulkanen von Sud.«

Seinem Tonfall war anzuhören, dass seine Stimmung wesentlich weniger verspielt war als gestern. Was vielleicht daran lag, dass es für ihn besonders schwer sein musste, sich in diesem aufgeheizten Raum aufzuhalten.

Ich näherte mich langsam, wobei ich einige der Werkzeuge streifte, die auf einem Tisch aufgereiht lagen. »Ich dachte, du kannst Hitze und Feuer nicht ausstehen.«

»Das sind notwendige Übel. Ich verbringe hier nicht mehr Zeit als unbedingt nötig. Jetzt zieh mal die Handschuhe da an.« Er deutete mit dem Kopf auf ein Paar Lederhandschuhe, die auf einem Tisch an der Wand lagen. Er selbst trug ein identisches Paar.

»Die brauche ich nicht.«

»Zieh sie an.«

Ich tat, wie mir geheißen, und stellte mich dann neben Arcus an den Amboss.

»Nimm die Zange und halte damit die Klinge ins Feuer«, wies er mich an.

Ich griff mit der Zange nach dem langen Stück Metall, dessen Form bereits an ein Schwert denken ließ, und hielt es über die glühenden Kohlen. Arcus legte den Hammer beiseite und drückte den Blasebalg, woraufhin die Flammen sofort hochschlugen.

»Schmiedearbeit ist ein Tanz aus Luft und Feuer«, erklärte er. »Man braucht das richtige Gleichgewicht, um die perfekte Hitze zu erreichen. Zu wenig Hitze, und man kann das Metall nicht bearbeiten. Zu viel, und es schmilzt. Da, siehst du das? Genau diese Farbe brauchen wir. Leg es auf den Amboss. Vorsichtig.«

Ich verdrehte die Augen angesichts seines Befehlstons, gehorchte dann aber doch. »Ich dachte, du wolltest mir flüssigen Stahl zeigen.«

»Den Teil musst du dir dazudenken. Schwester Clove hat mir vor ein paar Tagen geholfen, das Metall zu schmelzen, dann haben wir den flüssigen Stahl in eine Form gegossen und heruntergekühlt, bevor ich anfangen konnte, es richtig zu bearbeiten. Die Spitze habe ich schon ganz gut hinbekommen, aber die Schneide ist noch lange nicht so weit. Halt es still.«

Er hämmerte auf das glühend orangefarbene Metall ein, wobei er bei der Spitze anfing und sich langsam an der Kante entlang nach unten schob. »Siehst du, wie es leuchtet? Versuch es mal so zu sehen – auch wenn der Stahl erkaltet und hart ist, steckt das Feuer immer noch tief in seinem Herzen. Ohne Hitze gäbe es keine Verwandlung und wir hätten nichts anderes als ein unförmiges Stück Metall.«

Ich rührte mich, um meinen Arm zu entlasten. »Dann gibst du also zu, dass Feuer etwas Nützliches und Notwendiges ist.«

Arcus hämmerte und hämmerte. »Habe ich doch längst gesagt.«

»Hast du mich nicht mal ein notwendiges Übel genannt? Das kann man wohl kaum als Kompliment betrachten.«

Er sah hoch. »Und du möchtest mit Komplimenten bedacht werden?«

»Ich möchte nur, dass du zugibst, wie wertvoll Hitze ist. Und die Existenz von Firebloods.«

Der Hammer schwieg. Arcus begegnete meinem Blick. »Das tue ich. Einige der besten Waffen werden auf den Feuerinseln geschmiedet. Hier bei uns gibt es nichts, was es mit der Schönheit eines Fireblood-Schwertes aufnehmen könnte.«

In meinem Magen flatterte es. Unfähig, die richtigen Worte zu finden, nickte ich nur stumm.

»Jetzt ist es zu sehr abgekühlt. Zurück in die Kohlen«, befahl Arcus dann. Wir wiederholten, was wir zuvor schon getan hatten – Feuer, Blasebalg, die richtige Farbe abwarten, und schließlich wieder zurück auf den Amboss, auf dass er das Metall bearbeiten konnte.

»Vielleicht sollte ich versuchen, das Metall selbst aufzuheizen«, schlug ich vor.

»Nein«, gab Arcus schroff zurück. »Nicht bevor du deine Gabe nicht perfekt unter Kontrolle hast. Ich möchte gar nicht daran denken, was du in einem Raum wie diesem hier anrichten könntest, wo es so viel Nahrung für deine Gabe gibt.«

»Dein Vertrauen in mich ist ja überwältigend«, sagte ich und verdrehte die Augen.

»Na, Hauptsache du hast genug Vertrauen in dich selbst.« Arcus begutachtete die Schwertklinge mit zusammengekniffenen Augen. »Hast du eine Ahnung, was deine Kräfte hätten bewirken können, bevor Bruder Thistle dich zu unterrichten begann? Du bist ja ohne den Kontakt zu anderen Firebloods aufgewachsen. Ich frage mich, wie viel du überhaupt über deine Gabe und dein Volk weißt.«

»Das meiste von dem, was ich weiß, habe ich von meiner Großmutter. Sie war weit gereist und geschichtlich sehr bewandert, und sie hat mir oft Bücher mitgebracht, von denen einige aus der Feder von Fireblood-Gelehrten stammten. So etwas wird in Frostblood-Bibliotheken kaum zu finden sein.«

»Ganz im Gegenteil, wir haben einige solcher Bände hier in der Abtei. Aber ansonsten hast du im Großen und Ganzen durchaus recht. Und ich denke, du hast mir auch schon die nächste Frage beantwortet: wie du lesen gelernt hast.«

»Ja, meine Mutter und Großmutter haben es mir beigebracht. Aber Großmutter war diejenige, die mich immer ermuntert hat, mir neue Wörter anzueignen, berühmte Zitate aus Prosa und Lyrik auswendig zu lernen, meinen Horizont ständig zu erweitern.«

Arcus ließ den Hammer sinken und sah mich so lange an, dass ich mich unter seinem Blick unbehaglich zu winden begann. »Hör auf, mich so anzustarren«, beschwerte ich mich.

»Wie denn?« Dann deutete er mit dem Kopf zum Ofen. »Wir brauchen mehr Hitze.«

Ich hielt die Klinge wieder über die Kohlen. Ein winziger Funke flog auf und landete auf Arcus' Arm. Zwar erlosch er sofort unter lautem Zischen, aber Arcus sprang dennoch erschrocken zurück. Dann sog er zitternd die Luft ein, nahm mir die Zange aus der Hand und legte das Schwert wieder auf den Amboss, als wäre nichts geschehen.

»Du kannst jetzt gehen«, sagte er kühl.

»Ach, tatsächlich? Ja, danke schön, Gebieter«, erwiderte ich sarkastisch. »Und nur zu deiner Information – ich weiß längst, wie du zum Thema Feuer stehst, also musst du dich gar nicht so aufregen, nur weil ich Zeugin deiner Schwäche geworden bin. Wir haben schließlich alle unseren Schwächen.«

Als er sich zu mir umdrehte, war sein Blick völlig ausdruckslos. Ich wartete gespannt auf eine vernichtende Antwort, aber er murmelte nur etwas vor sich hin und wandte den Blick wieder ab.

Ich verließ die Schmiede und ging in die Küche, um Bruder Peele beim Vorbereiten des Abendessens zu helfen. Was Arcus zum Abschied gesagt hatte, ging mir nicht aus dem Kopf. Bestimmt hatte ich mich nur verhört. Denn es hatte verdächtig so geklungen, als hätte er *Ich fürchte, du könntest eine von meinen werden* gemurmelt.

Während Bruder Thistle meinen Geist trainierte, wurde ich auch immer besser darin, die Position meiner Frostblood-Gegner zu erspüren. Arcus stellte diese Fähigkeit auf die Probe, indem er mich manchmal eine Augenbinde tragen ließ. Lautlos bewegte er sich um mich herum, schob sich vor und zurück, dennoch wusste ich immer, wo er war, und tippte mit meiner Schwertspitze gegen die seine. Das Problem war nur, dass ich nicht erahnen konnte, in welcher Stellung er das Schwert hielt, und daher nicht wusste, wie ich den Hieb parieren konnte. Schließlich erlaubte er mir eines Tages, meine Hitze einzusetzen, um mich zu verteidigen. Er schien wie immer felsenfest von sich überzeugt zu sein, von sich und seiner Fähigkeit, jeden meiner Angriffe problemlos mithilfe seines Frostes abzuwehren.

Nach dem Unterricht suchten wir uns, sofern das Wetter gut war, ein schönes Plätzchen unter einem Obstbaum und gönnten uns einen Imbiss aus frischem Brot, Käse und knackigen Äpfeln, einem Geschenk von Bruder Peele aus der Küche. Zwischen zwei Bissen stellte ich Arcus oft Fragen, doch er verstand es sehr gut, sich um die Antworten herumzuwinden. Das Geheimnis seiner Kindheit blieb mir größtenteils verschlossen, nur ab und an erzählte er einige der Geschichten nach, die er von seinem Kindermädchen gehört hatte und von denen einige erstaunlich den Geschichten ähnelten, die Großmutter mir erzählt hatte. Auch verschiedene Kampftechniken erläuterte er bereitwillig und gern in allen Einzelheiten. Doch wenn ich nachhakte, wer sie ihm beigebracht habe oder ob er sie je habe einsetzen müssen, und wenn ja, gegen wen, dann fiel ihm jedes Mal siedend heiß ein, dass er dringend Schwester Clove beim Ausmisten der Ställe helfen musste oder dass Bruder Thistle ihn gebeten hatte, ihm mit seinen jugendlichen Adleraugen irgendein hingekritzeltes Manuskript aus einem uralten Bibliotheksbuch zu entziffern. Es gab keine sicherere Methode, Arcus augenblicklich loszuwerden, als ihm persönliche Fragen zu stellen.

Ich hatte das Gefühl, als hätte sich etwas zwischen uns verändert, konnte mir aber nicht sicher sein, ob es nur mir so ging oder ob er dieses Empfinden teilte. Wenn wir mit meinem Unterricht fertig waren, gingen wir immer wieder zu anderen Themen über. Ich fing an, mich ihm zu öffnen, ihm Dinge zu erzählen, von denen ich nie gedacht hätte, dass ich sie je jemandem anvertrauen würde, schon gar nicht einem Frostblood: Geschichten aus meiner Kindheit, meine Trauer, als ich vom Tod meiner Großmutter erfahren hatte, meine Schuldgefühle, weil sie auf einer ihrer Reisen allein gestorben war, mein geheimer Neid auf das ausgeglichene Gemüt meiner Mutter, meine tiefe Sehnsucht, irgendwo dazuzugehören.

Arcus begegnete mir nie mit Mitleid, was ich ohnehin zurückgewiesen hätte, sondern hörte aufmerksam zu, stellte Fragen, entlockte mir Dinge, deren Geständnis mich manchmal selbst überraschte. Irgendwann erzählte ich ihm von dem Tag, als die Soldaten gekommen waren. Meine Stimme brach, und ich verlor mich dermaßen in der Angst und dem Grauen jenes Tages, dass ich ganz vergaß, wem ich es erzählte. Als ich meine Augen trocknete und wieder hochsah, starrte Arcus mich so zornerfüllt an, dass ich erschrocken zusammenzuckte.

»Jetzt weiß ich, warum du uns so abgrundtief hasst.«

Ich blinzelte verwirrt. »Aber ich hasse euch doch nicht.«

»Vielleicht solltest du das aber.«

In meinem Kopf überschlugen sich die möglichen Erwiderungen, aber keine davon kam mir passend vor, weil sie entweder zu viel von meinen Gefühlen verriet oder mir zu schwach erschien, um seiner starken Reaktion standzuhalten.

»Ich fühle mich hier sicher«, sagte ich schließlich.

Arcus schluckte und stand ruckartig auf. »Ich denke, du hast jetzt alles über den Schwertkampf gelernt, was derzeit möglich ist. Von nun an konzentrierst du dich lieber wieder auf den Unterricht bei Bruder Thistle.«

Verständnislos und gekränkt sah ich ihm nach, als er in Richtung der Ställe davonstapfte. Ich hatte mich beim Training wirklich sehr angestrengt und war überzeugt, Fortschritte gemacht zu haben. Aber offensichtlich sah Arcus das ganz anders.

Als ich die Reste des Imbisses zusammenpackte, um sie Bruder Peele zurückzubringen, sah ich, wie Arcus auf seinem Pferd Alabaster in wildem Galopp auf den Wald zuhielt.

Es war ein warmer Frühlingstag, etwa zwei Monate nach meiner Ankunft in der Abtei, als ich mich anzog, um mal wieder zu dem felsigen Übungsgelände zu gehen, wo ich mich mit Bruder Thistle verabredet hatte. Dünne Grashalme sprossen aus dem Boden, knospenbeladene Zweige raschelten unter der Berührung des Südwestwindes. Die Luft roch nach sauberer Erde und dem Hefeduft, der aus der Backstube herüberwehte.

»Dieses Manöver nennt sich Drachenschweif«, kündigte Bruder Thistle die neue Lektion an.

Er stellte sein linkes Bein nach vorn, wobei er sich auf seinem Stock abstützte, dann schnellte seine freie Hand vor und zurück, als ließe sie eine unsichtbare Peitsche knallen. Eis verwirbelte sich zu einem Trichter, dessen spitzes Ende knackend eine weiße Frostspur auf dem Boden hinterließ.

»In der Schlacht in den Aris-Ebenen habe ich die Fireblood-Meister diese Technik mit großem Erfolg anwenden sehen«, sagte er.

Ich stellte den Fuß nach vorn und ließ das Handgelenk vorschnellen. Ein Funke entsprang meiner Hand und landete zischend am Boden. Fluchend versuchte ich es noch mal. Diesmal schoss eine schmale Feuerzunge hervor und krümmte sich Richtung Erde, bevor sie wieder erlosch.

»Du hast doch erst gestern mühelos fünf Feuerpfeile erzeugt«, sagte Bruder Thistle, einen Hauch Enttäuschung in der Stimme.

»Ich weiß. Es ist nur … An manchen Tagen geht es besser, an anderen schlechter.« Ich hatte keine Ahnung, warum meine Kräfte so sprunghaft waren. Manchmal war meine Konzentration rasiermesserscharf und mein Geist kristallklar und meine Gabe gehorchte jedem meiner Befehle. Doch an anderen Tagen war ich total zerstreut und konnte nichts daran ändern, ganz gleich, wie viel Mühe ich mir gab.

Dann war es, als würde mich eine unsichtbare Last zu Boden drücken, als wäre ein schweres, feuchtes Tuch um mein Herz gewickelt.

»Du hast so viel Kraft, Ruby, das spüre ich«, sagte Bruder Thistle. In seiner Stimme schwang Hoffnung, aber auch Frust mit. »Was behindert dich?«

Das Bild meiner Mutter tauchte vor meinem geistigen Auge auf. Ich dachte sehr häufig an sie, an ihre ruhige, pragmatische Art, die Welt zu betrachten, daran, wie selten sie wütend wurde und wie schnell sie vergeben und vergessen konnte. Ich hatte ihre geschickten Hände noch deutlich vor Augen, mit denen sie immer neue Tinkturen oder Salben mischte. Manchmal erschien mir auch ihr Gesicht, und sofort spürte ich, wie jeder Funken in mir erlosch.

»Wahrscheinlich … liegt es daran, wie ich erzogen wurde. Meine Mutter konnte Gewalt jeglicher Art nicht ausstehen. Sie würde nicht gutheißen, dass ich plane, jemanden mithilfe meiner Gabe zu töten.«

»Deswegen tust du dich also so schwer? Weil deine Mutter nicht damit einverstanden wäre?«

»Ja, aber nicht nur deswegen.«

Ich hatte schon immer das Gefühl gehabt, dass unter meiner Haut etwas brodelte. Als trüge ich tief in mir einen Topf voll kochendem Wasser, einen Schmiedeofen, der von einem riesigen Blasebalg befeuert wurde, einen Vulkan, der darauf lauerte, auszubrechen. Mein ganzes Leben lang hatte ich versucht, gegen dieses Gefühl anzukämpfen. Und jetzt forderte Bruder Thistle von mir, dass ich genau diese brodelnden Mächte entfesselte.

»Ich wurde dazu erzogen, meine Gabe zu verbergen«, erklärte ich. »Sie niemals einzusetzen. Wenn ich die Fassung verlor, war sie viel schwerer zu kontrollieren. Meine Mutter sprach zwar von einer Gabe, aber …« Ich senkte schulterzuckend den Blick. »Ich weiß, dass sie

sie auch als Bedrohung empfand. Und das war sie ja auch. Einmal war ich so wütend, dass ich beinahe unsere Hütte niedergebrannt hätte.« Ich schaute schuldbewusst zu dem Mönch auf. »Firebloods wie ich sind nicht dazu gemacht, in kleinen Häusern aus Holz und Stroh zu wohnen.«

Hinter uns kicherte jemand unterdrückt. Ich wirbelte herum – Arcus hatte sich, lautlos wie ein Schatten, an uns herangeschlichen.

»Wenn dein Zorn dein Feuer hervorlockt«, sagte er und kam näher, »dann sollten wir vielleicht deinen Zorn anfachen.«

»Ach ja?« Mein Herz hüpfte in der Brust wie immer, wenn ich ihn seit dem Tag unseres letzten Gesprächs unter dem Obstbaum zu sehen bekam. »Und wie willst du das machen?«

»Nun, ich kann mich erinnern, dass du es nicht leiden kannst, in Teiche oder Flüsse geworfen zu werden. Darauf lässt sich aufbauen.«

Ich verschränkte die Arme vor der Brust. »Das schwächt aber auch meine Gabe.«

Arcus sah mich nachdenklich an. »Dann sollten wir vielleicht mit einer milderen Version dieser Technik beginnen.« Er hob eine Hand und ließ sie kreisen. Die Luftfeuchtigkeit verwandelte sich in winzige Eiströpfchen, die auf mich herabrieselten, genau wie an dem Tag, als er zu mir ins Gefängnis gekommen war. Leise dampfend schmolzen die Eiskristalle, als sie auf mein Gesicht trafen.

Ich biss die Zähne zusammen.

Als Nächstes schleuderte Arcus mir eine gefrorene Atemwolke ins Gesicht, die meine Wimpern mit Frost überzog. Mein Herzschlag beschleunigte sich, mein Atem ging schneller. Ich wischte mir die schmelzenden Eisstückchen aus dem Gesicht und starrte ihn an.

»Das reicht«, knurrte ich. Die Hitze in meinem Inneren schwoll zu schnell an.

Er ließ eine Hand in Richtung meiner Füße hervorschnellen, und plötzlich stand ich auf einer glatten Eisschicht, auf der meine weich besohlten Stiefel keinen Halt fanden. Ich rutschte aus und landete auf einem Knie.

»Ich habe gesagt, das reicht!«, schrie ich und schoss eine heiße Atemwolke zu Boden, um das Eis zu schmelzen. »Das nächste Mal richte ich die Feuerwolke auf dich!«

»So leicht entzündlich bin ich nicht«, gab Arcus mit blitzenden Augen zurück.

»Versuchen würde ich es trotzdem«, stieß ich zwischen zusammengebissenen Zähnen aus. Die Hitze in meinem Inneren wütete in riesigen Wogen.

Er nickte. »Dann versuch es doch, Feuermädchen.«

Ich begann mit einem schlichten heißen Luftstoß, der höchstens dazu angetan war, seine Kleidung anzusengen. Er hob nur kaum merklich einen Finger, und schon wurde die Luft zu mir zurückgeschleudert, dicht gefolgt von einem eisigen Wind.

Ich stieß eine Hand nach vorne und konzentrierte mich auf die Hitze in meinem Inneren. Eine Flamme schoss aus meiner Handfläche hervor – und wurde sogleich von einem Frostball verschlungen.

Ich reckte beide Arme vor und beschwor eine Feuerwand herauf, größer, als ich sie je erschaffen hatte. Sofort stellte sich ihr eine Eiswand entgegen. Mit einem Feuerball zerschmolz ich das Eis, doch Arcus schleuderte mir einen eisigen Luftschwall ins Gesicht, der mich taumeln ließ.

In diesem Augenblick wurde mir klar, dass Bruder Thistle sich im Training immer zurückhielt, mir kleine Siege und Erfolgserlebnisse ermöglichte. Arcus hingegen kämpfte mit aller Macht und gab keinen Handbreit Boden ab.

Ich fand mein Gleichgewicht wieder und ließ eine Reihe Feuerpfeile auf ihn herabregnen. Unfassbar, mit welcher Geschwindigkeit er jeden einzelnen abwehrte. Zischend verglühten sie am Boden.

Arcus und ich umkreisten einander.

»Du sollst schon in wenigen Wochen zum Einsatz kommen, und das ist alles, was du bisher zustande bringst?«, stichelte er.

Ich holte tief Luft. Das hatte gesessen. Denn genau davor hatte ich am meisten Angst – dass ich noch lange nicht so weit war. Dass Arcus den Finger in die Wunde legte, kränkte mich, machte mich aber auch wütend. Mein Blut heizte sich auf, und diesmal versuchte ich nicht, es in Schach zu halten.

Bruder Thistle, der bisher still zugesehen hatte, trat einen Schritt vor. »Ob das eine gute Idee ist?«

»Sie wird mir nichts tun«, sagte Arcus. »Sie kann weder mir noch irgendjemand anderem was tun. Einschließlich des Königs.«

»Schön vorsichtig«, knurrte ich leise.

Er richtete eine Eisspirale auf meinen Hals. Ich schlug sie weg.

Er ahmte meinen Angriff mit den Feuerpfeilen nach und ließ gezackte Eiszapfen auf mich herabregnen. Ich parierte, trat um mich und schmolz sie in der Luft, bevor sie mich berühren konnten.

»Schon besser«, sagte Arcus. »Halt es nicht zurück.«

Unser Schlagabtausch wurde schneller, härter. Je mehr meiner Attacken er parierte, desto mehr geriet ich in einen Rausch. Ich wirbelte einen heißen Wind auf, der so manchen Gegner hätte verbrennen können, doch ich zielte ungenau.

»Konzentrier dich!«, schrie Arcus. »Lass los, Fireblood-Mädchen!«

Aber ich konnte nicht. Ein Teil von mir lag immer noch tief in meinem Inneren verschlossen, kauerte dort voller Angst vor dem, was ich tun könnte.

»Sie schafft es nicht«, wandte sich Arcus an Bruder Thistle, der bis zum Äußersten gespannt am Rande des Übungsplatzes stand und uns beobachtete. »Sie wird vor dem König auf die Knie fallen und um Gnade winseln.«

»Das werde ich nicht!«, brüllte ich und sandte ihm eine Welle größter Hitze entgegen, die er mit einer Wolke aus wirbelndem Eis abwehrte.

»Du hast Angst vor deinen eigenen Kräften.« Verachtung troff aus seiner Stimme, und er blies mir Kältewellen ins Gesicht. »Du hast Angst, jemandem wehzutun. Du armes kleines Ding.«

Der Zorn verknotete sich in meiner Brust, setzte zum Sprung an wie ein schlafender Tiger, dem man einmal zu oft mit einem Haken in die Flanken gepikt hat. Seit dem Angriff auf mein Dorf hatte ich so viele Gefühle unterdrückt – Schmerz, Angst, Wut, Trauer … Jetzt erglühte ich in grellweißer Feuersbrunst. Ich stieß mit der Hand vor und zurück, entließ einen Drachenschwanz, und eine dicke Flammensäule mit bösartiger Spitze schoss auf Arcus' Brust zu.

Arcus hob eine Hand, um einen Eisschild entstehen zu lassen. Mir war kurz so, als wäre er ins Straucheln geraten, aber schon verloschen die Flammen zu einer harmlosen Dampfwolke.

Kopfschüttelnd und vor Wut bebend drehte er sich wieder zu Bruder Thistle um. »Sie wird es niemals schaffen! Unser Plan ist jetzt schon fehlgeschlagen!«

»Noch haben wir Zeit«, erwiderte der Mönch.

Arcus durchschnitt die Luft mit der Hand und wandte sich zum Gehen. »Aber nicht genug.«

Ich bohrte mir die Fingernägel in die Handflächen. Gleichgültig, wie gut ich war, Arcus war immer besser. Er hatte solch eine Kraft, dass die meine dagegen wie ein Kinderspiel aussah.

Er war ein Frostblood.

Und er versuchte über mich zu herrschen, wie all die anderen Frostbloods in diesem Land. Im Rausch meines Zorns vergaß ich alles, was ich bis hierhin erreicht hatte, alles, was mich dazu gebracht hatte, Arcus inzwischen als Verbündeten zu sehen. Schmerz setzte mein Herz in Brand, befeuerte und spuckte Hass, so wie ein Feuer Rauchwolken ausspuckt.

Ich ließ meine Hand vorschnellen, zielte auf Arcus' Rücken. Doch stattdessen ging plötzlich seine Kapuze in Flammen auf.

Mit einem Aufschrei ging Arcus in die Knie.

Für den Bruchteil eines Atemzugs stand ich wie vom Donner gerührt da und sah zu, wie Bruder Thistle zu ihm stürzte. Ich konnte es nicht fassen, dass ich Arcus niedergeschlagen hatte. Zwar hatte die Wut mich kopflos gemacht, aber ich hatte doch nicht höher als seine Tunika gezielt, die er jederzeit schon mit einer schwachen Handbewegung gefrieren konnte. Bisher hatte er jeden meiner Angriffe so mühelos pariert. Er war doch unbesiegbar gewesen!

Ich taumelte auf ihn zu. Die Flammen waren längst gelöscht, die zerstörte Kapuze rauchte unter seinen Händen. Zitternd und schwer atmend kauerte er auf Knien am Boden.

»Bleib weg von mir!«, zischte Arcus.

»Es tut mir leid«, flüsterte ich. »Es tut mir so leid, dass ich nicht richtig gezielt …«

»Ja, du zielst ja nie richtig, nicht wahr?« Er riss sich den Rest seiner dampfenden Kapuze herunter und schleuderte ihn auf die Erde. »So viele Unterrichtsstunden, und du hast dich immer noch nicht unter Kontrolle.«

Schmerz schwang in seiner Stimme mit. Mir war, als würde mein Herz sterben und nur verrußte, geschwärzte Reue hinterlassen.

»Das ist ungerecht«, flehte ich. »Du hast mich doch bewusst herausgefordert. Und ich hatte keine Ahnung, dass ich dir wirklich wehtun kann. Du hast doch deinen Frost, dein Eis, mit dem du jeden Angriff abwehrst.«

Langsam stand er auf und drehte sich zu mir um. Sein Gesicht war nun unbedeckt.

Oh. Sein Gesicht.

Ich richtete mich ebenfalls auf und wich unwillkürlich einen Schritt zurück.

»Sehe ich so aus, als wäre ich unverletzbar?« Jedes seiner Worte war ein spitzer, genau platzierter Pfeil. »Sehe ich so aus, als könnte man mir nicht wehtun?«

Ich schüttelte den Kopf. Meine Haut war wie schockgefroren.

»Was meinst du denn, wie die Soldaten aussehen?«, fuhr er fort. »Die Soldaten, die du verbrannt hast?«

Ich machte den Mund auf, aber es kam kein Ton heraus. Das war doch nicht das, was ich bewirkt hatte …? Das konnte nicht sein!

»Bei deinem ganzen Gerede von Heilkräften und so weiter«, sprach er ohne Rücksicht auf Verluste weiter, »bist du doch der gefährlichste Mensch, der mir je begegnet ist. Würde ich dich nicht so unbedingt brauchen, hätte ich dich nur zu gern im Gefängnis verrotten lassen.«

Seine Augen durchbohrten mich mit kaltem Hass. Ich taumelte zurück.

Ohne ein weiteres Wort wirbelte Arcus auf dem Absatz herum und machte sich auf den Weg zur Abtei, ließ mich allein zurück, allein mit meinem Schmerz, meiner Schuld und meiner tiefen, tiefen Reue.

12

Die ganze Nacht wälzte ich mich unruhig hin und her. Sobald ich die Augen zumachte, sah ich Arcus' Blick vor mir, als er sich die Kapuze vom Kopf gerissen hatte: diese Mischung aus schierem Schmerz und abgrundtiefem Hass.

Jetzt wusste ich, warum er immer eine Kapuze trug. Sein Gesicht war von grausamen Brandnarben entstellt, vor allem das rechte Ohr und die rechte Wange, wo die Haut wie Wachs aussah, das geschmolzen und dann wieder erstarrt war. Eine Narbe zog sich bis hoch über den Schädel, und an ihr entlang wuchsen die Haare nur weiß nach. Die Narbe, die seine Oberlippe zerschnitt, bog sich bis ganz zur linken Seite. Es gab insgesamt kaum einen Bereich seines Gesichts, der nicht vom Feuer gezeichnet gewesen wäre.

Auf einmal ergab alles einen Sinn. Seine Drohungen bei unserer ersten Begegnung, seine Unfähigkeit, sich zu bewegen, als es darum ging, in die brennende Abtei hineinzugehen … Er hatte panische Angst vor Feuer, und das aus gutem Grund.

Und ich hatte ihn verbrannt.

Ja, seine Worte waren barsch und böse gewesen, aber er hatte doch nur versucht, mir dabei zu helfen, meinen Zorn, meine Hitze zu entfalten. Meine eigene Schwäche hatte mich wütend gemacht, meine Unfähigkeit, ihm oder anderen Frostbloods, die mein Volk ausgelöscht hatten, auf Augenhöhe zu begegnen. Und ich hatte gnadenlos zugeschlagen. Ich hatte ihn genau da verbrannt, wo er schon einmal verletzt worden war.

In diesem Augenblick begriff ich, wie sehr meine Gefühle für Arcus sich gewandelt hatten. Anfangs war er für mich einfach nur ein Frostblood wie jeder andere gewesen. Aber er hatte seine Gabe niemals dazu eingesetzt, mir wehzutun, sondern nur, um mir zu helfen, meine eigene Gabe in den Griff zu kriegen, mich zu einem neuen, stärkeren Menschen zu formen. Obwohl er sich so kalt gab, obwohl er auf mir herumhackte, hatte ich begonnen, ihn zu respektieren, ja regelrecht zu mögen. Und in seiner Gegenwart fühlte ich mich lebendiger als jemals zuvor mit einem anderen Menschen.

Wie das geschehen konnte, war mir ein Rätsel. Arcus hatte mir eine Tracht Prügel angedroht, er hatte mich schwach genannt und mich beschämt, weil ich meine Gabe nicht unter Kontrolle hatte. Aber irgendwie konnte ich dennoch hinter seine Fassade blicken, und da lauerte etwas, mit dem ich gern Verbindung aufgenommen hätte, wenn er mich nur nicht ständig zurückgestoßen und hinter seine Mauer aus Eis verbannt hätte.

»Du dummes Mädchen!«, schalt ich mich selbst.

Das Schlimmste war der Gedanke, dass er meinen schockierten Blick angesichts seines unverhüllten Kopfes als Abscheu oder Entsetzen missdeuten könnte.

Ja, ich war tatsächlich entsetzt, aber aus anderen Gründen, als er wahrscheinlich dachte. Ich war entsetzt, weil er so viel hatte erleiden müssen und weil sein Gesicht für immer entstellt war, eine dauerhafte Erinnerung an seine Qualen, der er niemals würde entrinnen können.

Und mir wurde übel bei dem Gedanken, dass ich es gewesen war, die ihm diese Erinnerung auf Neue eingebrannt hatte.

Der Tag brach an, die ersten Sonnenstrahlen malten mir orangefarbene Streifen auf die Augenlider und die Hand, die ich von meiner Liege in der Krankenstube auf den Boden herabhängen ließ. Ich rieb mir die Augen und wusch mich viel langsamer als sonst.

Ich war ganz schwach vom Schlafentzug und mein Knöchel pochte. Bruder Gamut bot mir seinen besonderen Tee an, doch ich lehnte ab. Ich hatte das Gefühl, als verdiente ich es nicht, umsorgt zu werden. Stattdessen streifte ich wie ein Gespenst, lautlos und kalt, durch die Abtei. Schwester Pastel sah mich, als ich an der Bibliothek vorbeischlurfte, und winkte mir zu. Ich hob eine Hand zum Gruß, brachte aber kein Lächeln zustande.

Ich blieb stehen, als ich Bruder Thistle in der Kapelle entdeckte. Er kniete, den Kopf gesenkt, und seine Lippen bewegten sich in einem stummen Gebet. Mit einem letzten anbetenden Blick zum Buntglasbildnis von Tempus stemmte er sich mithilfe seines Gehstocks hoch und machte sich auf den Weg über den Mittelgang, eine Frostwolke vor sich herschiebend.

»Bruder Thistle«, sagte ich, und er zuckte zusammen.

»Ruby Otrera.« Es klang abgehackt.

Ich rang die Hände. »Ich weiß, dass Ihr wütend auf mich seid. Ich bin es selbst auch. Aber bitte glaubt mir, dass ich nicht die Absicht hatte, ihn zu verletzen. Ich wusste nicht einmal, dass ich das kann.«

Bruder Thistle seufzte. »Ich glaube dir, dass es nicht mit Absicht geschah. Aber es war dennoch …«

»Unkontrolliert und gefährlich und … schrecklich, ja, ich weiß. Es tut mir unendlich leid. Das möchte ich auch Arcus selbst sagen. Und ihm versichern, dass nicht seine Narben mich entsetzt haben, sondern seine Worte. Bitte, Bruder Thistle. Könnt Ihr mir sagen, wo ich ihn finde?«

»Er ist heute in aller Frühe weggeritten. Es hat einen neuerlichen Überfall gegeben, diesmal auf Trystwater.«

»Das liegt nur ein, zwei Tage Richtung Osten, nicht wahr?«, fragte ich bestürzt.

Er nickte. »Arcus wollte versuchen, mehr darüber zu erfahren, warum die Soldaten dorthin geschickt wurden.«

»Wissen sie vielleicht, dass ich ganz in der Nähe bin?«

»Dafür haben wir keinerlei Anhaltspunkte. Aber sicher werden wir es erst wissen, wenn Arcus in ein paar Tagen zurückkommt.«

Ich ließ die Schultern hängen. »Oh.«

Bruder Thistles Blick wurde weicher. »Falls das dein Gewissen erleichtert – ich glaube nicht, dass du ihm körperlich wehgetan hast. Frostbloods, die so begabt sind, erleiden Verbrennungen beinahe so selten wie Firebloods.«

»Aber er ist doch verletzt worden«, wisperte ich.

»Ja, aber nicht von dir. Er ist kräftig. Seine Frostgabe ist mächtig. Du hast ihn nur an den schlimmsten Augenblick seines Lebens erinnert. An den Augenblick, der ihn jede Nacht in seinen Albträumen heimsucht.«

Ich schloss voller Reue die Augen. »Was ist ihm widerfahren?«

»Es steht mir nicht zu, dir das zu sagen. Arcus wird dir selbst davon erzählen, wenn er das möchte.«

»Aber bitte … Was kann ich tun?«

Bruder Thistle musterte mich eindringlich. »Das, was wir von dir erbitten. Lerne, deine Gabe zu beherrschen. Erfülle deine Aufgabe.«

»Das werde ich. Ich lerne alles, was Ihr mir beibringen könnt.«

Vielleicht würde ich es nie schaffen, dass Arcus mir verzieh, aber ich konnte immerhin den Respekt von Bruder Thistle zurückgewinnen. Ich würde all meine Kraft darauf verwenden, mit ihm zu trainieren. Ich würde lernen, mein Temperament zu zügeln, meine Kräfte nähren und mir jede Lektion zu Herzen nehmen.

Denn die Überfälle kamen näher, und das bedeutete auch, dass mir die Zeit davonlief.

Es dauerte drei Tage, bis Arcus zurückkehrte, drei Tage, die mir endlos lang vorkamen. Sobald ich hörte, dass er wieder da war, stürmte ich aus der Küche, wo ich Bruder Peele beim Vorbereiten des Abendessens geholfen hatte, und machte mich auf den Weg zu Arcus. Während ich den Pfad zwischen Küche und den Unterkünften entlanglief, ignorierte ich das aufgeregte Wummern meines Herzens. Ich redete mir ein, das käme nur davon, dass ich es kaum erwarten konnte, mich bei Arcus zu entschuldigen.

Arcus bewohnte ein bescheidenes Gästehäuschen abseits des Hauptgebäudes. Schon lange hatte ich mich gefragt, warum er sich eigentlich in der Abtei aufhielt. Zunächst hatte ich angenommen, er wäre ein Söldner, der angeheuert worden war, um mir beim Attentat auf den König zu helfen. Aber angeheuert von wem? So angespannt, wie Bruder Thistle immer auf die Kontenbücher starrte, war klar, dass die Abtei kein Geld hatte. Und die Mönche behandelten Arcus eher wie einen Sohn denn wie einen bezahlten Söldner.

Ich klopfte an seine Tür und erhielt ein kurzes »Herein« als Antwort.

Arcus saß an einem kleinen Holztisch mit zwei Stühlen, ein Buch lag aufgeschlagen vor ihm. Kerzenlicht beschien seine weiche graue Tunika, über der er einen neuen schwarzen Umhang trug, dessen Kapuze sein Gesicht verdeckte.

Sein Zimmer war größer als meins und mit einigen persönlichen

Gegenständen ausgeschmückt. Eine Wand war mit hellem Holz vertäfelt. Einige Musikinstrumente lehnten daran, und in einer Ecke ragte ein Bücherstapel in die Höhe. Der Tisch, an dem Arcus saß, stand direkt an einer Wand, vor der anderen befand sich sein Bett, das einen Holzrahmen hatte und mit einem blauen Überwurf bedeckt war. Neben dem Bett stand ein kleiner Nachttisch mit einer brennenden Lampe darauf.

»Dein Zimmer ist viel schöner als meins«, durchbrach ich die Stille. »Anscheinend werden hier manche Verbrecher besser behandelt als andere.«

Er neigte den Kopf. »Du solltest wissen, dass ich Entschuldigungen noch mehr hasse als Dankbarkeit.«

Ich schluckte den Kloß in meinem Hals herunter. »Ich war sehr wütend auf dich, aber ich hatte auf deine Tunika gezielt. Du hast meine Angriffe immer so mühelos pariert, dass ich nie auf die Idee gekommen wäre, ich könnte dich wirklich verletzen.«

Als er nichts sagte, fuhr ich fort: »Es tut mir leid. Ob du das hören willst oder nicht. Es geht mir sehr schlecht wegen dem, was passiert ist.«

Er nickte.

»Und ich fand es schlimm, dass du einfach so weggegangen bist und ich keine Chance hatte, dir alles zu erklären.« Ich trat näher heran. »Ich wünschte, ich könnte deine Augen sehen.«

Arcus lächelte bitter. »Aber dazu müsstest du auch den Rest meines Gesichts sehen.« Leise, verächtliche Worte, in denen ein Hauch Schmerz mitschwang. »Und mir ist es lieber, wenn ich den entsetzten Ausdruck auf deinem Gesicht nie wieder sehen muss. Nie wieder.«

Es klang, als wäre es ihm doch nicht ganz gleichgültig, was ich über ihn dachte. Ich schob mich an den Tisch heran und setzte mich auf den zweiten Stuhl.

»Das Entsetzen hatte nicht die Gründe, die du offenbar vermutest. Es war nicht …«

»Ich erkenne Abscheu und Ekel, wenn ich sie sehe«, unterbrach mich Arcus mit schneidender Stimme.

»Ich war entsetzt, ja«, sagte ich kopfschüttelnd. »Aber nicht angeekelt. Ich hatte ja keine Ahnung, was dir passiert ist, und da empfand ich …«

»Mitleid«, warf er ein.

»Nein, Reue. Entsetzen über mich selbst. Weil ich jemandem so etwas hatte antun können. Du hattest recht mit dem, was du gesagt hast. Ich bin eine Gefahr. Für mich selbst und für andere. Meine Großmutter hat mir mal prophezeit, dass meine Gabe eines Tages Menschenleben retten würde. Aber ich konnte niemanden retten. Nicht mich selbst, nicht meine Mutter.«

»Aber das kann ja noch kommen. Du könntest andere Menschen retten.«

»Indem ich den König töte«, sagte ich und kniff die Augen zusammen. »Und was meinst du, wie meine Chancen dafür stehen?«

Wir schwiegen einen Augenblick. Ich starrte auf meine Hände, die schlaff auf meinen Knien lagen.

»Hör zu, Ruby.« Als ich den Blick hob, sah ich, dass er sich vorgebeugt hatte. »Ich weiß, dass du jetzt viel stärker bist als an dem Tag, als du hierherkamst. Bruder Thistle ist davon überzeugt, dass du viel mehr bist als einfach nur ein Fireblood-Mädchen mit ungezügeltem Temperament und schlechtem Benehmen.«

Ich rang mir ein Lächeln ab.

Die Flamme der Öllampe war ganz klein, der Raum wurde in dunkle Schatten getaucht.

»Warum bist du hier?« Ich starrte auf seine Lippen, die aufeinandergepresst waren, und wünschte mir zum wiederholten Mal, ich könnte ihm in die Augen sehen.

»Wegen Bruder Thistle«, sagte er. »Er hat mich aufgenommen, als ich keinen anderen Ort hatte, wohin ich hätte gehen können.«

»Was ist mit deinem Zuhause geschehen?«

Er schüttelte den Kopf. »Gar nichts. Ich habe es einfach verlassen.«

Ich wartete darauf, dass er weitersprach, aber da kam nichts mehr.

»Hast du in einem der Kriege gekämpft?«

»Ich wurde ausgebildet, bin aber nie zum Einsatz gekommen.« Da klangen Bedauern und Verbitterung mit, vielleicht sogar Scham.

»Wurdest du bei einem Brand verletzt?«

Er presste die Lippen wieder aufeinander. »Du meinst wohl eher: ›Wie kommt es, dass dein Gesicht so fürchterlich entstellt ist?‹«

»Du willst ja nie darüber reden, also muss ich fragen.«

»Du könntest es dir auch verkneifen. Du musst das nicht wissen, es geht dich nichts an.«

Ich ballte die Hände zu Fäusten, und meine Freude von vorhin war auf einmal verflogen. Es war immer dasselbe – kaum kam ich ihm näher, schubste Arcus mich mit der Macht eines beißenden Nordwindes von sich weg. Niemand anderes konnte mir so sehr das Gefühl geben, lebendig zu sein, aber gleichzeitig konnte mich auch niemand anderes so wütend machen wie er.

»Nein, das geht mich alles nichts an«, gab ich zurück. »Ich muss weder wissen, wer du bist oder warum du in der Abtei lebst noch woher dein Groll gegen den König oder den Thron stammt. Ich soll also in den Kampf ziehen, in meinen eigenen Tod, ohne zu wissen, warum man mich überhaupt dorthin geschickt hat.«

Er stand so ruckartig auf, dass sein Stuhl nach hinten kippte und krachend zu Boden fiel.

»Glaubst du etwa, ich *will*, dass du stirbst?« Sein Brustkorb hob und senkte sich heftig. »Dass ich dich gern in den Tod schicke?«

Meine Haut kribbelte. Noch nie hatte ich Arcus so aufgebracht gesehen. Und wie immer feuerte seine Wut schnell auch die meine an. Ich schob meinen Stuhl zurück und stemmte die Handflächen auf die Tischplatte.

»Ja, genau das glaube ich. Du hast mich einen Schwächling genannt, hast mich bedroht und runtergeputzt und so wütend gemacht, dass ich mich regelrecht vergessen und dich beinahe in Brand gesetzt habe. Wahrscheinlich wirst du den Tag meines Todes bejubeln und zum neuen Feiertag erheben.« Ich riss die Hände hoch, Hitze überschwemmte mein Gesicht. »Der Todestag der Fireblood! Endlich sind wir die lästige Ruby los!«

Arcus kam näher, sein Atem ein deutlich hörbares Zischen. »Du bist so …«

Ich reckte das Kinn vor und schob mich um den Tisch herum auf ihn zu. »Wie denn? Rücksichtslos? Hitzig? Gefährlich? Das hab ich alles bereits gehört, du musst dir schon was Neues ausdenken.«

»Ja, all das«, sagte er und wurde mit jedem Wort lauter. »Und blind noch dazu. Einige von uns müssen auch auf andere Rücksicht nehmen. Du hingegen denkst immer nur an dich selbst.«

Wie ein rotes Tuch legte sich der Zorn über mein Blickfeld. Der Vorwurf war so ungerecht! Ich hatte mir mein Leben doch zu keinem Zeitpunkt ausgesucht! Als Kind hatte ich nicht wütend werden dürfen, weil ich dann die Kontrolle über meine Hitze verlieren würde. Das einzig Egoistische, was ich je getan hatte, war, meine Gabe zu testen, und dafür war ich auf die brutalste, schmerzhafteste Weise bestraft worden. Ich hatte die Soldaten angelockt, die mir den liebsten Menschen auf Erden genommen hatten. Ich hatte meine Mutter und mehrere Monate meines Lebens an den König verloren. Und jetzt trainierte ich von morgens bis abends, um eine Aufgabe zu übernehmen, die Frostbloods für mich vorgesehen hatten, eine Aufgabe, die dem Königreich dienen, mich aber das Leben kosten konnte. Nichts von dem, was ich je getan hatte, hatte mir persönlich einen Nutzen eingebracht.

Und dennoch vertrauten Arcus und Bruder Thistle mir immer noch nicht genug, um mir den ganzen Plan zu verraten.

»Wenn das wahr wäre«, sagte ich, die Stimme triefend vor Wut, »dann würde ich mir jetzt ein Pferd schnappen und davonreiten, Richtung Meer. Ich würde mich auf ein Schiff schleichen und diesem verfluchten Land keinen einzigen Blick über die Schulter mehr gönnen. Und ... ja, vielleicht sollte ich genau das tun!«

Ich wirbelte herum, aber Arcus packte mich bei der Schulter.

»Das wirst du nicht tun. Und weißt du, warum nicht? Du selbst wünschst dir mehr als jeder andere, den König zu töten. Deswegen bist du wieder zurückgekommen.«

Ich drehte mich um und starrte ihn an. Es juckte mich in den Fingern, ihm die Kapuze vom Kopf zu schlagen, um seine Augen mit meinem Blick zu durchbohren. Arcus stand reglos da, eine in Eis geschlagene Statue. Ich machte den Mund auf, schloss ihn aber gleich wieder.

»Du wolltest etwas sagen«, sagte Arcus. »Also tu es.«

»Warst du da, in der Nacht, als meine Mutter starb?«, fragte ich mit angehaltenem Atem. »Warst du einer der Soldaten?«

Das Misstrauen hatte sich in meine Gedanken hineingewunden, und es reckte den Kopf nur dann hervor, wenn meine Wut mich mutig genug machte, es herauszulassen.

Arcus hielt immer noch meine Schulter umklammert, sein Gesicht war nur wenige Zentimeter von dem meinen entfernt. »Das ist es also, was du hören willst? Damit du mich noch mehr hassen kannst?«

Er nahm die Hand weg und trat einen Schritt zurück. Dann schlug er den Umhang beiseite, sodass seine dünne Tunika zum Vorschein kam. Sein Gesicht blieb im Schatten der Kapuze, doch ich konnte es nun wenigstens erahnen.

»Wenn du so darauf erpicht bist, dann töte mich jetzt«, sagte er mit weicher, tiefer Stimme. »Oder willst du mich lieber leiden sehen? Vielleicht möchtest du dich noch ein bisschen über mein Gesicht lustig machen? Oder reicht dir das nicht mehr, weil du das schließlich schon zur Genüge getan hast?«

Ich keuchte, mein Herz pulsierte voller siedender Hitze.

»Warst du dabei?«, fragte ich leise.

Er zögerte, die Gesichtszüge wie in Stein gemeißelt. »Nein«, antwortete er schließlich. »Aber glaub doch, was du willst. Wieso bist du überhaupt erst hergekommen?«

Ich spürte, wie ein Teil meiner Wut verrauchte. Ich schüttelte den Kopf. »Um mich zu entschuldigen und … weil ich wissen will, wer du wirklich bist.«

Arcus stieß einen langen Atemzug aus. »Ich sage dir jetzt mal was, Ruby. Die Wahrheit ist: Es spielt keine Rolle, wer ich bin, solange du nicht erfolgreich bist. Wenn ich morgen sterbe, wird die Welt kein bisschen anders sein als heute.« Er kam auf mich zu. »Alles hängt von dir ab. Wenn du scheiterst, besteht für dieses Königreich kaum mehr Hoffnung. *Du* bist wichtig.« Er hob die Hand und verharrte nur wenige Millimeter von meiner Wange entfernt, als wäre er eingefroren, als könnte er sich nicht überwinden, mich zu berühren.

»Die Welt wäre kein bisschen anders …«, wiederholte ich und garnierte dabei jedes Wort mit Hohn. »Du sagst, du willst kein Mitleid, und jetzt weiß ich auch, warum. Du trägst schon genug Mitleid in dir – Mitleid mit dir selbst.«

Er ließ die Hand fallen und wich zurück.

Ich trat einen Schritt vor, die Hände zu Fäusten geballt, blind vor Wut darüber, dass er sich so leicht abweisen ließ. »*Mir* würde es was ausmachen, wenn du stirbst, du verfluchter Dummkopf! *Ich* würde dich vermissen. Genauso, wie ich dich vermisst habe, als du plötzlich tagelang verschwunden warst und ich keine Ahnung hatte, ob, und wenn ja, wann du wiederkommen würdest.«

Meine Stimme brach, und mein Zorn machte einer Mischung aus Schmerz und Sehnsucht Platz. Ich konnte mich nicht dagegen wehren. Ich spürte, dass Arcus in gewisser Weise genauso einsam war wie ich, und vielleicht musste er das gar nicht sein. Vielleicht musste *ich* es auch nicht sein.

Wir standen nah genug beieinander, dass ich seine Kälte an meiner Hitze fühlte. Er roch nach Seife und Kiefernnadeln und Holzrauch und irgendwas Verlockendem, was nur von ihm ausging.

Unwillkürlich hob ich meine Hand zu dem Saum seiner Kapuze. Als ich sie langsam nach hinten schieben wollte, schoss sein Arm hoch und packte mich am Handgelenk. Ich hielt still.

Seine Lippen waren leicht geöffnet, sein Atem kühlte meine Stirn. Irgendwann in den letzten Wochen hatte ich angefangen, mir vorzustellen, wie es wäre, diese Lippen zu küssen. Ob es schmerzen würde oder zischen? Oder würden unsere Lippen einfach miteinander verschmelzen wie kalte und warme Luftströme, die eine milde Sommerbrise erzeugen?

Ich fuhr ihm mit dem Zeigefinger sachte über die Lippen. Er sog scharf die Luft ein, zuckte aber nicht zurück. Seine Haut war kühl, aber auf eine angenehme Art. Ich strich mit der Fingerspitze zu seinem weichen Mundwinkel, über die zerklüftete Narbe der Oberlippe, über die glatte Unterlippe.

»Hör auf«, raunte er leise, fast als hätte er Schmerzen. »Bitte hör auf.«

Der Atem blieb mir im Hals stecken. Es war, als hätte er mich geohrfeigt, so sehr tat es weh.

Ich ließ meine Hand sinken und verschränkte die Arme vor der Brust, um mein Zittern zu verbergen. Ich suchte in den Schatten von Arcus' Kapuze nach irgendeinem Hinweis darauf, was er fühlte, aber er wirkte ganz kalt, ganz unbewegt. Die Eisstatue war von einem heißen Wind umtost worden und dennoch nicht einmal am äußersten Rand geschmolzen.

»Eine dreckige Fireblood, die ihre Gefühle zeigt«, sagte ich gekränkt und verbittert. »Jetzt wirst du Fors bitten müssen, dich davon zu reinigen, nicht wahr?«

Arcus presste die Lippen aufeinander, erwiderte aber nichts.

»Keine Sorge, ich bin ja bald weg. Dann kannst du dich von allen Sünden freisprechen lassen.«

Damit wirbelte ich herum. Ich wollte nur noch weg, schnell weg, bevor ich hier vor seinen Augen zusammenbrach. Ich riss die Tür auf und stürzte in die von Sternen beschienene Nacht hinaus. Heiße Tränen der Scham rannen mir über die Wangen und verdampften zischend am eiskalten Boden.

13

Wolkenwände schoben sich über die Abtei und hüllten sie in einen Regenvorhang. In stillem Einverständnis gingen Arcus und ich uns während der nächsten Tage aus dem Weg. Ich erhaschte höchstens mal durchs Fenster einen Blick auf seine Kapuze, wenn er zwischen dem Stall und seiner Unterkunft hin und her lief. Mir wurde schlecht bei dem Gedanken, dass ich ihn mit meinem Verhalten bestimmt beschämt und beleidigt hatte, obwohl es ihm nicht halb so peinlich sein konnte wie mir. Ich hatte ihn völlig missverstanden und mich zum Narren gemacht, denn offenbar empfand er nicht dasselbe wie ich.

Ich versuchte mich abzulenken, indem ich mich auf die frustrierende Tatsache konzentrierte, dass ich immer noch nicht in die Pläne von Arcus und Bruder Thistle eingeweiht worden war. Eines Abends beschloss ich, dass ich keine Lust mehr hatte, ihre Geheimnistuerei zu akzeptieren.

Nach einem erfolglosen Besuch im Refektorium, wo die Mönche ihre Mahlzeiten einnahmen, entdeckte ich Bruder Thistle an seinem Schreibpult im Kapitelsaal, einem großen quadratischen Raum mit zwei dicken Säulen, die den Blick auf die steinerne Gewölbedecke lenkten. Ein langer Tisch mit dazu passenden, samtgepolsterten Stühlen stand inmitten des Raumes, während lange Holzbänke die Steinmauern unter den hohen Bogenfenstern säumten. Sonnenlicht brach sich in verblichenen Blattgoldverzierungen, die an manchen Stellen der Säulen noch zu sehen waren. Der Raum wurde besser gepflegt als der Rest der langsam zerfallenden Abtei, da hier auch offizielle Versammlungen abgehalten wurden, wie etwa Treffen der leitenden Mönche mit ihren Vorgesetzten aus dem Orden von Fors.

»Ich hätte wissen sollen, dass ich Euch hier vorfinde. Nichts bereitet Euch mehr Kopfzerbrechen als die Kontenbücher«, sagte ich. Mein Schatten mischte sich mit dem der Säule, an der ich lehnte.

Bruder Thistle fuhr zusammen, und er huschte mit einer Hand über die Seiten, als wollte er etwas verbergen. »Ruby. Ich habe dich nicht kommen sehen.«

»Und jetzt klingt Ihr auch noch so ängstlich. Dann muss es ja schlecht um uns stehen. Müssen wir anfangen, das Tafelsilber zu verkaufen?«

Bruder Thistle räusperte sich und stand auf. »Na ja, ganz so schlimm ist es noch nicht, aber beinahe.«

»Könnt Ihr die Ziffern in dieser Finsternis überhaupt erkennen?« Ich trat an sein Pult heran und zündete mit den Fingerspitzen die Kerze an. Mein Blick fiel auf ein Buch, dessen in Goldlettern gehaltener Titel »Von Göttern und Menschen« lautete. »Das habe ich erst vor ein paar Tagen gelesen.« Der Dauerregen hatte mir unerwartet viel Freizeit geschenkt, die ich in der Bibliothek verbracht hatte. Ich las von der aufgeschlagenen Seite laut vor. »›Ein grimmiger Ostwind wird wüten an dem Tag, an dem das Kind der Finsternis geboren wird, das Kind, welches das Tor des Lichtes öffnen wird. Und wegen Nebs Befehl, es müsse in allen Dingen Gleichgewicht herrschen, wird ein Westwind wüten an dem Tag, an dem das Kind des Lichtes geboren wird, das Kind, das die Finsternis bekämpfen und sie für alle Zeiten zerstören wird.‹«

»Nimm Platz, Ruby«, sagte Bruder Thistle und deutete auf eine Bank. »Wie viel weißt du von den Prophezeiungen von Dru?«

Ich setzte mich und überlegte. Viel wusste ich nicht darüber, meine Mutter hatte Prophezeiungen gehasst. Immer wenn meine Großmutter mir gegenüber eine erwähnt hatte, hatte sich meine Mutter auf eine für sie ganz ungewöhnliche Weise aufgeregt und gesagt, sie solle meinen Kopf nicht mit solchem Unsinn füllen.

»Bei allem Respekt«, erwiderte ich. »Prophezeiungen sind doch nur Unsinn. Geschichten, die sich irgendwelche selbst ernannten Wahrsager ausgedacht haben, um Eindruck zu schinden.«

»Mag sein. Aber bei Dru war das anders. Ihre Prophezeiungen wurden ihren Anhängern vor rund zweitausend Jahren überbracht, ausgehend von ihrer Heimat, den Grauen Inseln im Korallenmeer. Und sie haben sich nachweislich bewahrheitet. Einige von ihnen wurden in diesem Buch festgehalten.« Er deutete auf sein Pult. »Manche in anderen Büchern. Ich habe viele Jahre lang dazu geforscht, nach Hinweisen gesucht, falsche oder gekaufte Zeugen ausgeschlossen, verloren geglaubte Beweise gefunden. Du kannst mir also glauben, dass ich meine Schlussfolgerungen keineswegs leichtfertig gezogen habe.«

Mein Fuß klopfte einen Takt auf dem Steinfußboden. »Jetzt spannt mich doch nicht so auf die Folter. Was habt Ihr herausgefunden?«

»Du kennst den Gott Eurus?«

»Den verschlagenen, schlauen Gott des Ostwindes, der auf Fors und Sud eifersüchtig war, weil sie Frostbloods und Firebloods erschaffen hatten? Der wütend war, weil seine Schwester Cirrus seine Minaxe unter die Erde verbannt hatte?«

Bruder Thistle nickte. »In diesem Buch steht, Eurus habe sich mit einer Art Fluch gerächt, und nur ein mächtiger Fireblood würde eines Tages in der Lage sein, das Königreich davon zu befreien.«

»Was für ein Fluch?« Ich glaubte zwar nicht an solche Legenden, aber ich sog jedes Detail auf, wie bei einer guten Geschichte.

»Wenn du das Buch gelesen hast, dann kennst du vielleicht auch die Geschichten der Throne von Tempesien und Sudesien.«

»Ja, der eine wurde von Fors erschaffen, ›ein Thron aus schartigem Eis, der seinem Besitzer große Macht verlieh‹. Und Sud erbaute einen Thron aus geschmolzenem und wieder erstarrtem Gestein. Wie hieß das gleich … ›in dem immer noch die Adern glühender Lava pulsierten‹.« Den Absatz hatte ich gleich mehrfach gelesen, so sehr hatte mich die Vorstellung von einem Feuerthron fasziniert.

»Das ist nicht einfach nur so eine Geschichte, Ruby. In Tempesien glauben immer noch sehr viele Menschen daran, dass Fors den Thron des Frostkönigs erschaffen hat. Angeblich hilft er dem König, Kriege zu gewinnen. Es heißt, der Thron verleihe dem Besitzer unermessliche Kräfte und verstärke die Macht, die dessen starke Blutlinie ohnehin in sich trägt.«

»Es ist ein Mythos.«

»Für mich und meinen Orden sind diese sogenannten Mythen genauso real wie du, die du hier vor mir sitzt. Jedenfalls – einige der Quellen, die ich gefunden habe, sprechen davon, dass Eurus beide Throne verflucht habe, und mit ihnen die Familienabkömmlinge, die seit den uralten Kriegen zwischen Firebloods und Frostbloods auf ihnen Platz genommen haben.«

»Beide Dynastien haben in ungebrochener Folge geherrscht, da können sie doch kaum verflucht gewesen sein.«

»Doch, wenn man bedenkt, dass jeder Herrscher auf tragische Weise und oft bereits nach kürzester Regentschaft ums Leben gekommen ist.«

Ich zuckte mit den Schultern. »Ob König oder Bauer – tragische Tode kommen überall sehr häufig vor.«

»Aber da ist noch mehr. Viele der Herrscher verloren den Verstand, hörten Stimmen, die sie zu schrecklichen Taten verleiteten. König Ulrik ertränkte sein erstes Enkelkind. Königin Ecklin tötete in einem Anfall von Raserei ihren Ehemann. König Askabar machte eine ganze Provinz dem Erdboden gleich, nur weil ein Freiherr seine Mätresse beleidigt hatte, und das führte dann zu einem Bürgerkrieg. Und es gibt noch viel mehr solcher Geschichten über Wahnsinn und merkwürdige Todesarten. Zu viele, um sie jetzt alle zu erzählen.«

»Grässliche Geschichten.« Ich rieb mir über die Gänsehaut an den Armen.

»Ich glaube, einige Herrscher waren stark genug, gegen den Einfluss des Fluches anzukämpfen, sodass die Tempesier und Sudesier während ihrer Regentschaft Zeiten relativen Friedens durchleben konnten. Aber dies war nur möglich, weil der Fluch in jenen Zeiten noch nicht vollständig erwacht war.«

»Und Ihr glaubt, das hat sich in der Zwischenzeit geändert?«

»Ja. Nachdem es mehrere Generationen hindurch friedlich blieb, mehrten sich auf einmal die Hinweise, dass König Akur in den Bann der Finsternis geraten sein könnte. Der Mann, der bis dahin immer gleichmütig und gütig für sein Volk gesorgt hatte, schickte plötzlich Truppen an die Südgrenze und fing an, Firebloods töten zu lassen. Nach Akurs Tod übernahm sein älterer Sohn den Thron und versuchte den Frieden wiederherzustellen, doch er herrschte nur ein Jahr, bevor er hinterrücks ermordet wurde. Und jetzt regiert Akurs jüngerer Sohn Rasmus und legt einen solchen Hass gegen jeglichen Frieden und jegliche Gerechtigkeit an den Tag, dass das gesamte Königreich vor ihm erzittert.«

Ich dachte eine Minute schweigend nach. »Aber das muss ja nicht an einem Fluch liegen. Es gibt Menschen, die einfach entsetzliche Dinge tun. Sie fällen Entscheidungen, die für niemanden außer ihnen selbst Sinn ergeben.«

Bruder Thistle zeigte wieder auf das Buch, das auf seinem Pult lag. »Da drin steht, ein grimmiger Ostwind wird wüten an dem Tag, an dem das Kind der Finsternis geboren wird, das Kind, welches das Tor des Lichtes öffnen wird. Als ich noch jung war, fegte ein schrecklicher Sturm über Sudesien und Tempesien hinweg, ein grauenhafter Orkan, der ganze Städte entlang der Küsten auslöschte. Und schon bald darauf zeigte König Akur erste Anzeichen von Wahnsinn.«

Es dauerte ein paar Augenblicke, bis ich verstand, was er damit meinte. »Ihr denkt also, das Kind der Finsternis sei geboren worden und habe damit den Fluch zum Leben erweckt?«

»Ja, das denke ich. Und vor ungefähr siebzehn Jahren brach ein ähnlich mächtiger Sturm über das Land herein, aber diesmal von Westen her. Du hast ja selbst gelesen, dass es heißt, es wird ein Westwind wüten an dem Tag, an dem das Kind des Lichtes geboren wird, ein mächtiges Fireblood-Kind, das die Finsternis bekämpfen und sie für alle Zeiten zerstören wird.«

Die Luft im Raum schien von einer merkwürdigen Energie durchdrungen zu sein. »Solltet Ihr dann nicht nach dem Kind des Lichtes Ausschau halten, wenn Ihr an diese Prophezeiungen glaubt?«

Er legte die Hände auf seine Knie und lehnte sich auf dem Stuhl zurück. »Das habe ich mein Leben lang getan. Und ich glaube, jetzt habe ich es gefunden.«

Ich brauchte einen Moment, um meine Stimme wiederzufinden. »Ich habe Euch im Laufe der Zeit wirklich sehr zu schätzen gelernt, Bruder Thistle, aber wenn Ihr damit andeuten wollt, ich sei das Kind des Lichtes, dann muss ich Euch ehrlich sagen, dass ich ernsthaft an Eurem Verstand zweifle.«

Er lächelte sanft. »Ich weiß, dass es dir schwerfallen wird, das anzunehmen …«

»Unmöglich.«

»Warum?«

»Meine Gabe ist unzuverlässig. Ich habe ein hitziges Temperament und habe schon einigen Menschen sehr wehgetan. Damit wäre ich eher eine Kandidatin für das Kind der Finsternis.«

Bruder Thistle zog seinen Umhang enger um sich. »Nicht doch. Das bist du auf keinen Fall.«

»Ich glaube, ich sollte jetzt schlafen gehen«, sagte ich und stand auf. Das Ganze überforderte mich gerade. Es war schon schwer genug zu glauben, dass ich die letzte Fireblood im Land war. Der Gedanke, dass ich auch noch dazu auserkoren sein sollte, die Welt vom Fluch eines Gottes zu befreien, war einfach zu viel für mich. Ich hatte gedacht, meine Aufgabe bestünde nur darin, den König zu töten, und das war mir schon unmöglich vorgekommen.

»Vor der Wahrheit kann man nicht weglaufen, Ruby. Die Sommersonnenwende, die Zeit, in der deine Gabe am stärksten ist, nähert sich. Es wird bald Zeit, dass du dich auf den Weg machst … Und es wird Zeit, dass ich dir genau erkläre, was wir von dir erwarten.«

Mein Herz klopfte auf einmal zum Zerspringen, und meine Handflächen waren nass vor Schweiß.

»Ich bin noch dabei, den Zusammenhang zwischen den Thronen und der Herrscherfamilie zu erforschen, aber eines kann ich schon mit Sicherheit sagen: Du musst den Thron zuerst zerstören. Er schützt den König und verleiht ihm Macht. Wenn es möglich wäre, ihn gewaltsam zu besiegen, dann hätte schon längst jemand eine Armee gebildet und dies getan.«

Ich zog eine Augenbraue hoch. »Glaubt Ihr, die Leute wären gewillt, in den Krieg zu ziehen? Folter und Tod hinzunehmen im Fall einer Niederlage?«

»Das Land liegt im Sterben, Ruby. Die Menschen sterben. Sie haben nichts mehr zu verlieren.«

»Damit also ein Hoffnungsschimmer bleibt, dass man den König töten kann, müsste ich erst den Thron zerstören? Und wie bitte soll ich das tun?«

Er durchbohrte mich mit dem Blick seiner blauen Augen. »Du musst all deine Kräfte sammeln. Alles, was du aufbieten kannst, Ruby. Verstehst du mich? Du darfst nichts zurückhalten. Du musst alles auf das Ziel hin bündeln, den Thron zu zerstören. Ihn zu schmelzen.«

Ich nickte. »Und wenn ich dafür nicht stark genug bin?«

»Das musst du sein.«

Angst durchflutete mich. Auf einmal kam mir alles so unendlich kompliziert vor, so schonungslos real. Dass alles allein von mir abhing ... Unvorstellbar. Ich war doch nicht stark. Ich war unbeständig. Undiszipliniert. Ich hatte weder die Kraft noch die Kontrolle über meine eigene Gabe.

Ich starrte aus dem Fenster. Die untergehende Sonne bemalte den Himmel mit violetten Streifen. Ich rieb mir über die Arme, versuchte die Wärme aus meinem Herzen hervorzulocken.

»Und wenn ich den König töten könnte, ohne den Thron zu zerstören?«, fragte ich. »Was dann?«

»Dann würde ein anderer Herrscher seinen Platz einnehmen, und der müsste stärker sein als der Thron und seine schwarze Gier.«

»Und wenn er das nicht ist?«

»Dann setzt der Fluch sein Zerstörungswerk fort, und der nächste Herrscher könnte genauso werden wie der jetzige.«

Ich verschränkte die Arme vor der Brust und seufzte. »Das heißt, wenn ich den Thron nicht zerstöre, dann wird sich das Leben im Königreich niemals verbessern. Ein Fass ohne Boden.«

»Sehr wahrscheinlich, ja.«

Ich begann durchs Zimmer zu tigern. »Warum tut Ihr das alles? Warum setzt Ihr die Abtei aufs Spiel und … verbringt so viel Zeit damit, mich auszubilden? Warum ist Euch das so wichtig?«

»Ich bin nicht ohne Grund hierhergekommen. Ich kann nicht einfach zusehen, wie das Königreich auseinanderbricht. Trotz allem, was du durchgemacht hast, bin ich mir nicht sicher, ob du verstehst, welches Leid überall um uns herum geschieht.«

Ich kehrte zur Bank zurück und setzte mich wieder, richtete den Blick auf die Eiskristalle unter Bruder Thistles Stuhl, versuchte meine Gefühle zu ordnen, diese wirre Mischung aus Aufregung und Grauen. Als sich eine kalte Hand auf die meine legte, zuckte ich so heftig zusammen, dass ich mit dem Kopf gegen die Fensterscheibe hinter mir schlug. Bruder Thistle nahm seine Hand wieder weg, aber ich spürte seinen durchdringenden, ja beinahe verzweifelten Blick.

»Bevor ich dich kannte, ist es mir viel leichter gefallen, diese Pläne zu schmieden«, sagte er. »Bevor du hergekommen bist, warst du für mich nur ein Werkzeug, das wir benutzen konnten, eine Waffe, die wir nach Belieben zu unseren Zwecken schmieden würden. Du warst schließlich ohnehin schon dem Tod geweiht. Wenn du bei der Ausführung unseres Plans ums Leben kommen würdest, wäre dies Opfer der Sache wert. Aber jetzt … Bitte glaube mir, dass mir dies alles sehr schwerfällt. Du bist eine gütige, beherzte, eigensinnige, impulsive, großmütige junge Frau. Ich habe dich sehr ins Herz geschlossen.«

»Was für eine Aufzählung von Tugenden und Lastern!«

»Wobei die Tugenden wesentlich zahlreicher sind.« Bruder Thistle lächelte traurig. »Es fällt mir viel schwerer als erwartet, dich auf deine gefährliche Mission zu schicken. Und für Arcus ist es noch viel schwieriger, glaub mir.«

Ich lachte heiser auf. »Das bezweifle ich.«

»Du kennst ihn nicht so gut wie ich. Seine Fähigkeit, Gefühle zu verbergen, ist mindestens so gut wie seine Gabe, Eis zu erzeugen. Ich glaube, ich kenne ihn inzwischen besser als jeder andere Mensch. Je tiefer er empfindet, desto gleichgültiger gibt er sich.«

»Tatsächlich? Und wie gibt er sich dann, wenn er wirklich gleichgültig ist? Indem er große Leidenschaft vorspielt?«

»Ruby …«

»Was geschieht, nachdem der Thron zerstört ist?«, fragte ich, um von Arcus und seinen Gefühlen abzulenken.

»Ich glaube, wenn der Thron zerstört ist, dann ist der Fluch ebenfalls zerstört. Und dann kann es gut sein, dass der König sich wandelt.«

Ich runzelte die Stirn. »Inwiefern?«

»Der Fluch hält ihn seit Jahren in seinem Bann, aber wenn der Thron keine Macht mehr über ihn hat, wäre es durchaus möglich, dass er wieder zu Verstand kommt und begreift, wie tief er gesunken ist.«

»Oder er ist fuchsteufelswild darüber, dass ich ihm die Quelle seiner Macht weggenommen habe.«

»Mag sein. Aber meine Hoffnung ist, dass du ihn durch die Zerstörung des Throns heilen könntest.«

»Ihn heilen? Ich soll ihn doch töten!«

»Nun ja …« Er blickte mich unter seinen weißen Augenbrauen hinweg eindringlich an. »Wir haben dir doch schon erzählt, dass wir dich unter anderem auch deswegen ausgesucht haben, weil deine Mutter eine Heilerin war. Ich gehe stark davon aus, dass du nach der Zerstörung des Throns gar keinen Grund mehr haben wirst, den König zu töten, sondern ihn im Gegenteil retten kannst.«

Als ich antwortete, sprach ich jedes Wort bewusst langsam aus, sorgsam darauf bedacht, mein Temperament im Zaum zu halten. »Ihr habt mich jetzt mehr als zwei Monate dafür ausgebildet, den König umzubringen, und jetzt sagt Ihr mir, dass ich das gar nicht mehr zu tun brauche?«

Bruder Thistle breitete die Hände aus. »Ich versuche dir nur eine Alternative anzubieten.«

»Ich will aber keine Alternative! Meine Mutter hat nie jemandem etwas zuleide getan, und sie haben sie vor meinen Augen umgebracht! Habt Ihr überhaupt eine Ahnung ...« Meine Stimme versagte, und ich brach ab. Als ich fortfuhr, klangen meine Worte wieder leise und gefasst. »Nein. Ich werde den König töten. Dafür habe ich das alles getan. Dafür ... dafür lebe ich.«

»Tatsächlich? Hast du sonst nichts anderes, wofür es sich zu leben lohnt?«

Ich schwieg lange. Eine Stimme in meinem Kopf versuchte mir klarzumachen, dass ich hier Freunde gefunden hatte, Menschen, die ich mochte und die mich mochten. Das Leben bestand nicht nur aus Hass. Aber dann war da noch eine zweite Stimme, die sagte, dass ich nie Frieden finden würde, wenn ich mein gesetztes Ziel nicht erreichte. Ich rang die Hände auf dem Schoß, in meinem Kopf tobten die Gedanken durcheinander. Bruder Thistle beugte sich vor und räusperte sich.

»Die Sommersonnenwende ist keine drei Wochen mehr hin, Ruby. Du wirst uns bald verlassen und dich auf eine Mission begeben, deren Erfolg dir niemand garantieren kann. Du musst dich entscheiden, wofür du kämpfen willst. Und wer du wirklich bist.«

Wie eine todbringende Blume erblühte in meinem Herzen der Zorn. Hinter meinen Augen, in meinem Brustkorb baute sich Druck auf, immer stärker und stärker, bis er einfach zu groß wurde und ich das Gefühl hatte, als würde ich gleich explodieren und alles auseinanderschlagen.

»Und Ihr behauptet, ich wäre eine *Heilerin?*«, spuckte ich aus. »Nach allem, was er mir angetan hat, findet Ihr, ich sollte versuchen ihn zu … *heilen?* Da bringe ich mich lieber selbst um!«

Ich stapfte zur Tür, doch der Weg wurde mir von einer dunklen Gestalt mit Umhang und Kapuze versperrt.

Arcus.

Der Gedanke, dass er unsere Unterhaltung mitbekommen und Bruder Thistle stumm recht gegeben hatte, machte mich nur noch wütender. Ich ballte die Fäuste, stürmte direkt auf Arcus zu, stieß ihn mit einer Schulter aus dem Weg und stürzte aus dem Zimmer.

14

Jedes Geräusch um mich herum wurde von meinem keuchenden Atem, meinen dröhnenden Schritten übertönt. Ich hatte mich so verzweifelt nach einem Zuhause gesehnt, dass ich die Gedanken daran, warum ich eigentlich hier war, in den Hintergrund gedrängt hatte. Sie hatten mich hergebracht, um mich für ihre Zwecke einzusetzen, und ich hatte mich nur zu gern bereit erklärt, für sie zu sterben, weil ich damit gleichzeitig das bekam, was ich wollte: Rache. Und jetzt gönnten sie mir noch nicht einmal mehr das?!

Die Sonne war inzwischen untergegangen, nur ein paar letzte orangefarbene Streifen krallten sich noch am Himmel fest. Ich stürmte auf den Wald zu, hoffte auf die beruhigende Wirkung von starkem Kiefernnadelduft und feuchter Erde.

Da zerschnitt ein Donnergrollen die Luft. Eine Wand aus Eis wuchs plötzlich vor mir empor, ein Gletscher, der so abrupt aus der Erde aufragte, dass mich das Beben von den Beinen riss und mir den Knöchel verdrehte. Erschrocken schrie ich auf und sah mich nach allen Seiten um.

Eine dunkle Gestalt mit Kapuze stand nahe bei der Abtei. Arcus war mir gefolgt.

Ich rappelte mich auf, humpelte auf ihn zu und blieb einige Schritte vor ihm stehen. Die Überbleibsel des Sonnenuntergangs verwandelten die untere Hälfte seines Gesichts in eine Maske aus gehämmertem Messing, die an Wangen und Lippe seltsame Einprägungen aufwies. Bei der Erinnerung an unser letztes Gespräch kochte mir das Blut in den Adern wie Feuer, das mit Öl genährt wird. Ich hatte seine Lippen berührt, hatte ihm meine Zuneigung vor die Füße gelegt, und er hatte mir gezeigt, wie sehr ihn meine Berührung anwiderte.

»Du hast versprochen, nicht mehr wegzulaufen«, sagte er, die Muskeln kampfbereit angespannt.

Natürlich, er hatte angenommen, dass ich wieder weglaufen wollte. Ich holte mit einem Arm aus und ließ eine unsichtbare Peitsche vorschnellen. Feuer wirbelte wie ein Korkenzieher durch die Luft, flog nur wenige Zentimeter an Arcus' Füßen vorbei und breitete sich als Funkenregen über den Boden aus. Arcus zuckte mit keiner Wimper. Als ich den Arm ein zweites Mal hob, zielte ich auf seine Brust.

Aber er war bereit. Ein Frostatem empfing meine Spirale aus Hitze und ließ sie zischend verdampfen.

Meine Hände formten eine Trichterwolke aus glühender Hitze. Während des Trainings war es mir nie gelungen, so etwas zu erschaffen. Heulender Wind begleitete meine Feuerwaffe auf dem Weg zu ihrem Ziel. Arcus hob abwehrend die Handflächen, war aber nicht schnell genug. Meine heiße Wolke traf ihn wie ein Rammbock und schleuderte ihn zu Boden. Bewegungslos blieb er rücklings auf der Erde liegen.

Von widerstreitenden Gefühlen getrieben, rannte ich zu ihm. Ich wollte ihn verletzen. Ich wollte sichergehen, dass er nicht verletzt war. Ich wollte ihn liegen lassen und weglaufen. Ich wollte, dass er mich daran hinderte.

Zitternd fiel ich auf die Knie und legte ihm eine Hand auf die Brust.

Sie hob und senkte sich bei jedem Atemzug. Seine Halsschlagader pulsierte. Ich hätte ihm so gern die Hände an die Wangen gelegt, ihm durch die Haare gestrichen, wäre ihm so gern mit den Fingerspitzen die Narben entlanggefahren. Stöhnend schlug er die Augen auf.

Erleichterung durchfloss mich. Ich sah ihm in die tiefblauen Augen, konnte aber die Kälte darin nicht ertragen und schaute wieder weg.

»Du hast mich angelogen«, sagte ich.

»Wann?«

Ich zuckte mit den Schultern. »Na ja, vielleicht nicht richtig angelogen. Aber du hast mich in dem Glauben gelassen, meine Aufgabe bestehe darin, den König zu töten. Deswegen habe ich doch all das gemacht. Meinst du, das ist mir leichtgefallen? Mich zwei Frostbloods auszuliefern und darauf zu vertrauen, dass sie mir beibringen, mit meinem Feuer umzugehen. Befehle zu befolgen, mein Temperament zu zügeln, zu lernen, wie ich meinen Geist bezähmen kann. Meinst du, das wäre so einfach für mich gewesen?«

»Nein. Ich bin sicher, dass es überhaupt nicht einfach war.«

Ich hielt mein Gesicht abgewandt, damit er den Schmerz, den ich nicht verbergen konnte, nicht darin sah. »Und ich dummes Ding habe doch tatsächlich gedacht, ich würde damit auch das bekommen, was ich will. Rache. Aber jetzt erfahre ich, dass ihr die ganze Zeit nur eines von mir wolltet, nämlich dass ich den Thron zerstöre. Weißt du, was Bruder Thistle denkt?« Ich schnaubte verächtlich. »Ach, natürlich weißt du das. Diese dummen, abstrusen Fantastereien … Ich … Ich hätte wirklich mitten in der Nacht weglaufen und nie wiederkommen sollen. Ich hätte mich auf eigene Faust zum Schloss durchschlagen sollen.«

»Damit du in der Arena des Königs umkommst, genau wie alle anderen Firebloods vor dir?«

»Wäre der Tod, den ihr für mich vorgesehen habt, denn so viel besser? Dass der König mich umbringen lässt, weil ich seinen Thron zerstört habe? Vorausgesetzt, dass ich überhaupt stark genug bin, das zu schaffen. Und vorausgesetzt, dass wir es überhaupt an den Wachen vorbeischaffen. Wenn nicht, wirst du nämlich auch tot sein. Ich hoffe, deine Bezahlung, worin auch immer die besteht, ist das Risiko wert.«

Langsam stemmte sich Arcus auf die Ellbogen hoch. »Wenn ich es mir leisten könnte, egoistisch zu denken, würde ich nicht zulassen, dass du zum König gehst. Dann würde ich dich irgendwohin bringen, ganz weit weg von diesem Land, dorthin, wo du in Sicherheit bist.«

Ich blinzelte, Schock und Freude verursachten mir eine Gänsehaut. Der rote Schleier vor meinen Augen begann sich aufzulösen.

Ich setzte mich hin und schlang die Arme um die Knie. *Ich würde dich irgendwohin bringen, ganz weit weg von diesem Land, dorthin, wo du in Sicherheit bist.* Es war lange her, dass jemand mich beschützt hatte. Ich hätte mich so gern in seinen Arm geschmiegt und ihn mit meiner Hitze so gewärmt, wie er mich mit seinen Worten wärmte. Doch als ich ihn zuletzt berührt hatte, hatte er mich zurückgewiesen.

Er holte tief Luft, und als er weitersprach, klang seine Stimme fest und entschlossen. »Aber ich darf nicht nur an mich denken. Du weißt, was mit meinem Volk geschieht. Du weißt, was deinem schon widerfahren ist. Das darf so nicht weitergehen.«

Ich presste die Handflächen auf die Erde und richtete den Blick auf einen Punkt irgendwo in der Ferne. »Aber warum ich? Ich glaube nicht an Prophezeiungen. Du hast doch selbst gesagt, dass ich auch nur so eine hitzköpfige Fireblood bin.«

Arcus setzte sich auf und stützte die Ellbogen auf seinen Knien ab. Wo seine Haut nicht vernarbt war, sah sie jung und glatt aus, obwohl ich wusste, dass seine Augen die Last von viel mehr Jahren der Erfahrung trugen.

»Wen gibt es denn noch?«, sagte er. »Welcher Fireblood außer dir sollte es denn machen?«

»Und wenn ich es tatsächlich schaffe, den Thron zu zerstören? Wenn alles vorbei ist, wirst du dann einfach …« Ich machte eine wegwerfende Handbewegung. »Wirst du dann einfach verschwinden?«

»Sobald wir die Abtei verlassen, werde ich dich mit meinem Leben beschützen, bis du wieder wohlbehalten zurück bist.«

Ich sah ihn an und erinnerte mich an Bruder Thistles Worte: dass ein Frostblood viel mehr empfand, als er zeigen konnte. Das Wummern meines Herzens wurde ruhiger, der Nebel über meiner Seele lichtete sich.

»Und wenn ich beim Einsatz sterbe?«, fragte ich weiter. »Wird jemand meinen Leichnam bergen? Oder werden die meinen Kopf vor den Toren des Schlosses auf einen Pfahl spießen?«

Arcus schlug mit der Faust auf den Boden, dass die Erde erbebte. »Du musst daran glauben, dass du gewinnst. Was ist denn mit deinem Zorn passiert? Wo ist dein Feuer hin? Gibst du etwa schon auf?«

»Ich gebe nicht auf! Aber ihr hättet mir von Anfang an reinen Wein einschenken sollen, damit ich weiß, was mich erwartet!«

»Du willst eine Garantie«, sagte er. »Eine Versicherung, dass nichts schiefgehen wird. Aber Ruby, so etwas gibt es nicht.«

Ich zuckte mit den Schultern. Er hatte recht. Ich vergrub mein Gesicht zwischen den Knien und wünschte, ich könnte mich unsichtbar machen.

»Geh jetzt bitte«, murmelte ich in den Stoff meiner Kleidung hinein. »Ich möchte allein sein.«

Arcus seufzte, aber ich konnte keinen Laut hören, der darauf hingedeutet hätte, dass er aufstand. Schließlich hob ich den Kopf.

Er saß da, eine stumme Silhouette, und starrte auf den Weg, der zur

Abtei führte. Sein Profil, bemerkte ich unwillkürlich, war fein geschnitten. Wie gut musste er ausgesehen haben, bevor er all die Verbrennungen erlitten hatte! Meine Wangen glühten. Nein, wie gut aussehend er auch jetzt noch war!

Ich wandte mich ab. Ich wollte nicht so über ihn denken, weder jetzt noch irgendwann sonst. Dumm von mir, mir solche Gedanken zu erlauben. Arcus konnte nichts dafür, dass das Feuer in meinem Blut in mir Gefühle entfachte, derer er nicht fähig war. Zum ersten Mal im Leben wünschte ich mir, mein Blut wäre etwas kühler, so wie seins.

»Du wolltest wissen, woher ich die Narben habe«, begann Arcus, und seine Stimme war kaum lauter als das Rauschen des Windes. »Ein Fireblood-Meister hat versucht, mich zu töten.«

Ich hätte mein Mitgefühl gern zurückgedrängt, aber es ging nicht. Mit einem Mal wurde mir klar, warum Arcus mir anfangs so feindselig begegnet war. Ich hatte ihm angedroht, ihn so schlimm zu verbrennen, dass seine Geliebte sich schaudernd von ihm abwenden würde. Ich bohrte mir die Fingernägel in die Handflächen, um die Schuldgefühle zu unterdrücken, die mich jetzt bei der Erinnerung daran befielen.

»Er hat mich auf dem falschen Fuß erwischt. Ich wurde an einen Ort gelockt, an dem ich allein war. Selbst schuld, ich hatte nicht aufgepasst. Trotz all der Jahre des Trainings mit und ohne Waffe konnte ich nicht einen einzigen Treffer landen, bevor ich zu Boden geworfen wurde, meine Kehle so wund, dass ich meinen Schmerz nicht einmal hinausschreien konnte.«

Es dauerte einen Augenblick, bevor ich meine Stimme wiederfand. »Wo hast du damals gelebt?«

»Am Hof des Königs.«

Ich riss erstaunt die Augen auf. Im schwindenden Licht war Arcus nur noch verschwommen zu erkennen.

»Nach dem Tod meines Vaters erbte ich seinen Titel – und machte mir einige mächtige Leute zum Feind. Männer, die mich loswerden wollten.«

Dann war Arcus also ein Adeliger! Mir wurde ganz schwindlig bei dem Gedanken. »Warum?«

Er zuckte mit einer seiner breiten Schultern. »Ich war nicht das, was sie erwartet hatten. Sie wollten, dass ich so sein sollte wie mein Vater, aber das war ich nicht.«

»Und … du glaubst, dass diese Männer dir einen Auftragsmörder auf den Hals gehetzt haben?«

Er nickte. »Ja, sie wollten mich loswerden und gleichzeitig den Hass auf die Firebloods schüren. Der Mord an mir sollte wie ein Fireblood-Angriff aussehen.«

»Wieso erzählst du mir jetzt all das?«

»Du hast dich doch beschwert, ich würde nie etwas über mich preisgeben. Das wollte ich ändern.«

Wärme durchflutete meinen Brustkorb. Endlich vertraute er mir, endlich bekam ich Antworten auf meine Fragen.

»Aber warum sollte jemand Hass schüren wollen, wo es doch schon genügend Hass zwischen Firebloods und Frostbloods gab?«

»Zu jener Zeit erwog der König, mit den Firebloods in den südlichen Ebenen Frieden zu schließen. Es gibt etliche Frostblood-Fürsten, die das Land dort für sich beanspruchen, ob es ihnen nun wirklich zusteht oder nicht. Denen hätte es in die Hände gespielt, wenn man die Firebloods umgebracht oder weggejagt hätte.«

Mir wurde ganz übel bei dem Gedanken. »Das ist bestialisch.«

»Ja. Das fand der König eben auch.«

»Also hat er uns gar nicht gehasst.«

»Auch wenn er allen Grund dazu gehabt hätte. Schließlich war seine

Mutter, wie du weißt, von einer Bande Firebloods getötet worden. Aber sein Vormund hatte ihm schon in Kindheitstagen eine andere Wahrheit erzählt. Dass Feuer und Eis einst Verbündete gewesen waren. Dass einer unserer Könige vor langer Zeit eine Fireblood-Königin geheiratet hatte. König Ilaien und Königin Rosamund, hast du schon mal von ihnen gehört?«

»Ja, aber ich dachte, das wäre nur wieder eins von Großmutters Märchen.« Als Kind hätte ich mir nie vorstellen können, dass eine Fireblood irgendwas mit einem Frostblood zu tun haben wollte.

»Das ist wirklich sehr lange her«, sagte Arcus. »Mehrere Hundert Jahre. Im Augenblick möchte sich niemand mehr an Friedenszeiten erinnern. Aber damals tat der König es. Er hatte miterlebt, wie sein Vater Dinge tat, die falsch waren. Er wollte das Königreich verändern. Aber dann wurde er getötet, und Rasmus nahm seinen Platz auf dem Thron ein.«

Ich schüttelte den Kopf. »Dann hast du sie also beide gekannt?«

»Ich bin am Hof aufgewachsen. Rasmus war nicht immer so, wie er heute ist. Obwohl seine Persönlichkeit durchaus immer schon … sprunghaft war, bin ich überzeugt, dass nur der Thron ihn verdorben hat.«

»Dann glaubst du auch an den Unsinn mit dem Fluch?«

»Früher habe ich nicht daran geglaubt. Aber dann las ich die Bücher und hörte mir an, was Bruder Thistle an Beweisen vorzulegen hatte, und habe meine Meinung geändert. Der Thron muss zerstört werden, dann wird der König vielleicht geheilt.«

Mir wurde ganz anders bei der Erinnerung an Bruder Thistles Worte: *Du sollst den König nicht töten, sondern heilen …* »Warum liegt Bruder Thistle so viel daran? Wie kam es, dass ein Mönch aus dem Orden von Fors sich gegen seinen eigenen König gewendet hat?«

Arcus räusperte sich. »Er hat einst zum Hofstaat gehört, war ein hochdekorierter Krieger, der in der Schlacht in der Aris-Ebene mitgekämpft hat. Als er sein Gelübde ablegte, erkor König Akur ihn zum offiziellen Vertreter des Ordens aus. Aber mit der Zeit missfiel es ihm immer mehr, dass Bruder Thistle mit der königlichen Behandlung der Firebloods nicht einverstanden war. Also verbannte der König ihn in diese Abtei, wo er sich seither der Erforschung der Prophezeiungen und der Ausbildung der anderen Brüder und Schwestern widmet. Er glaubt fest daran, dass ein Fireblood darüber entscheiden wird, welches Ende die uralte Rivalität zwischen den Göttern findet. Und als ich herkam, wurde er in seinem Glauben an einen göttlichen Einfluss noch bestärkt.«

»Inwiefern?«

»Nach dem Angriff auf mich hat man mich zum Sterben zurückgelassen. Ich spürte, wie das Leben aus mir wich. Und dann …« Er wedelte mit einer Hand durch die Luft, sodass mir ein eisiger Hauch ins Gesicht wehte. »Das hört sich jetzt völlig verrückt an, aber … Auf einmal stand eine Frau mit goldenem Haar und goldenen Augen neben mir.«

Meine Kopfhaut prickelte. Das klang ja genau wie die Frau aus der Vision, die ich im Wald gehabt hatte!

»Plötzlich war mein Todeskampf vorüber und ich befand mich in der Abtei. Ich weiß nicht, ob die Frau real war und mich dorthin gebracht hat oder … was sonst mit meinem Geist passiert ist. Auf jeden Fall hatten einige meiner Brandwunden zu heilen begonnen. Bruder Gamut tat alles Menschenmögliche, um mich vollends gesund zu machen. Aber es dauerte viele Monate.«

Es erfüllte mich mit Entsetzen, welches Leid er durchgemacht haben musste. Aber der Gedanke an Bruder Gamuts sanfte Hände und sein gütiges Herz sowie an Bruder Thistles Entschlossenheit, dass der Orden jedem Bedürftigen helfen sollte, wärmte mein Herz.

»Hat außer dir sonst noch jemand diese Frau gesehen? Hat sie dir ihren Namen genannt?«

»Nein. Sie hat nur einen einzigen Satz zu mir gesagt.«

»Nämlich?«, drängte ich.

Arcus seufzte. »Sie sagte, das Fireblood-Mädchen sei der Schlüssel zum Frieden. Es kam mir vor, als fiele es ihr schwer, das zu sagen, als würde sie schon an den schieren Worten ersticken. Ich … ich glaube, es war Sage, die mit der Gabe des Hellsehens.«

»Aber du hast gesagt, du glaubst nicht an die alten Geschichten«, brachte ich ihm in Erinnerung.

»Ich sagte, ich habe früher nicht an die Prophezeiungen geglaubt. Ich glaube auch heute nicht daran, dass sich alle erfüllen. Ich glaube, dass wir alle einen freien Willen haben, eine Entscheidungsfreiheit. Nicht einmal Sage ist in der Lage, uns immer vorherzusagen, was passieren wird. Höchstens, was passieren *kann*. Und manchmal sind Prophezeiungen auch blanker Unsinn.«

»Also deswegen habt ihr mich aus dem Gefängnis befreit.«

»Auch deswegen, ja.«

Ich schwieg eine Weile, ließ mir seine Erzählungen durch den Kopf gehen. Arcus war also kein Söldner, sondern ein heimatvertriebener Adeliger, der es sich zum Ziel gemacht hatte, den König zu heilen, den er seit Kindheitstagen kannte. Jetzt erschien es mir viel einleuchtender, dass er eher den Thron zerstören wollte, statt den König zu töten.

Aber das hieß noch lange nicht, dass ich seiner Meinung sein musste.

»Ich wollte gar nicht weglaufen«, sagte ich. »Ich wollte nur allein sein, weil ich so wütend war. Ich hatte nicht vor, mein Versprechen zu brechen.«

Ich veränderte meine Sitzposition und stöhnte vor Schmerz auf, als mein geschwollener Knöchel sich mit der Macht von tausend Nadelstichen zurückmeldete.

»Du bist verletzt!« Arcus schob sich auf mich zu. »Ich bringe dich zu Bruder Gamut.«

»Nein!«

Aber er wollte mich gar nicht hochheben, sondern stieß nur eine Atemwolke aus, die meinen heißen Knöchel mit wohltuender Kälte umschloss und den Schmerz sofort erträglicher machte.

»In dir steckt wohl auch ein Heiler, Arcus.«

»Ich möchte dich zur Krankenstube tragen«, sagte er und kauerte sich neben mich. »Ich hab mich langsam dran gewöhnt, dieses merkwürdige Bündel trockenes Feuerholz von hier nach da zu schleppen.«

Der warme Tonfall seiner Stimme erweichte mein Herz, doch die verbliebene Mischung aus Zorn, Verbitterung und dem Gefühl, verraten worden zu sein, ließ mich zögern. Aber Arcus hatte mir diesmal Dinge anvertraut, die ich nie für möglich gehalten hätte, und gegen das Gefühl der Verbundenheit, das daraus erwachsen war, konnte ich nicht lange ankämpfen.

Als er seine Arme unter meine Kniekehlen und meinen Rücken schob, war er sorgsam darauf bedacht, nicht meinen Knöchel zu berühren. Zum allerersten Mal machte mir die Kälte, die von seinem Körper in den meinen ausstrahlte, nichts aus.

»Verdammter Knöchel«, murmelte ich. »Ein ständiges, lästiges Ärgernis.«

»Genau wie das Mädchen, an dem er dranhängt«, raunte Arcus.

Ich machte den Mund auf, um etwas Scharfzüngiges zu erwidern, verstummte aber sofort, als ich spürte, wie er seine Lippen sacht auf meinen Scheitel drückte.

Hitze spülte über meine Haut hinweg. Ich versuchte mir einzureden, dass das nichts zu bedeuten hatte, nur ein Ausdruck seiner Freundschaft war. Aber insgeheim machte mich dieser winzige Kuss auf bestürzende Weise glücklich und beruhigte meinen verstörten Geist, genau wie der Klang seiner Schritte und sein Herzschlag an meinem Ohr.

Als Arcus mich näher an seine Brust presste, schloss ich meine auf einmal bleischweren Lider und ließ mich zur Abtei zurücktragen.

15

Am nächsten Morgen machte ich mich auf den Weg zur Bibliothek, um mich mit Pinsel und Papier abzulenken. Schwester Pastel hatte gesagt, ich würde Fortschritte machen und könnte ihr jederzeit in der Bibliothek Gesellschaft leisten.

Doch statt Schwester Pastel fand ich dort Bruder Lack vor, der über einen Tisch gebeugt dasaß und mit zornigem Gesicht etwas schrieb.

»Bist du gekommen, um wieder mal ein Feuer zu legen?«, empfing er mich verächtlich, rollte das Blatt vor sich zusammen und ließ es zwischen den Falten seines Umhangs verschwinden.

»Ihr wisst genau, dass ich den Brand nicht gelegt habe. Weil Ihr es nämlich selbst wart.« Die Schuldzuweisung war ein Schuss ins Blaue, ein Verdacht, den ich schon seit der Feuersnacht hegte. Aber bisher hatte ich nie den Mut aufgebracht, sie laut auszusprechen.

Und mein Vorstoß zahlte sich aus. Bruder Lack zuckte erschrocken zusammen und in seinen Augen stand deutlich sichtbar die Schuld geschrieben. »Wie kannst du es auch nur wagen anzudeuten …?« Als er meinen ungläubigen Blick sah, holte er bebend Luft und stand auf. »Ich tue das alles nur, um meinen Orden zu schützen, wenn schon sonst keiner hier es tut! Ich habe doch gesehen, wie er dich anschaut – ein Frostblood-Krieger, der sich von einem Fireblood-Mädchen um den Finger wickeln lässt. Es ist widerwärtig. Du bist allein in sein Zimmer gegangen. Und erst letzte Nacht habe ich gesehen, wie er dich auf Armen hereingetragen und dich dabei wie ein dummes Schaf … angehimmelt hat!«

Ich keuchte und spürte, wie meine Selbstbeherrschung sich langsam verabschiedete. »Nicht dass es Euch was anginge, aber … Arcus und ich sind Freunde.«

»Erspar mir deine dreisten Lügen. Wenn dir an irgendjemandem hier etwas läge, würdest du uns endlich von der Last deiner Anwesenheit befreien!«

Ich schnalzte verächtlich mit der Zunge. »Es hat keinen Sinn, mit Euch reden zu wollen. Ihr seid nicht wie Bruder Thistle oder Arcus oder Bruder Gamut. Euer Geist ist vergiftet und gegen mich aufgebracht, weil ich diese Gabe habe. Ihr behauptet, ich sei gefährlich, dabei waren es doch Eure Leute, die die meinen ausgelöscht haben.«

»Aber was war vorher? Ich habe im Süden gelebt, wo Firebloods das Grauen über mein Volk brachten. Ich werde nicht hier herumstehen und mir anhören, wie du die Wahrheit verdrehst, um als Opfer dazustehen. Geh mir aus dem Weg!« Sein Brustkorb hob und senkte sich heftig.

»Nein.« Ich schob mich zur Tür, um ihm den Weg abzuschneiden. »Woran habt Ihr denn hier so still und heimlich gekritzelt, während Ihr doch eigentlich beim Morgengebet sein solltet?«

Ich ließ eine Hand hervorschnellen und schnappte mir das Blatt, das unter seinem Umhang hervorlugte.

»Wie kannst du es wagen, mich mit deinen dreckigen Fingern zu berühren!«, keifte Bruder Lack und ging mit erhobener Faust auf mich los. Ich ließ den Brief fallen und blies ihm eine Hitzewelle entgegen, konnte seinen Arm aber nicht mehr aufhalten. Seine Faust krachte mit solcher Wucht in mein Gesicht, dass ich rücklings aus dem Raum flog und auf dem Boden des Korridors landete.

»Du hast mich verbrannt«, sagte er erschüttert und hielt seine versengte Hand hoch. Sein Gesicht lief rot an und er holte mit einem Bein aus. Ich drehte mich weg, rollte mich zu einer Kugel zusammen, und die scharfe Spitze seiner Sandale traf mich am Rücken.

Als er den Fuß wieder zurückzog, um mich ein zweites Mal zu treten, packte ich sein anderes Bein, zog es ruckartig zu mir heran und schickte Bruder Lack damit zu Boden. Ich setzte meine Ellbogen und Knie so ein, wie Arcus es mir in der Lektion über Nahkampf beigebracht hatte, und schaffte es, meinen Gegner am Boden festzupinnen.

»Zwingt mich nicht, meine ganze Feuerkraft einzusetzen«, sagte ich, legte die gebogenen Handflächen aneinander und ließ zwischen ihnen Flammen hochzüngeln.

Bruder Lack starrte entsetzt auf meine Hände. Dann wand er sich hektisch aus meinem Griff, stemmte sich hoch und wich taumelnd vor mir zurück. Seine Sandalen klatschten auf den Steinfußboden, als er über den Flur davonrannte und um die Ecke verschwand.

Nur wenige Minuten später lag ich auf meiner Pritsche in der Krankenstube, als Arcus hereinkam. Seine Augen blitzten wie gebleichte Saphire, und er sah fuchsteufelswild aus.

»Wie schlimm bist du verletzt?«, fragte er.

»Gar nicht schlimm. Was ist dir zu Ohren gekommen?«

»Schwester Agnes hat den Kampf mitbekommen und hat mich zu Hilfe gerufen.«

Er ließ sich neben mir auf die Knie fallen, die Nasenflügel bebend vor Zorn, und untersuchte meine langsam anschwellende Wange. Ich erschauerte vor Freude, weil er mir so nah war. Er nahm das Tuch, mit dem ich mich zu waschen pflegte, tunkte es in die Schüssel und blies darauf, um das Wasser abzukühlen. Dann drückte er mir das Tuch auf die geschwollene Wange und ich seufzte vor Erleichterung.

»Bruder Lack hat irgendeinen Brief geschrieben«, berichtete ich. »Und er war nicht begeistert, als ich den lesen wollte. Ob er sich wohl beim Orden über meine Anwesenheit hier beschweren will?«

»Bruder Thistle ist gerade dabei, der Sache nachzugehen.«

Arcus legte das Tuch wieder ins Wasser und wrang es aus. Ich griff nach seinem Arm, um seine Hand zu meiner Wange zu führen, doch er zuckte zusammen und sog hörbar die Luft ein. Ich ließ ihn augenblicklich los.

»Tut mir leid«, sagte ich und legte die Hände im Schoß zusammen. »Ich wollte dich nicht verbrennen.«

Er betupfte mit dem Tuch vorsichtig meine Wange. »Es … brennt tatsächlich … irgendwie … Aber ich bezweifle, dass mich deine bloße Berührung wirklich verletzen würde.« Er holte tief Luft. »Es ist nur … Die Hitze geht mir unter die Haut, während ich es vorziehen würde, kalt zu bleiben. Das ist einfacher … nach all dem, was bisher passiert ist.«

Ich hätte ihm gern so viele Fragen gestellt, war mir aber nicht sicher, welche davon er beantworten würde. »Und meine Hitze bringt deinen Vorsatz ins Wanken?«

»Irgendwie schon. Ich habe dich hergebracht, damit wir dich auf deine große Aufgabe vorbereiten.« Er tauchte das Tuch wieder ein und tupfte mir damit die Wange. »Auf deinen Schultern liegt eine riesige Last.«

Ich seufzte, weil er mich daran erinnert hatte, weswegen ich wirklich wichtig für sie war. Aber ich wollte für Arcus mehr sein als nur das Werkzeug, das den Thron schmelzen sollte.

»Und jetzt frage ich mich, ob ich dich überhaupt gehen lassen kann«, fuhr Arcus leise fort.

Ich sah ihm ins Gesicht, das von der Kapuze beschattet wurde, suchte nach Zeichen dafür, dass ich mich verhört haben könnte. Die Luft zwischen uns schien vor Spannung zu knistern, und in meinem Kopf hallten seine Worte wider. »Aber das spielt ja keine Rolle. Wir haben keine andere Wahl.«

»Jemand anderes könnte den König töten«, stieß Arcus zwischen zusammengebissenen Zähnen aus. »Ich zum Beispiel.«

»Dann würde der Thron den nächsten König verschlingen, und den nächsten. Wir wären niemals frei.«

»In deinen Worten steckt viel mehr Wahrheit, als du vielleicht ahnst«, flüsterte er und nahm meine Hand.

Seine Finger waren kalt, aber meine Haut prickelte und das Herz klopfte mir bis zum Hals. Ich rührte mich nicht, aus Angst, er könnte wieder vor mir zurückweichen.

»Und was genau ist die Wahrheit, Arcus?«, fragte ich leise. »Du bist voller Geheimnisse, und ich würde gern zumindest ein, zwei davon kennen.«

Er schwieg eine Weile, dann setzte er zum Sprechen an.

»Allerdings würde ich gern deine Augen sehen, während du erzählst«, fügte ich hastig hinzu. »Du hast mir dein Gesicht doch schon einmal gezeigt.«

»Ja, um dich abzuschrecken«, sagte er und ließ meine Hand los. »Um dich für das zu bestrafen, was du getan hast. Aber jetzt möchte ich nicht, dass du Angst vor mir bekommst.«

Ich sah ihn an, sah, wie angespannt er war, wie er die Kiefer aufeinanderpresste.

»Ich habe keine Angst vor deinen Narben, Arcus.«

Er holte zitternd Luft. Ich hielt den Atem an, wartete gebannt darauf, was er nun tun würde. Langsam hob er die Hände und schob sich die Kapuze gerade weit genug in den Nacken, dass ich seine tiefblauen Augen und die vernarbte Wange sehen konnte. Mein Herz raste, das Blut pochte in meinen Schläfen. Arcus vertraute mir. Er hatte entschieden, mich sein Gesicht sehen zu lassen.

»Reicht das?«, fragte er mit weicher, unsicherer Stimme.

Ich nickte, und er atmete erleichtert aus.

»An dir ist nichts, was mich erschrecken oder abstoßen würde«, sagte ich und wartete, dass meine Worte ihre ganze Wirkung entfalteten. »Aber ich akzeptiere deine Grenzen.«

Er griff mit einer Hand nach meiner Bettdecke, mit der anderen zerquetschte er gedankenverloren das triefende Tuch. »Du hast keine Ahnung, welche Wirkung deine Worte auf mich haben, Feuermädchen. Es hat mich Jahre gekostet, eine Mauer aus Eis um mich aufzubauen. Wenn du sie zum Schmelzen bringst, bin ich ein gebrochener Mann.«

Er stand ruckartig auf und tigerte durchs Zimmer.

Ich schüttelte den Kopf. »Immer wenn ich gerade denke, dass ich dich verstehe, sagst du plötzlich wieder etwas, was mich verwirrt. Erst verachtest du mich, dann bist du mir gegenüber auf einmal ganz sanft, und dann wiederum gibst du mir das Gefühl, du würdest mich am liebsten tot sehen. Und jetzt hast du plötzlich Angst, ich könnte dich zerbrechen. Du musst dich schon entscheiden.«

Arcus blieb stehen, und ich hielt den Atem an. Fast bereute ich es, ihn bedrängt zu haben. Eine zweite Zurückweisung würde ich kaum mehr verkraften können.

»Ich habe dir ein Geheimnis versprochen«, sagte Arcus schließlich, und seine Augen glänzten im Kerzenschein. »Und mir fällt keine andere Möglichkeit ein, es dir zu verraten, als dies …«

Mit zwei großen Schritten war er an meinem Bett, fiel auf die Knie und nahm mein Gesicht in beide Hände.

Und dann spürte ich seine Lippen auf meinen. Die Narbe an seiner Oberlippe fühlte sich rau an, seine Berührung war vorsichtig, zögernd und ließ mich vom Kopf bis zu den Zehenspitzen erschauern. Ich erwiderte den Kuss. Arcus' Lippen waren kälter als meine, aber es fühlte sich nicht unangenehm an. Offenbar war seine Körpertemperatur angestiegen. Meine war es auf jeden Fall.

Arcus schlang seine Arme um mich, zog mich an seine Brust. Ich legte meine Arme um ihn, fuhr mit den Fingerspitzen in sein Haar, presste mich an ihn. Er vergrub seine Hand in meinen Haaren und befreite sie von dem Band, das sie zusammenhielt.

Dann löste er sich von meinen Lippen und drückte mir einen Kuss auf die Schläfe. »Bei allen Göttern! Wie sehr ich mich danach gesehnt habe, dein Haar zu berühren!« Seine Stimme war tief und heiser, und ihr Klang ließ meine Haut erglühen.

Dann sah er mir in die Augen, und ich staunte wieder über das Farbenspiel, das darin tanzte. Wie ein kalter Wintermorgen, ein Abend auf dem See, ein frischer Gebirgsbach oder eine blaue Sternblume, die zum Ende des Sommers vom unbedachten Fuß eines Wanderers zertreten wird.

»Mache ich dir Angst?«, fragte Arcus heiser und schob seine Hände zu meinen Schultern herunter. »Du musst nur ›Halt‹ sagen und ich höre auf. Vertrau mir, Ruby, ich würde dir niemals wehtun.«

»Ich vertraue dir«, hauchte ich und zog ihn wieder an mich heran. Seine Wange streifte die meine, sein rauer Stoppelbart ließ meine Haut knistern. Ich schmiegte mein Gesicht noch einmal an seins, er stöhnte leise auf und presste seine Lippen auf meinen Mund, kostete mich, schmeckte mich.

Ich konnte kaum glauben, dass dies gerade passierte. Ja, ich hatte davon geträumt, aber die Wirklichkeit war so viel besser als jeder Traum. Ich hatte ja keine Ahnung gehabt, wie seine Haut sich an meiner anfühlen würde, wie wild mein Herz schlagen würde, wie berauschend es war, begehrt zu werden und ihm zeigen zu können, dass auch ich ihn begehrte.

Ich sehnte mich danach, sein Gesicht zu erkunden, all die Narben kennenzulernen, die er so sehr zu verbergen versuchte. Sie faszinierten mich, erschienen meinen Fingerspitzen geradezu unwiderstehlich zu sein, ich wollte sie spüren und an ihnen entlangfahren und wünschte mir so, meine Hände könnten sie glätten. Ich wagte es, seine Wangen mit meinen Fingern zu berühren, und er ließ es zu. Als meine Fingerspitzen sich auf sein verletztes Ohr zubewegten, griff er plötzlich nach meinem Handgelenk und hielt es fest.

»Fors im Himmel«, keuchte er zitternd. »Die Götter prüfen meine Selbstbeherrschung.«

»Meine auch.« Ich lächelte. »Aber du weißt doch genauso gut wie ich, dass Selbstbeherrschung nicht unser beider Stärke ist. Ich wünsche mir schon seit einer Ewigkeit, dass du mich endlich küsst.«

Er lachte, dann seufzte er, schloss die Augen und lehnte seine Stirn gegen die meine.

»Ich hätte das nicht tun sollen«, sagte er leise.

»Du hättest es schon viel früher tun sollen«, verbesserte ich ihn.

Er lächelte.

Ich wollte ihn gerade wieder küssen, da wurde plötzlich die Tür aufgestoßen und Bruder Thistle stürzte herein. Der Gehstock in seiner Hand zitterte. Arcus löste sich von mir.

»Bruder Lack ist weg«, sagte Bruder Thistle. »Er hat sich vom Stallburschen eines der Pferde satteln lassen, und der Junge sagt, er habe

Bruder Lack etwas davon murmeln hören, dass er nach Greywater wolle …«

»Die Garnison«, sagte Arcus.

Angst packte mein Herz wie ein Schraubstock. »Er hatte in der Bibliothek einen Brief an jemanden geschrieben. Er sagte, er werde nicht mehr zulassen, dass ich diese Abtei kaputt mache.«

Bruder Thistle wandte sich Arcus zu. »Du musst ihn finden. Ich hätte nicht gedacht, dass es so weit kommen könnte, aber ich fürchte, er ist zu allem bereit, um den Orden zu schützen.«

Arcus sah mich an, und ein schmerzhafter Zug huschte über sein Gesicht.

»Es tut mir leid«, raunte er leise, dann lief er schon durch die Tür und war weg.

Bruder Thistle sog scharf die Luft an, ein Beet aus Eisblumen erblühte als wirbelndes, chaotisches Muster zu seinen Füßen. Er sah zwar in meine Richtung, aber mir war, als wäre sein Geist ganz woanders.

»So war das alles nicht gedacht«, sagte er. »Unsere ganzen sorgsam durchdachten Pläne …« Er blinzelte und schien den Blick endlich auf mich zu fokussieren. »Bist du etwa verletzt?«

Ich holte tief Luft. Meine Verletzungen interessierten mich nicht, ich konnte sie nicht einmal spüren. Am liebsten wäre ich Arcus nachgerannt und hätte in Erfahrung gebracht, was da eigentlich vor sich ging. Aber ich wusste, dass ich mit meinem Knöchel nicht weit gekommen wäre.

»Irgendwie scheine ich mir ständig irgendwelche Verletzungen einzufangen, nicht wahr?«

»Ich schicke dir Bruder Gamut mit seinem Heiltee herein«, sagte Bruder Thistle und wandte sich zur Tür. »Du bleibst hier.«

Einige Zeit später beschloss ich, mich hinauszuwagen, um vielleicht etwas Neues in Erfahrung zu bringen. Unnatürlich still lag die Abtei da. Schließlich fand ich Bruder Thistle im Kapitelsaal. Er saß vor einem Fenster, die Hände auf seinen Gehstock gestützt, und starrte nach draußen.

»Habt Ihr schon etwas gehört?«, fragte ich.

Er schüttelte den Kopf. Sein Gesicht war fahl und unbewegt und schien noch faltiger zu sein als sonst. Ich setzte mich neben ihn und so ließen wir die Zeit an uns vorbeikriechen.

Die Sonne hing schon tief am Himmel, die spätnachmittägliche Hitze wärmte die Stühle unter dem Fenster. Eine Wolke, die sich vor die Sonne schob, ließ mich frösteln.

Plötzlich richtete Bruder Thistle sich auf, runzelte die Stirn und beugte sich vor.

»Ist das …? Ja. Ein Pferd.« Er tippte aufgeregt mit seinem Gehstock auf den Boden. »Tempus sei Dank, Arcus ist wieder da.«

Ich konnte es kaum erwarten, Arcus wiederzusehen. Ja, da kam eine Gestalt auf die Abtei zugeritten, ein dunkler Fleck vor der grauen Straße und dem verschwommenen Wald. Doch als sie näher kam, teilte sich die Gestalt auf einmal in zwei, drei, viele Reiter auf.

»Das sind mehrere Reiter, Bruder Thistle.« Wie winzige Spinnen kroch die Angst mir das Rückgrat hoch. Irgendetwas stimmt nicht. »Erwartet Ihr Besuch?«

Er schob sein Gesicht ganz nah an die Scheibe und nahm die Ankömmlinge in Augenschein.

»Welche Farbe tragen sie?« In seiner Stimme schwang ein ungewöhnliches Beben mit.

Ich kniff die Augen zusammen und schüttelte den Kopf. »Schwer zu erkennen.«

Als die Gestalten näher kamen, griff Bruder Thistle sich plötzlich mit einer Hand ans Herz. »Bei Tempus, nein!«

Im Schein der späten Sonne waren die Reiter nun deutlich zu sehen. Blaue Tuniken mit einem weißen Pfeil in der Mitte.

Das Wappen des Frostkönigs.

Mein Herz raste. Die Zeit schien stillzustehen – und dann plötzlich wieder davonzugaloppieren.

Bruder Thistle fluchte leise und zog aus den Falten seiner Robe einen Schlüssel hervor, den er mir hastig in die Hand drückte. »Gib den hier Schwester Pastel. Sie wird dich in die Katakomben bringen, die in den Wald hinausführen. Nur die ältesten Ordensmitglieder wissen, wo die Ausgänge der Tunnel sind.«

»Ich werde mich nicht verstecken«, sagte ich entschieden.

Dabei hatte ich Angst, viel mehr Angst, als ich im Gefängnis gehabt hatte. Doch das Bedürfnis, meine Freunde zu beschützen, war größer als meine Angst.

Bruder Thistle legte mir eine Hand auf die Schulter und schob mich dann mit überraschender Kraft von sich weg.

»Das ist nicht der richtige Zeitpunkt, um seinen Sturkopf durchzusetzen«, sagte er mit mehr Nachdruck, als ich je bei ihm gehört hatte. »Du kannst dir nicht vorstellen, was sie mit uns allen machen werden, wenn sie dich hier finden.«

Es gefiel mir nicht, aber er hatte recht. Wenn ich hierblieb, um zu kämpfen, konnte das der Abtei mehr schaden als nützen. Ich durfte nicht das Leben von Arcus und den Mönchen und Nonnen aufs Spiel setzen, nur um mir zu beweisen, dass ich nicht mehr das kleine verschüchterte Dorfmädchen von damals war. Es fühlte sich nur so falsch an, in die Dunkelheit zu verschwinden, während die anderen sich ohne mich den Soldaten stellen mussten.

Der Blick, mit dem Bruder Thistle mich bedachte, war voller Entschlossenheit. Er packte mich bei den Schultern und schüttelte mich kräftig.

»Geh jetzt!«, schrie er.

Mit einem letzten schmerzerfüllten Blick zurück floh ich aus dem Zimmer.

16

Während die Mönche und Ordensschwestern sich bereit machten, den Soldaten Ahnungslosigkeit vorzuspielen, jagte mich Schwester Pastel die steilen Steintreppen hinunter, die tief in die Eingeweide der Abtei hinabführten. In mehreren Beinhäusern lagerten auf Wandborden ganze Knochenstapel, ordentlich nebeneinandergelegte Rippenbögen und Wirbel, die unter einer dicken Staubschicht ihre letzte Ruhe gefunden hatten. Die Luft war erfüllt vom Geruch nach Tod, der mich würgen ließ.

Wir waren kaum unter der Erde verschwunden, da drangen von oben Metallgeklapper und Stiefelschritte zu uns herunter.

»Kein Ton, Kind!«, flüsterte Schwester Pastel mir zu.

Aber ich hätte die Anweisung gar nicht gebraucht. Die Katakomben voller Knochen lagen so still da, dass jedes Geräusch wie eine Explosion geklungen hätte.

»Was passiert jetzt mit den anderen?«, fragte ich leise.

Schwester Pastel schüttelte den Kopf. »Wenn Tempus will, werden die Soldaten nichts entdecken und wieder verschwinden.«

Und mit *nichts* war wohl ich gemeint.

»Hier entlang«, sagte sie und führte mich vom Eingang fort.

Die Wände waren in den felsigen Boden gehauen worden und die Decke hing so tief, dass ich sie zuweilen mit dem Scheitel streifte.

Alle paar Schritte kamen wir an Einbuchtungen vorbei, den Ruhestätten staubbedeckter Knochenhaufen. Ich hielt den Blick krampfhaft auf die Fackel vor mir gerichtet, denn der Anblick der sterblichen Überreste beunruhigte mich. Fast hatte ich das Gefühl, meine Anwesenheit hier könnte die Toten wecken.

Je tiefer wir in den Berg hineingingen, desto niedriger wurde die Decke. Bald waren keine Knochen mehr zu sehen, und der Weg verengte sich zu einem finsteren Tunnel, der sich ins Nichts hineinzuwinden schien.

»Von hier aus musst du allein gehen«, sagte Schwester Pastel und keuchte von der Anstrengung, ihren mageren Körper so gebückt halten zu müssen. »Wenn die Soldaten nach dir suchen, werden sie früher oder später auch die Katakomben entdecken. Du musst den Ausgang allein finden. Er liegt verborgen in einer Höhle, unter einem Felshaufen am Fuß eines Hügels, der aussieht, als wäre er durch einen natürlichen Erdrutsch entstanden. Wenn du draußen bist, wende dich nach Westen. Da ist ein Pfad, der den Berg hinaufführt, und da gibt es etliche Höhlen, in denen du dich verstecken kannst. Wir kommen dich holen, wenn die Luft wieder rein ist.«

Bei meiner Ankunft hier hatte ich mich so nach einem Fluchtweg gesehnt. Doch inzwischen hatte ich mich an die Sicherheit und Geborgenheit in der Abtei gewöhnt, an den geregelten Tagesablauf, das vormittägliche Training bei Bruder Thistle, die Stallarbeit mit Schwester Clove, das Kräutersammeln für Bruder Peele. Ich wollte so gern weiter mit Schwester Pastel in der Bibliothek sitzen und zusehen, wie die Spätnachmittagssonne das dünne Pergament vor mir zum Glühen brachte. Ich wollte, dass Bruder Gamut mir abends warmen Tee brachte, der mich genauso wärmte wie die Gespräche über das, was am Tag so alles vorgefallen war …

Und Arcus …

Was, wenn die Soldaten ihn gefangen genommen hatten? Was, wenn ich ihn nie wiedersehen würde?

Aber jetzt war keine Zeit für solche Gedanken. Eine bittersüße Mischung aus Dankbarkeit und Traurigkeit schnürte mir die Kehle zu, und ich zog die überraschte Schwester Pastel in eine warme Umarmung.

»Danke für alles, was Ihr mir beigebracht habt«, brachte ich mit Mühe hervor.

»Keine Ursache, Kind.« Sie tätschelte mir die Schulter. »Wir werden uns schon bald wiedersehen. Und vielleicht lasse ich dich dann mit etwas Farbe auf deinem Blatt herumprobieren.«

»Das wäre wunderbar. Und bitte, bitte, passt auf Euch auf.«

»Mache ich. Jetzt geh. Die Fackel gebe ich dir nicht mit, die würde dir in dem engen Gang ohnehin nichts nützen. Es gibt nur den einen schmalen Weg, du kannst dich nicht verlaufen, und wenn du erst draußen bist, ist es da noch hell genug, um deinen Weg zu finden.«

Ja, die Fackel hätte mich nur behindert. Schon bald musste ich auf die Knie, um in dem engen Tunnel auf allen vieren voranzukriechen.

Es kam mir vor wie Stunden. Stumm kämpfte ich mich durch den Staub, ließ mir vom felsigen Boden die Knie aufschrammen und das Beinkleid zerfetzen. Außerdem bekam der lange Weg meinem Knöchel nicht gut. Ich versuchte den Schmerz zu verdrängen und mich darauf zu konzentrieren, dass ich möglichst viel Abstand zwischen mich und die Soldaten legen musste. Jeder Zentimeter zählte.

Auf einmal wurde der Tunnel breiter und stieg leicht an. Mein Herzschlag beschleunigte sich.

Nach ein paar weiteren Windungen und Kurven war da plötzlich ein körniger, schwacher Lichtschein, der helle Flecken auf die Wand malte. Noch eine Biegung weiter – und da war der angekündigte Steinhaufen, der eine Lücke im Tunnel zur Hälfte verdeckte.

Mein Weg nach draußen.

Ich kletterte über die Felsbrocken, konnte es kaum erwarten, den ersten Atemzug in frischer, sauberer Waldluft zu tun, doch da verfing sich mein Umhang an einem der zerklüfteten Steine. Stöhnend griff ich nach hinten und zog an dem Stoff. Mit einem reißenden Geräusch kam ich frei.

Triumphierend wollte ich mich nach oben hieven, um endlich dem stickigen Tunnel zu entkommen.

Aber irgendetwas ließ mich innehalten. Eine unbestimmte Ahnung, die mich streifte. Der Hauch einer Warnung.

Ich erstarrte. Und dann stieg mir ein flüchtiger Duft in die Nase. Schweiß. Und Pferd.

Ich wollte wieder zurück in die kühle Finsternis des Tunnels kriechen, aber da schnellte plötzlich eine Hand zu mir herunter, packte mich am Unterarm und schleifte mich über die Felsen nach draußen.

Sobald ich aufrecht stehen konnte, riss ich den Kopf ruckartig nach hinten, und mein Schädel krachte gegen irgendwas, eine Nase oder ein Kinn. Ich erntete einen überraschten Aufschrei, trat nach hinten und hörte ein weiteres befriedigendes Grunzen, als ich ein Schienbein erwischte. Dann krachte eine schwere Faust auf die Stelle zwischen meinen Schulterblättern und meinem Nacken, und ich knallte auf allen vieren auf die festgestampfte Erde.

»Dreckiges Fireblood«, sagte eine Männerstimme.

Ich befand mich in einer Höhle, die in etwa so groß war wie die Bibliothek der Abtei. Licht sickerte aus einer Öffnung direkt über meinem

Kopf herein. Um mich herum standen vier Soldaten, und alle trugen die blaue Tunika mit dem weißen Pfeil darauf.

Konzentriere dich. Finde deine Hitze.

Offenbar hatte ich mir in die Wange gebissen, denn ich schmeckte Blut auf der Zunge, und das half mir, mich zu konzentrieren. Ich schluckte, schloss die Augen und fing an, den Druck in meinem Brustkorb aufzubauen, um eine Feuerwolke auszustoßen.

»Oh nein, das wirst du nicht tun!« Ein Stiefeltritt traf mich in den Rücken und warf mich bäuchlings zu Boden. »Alle Fässer leeren!«

Schon wurde ich von allen Seiten mit kaltem Wasser begossen, genug, um meine Sinne zu betäuben und meine Konzentration zu zerstören. Es lief mir über den Nacken und bildete Pfützen am Boden unter meiner Wange. Wütend darüber, dass meine Hitze so einfach ausmanövriert worden war, kniff ich die Augen zusammen.

»Ist sie das, Hauptmann?«, fragte einer der Soldaten.

»Ja«, erwiderte eine andere Stimme. »Der Mönch hat tatsächlich nicht zu viel versprochen. Ein mageres Fireblood-Mädchen mit schwarzen Haaren, genau wie das Balg, das damals entkommen ist.«

Ich stemmte mich auf die Ellbogen hoch. Vor mir zeichnete sich eine breitschultrige Gestalt gegen das Licht vom Höhleneingang ab.

»Nach dir suche ich schon lange, du dreckiger Feuerteufel«, sagte der Mann leise.

Ich blinzelte, bis ich ihn deutlich erkennen konnte. Die platte Nase, die kantigen Wangenknochen, das harte, bärtige Kinn. Es war das Gesicht, das ich mir jeden einzelnen Tag in Erinnerung gerufen hatte, seit ich damals im Gefängnis gelandet war. Das Gesicht, von dem ich mir nur zu gern vorstellte, wie ich es bis zur Unkenntlichkeit verbrannte, auch wenn der Mann noch so sehr um die Gnade bettelte, die ich ihm nie erweisen würde.

Es war der Hauptmann, der meine Mutter umgebracht hatte.

»Das letzte Mal, als ich dich gesehen habe, lagst du triefnass und halb tot im Blackcreek-Gefängnis. Und ich frage mich, wie du wohl entkommen bist.«

Ich fing an zu zittern, als mich die Erinnerung an jene schreckliche Nacht überfiel. Ich versuchte mich auf meine Gabe zu konzentrieren, aber Angst und Kälte hatten mich geschwächt.

Die Soldaten rücken näher, die Dorfbewohner weichen zurück. Mutter und ich sind von brennenden Fackeln umgeben …

Panik ergriff mich. Ich reckte eine Hand vor und schoss eine Hitzewelle auf das Gesicht des Hauptmanns ab. Aber er riss nur seinen lederbedeckten Arm hoch, und sofort wurde das Leder von den Flammen schwarz versengt. Er bellte einen Befehl, und augenblicklich traf mich eine neuerliche Wasserladung.

»Ich bin nicht mehr diejenige, die du in Erinnerung hast«, drohte ich und wischte mir das Wasser vom Mund. »In jener Nacht habt ihr ein verschrecktes Kind gefangen genommen. Aber jetzt habe ich keine Angst mehr.« Das war eine Lüge. In meinem Magen drehte sich alles, in meinem Brustkorb dröhnte mein Herzschlag.

Ich presste die Handflächen auf den Boden, und Hitze breitete sich auf der festgestampften Erde der Höhle aus. Einige der Männer schrien auf und hoben zu einem komischen Tanz an, denn die dünnen, abgewetzten Sohlen ihrer Stiefel boten ihnen kaum Schutz vor der glühenden Hitze. Der Hauptmann allerdings trug Schuhwerk mit dicken Ledersohlen.

Er biss die Lippen aufeinander, packte mich bei den Haaren und bog mir den Kopf so ruckartig nach hinten, dass ich vor Schmerz tief einatmete. Wieder klatschte mir eine Ladung Wasser ins Gesicht; ich fing an zu frösteln.

»Ihr Firebloods haltet euch ja für so mächtig. Aber man braucht nur ein bisschen Wasser, um euch in die Knie zu zwingen.«

Ich starrte ihm in die Augen. »Mit meinem letzten Atemzug werde ich dich töten.«

Sein Grinsen verblasste, aber er fing sich schnell.

»Wie gern würde ich dir den letzten Atemzug aus deiner giftigen Kehle herauspressen. Aber wir haben unsere Befehle. Die stärksten Firebloods müssen dem König vorgeführt werden. Er will persönlich über euer Schicksal entscheiden.«

Jede Faser meines Körpers, jeder wilde Herzschlag in meiner Brust hätte ihn am liebsten bis zur kompletten Schwärze verbrannt und mit Freuden zugesehen, wie er zu Asche zerfiel.

Aber dann erinnerte ich mich an Arcus' Worte: *Wer sollte es sonst tun? Welcher Fireblood außer dir könnte es vollbringen?*

Wenn es auch nur den Hauch einer Chance gab, dass ich meine Aufgabe doch erfüllen konnte, dann musste ich sie nutzen. Ich hatte keine Ahnung, wo Arcus sich jetzt befand, ob er irgendwann zurückkommen würde oder auch gefangen genommen worden war. Ohne ihn hatte ich keine Möglichkeit, ins Schloss zu gelangen. Aber so würden die Soldaten mich direkt bis zum König bringen. Zu diesem Zeitpunkt war meine Gefangennahme das Beste, was ich kriegen konnte.

Ich tat so, als würde ich mich geschlagen geben, und senkte den Kopf. Der Hauptmann wippte auf den Hacken vor und zurück und ergötzte sich an meiner zitternden Gestalt. Offenbar glaubte er wirklich, er hätte mich besiegt und eingeschüchtert.

»Seine Majestät war nicht begeistert, als er erfuhr, dass eine Fireblood aus seinem Kerker entkommen ist«, sagte er. »Hätte ich dich nicht bis zur Sommersonnenwende gefunden, hätte es mich das Leben gekostet.«

»Wie schade, dass es dir gelungen ist«, erwiderte ich und sah ihm in die Augen.

Er beugte sich vor, um mir ins Ohr zu flüstern. »In ein paar Tagen wirst du dir noch wünschen, wir hätten dich auf der Stelle getötet.«

TEIL II

17

Der Marsch den Berg hinunter erwies sich als beinahe genauso schmerzhaft wie der Weg hinauf. Ich wurde gefesselt und auf dem Rücken eines Pferdes festgebunden, in mehrere Lagen nasses Tuch eingewickelt, um mich kühl zu halten.

Je weiter wir die Berge hinter uns ließen, desto mehr sehnte ich mich nach der Abtei zurück, fast so sehr, wie ich unserer kleinen gemütlichen Hütte in der Nähe meines Dorfes nachgetrauert hatte. Immer wieder versuchte ich zurückzuschauen, halb in der Hoffnung, Arcus zu sehen, wie er in vollem Galopp hinter uns herjagte. Jetzt war ja alles anders zwischen uns – bestimmt würde er nicht zulassen, dass die Soldaten mich einfach mitnahmen. Aber nach ein, zwei Tagen, als Mount Una immer tiefer im grauen Nebelschleier verschwand, schwand auch meine Hoffnung.

Immer weiter ritten wir über ausgedörrtes Land Richtung Norden, und viele der Behausungen, an denen wir vorbeikamen, waren verlassen. Die wenigen Menschen, die aus ihren Fenstern hervorspähten, waren mager und hatten eingefallene Wangen. Wie war es möglich, dass es anscheinend nur wenige schafften, das bisschen Getreide und Gemüse anzupflanzen und zu ernten, das sie zum Überleben brauchten?

Nach einer Woche erreichten wir die felsigen Gebirgsausläufer von Mount Fors, die von sich windenden Pfaden durchschnitten wurden. Die Sonne hing schon tief am Horizont, als das Königsschloss in Sicht kam, wie ein zerklüfteter Stalagmit auf die Bergspitze gepfropft. Im Westen schwebten breite Streifen geschmolzenen Goldes und blutigen Rotvioletts durch die Lüfte wie in den Himmel geworfene grellbunte Tücher. Die eine Seite des Palastes war hell erleuchtet, die untergehende Sonne brach sich tausendfach in den Kristallen der Eismauern und bot ein beeindruckendes Schauspiel.

»Wunderschön, nicht wahr, du dreckiges Fireblood?«, sagte der Hauptmann, der neben mir herritt.

Ich presste die Kiefer aufeinander. »Wenn man Eis mag.«

Die untere Hälfte des Gebirges hielt noch einige Bäume und dürres Unterholz zwischen grauen Felsen umklammert. Je höher wir kamen, desto karger wurde das Grün, und desto mehr Eis umgab uns. Schon bald fing ich an zu zittern, nicht nur wegen der Kälte, sondern auch wegen des beklemmenden Gefühls, von allen Seiten von diesen unfassbar hohen, nackten Eismauern umgeben zu sein, als hätte jemand den Pfad mit einem überdimensionalen Messer in den Eisberg geschnitzt.

Als wir um eine Biegung ritten, fühlte ich mich plötzlich wie eine Ameise, denn der Weg wurde hier links und rechts von riesigen Eisstatuen gesäumt. Die Frostriesen, von denen ich in den alten Legenden gelesen hatte, perfekt symmetrisch aus Eis geformt und von Fors zum Leben erweckt. Aber in diesen Statuen schien kein Leben zu stecken. Sie rührten sich nicht, gaben weder Laute von sich noch war ein Atemzug zu spüren. Die Haut in meinem Nacken kribbelte, als wir an ihnen vorbeizogen, als würden sie mich aus dem Inneren ihres eisigen Körperkerkers beobachten.

Wir näherten uns einem großen Eisentor, das in den Berggipfel eingelassen war. Soldaten standen mit gespannten Bögen hinter der Mauerbrüstung. Nicht die Pfeile, die auf mich zielten, erschreckten mich, sondern die Eiswölfe, die mit gesträubtem weißen Fell über die Mauerzinnen hinweg zu mir herunterstarrten. Auch über diese Tiere hatte ich schon vieles gehört – sie wurden hier gezüchtet und darauf abgerichtet, Firebloods zu jagen.

Einer der Wölfe riss den Kopf hoch, schnüffelte in der Luft und drehte dann seine kantige schwarze Nase in meine Richtung. Er fixierte mich mit seinen eiskalten Augen, in denen nichts lag außer Hunger, dann legte er den Kopf in den Nacken und begann zu heulen. Sofort fingen auch die anderen Wölfe an, aufgeregt zu schnüffeln und zu jaulen. Sie heulten ihre Gier und ihren Zorn lautstark in den Himmel, weil ich zu weit von ihnen entfernt war, als dass sie mich in Stücke reißen und mein heißes Blut hätten trinken können.

Das wölfische Konzert ließ mehrere Wachen ans Tor eilen, das Schwert erhoben.

»Gebt euch zu erkennen!«, rief einer, der einen Stahlhelm trug.

Bis auf den Hauptmann, der ein paar Schritte voranritt, blieben wir alle stehen. »Hauptmann Drake, ehemals Angehöriger der Blackcreek-Garnison. Wir bringen dem König eine Fireblood.«

Der Wachmann beäugte mich mit unverhohlenem Hass. Ob er wohl in den Grenzkriegen gekämpft und dort viele Kameraden an die Firebloods verloren hatte? Ich erwiderte seinen Blick mit ebensolcher Abneigung.

Nach einem weiteren prüfenden Blick ließ der Wachsoldat uns passieren. Unser Weg führte über eine Brücke über einem breiten Burggraben, in dem dicke Eisbrocken schwammen. Dazwischen tauchte immer wieder eine schuppige weiße Rückenflosse auf. Erschauernd zwang ich mich, nach vorne zu sehen.

Wir kamen in einen weiten Innenhof, in dem weitere Statuen aus Eis standen. Nachdem wir abgestiegen waren, eilten Stallknechte herbei, um die Pferde zu übernehmen, und alle hielten wohlweislich Abstand von mir. Zu Fuß traten wir in einen Tunnel ein, der zu einem massiven Tor führte. Auf einmal brandete zu meiner Rechten Lärm auf.

»Tötet die Fireblood!«, kreischte eine Stimme aus der Menge, die sich da versammelt hatte. Eine Frau mit einem schlichten, ausgeblichenen Kleid stürmte auf uns zu, die Augen wild aufgerissen, das weiße Haar von einem Kopftuch bedeckt. Ihr zerfurchtes Gesicht war zu einer hässlichen Fratze aus Schmerz und Boshaftigkeit verzerrt. »Sie hat meinen Cam umgebracht, meinen einzigen Sohn!«

Der Hauptmann trat einen Schritt vor und drängte die Frau sacht zurück, als sie mit langen Fingern nach mir zu greifen versuchte, wie eine Katze, die nach einer Maus angelt. Wütend starrte sie dem Hauptmann ins Gesicht.

»Wie könnt ihr diese Mörderin bloß auch noch schützen?«

»Ich bin keine Mörderin«, sagte ich zitternd. Das Ausmaß ihres Hasses erschütterte mich. Wahrscheinlich war ihr Sohn im Kampf umgekommen und ich bot ihr nur ein willkommenes Ziel für ihre Trauer und ihre Rachegelüste. »Aber euer Hauptmann ist ein Mörder.«

Er schlug mir mit dem Handrücken ins Gesicht. »Halt dein Schandmaul, du dreckiges Stück!«

Ich legte mir eine Hand auf die brennende Wange und blinzelte die Tränen weg.

Der Hauptmann wandte sich der Frau zu, und sein Blick wurde weicher. »Sie wird bald tot sein, keine Sorge.«

»Darf ich es tun, bitte?«, flehte sie und ballte die Fäuste. Beim Anblick des grenzenlosen Hasses in ihren Augen hatte ich einen Moment lang das Gefühl, mich selbst in ihr wiederzuerkennen, oder zumindest eine von Trauer wahnsinnig gewordene Version meiner selbst. Es ließ mein Herz vor Entsetzen frösteln.

»Der König entscheidet darüber, wie sie bestraft wird«, sagte der Hauptmann mit ruhiger, eindringlicher Stimme. »Überlasst sie ihm. Überlasst sie mir.«

Die Frau holte einmal tief Luft, dann nickte sie mit hängenden Schultern und trat nach einem letzten feindseligen Blick in meine Richtung wieder zurück.

»Ich wünsche dir einen besonders langsamen Tod, Mörderin«, sagte sie laut genug, dass die Luft von ihren Worten widerhallte. »Und einen besonders qualvollen.«

Ich spürte, wie ihr Blick sich in meinen Rücken bohrte, als ich von den Wachen ein paar breite weiße Stufen zum mächtigen eisernen Palasttor hochgeführt wurde. Als wir eintraten, überwältigte mich die schiere Größe des Schlosses dermaßen, dass ich ins Straucheln kam und schließlich stehen blieb.

Das Innere des Palastes war eine enorme Eishöhle. An einigen Stellen wuchsen eisige Stalaktiten und Stalagmiten, sodass sie glatte natürliche Säulen bildeten. Die Decke war von einem kühlen Blau, wellig, aber mit glänzender Oberfläche, wie der Rücken einer Kröte. Das Licht schien daraus und dahinter hervorzudringen und warf eine Vielzahl gebrochener Muster an die Wände. In der Mitte, wo die Decke sich zu einer Kuppel hochwölbte, hingen mehrere Eiszapfen wie ein spitzzackiger, seltsam elegant anmutender Kronleuchter herab.

An einigen Stellen durchbrachen graue Steinmauerflecken die eisblaue Wandvertäfelung. Das Schloss musste einst in Stein gehauen und später mit Eis ausgekleidet worden sein.

Die riesigen Ausmaße, das intensive Blau, die Zerbrechlichkeit der Stalagmiten und Stalaktiten, die sich einander entgegenreckten, die schroffe Kühnheit des Raums – das alles ließ mich erstarren und raubte mir den Atem.

»Beweg dich!«, befahl der Hauptmann und stieß mir seine Faust zwischen die Schulterblätter. Ich strauchelte und fror erbärmlich, meine Hände und Füße schmerzten vor Kälte. Ich wurde durch etliche Flure getrieben, manche breit, andere schmal, doch alle in der eigentümlichen Mischung aus Fels und Eis gehalten, bis wir schließlich einen weiten Bogengang erreichten.

Hier war der Boden mit farbigen Steinchen verlegt, die sich als ausgefeiltes Mosaik zu bunten Bildern formten. Da waren Vögel mit Beeren im Schnabel, Pferde mit fliegender Mähne, Eiswölfe, die einen Feuerfuchs jagten, fantastische Kreaturen, die ich noch nie erblickt hatte, Götter und Göttinnen und ebenso Sterbliche, die so ziemlich jede Legende nachspielten, von der ich je gehört hatte, und dazu etliche, von denen mir noch nie etwas zu Ohren gekommen war. In die Bewunderung der Bilder versunken, bemerkte ich kaum, dass wir stehen geblieben waren.

Mühsam riss ich den Blick vom Boden los. Etwa zwanzig Schritte vor mir stand ein riesiger Eisthron, dessen Rückenlehne beinahe bis zur Decke hochreichte. Aus dem Podest quollen dicke Eiswülste hervor und schlängelten sich an den Wänden hoch wie Adern, die zum Herzen streben. Das ganze Ding war ein riesiges Monster aus dickem, zerklüftetem Eis, das wie ein Meer aus geschärften Schwertern nach oben ragte. Die Spitzen der einzelnen Eiszapfen wirkten zwar sehr scharf, aber ihre Oberfläche war glatt, als wären sie mit unermüdlichem Eifer poliert worden, bis keine einzige Delle oder Kante mehr übrig war. Überdimensional blitzte und glänzte der Thron im Schein der untergehenden Sonne, die durch ein dahinter liegendes großes Fenster hereinfiel.

Schatten zwirbelten sich wie schwarze Rauchfähnchen durch das Innere der Eismasse.

Das hier war nicht einfach nur ein Eisklotz. Es war *der Thron*, der von Fors erschaffen worden war und vor dunkler Macht pulsierte.

In meinem Inneren vibrierte alles. Ich stand von dem Thron! Wenn Bruder Thistle recht hatte, würde seine Zerstörung die Heilung des Königreichs nach sich ziehen. Meine Leute, wo auch immer noch welche am Leben sein sollten, würden aus ihrem Versteck herauskommen und nach Hause zurückkehren können. Vielleicht würde ein neuer Herrscher, vom Fluch unbehelligt, einen neuen Thron besteigen und in Frieden regieren.

Aber das hing ganz von dem Mann ab, der jetzt auf *diesem* Thron saß. Sein Gewand war mitternachtsblau, sein Haar und seine Haut waren so blass, dass sie farblich beinahe mit dem Eis verschmolzen. Seine Augen glänzten wie polierter Onyx. Er hielt die Hände rechts und links von sich gelegt, und an einer Hand blitzte ein großer Saphir.

Er war viel jünger, als ich erwartet hatte, keinerlei Falten verunzierten sein makelloses Gesicht. Er konnte kaum älter sein als ich.

»Wir haben da eine Fireblood für Euch«, meldete der Hauptmann, und seine tiefe Stimme hallte in dem riesigen Raum wider.

Eine unsichtbare Macht schien mich zu erfassen, als würde der Thron selbst mich gleichzeitig zu sich herziehen und mich abweisen. Ein harter Stoß in den Rücken schickte mich zu Boden, meine Knie und Handballen klatschten dumpf auf den kalten Steinboden.

Aus dem Augenwinkel bemerkte ich, wie ein paar Leute, die beim König standen, sich zu mir umdrehten, darunter ein groß gewachsener Mann, der rechts vom Thron stand, eine in pflaumenblauen Samt gekleidete junge Frau auf der linken Seite und einige Höflinge, die offenbar in eine Unterhaltung vertieft gewesen waren.

Der König starrte völlig gleichgültig auf mich herab. Es war, als wäre ich Teil des Fußbodenmosaiks, einer der Vögel mit Beeren im Schnabel oder einer der Füchse, die von den Wölfen gejagt wurden. Hätten sich seine Augen nicht bewegt, man hätte den König fast für eine Statue halten können.

Dann zog er eine seiner hellen Augenbrauen in die Höhe. »Sie ist ja nur ein mageres Mädchen.« Der Tadel in seiner Stimme war nicht zu überhören. »Ich hatte euch doch befohlen, mir die Stärksten zu bringen.«

Der Hauptmann räusperte sich. »Es ist das Fireblood-Mädchen, das aus dem Blackcreek-Gefängnis entkommen ist. Es hat mühelos ein Dutzend meiner Männer verbrannt. Ich glaube kaum, dass es schwach ist, Euer Majestät.« Es fiel ihm sichtlich schwer, das zuzugeben.

»Wo habt ihr sie gefunden?«, fragte der König.

»In der Forwind-Abtei auf Mount Luna. Wir wissen zwar nicht, warum die Anhänger von Fors eine Fireblood bei sich versteckt haben, aber einer der Mönche, der Eurer Majestät treu ergeben ist, hat uns eine Nachricht in die Garnison geschickt. Der Abt wird gerade befragt.«

Angst schnürte mir die Kehle zu. Der Gedanke, dass Bruder Thistle gerade gefoltert wurde, damit er Informationen über mich preisgab, war unerträglich. Ich rappelte mich hoch.

Der König kniff die Augen zusammen und musterte mich von oben bis unten. Sofort erblühte Gänsehaut auf meinen Armen und bei jedem Atemzug drangen Nebelwölkchen aus meinem Mund. Selbst ein einfacher Blick des Königs reichte aus, um mich halb zu gefrieren. Ich fröstelte angesichts seiner schieren Macht.

»Du hast also was für die Mönche übrig«, sagte er und rieb sich nachdenklich übers Kinn. »Sie müssen demnach gut zu dir gewesen sein. Dann haben sie dich wohl freiwillig und gern beherbergt.«

Ich versuchte ihm eine Erklärung zu liefern, die ihm glaubhaft erscheinen konnte, stolperte dabei aber über meine eigenen Worte. »Ich ... ich habe mich als Flüchtling ausgegeben. Sie hatten keine Ahnung, dass ich eine Fireblood bin.«

Der Hauptmann schnaubte verächtlich. »Der Mönch namens Lack hat uns alles haarklein berichtet. Sie wussten sehr wohl, dass du eine Fireblood bist. Der alte Mönch hat dich sogar geheilt.«

Der alte Mönch. *Bruder Gamut. Nein!*

Wenn man mir wehtat, war das das eine – aber es war etwas ganz anderes, wenn man dem sanften alten Mann etwas antat, der sein ganzes Leben zwischen Kräutern und Gräsern verbracht hatte, und dessen einziges Ziel darin bestand, immer mehr über das Heilen anderer zu lernen, genau wie meine Mutter. Hitze breitete sich auf meiner Haut aus.

Ich hörte Bruder Thistles Stimme in meinem Kopf. *Gut. Und jetzt baue den Zorn langsam weiter auf ...*

Ich konzentrierte mich auf mein Herz, fand darin aber zu meinem Entsetzen nur eine lauwarme Quelle. Es war, als würde mir die Hitze wie von unsichtbarer Hand aus dem Körper gesogen, bis ich nur noch kalt und schwach war. Ich riss die Augen auf, meine Kehle war wie zugeschnürt.

Wenn ich mein Feuer nicht aktivieren konnte, war ich verloren. Der König, der Thron ... Es hing allein von meiner Gabe ab, ob ich beide vernichten konnte.

»Hast du ein Problem, Feuerling?«, fragte der König, die Augen zu dunklen Schlitzen verengt. Um seine Mundwinkel zuckte es hämisch. »Du siehst aus, als würdest du ... ein bisschen frieren.«

Sobald er die Worte ausstieß, wurden meine Glieder ganz steif. Ich konnte die Beine nicht mehr bewegen – denn sie waren bis zu den Knöcheln hoch am Boden festgefroren. Das Herz klopfte mir wie wild in der Brust, mein Atem war ein stoßweises Keuchen. Aber als ich den Mund aufmachte, um zu betteln oder ihm zu drohen, erwiesen sich meine Kiefer als viel zu steif, um sprechen zu können. Blinde Panik bemächtigte sich meiner. Jetzt war ich auf Gedeih und Verderb der Gnade des Königs ausgeliefert.

»Du bist es nicht gewohnt, dass Frost dir viel anhaben kann, nicht wahr?« Er grinste zufrieden wie eine wohlgenährte Katze. »Nun, ich bin kein schlichter Bauer. Meine Macht erwächst aus dem Thron von Fors. Sie verschlingt deine Hitze.«

Die Kälte kroch mir die Beine hoch, in den Magen, in die Brust. Mein Atem verlangsamte sich, ich konnte nur noch verschwommen sehen. Auf diese Weise also tötete der König die Firebloods. Wie durch Nebel sah ich sein gemeines Grinsen, spürte das Vergnügen, das er dabei empfand, mich zu quälen.

Ich versuchte Worte durch meine vereiste Kehle zu zwängen. Vor meinen Augen begannen Sterne zu tanzen.

Da trat die junge Frau im pflaumenblauen Gewand einen Schritt vor und warf mir einen durchdringenden Blick aus ihren violetten lang bewimperten Augen zu, bevor sie sich an den König wandte.

»Verzeiht, Euer Majestät«, sagte sie mit sanfter, melodischer Stimme. »Aber wäre es nicht eine gute Idee, sie kämpfen zu lassen? Wir haben seit Wochen keinen Fireblood mehr in der Arena erlebt. Vielleicht würde es die Moral Eurer Soldaten heben und sie an Eure großen Siege erinnern, wenn sie sehen, wie Eure Meister eine Fireblood in die Knie zwingen. Wäre das nicht ein verheißungsvoller Beginn für die sommerliche Spielsaison?«

Die Augen des Königs blitzten zornig auf, aber im Blick der Frau lagen Gelassenheit, Neugier und Hoffnung. Ihr weizenblondes Haar, das durch das Fenster hinter ihr angestrahlt wurde, war zu einem Zopf geflochten, der elegant um ihren Kopf gewunden lag, was wunderbar zu ihren hübschen Gesichtszügen passte. Ich hatte das Gefühl, niemand anders hätte sich dem König gegenüber so kühn benehmen dürfen, ohne auf der Stelle in einen Eisblock verwandelt zu werden. Ihre Worte hingegen schien der König tatsächlich ernsthaft in Erwägung zu ziehen.

»Meine Arena ist Kriegern und Meistern vorbehalten, und sie ist keins von beiden«, erwiderte er schließlich. »Das Privileg, kämpfen zu dürfen, muss man sich durch eine Zurschaustellung seiner Kraft erst verdienen.«

Er klopfte mit den Fingerspitzen auf den Eisthron, und sein Saphirring glänzte im Licht. Die Schatten im Eis verschoben sich.

»Dann muss sie auf die Probe gestellt werden«, sagte eine Stimme, die wie tausend Glocken in meinem Schädel widerhallte. Aber soweit ich sehen konnte, schien außer mir niemand im Raum etwas gehört zu haben. Der König neigte kaum merklich den Kopf zur Seite.

»Dann muss sie auf die Probe gestellt werden«, wiederholte der König und machte eine wegwerfende Handbewegung in meine Richtung. Sofort strömte die Kälte aus meinem Körper heraus und ließ mich als kraftloses Häuflein Elend zurück. »Bringt sie zu Gulzar. Wenn sie das Biest überlebt, denke ich vielleicht noch einmal darüber nach, sie in meine Kampfarena zu lassen. Wenn nicht, dann hat mein Schoßhündchen wenigstens eine heiße Mahlzeit gehabt.«

Lachend verbeugte sich der Hauptmann tief, legte mir dann eine Hand auf den Nacken und schubste mich nach unten.

»Der großmütige König hat dich soeben vor dem Tod bewahrt, du kleines Dreckstück«, zischte er mir ins Ohr. »Also zeig ihm gefälligst deine Dankbarkeit.«

Die Lippen fest aufeinandergepresst, starrte ich zu Boden, um mir nicht ansehen zu lassen, dass ich keinen Funken Dankbarkeit für ihn übrig hatte.

»Bedanke dich!«, keifte der Hauptmann. Obwohl ich ihn am liebsten augenblicklich in Flammen hätte aufgehen lassen, war mir dennoch schmerzlich bewusst, dass meine Hitze immer noch wie Blut aus mir herausströmte. Mir wurde ganz schwummrig. Wenn ich noch länger hierblieb, würde ich das Bewusstsein verlieren. Dann würde der König mich zu einem Schwächling erklären und ich würde jede Chance vertan haben, mich zu beweisen.

»Danke«, stieß ich zwischen zusammengepressten Lippen hervor.

Schon wurde ich hochgerissen und herumgedreht. Halb schob, halb zerrte man mich in den Bogengang zurück.

»An dieser hier ist etwas Besonderes«, tönte da die Stimme der tausend Glocken hinter mir. Ich wirbelte herum, um zu sehen, wer da gesprochen hatte. Aber da war nur der König, die Augen schwärzer als Pech. Ich wandte mich wieder ab, aber ich spürte, wie sein finsterer Blick sich mir in den Rücken bohrte, als ich aus dem Raum geschleift wurde.

18

»Das Biest hat lange Arme«, zischte mir einer der Wachmänner verschlagen zu, das Gesicht an die Gitterstäbe über meinem Kopf gepresst. »Also halt dich lieber fern von ihm.«

Ich war in einen dunklen unterirdischen Raum geworfen worden, ein rundes Zimmer, das aus Stein gehauen war. Eis bedeckte eine Wand, und das einzige Licht sickerte aus einer Öffnung in der Decke herein. Von dort starrten mehrere grinsende Wachen zu mir herunter.

»Und von seinem Maul soll ich mich wohl auch fernhalten, oder wie?«, höhnte ich und gab mir alle Mühe, mir meine Angst nicht anmerken zu lassen. »Oder lieber einen Knicks machen und ihm anbieten, ihm die Essensreste aus den Zähnen zu pulen?«

»Auf jeden Fall siehst du schon mal wie ein Zahnstocher aus«, sagte der erste Wärter mit einem breiten Grinsen.

Meine Hitze arbeitete sich langsam wieder an die Oberfläche. Ich hob eine Hand, um den Mann mit einer gezielten Feuerspirale zu rösten, da erbebte plötzlich der Boden unter meinen Füßen.

Dann hörte ich ein neues Geräusch – wesentlich leiser, aber auch wesentlich beunruhigender. Schwere Atemstöße wie von einem riesigen Blasebalg.

Schnaufen. Schnüffeln. Scharren.

Die Angst schärfte meine Sinne. Ich nahm die Verteidigungsposition ein, die Bruder Thistle mir beigebracht hatte. In meinem Kopf hörte ich ihn sagen, dass es beim Kampf immer darum gehe, ruhig zu bleiben, den Geist zu fokussieren. Gegen das Zittern atmete ich ein paarmal tief durch.

An einem hoch angebrachten Wandhaken hingen vier lange Ketten. Ich rannte hin und zog mich daran hoch, wobei ich die Füße gegen Mauervorsprünge stemmte. Ich schaffte es vielleicht anderthalb Meter nach oben und seufzte vor Erleichterung. Das war schon mal viel besser, als auf dem Boden zu stehen.

Da kam das Tier in Sicht, ein Schatten im Tunnel jenseits des Tores. Es hatte einen zotteligen, schmutzverkrusteten Pelz, der mal weiß gewesen sein musste, jetzt aber schlammgrau und mit verfilzten, in merkwürdigen Winkeln abstehenden Fellknäueln durchsetzt war. Der gebogene Rücken reichte bis auf halbe Raumhöhe, und bei jedem Schritt, den es am Boden schnüffelnd machte, hinterließen die gepolsterten Pranken glitzernde, ovale Eisspuren auf der Erde. Schnaubend und schnuppernd folgte es der unsichtbaren Linie bis zu dem Punkt, wo ich gerade noch gestanden hatte, dann hob es den Kopf und sah sich um.

Ich befand mich nicht ansatzweise hoch genug an der Wand, um unerreichbar zu sein. Das Tier würde selbst bis zur Decke mühelos langen können. Ein langer Arm mit rasiermesserscharfen Krallen schwenkte probehalber in meine Richtung aus.

Über meinem Kopf ertönte heiseres Gekicher.

»Ich hab doch gesagt, es hat lange Arme«, sagte der Wachmann fröhlich.

»Halt die Klappe!« Ich hängte mich in die Ketten, stieß mich mit den Füßen von der Wand ab und flog auf die vorgereckte Pranke des Tiers zu. Aber es war, als würde man gegen einen Felsen treten. Mit einem Schmerzensschrei stürzte ich zu Boden und rollte hastig außer Reichweite des Untiers.

Es drehte sich um und stürmte hinter mir her, groß und behäbig, aber offenbar fest entschlossen. Frostige Atemwolken kringelten sich aus seinem geöffneten Maul nach oben. Da war nichts, wohin ich flüchten konnte, kein Ort zum Ausweichen oder Atemschöpfen. Langsam wich ich in Richtung des offenen Tores zurück.

»Dahinter ist nichts, außer du legst Wert auf die Gesellschaft von Knochenhaufen«, drang die Stimme des Wachmannes zu mir herunter.

Ich hatte keinen Grund, ihm nicht zu glauben. Also war dort auch kein Fluchtweg zu finden.

Ich zog eine Wand aus zischendem Feuer um mich herum hoch. Das Tier bäumte sich auf die Hinterbeine auf, sein lautes Schnauben mischte sich mit meinen eigenen keuchenden Atemzügen. Aber auf dem kalten Steinboden gingen die Flammen sofort wieder aus. Wenn ich es nicht schaffte, meiner panischen Angst mehr Kraft abzuringen, würde ich in kürzester Zeit tot sein.

Ich konzentrierte mich auf die Hitzeringe um mein Herz, zwängte sie hervor auf meine Handflächen und feuerte eine Flammenspirale auf die Brust des Untiers ab. Die Flammen schmolzen zischend ein paar Eisklumpen weg, die in dem Pelz hingen, hielten das Tier aber nicht davon ab, immer näher zu kommen. Ich schleuderte ihm eine Handvoll Feuer entgegen, die es mitten in die Schnauze traf. Es jaulte vor Schmerzen auf und schüttelte ein paarmal den mächtigen Kopf, bevor es den Blick wieder starr auf mich richtete.

»Du willst mich doch gar nicht auffressen«, sagte ich leise. »Ich würde in deinem Magen doch nur köcheln und blubbern und dir Bauchschmerzen verursachen. Du willst mich überhaupt nicht.«

Das Tier neigte den Kopf.

»Ich gebe eine magere Mahlzeit ab. Nur Haut und Knochen. Ich würde dir im Hals stecken bleiben, sodass du erstickst. Ich würde dir von innen die Kehle verbrennen.«

Das Tier wurde immer langsamer, lauschte jedem meiner Worte. Wenn ich es schaffte, es in seinen Bau zurückzudrängen, dann konnte ich es vielleicht mit meinem Feuer in Schach halten und das Tor hinter ihm zumachen. Ich schob mich auf das Tor zu, wobei ich die ganze Zeit sanft redete, und das Untier folgte mir langsam.

»Das macht ja gar keinen Spaß«, maulte ein Wachmann.

»Was meint ihr, sollen wir ihr eine Ladung Wasser über den Kopf schütten?«, schlug ein zweiter vor.

Mit pochendem Herzen schoss ich einen Feuerpfeil nach oben, wobei ich aber stets das Tier im Auge behielt.

Der Wachmann schrie auf. »Oh, sie will wohl nicht mit uns spielen. Dann sollten wir ihr vielleicht ein bisschen Ruhe gönnen. Morgen früh hat sie bestimmt bessere Laune. Gute Nacht, du dreckiges Balg!«

Ich hörte, wie etwas verschoben wurde, dann versank der Raum in Dunkelheit. Die Wache hatte die Öffnung, meine einzige Lichtquelle, mit einem Brett verdeckt.

»Nein, bitte!«, schrie ich. Das Grauen hatte meinen Entschluss, keine Schwäche an den Tag zu legen, innerhalb von Sekundenbruchteilen weggefegt.

Dumpfes Lachen war zu hören, als das Brett endgültig einrastete. Schwärze umgab mich, und bis auf das Keuchen des Untiers war nichts zu hören.

Mein Herz raste, ich bekam kaum Luft. Ein Schrei wurde ganz tief in meiner Kehle geboren, doch ich rammte mir eine Faust in den Mund, um nicht loszubrüllen.

Halt. Denk nach. Erinnere dich an das, was du gelernt hast.

Ich holte tief Luft und versuchte, den stillen Ort in meinem Geist zu finden. Als ich mich ein bisschen beruhigt hatte, fiel mir etwas ein, was mir jetzt vielleicht behilflich sein konnte: Das Untier war eine aus Kälte geschaffene Kreatur. Ich konnte seine Kälte erspüren.

Stunde um Stunde hatte ich das geübt, eine Stoffbinde über den Augen. Und das Tier war nicht ansatzweise so leise, wie Arcus gewesen war. Ich konnte mich also gleich auf zwei Sinne verlassen, um es zu lokalisieren.

Das Tier schnüffelte auf der Erde, ich konnte seine Schnauze am Boden entlangschrammen hören, als es näher kam. Ich nahm seine Kälte wahr, fühlte seinen eisigen Atem auf meinem Gesicht, als es das Maul aufriss.

Ich tauchte ab, merkte, wie das Tier an mir vorbeistrich, als ich mich unter ihm hindurchrollte und ein Stück weiter weg auf die Beine sprang. Ein Lufthauch in meinem Rücken – bestimmt die Öffnung zum Bau des Untiers. Da wollte ich auf keinen Fall hineingeraten. Ich wich zur Seite aus, die Arme weit nach vorn gereckt.

Schnauben. Kalter Atem.

Ich warf mich nach rechts, gerade als das Tier, in einen eisigen Windhauch gehüllt, sich auf mich stürzte. Meine rechte Hand klatschte gegen die Wand, zur Linken war immer noch die Kälte meines Gegners zu spüren. Vorsichtig tastete ich mich an der Wand entlang. Dann hielt ich inne, alle Muskeln angespannt. Das Schnüffeln war verstummt. Das Tier war doch sicher nicht schlau genug zu begreifen, dass ich es erspüren konnte, oder?

Plötzlich baute sich eine riesige Kältemauer direkt vor mir auf. Ich hechtete zur Seite, aber ich war nicht schnell genug. Eine messerscharfe Kralle schlitzte mir die Wade auf. Ich sog scharf die Luft ein, krabbelte aber weiter nach rechts weg. Brüllend schnupperte das Tier in der Luft, vom Blutgeruch hörbar erregt.

Jetzt spürte ich es wieder, es lauerte nur wenige Schritte zu meiner Rechten, schlich sich näher heran. Lautlos und langsam schob ich mich von ihm weg, doch es folgte mir. Ich fluchte innerlich mit jedem Tropfen Blut, der aus meinem Bein zu Boden fiel. Egal wohin ich mich jetzt bewegte, das Untier würde mich überall mit Leichtigkeit riechen.

Arcus hatte mir beigebracht, mir meiner Umgebung bewusst zu werden, alles Vorhandene zu meinem Vorteil zu nutzen. Wo in aller Welt waren nur diese Ketten abgeblieben? Vielleicht konnte ich sie als Waffe nutzen, sie dem Tier ins Auge schleudern.

Ich rutschte weiter an der Wand entlang, blieb aber stehen, als ich den zugigen Tunnel erspürte. Wenn ich genau in dem Augenblick an der Öffnung vorbeiging, in dem das Tier sich auf mich stürzte, würde ich vielleicht dort hineingestoßen werden und keine Chance mehr haben, zu entkommen. Unentschlossen kauerte ich am Boden.

Die Kälte traf mich mit unfassbarer Geschwindigkeit. Ich hatte gerade noch Zeit, mich zu einer Kugel zusammenzurollen, da streiften mich schon die messerscharfen Zähne der wilden Kreatur.

Ohne nachzudenken, riss ich meine Arme hoch und feuerte aus den Handflächen Feuerbälle nach hinten – direkt ins Maul des Untiers.

Es zischte und knallte, wie eine zerplatzende Blase explodierte etwas Flüssiges hinter mir. Ich hörte Knochen knacken, dann brach das Tier in einer unglaublichen Kälteexplosion über mir zusammen. Ich blieb eine Minute still liegen, wie benommen vom plötzlichen Angriff und der Heftigkeit meiner eigenen Abwehrreaktion. Als mein Kopf wieder klarer wurde, wand ich mich unter dem triefenden Kadaver heraus und erschauerte angesichts der eisigen Flüssigkeit, die sich durch meine Kleider fraß und an meiner Wirbelsäule herunterrann.

»Holt mich hier raus, ihr Blödmänner!«, rief ich. Die Erleichterung, der Bestie entkommen zu sein, stieg mir irgendwie zu Kopf. »Ich hab euer stinkiges Untier umgebracht!«

Das Brett wurde weggeschoben und ließ einen Streifen silbriges Licht hereinscheinen.

»Du bist echt noch am Leben, Zahnstocher?« Die Stimme des Wachmannes war ganz schrill vor Ungläubigkeit.

»Siehst du doch.« Ich deutete zitternd auf den Kadaver und blinzelte gegen die ungewohnte Helligkeit an. Das tote Tier bot einen widerwärtigen Anblick – ein dampfender Haufen verbranntes, rauchendes Fleisch. Aber ich war ganz schwach vor Erleichterung, dass es sich nicht mehr rührte.

»Sieht aus, als wäre hier eine Melone explodiert«, sagte der eine Wachmann munter und zeigte auf die tiefblauen Blutspritzer, die an den Wänden herabrannen.

»Bei Fors, sie hat es tatsächlich geschafft«, sagte sein Kollege. »Nicht schlecht, du Drecksbalg, das muss man dir lassen. Aber der König wird nicht begeistert sein, dass du ihm sein Haustierchen getötet hast.«

Keuchend sah ich zu ihm hoch. »Ist mir immer noch lieber, als jetzt in dem Magen von der Bestie zu stecken.«

Der Wachmann verzog den Mund zu einem halben Grinsen.

Meine Finger und Zehen fühlten sich ganz taub an vor Erleichterung und Schock. Unfassbar, ich hatte es tatsächlich geschafft. Ich hatte das Untier gegen alle Wahrscheinlichkeit zur Strecke gebracht. Den Wachen gegenüber hatte ich mich großspurig gegeben, aber insgeheim konnte ich es selbst kaum glauben. Einen Moment lang fühlte ich mich geradezu unbesiegbar.

Ein Schatten, verschwommen wie schwarzer Rauch, schob sich über das Eis, mit dem die mir gegenüberliegende Mauer überzogen war. Ein halbwegs menschlich geformter Schatten, bis auf die zwei Hörner auf dem Kopf und die spitzen, breiten Schultern. Zwei Gliedmaßen, die eher wie Grasbüschel denn wie Hände aussahen, schwebten seitlich am Rumpf. Ein eisiger Schauer, kälter als jeder Atemzug des Untiers, rauschte durch meine Adern. Dann war der Schatten verschwunden, schneller als er gekommen war.

Über mir tauchte das Gesicht des Hauptmanns am Gitter auf. Mit lauten Befehlen kommandierte er die Wachen wieder auf ihre Posten ab. Dann starrte er durch die Eisenstäbe lange zu mir herunter.

Ich wischte mir die Hände am Stein ab. »Das Ding stinkt ja fast so übel wie eure Soldaten.«

Der Hauptmann kniff die Augen zu. »Nichts stinkt übler als ein Fireblood.«

Er klopfte sich den Staub von den Händen, dann wandte er sich ab, als hätte er sich schmutzig gemacht, indem er überhaupt mit mir redete.

Wieder allein, ließ ich mich zu Boden gleiten, bis mein Kopf die Erde berührte, rollte mich zusammen und schloss die Augen.

Mir war so kalt. Ich durchforstete mein Gedächtnis und fand eine Erinnerung, die mein Herz ergriff: der Blick aus Arcus' Augen, kurz bevor er mich geküsst hatte. Wie seine kalten Lippen sich an meinen erwärmt hatten, wie seine eissplitterblauen Augen mich zwischen zwei Küssen angesehen hatten, als wäre ich etwas selten Kostbares und Wunderschönes.

Ein Funken Wärme flackerte in meiner Brust auf. Ich schloss das warme Gefühl tief in mir ein und bewahrte es mir, selbst als ich schließlich hochgerissen und in eine Zelle des königlichen Wehrturms geworfen wurde.

19

Die Zelle im Wehrturm unterschied sich kaum von derjenigen im Blackcreek-Gefängnis. Der gleiche Steinboden, das gleiche winzige Fenster. Ein alter Mann, in fleckige, übel riechende Fetzen gehüllt, kam zu mir und verband mir den Fuß. Er hatte grobe Hände und keine Heilkräuter zur Verfügung – ganz anders als Bruder Gamut mit seinen sanften Berührungen und seinem wundersamen Tee.

Ich schloss die Augen und bat Sud, diejenigen zu beschützen, die mir wichtig waren. Arcus, Bruder Thistle, Bruder Gamut, Schwester Pastel und jeder andere aus der Abtei, an dessen Namen ich mich erinnerte. Immer wieder ging ich die Liste im Kopf durch, bis ich schließlich einschlief.

Am Morgen gab man mir eine Wasserschüssel, in der ich mich waschen sollte, und derbe Kleidung: eine braune Tunika und ebensolche Beinkleider. Dann wurde ich von zwei Wachen aus der Zelle geholt und dem König vorgeführt. Kaum hatte ich den Thronsaal betreten, griff sofort wieder eine unsichtbare Faust nach meiner Hitze und sog sie aus mir heraus. Ich zitterte von der Anstrengung, mich unter Kontrolle und mein Gesicht undurchschaubar zu halten.

Wieder erstrahlte der König in tiefblauen goldgesäumten Gewändern. Der Saphirring glitzerte an seinem Finger wie ein Spiegel seiner Augen, die mir am Tag zuvor dunkler vorgekommen waren. Grelle Morgensonne fiel durch das Fenster hinter ihm in den Raum. Gelassen saß er auf dem Thron, und als ich vor ihm stehen blieb, blitzte ein Funke in seinen Augen auf, wie ein Hauch Vorfreude, der ihn irgendwie noch jünger erscheinen ließ. Wäre es nicht der König gewesen, ich hätte ihn durchaus für anziehend halten können.

Der Thron sah heute rein und klar aus, keine Spur von Schatten, die in seinen Tiefen lauerten.

Zur Rechten des Königs standen wieder der bärtige Mann und die junge Frau. Ich ließ den Blick zu der goldhaarigen Frau gleiten, die diesmal ein langärmliges türkisfarbenes Kleid trug. Sie musste ungefähr in meinem Alter oder nur wenig älter sein. Sie erwiderte meinen Blick und kleine Grübchen erschienen auf ihren Wangen, als halte sie ein Lächeln zurück, kein verächtliches, sondern ein warmes, beinahe freundschaftliches Lächeln. Ich blinzelte überrascht und sah weg.

»Du hast mein Biest getötet.« Die Stimme des Königs hallte zwischen den Eiszapfen an der Decke wider. »Bei dem Unterfangen, es von Mount Sarcassa hierher zu bringen, sind sieben Männer gestorben und weitere sieben verstümmelt worden. Und jetzt hast du es vernichtet.«

Er schien auf eine Antwort zu warten. Ich tat mein Bestes, den Hass aus meiner Stimme zu verbannen. Wenn ich wegen Majestätsbeleidigung hingerichtet wurde, würde mich das meinem Ziel nicht näher bringen. »Das war die Aufgabe, die Ihr mir gestellt habt, Majestät.«

»Trotzdem hast du mir damit eine meiner Vergnügungen geraubt, eine meiner Lieblingskreaturen für die Kampfarena. Ich frage mich, was du mir als Ausgleich für diesen Verlust anbieten willst.« Die Worte waren zwar anklagend, doch es klang auch ein beinahe spielerischer Ton darin mit.

Ich hatte Mühe, mich daran zu gewöhnen, wie anders sein Verhalten im Vergleich zu gestern war. »Ihr findet Vergnügen daran, zuzusehen, wie Eure Meister im Kampf getötet werden?«

»Ich finde Vergnügen daran, zwei mächtigen Kreaturen beim Kämpfen zuzusehen. Und mein Volk ergötzt sich ebenso daran. Nicht wahr, Fürst Usthatius?«

Der bärtige Mann trat einen Schritt vor und nickte mit einer arroganten Bewegung seines Kinns. »In der Tat, Majestät. Es ist immer spannend zu sehen, wer gewinnt. Gleichgültig wie wild oder diszipliniert, rücksichtslos oder prinzipientreu die Meister sein mögen, am Ende sind sie bisher immer gestorben. Das ist eine der wichtigen Lektionen des Lebens: Nichts beschützt das eigene Leben mehr als Macht. Macht gibt immer den Ausschlag zum Sieg.«

Der König nickte reflexartig, als wäre er es gewohnt, seinem Höfling stets beizupflichten. Was mich daran erinnerte, dass der König wesentlich jünger war, als seine kalten, grausamen Augen vermuten ließen.

»Macht ist das, was zählt«, sagte er. »Alles andere ist bloß Zierrat.«

In ihren Augen waren Menschen wie meine Mutter, die sanftmütig waren und ihr Leben dem Heilen anderer widmeten, also nichts wert. Hitze köchelte in meinem Herzen hoch, doch der Thron wischte sie so schnell beiseite, dass es schmerzte. Ich hatte Mühe, mir nicht die Hand auf die Brust zu legen.

»Dann bin ich nach Euren Maßstäben etwas wert, weil ich das Untier getötet habe«, sagte ich. »Ich bin mächtig und habe eine weitere Chance verdient, zu siegen.«

Der König betrachtete mich sekundenlang mit zusammengekniffenen Augen. »Noch gestern war ich davon überzeugt, du wärest ein Schwächling.« Wieder eine Pause. »Und ich mag es nicht, wenn ich mich irre.«

»Das mag niemand«, sagte ich und vergaß dabei, den Zorn herunterzuschlucken, der mir in der Kehle brannte.

In den Augen des Königs blitzte etwas auf. Schiere Angst kroch mir die Wirbelsäule hinab und schärfte meine Sinne. Aber ich hielt dem Blick des Königs stand. Der Raum schien sich zu verengen, bis es nur noch uns beide hier gab.

»Du sprichst ganz schön freimütig, Feuerling«, sagte der König schließlich leise. »Dabei könnte ich dich mit einer Handbewegung töten lassen.«

Bei seinen Worten erwachten die Schatten des Throns mit einem Schlag zum Leben, verwirbelten sich im Rücken des Königs zu einer dichten Rauchwolke. Auf einmal sah er wieder älter und härter aus, und seine Augen verdunkelten sich.

Ich hatte nichts zum Feilschen in der Hand, nichts, womit ich Druck hätte ausüben können. Aber ich musste ihm zeigen, dass ich wertvoll für ihn war. Und das Einzige, was ihm wertvoll erschien, war Macht.

»Ja, das könntet Ihr«, sagte ich. »Aber dann würdet Ihr nie erfahren, wie mächtig ich wirklich bin.«

Ein Lächeln überzog das Gesicht der jungen Frau. Der bärtige Mann neben dem König trat wieder einen Schritt vor. »Das wird aber wesentlich schwieriger als die Begegnung mit dem Untier. Die Meister Seiner Majestät haben sich ihren Einzug in die Arena hart erkämpft, und sie werden nicht zögern, dich im Handumdrehen zu töten.«

»Gegen meine Meister hast du keine Chance«, gab der König ihm recht. Er klang so endgültig, so unumstößlich überzeugt, als wäre die Sache längst entschieden.

Ich beschloss das Ganze von einer anderen Seite anzugehen. »Wenn Ihr mich jetzt tötet, beraubt Ihr Euch des Vergnügens, mich in der Arena sterben zu sehen«, sagte ich mit gespielt unbeschwertem Ton.

»Mein Tod könnte das Spektakulärste werden, was Euch je zu Gesicht gekommen ist. Mit anzusehen, wie mein Blut zu Eurer Unterhaltung vergossen wird, könnt Ihr Euch doch nicht entgehen lassen.«

Etwas Finsteres huschte über das Gesicht des Königs. Im Raum herrschte pulsierende Stille, als er seinen Blick über mich schweifen ließ.

Wenn ich den Thron zerstören wollte, musste ich am Leben bleiben. Um am Leben zu bleiben, musste ich gewinnen. Und um zu gewinnen, brauchte ich erst mal eine Chance zu kämpfen. Ich wartete mit angehaltenem Atem.

Die blonde Frau durchbrach die Stille mit einem leisen Lachen. »Sie argumentiert durchaus schlüssig, Majestät. Es gibt nichts Langweiligeres als einen allzu schnellen Tod in der Arena. Diese Fireblood könnte Euren Meistern sicher gut Paroli bieten.«

Der König entspannte sich sichtlich, und als seine Augen fröhlich blau funkelten, wirkte er auf einmal wieder viel jünger. Er wandte sich an den Wachposten. »Steckt sie in den Raum der Herausforderer.«

Ich spannte die zitternden Muskeln an, um meine Erleichterung zu verbergen. Doch ich war mir bewusst, dass ich auf bestens ausgebildete und gnadenlose Gegner treffen würde. Bei allem Training in der Abtei – auf Kämpfe auf so hohem Niveau war ich nicht vorbereitet.

»Ach, und … Feuerling«, fügte der König mit einem stählernen Blitzen in den Augen hinzu. »Ich nehme dich beim Wort und erwarte einen spektakulären Tod. Also gib dich nicht zu schnell geschlagen. Dem Todeskampf zuzusehen ist doch das Aufregendste daran.«

Ich verbeugte mich tief. »Ich werde mein Bestes tun, um langsam zu sterben und Eurer Majestät Vergnügen zu bereiten.«

Das Lachen des Königs begleitete mich, als die Wachen mich aus dem Raum schleiften.

Ich wurde in einen schlichten Raum gebracht, in dem ein einfaches Holzbett und ein Waschgestell standen. Wieder eine Gefängniszelle – aber diesmal zumindest eine komfortablere. Nachdem die Tür hinter mir ins Schloss gefallen war, wandte ich mich um und klopfte vorsichtig daran. Sie war dick, aber aus Holz gemacht, notfalls würde ich mich hindurchbrennen können. Doch selbst wenn es mir gelingen sollte, hier raus und an den Wachen vorbeizukommen – mein Ziel war es immer noch, den Thron zu zerstören, und ich hatte keine Ahnung, wie ich das bewerkstelligen sollte.

Ich streckte mich auf der Strohmatratze aus, starrte an die steinerne Decke und versuchte, mir alles ins zu Gedächtnis zu rufen, was Bruder Thistle mir über den Thron erzählt hatte. Aber ich konnte mich nicht daran erinnern, etwas darüber gehört zu haben, dass der Thron meine Gabe schwächte, oder wie ich dagegen angehen konnte. Vielleicht hatte Bruder Thistle ja selbst nichts davon gewusst.

Die Tür flog auf und zwei Wachmänner traten ein. Einer stellte ein Tablett mit Essen auf dem Boden ab, dann verschwanden sie wieder. Auf dem Tablett stand eine große Holzschüssel mit dickflüssigem Eintopf und einem Stück Brot am Rand. Ich stürzte mich darauf, nahm einen Bissen und schloss genießerisch die Augen – der Eintopf war sogar noch heiß.

Ich lag längst wieder auf der Strohmatratze, als die Tür erneut aufging. Ich stand auf und nahm automatisch eine Kampfposition ein – Knie gebeugt, Fäuste zur Selbstverteidigung erhoben.

Eine Frau kam herein. Ihre üppigen tiefpflaumenblauen Rockschöße raschelten über den Boden. Sie schloss die Tür hinter sich. Als sie meine Abwehrhaltung sah, riss sie erschrocken die Augen auf und zog die weizenblonden Augenbrauen hoch.

»Immer kampfbereit, wie ich sehe«, sagte sie mit ihrer anmutigen

Stimme. »Gut. Aber spar dir deine Kräfte für die Arena auf. Du wirst sie brauchen.«

Es war die junge Frau aus dem Thronsaal, die den König überredet hatte, mich kämpfen zu lassen. Ich zwang meine Glieder, sich zu entspannen, und ließ die Fäuste sinken.

»Wer seid Ihr?«

Sie ließ den Blick durch den Raum schweifen. »Etwas rustikal, diese Unterkunft. Aber wenn du genug Kämpfe gewinnst, werden sie dir vielleicht ein hübscheres Zimmer geben. Das sollte doch Anreiz genug sein. Außerdem bleibst du dann am Leben. Wenn das kein Grund ist …«

»Ich dachte, Ihr wolltet mich eines besonders spektakulären Todes sterben sehen?«

»Das ist das, was ich gesagt habe.« Sie hielt inne und musterte mich. »Ich heiße Marella. Mein Vater ist Fürst Usthatius, der Mann, den du im Thronsaal gesehen hast, der vertrauteste Berater des Königs. Er hat schon unter drei Königen in Folge gedient. Ich könnte dir eine wertvolle Verbündete sein.«

Der arrogante alte Mann, der darüber schwadroniert hatte, Macht sei das Einzige, was zählt … Ich konnte mir nicht vorstellen, wie ich in meiner derzeitigen ohnmächtigen Lage für ihn oder seine Tochter von Nutzen sein konnte.

»Und womit habe ich sie verdient, Eure …« Ich zögerte, unsicher, wie ich das Angebot der jungen Frau auffassen sollte.

»Freundschaft«, warf sie ein. »Bleib einfach am Leben, mehr erwarte ich nicht von dir. Gewinne deine Kämpfe. Sei flinker und stärker als deine Gegner.«

Ich hob die Arme. »Ich glaube kaum, dass ich die Stärkste in der Arena sein kann.«

»Vielleicht nicht, wenn man dabei nur an Muskelkraft denkt. Aber du hast dein Feuer. Setze es bis zum Letzten ein, ohne Gnade.«

»Ich hätte nicht erwartet, dass mich hier jemand dazu ermuntert, mein Feuer gnadenlos einzusetzen – schon gar nicht gegen jemanden aus der eigenen Sippe.«

»Es gibt nur einen einzigen Grund, warum du überhaupt noch am Leben bist«, sagte sie. »Um für Unterhaltung zu sorgen, indem du versuchst, die Meister des Königs umzubringen. Wenn du dich jetzt nur hinlegst und dich dem Tod hingibst, habe ich mir umsonst die Mühe gemacht.«

»Welche Mühe denn?«

»Erst einmal habe ich das Missfallen des Königs riskiert, indem ich vorgeschlagen habe, dass er dich von jemand anderem töten lässt.«

»War das wirklich so ein hohes Risiko?«

»Der König ist sprunghaft und unberechenbar. Er ist nicht mehr Herr seiner selbst. Er erhält Einflüsterungen von … anderen … die ihm einreden, er solle seinen Appetit nach Blut und Grausamkeit stillen. Man muss nur ein falsches Wort sagen, und schon landet man im Kerker – oder in der Arena. Oder wird gleich vom König eigenhändig getötet. Also ja, Ruby. Es war ein hohes Risiko.«

Ich zuckte beim Klang meines Namens zusammen. Sie hätte mich auch Feuerling nennen können, wie der König es getan hatte, oder Dreckstück, wie der Hauptmann zu sagen pflegte, aber sie hatte sich stattdessen entschieden, mir Ehre zu erweisen, indem sie meinen richtigen Namen verwendete.

»Dass Ihr es wagt, so etwas über den König auszusprechen …«, raunte ich.

Sie zog die Augenbrauen hoch. »Und, wirst du es jemandem verraten?«

Ich schüttelte den Kopf.

Sie lächelte. »Natürlich nicht. Du bist ja auch schlau. Und wir wollen schließlich beide dasselbe, nämlich, dass du am Leben bleibst.«

»Aber warum solltet Ihr das wollen? Was bedeutet Euch denn schon eine Fireblood?«

»Wir haben mehr gemeinsam, als du denkst. Ich möchte deine Verbündete sein, wenn schon keine Freundin. Wenn du mich nicht als solche sehen kannst, dann betrachte mich zumindest als Feindin, mit der dich ein gemeinsames Ziel verbindet.«

»Und das wäre?«

Sie breitete lächelnd die Hände aus. »Derzeit lautet dein Ziel schlicht und einfach: am Leben bleiben. Das wird schon schwer genug.«

»Mehr erwartet Ihr nicht von mir?«

Sie legte eine nachdenkliche Pause ein. »Ein paar Antworten vielleicht noch. Wie alt bist du?«

»Siebzehn.«

Ihre Augen leuchteten triumphierend auf. »Bruder Thistle muss begeistert gewesen sein, dich gefunden zu haben.«

Ich spürte, wie mir das Blut aus dem Gesicht wich. »Ihr kennt Bruder Thistle?«

»Aber natürlich. Er hat hier im Palast gedient, bevor er in die Abtei verbannt wurde. Und wo wir gerade von der Abtei sprechen – wer ist dieser geheimnisvolle junge Mann, der dort mit euch gelebt hat? Derjenige, der immer eine Kapuze trägt?«

Ich war stark versucht, sie zu fragen, woher sie von Arcus wusste. Dann fiel mir ein, dass er hier am Hof aufgewachsen war. Marella musste ihn kennen. Es reizte mich sehr, sie zu fragen, wie er als Kind gewesen war, was ihm zugestoßen war … Aber ich durfte dieser Fremden auf keinen Fall etwas verraten.

»Alle Mönche tragen Kapuzen«, antwortete ich.

»Nein, ich meine nicht die Mönche. Ich meine einen gut aussehenden jungen Mann, dessen Gesicht voller Narben ist. Ein Frostblood, dessen Gabe so stark ist wie sonst nur die des Königs. Kommt dir die Beschreibung bekannt vor?«

Ich schüttelte den Kopf. In meinen Ohren rauschte das Blut. »Nein.«

Sie lächelte wieder. »Nun gut. Vertrauen braucht Zeit, um zu wachsen. Und ich kann geduldig warten.«

Sie ging zur Tür und klopfte. Sofort machte ein Wachmann auf.

»Vergiss nicht, Ruby«, sagte sie über ihre satinbedeckte Schulter hinweg in meine Richtung. »Wenn du dich morgen nicht zurückhältst, kannst du gewinnen.«

Damit rauschte sie hinaus, anmutig wie ein junges Reh, und nur ein Duft nach exotischen Blüten blieb im Raum zurück.

Tausend Fragen türmten sich in meinem Kopf auf wie Wellen, die im Sturm übereinander ans Ufer brechen. Was führten Marella und ihr Vater im Schilde? Woher wusste sie von Arcus und Bruder Thistle? Wie stand sie zum König? Es war klar, dass sie gewisse Pläne verfolgte und mich als Mittel zum Zweck einsetzen wollte. Aber was würde sie dafür verlangen, dass sie mich im Thronsaal vor dem Tod bewahrt hatte? Und inwiefern konnte sie mir auch weiterhin helfen?

Ich warf mich wieder aufs Bett. Ich brauchte Erholung. Denn morgen würde ich in den Kampf ziehen. Egal wie Marella mir außerhalb der Arena zu helfen gedachte – auf dem Kampfplatz würde ich auf mich allein gestellt sein.

Unwillkürlich erinnerte ich mich wieder an Bruder Thistles Antwort auf meine Frage, ob Firebloods je zu Meistern geworden waren.

Wir haben nie von einem Fireblood gehört, der lebend aus der Arena gekommen wäre.

20

Am nächsten Morgen betrat eine Dienerin mein Zimmer und brachte mir ein Kleiderbündel. Sie trug ein schlichtes braunes Kleid mit einem ebensolchen Kopftuch über dem brünetten Haar, das ihr glatt und lang den Rücken hinabfloss. Sie war mehrere Jahre älter als ich, schmalgliedrig und mit einem feinen, herzförmigen Gesicht, in dem riesige, angstvoll aufgerissene Augen prangten.

»Ich soll Euch beim Ankleiden helfen«, sagte sie mit zittriger Stimme.

»Wie heißt du?«, fragte ich und verschränkte die Hände, um zu verbergen, dass auch ich bebte. Ich hatte die Nacht furchtbar schlecht geschlafen.

»Dor... Doreena«, stammelte die Dienerin und ließ den Blick flüchtig zu mir hochhuschen, bevor sie wieder zu den abgewetzten Holzdielen hinunterstarrte. »Ich bin den Meistern zugeteilt.«

Ich seufzte. »Hast du vor allen Firebloods Angst oder nur vor mir?«

Ihre Augen wurden noch größer. »Tut mir leid, Mylady. Ich wollte Euch nicht beleidigen.«

»Du hast mich nicht beleidigt«, gab ich zurück. »Und ich bin noch nie im Leben Mylady genannt worden. Bitte sag Ruby zu mir.«

Sie schüttelte den Kopf. »Das kann ich nicht, Mylady.«

Ihre Hände zitterten, als sie mir eine Tunika und eine Lederrüstung aufs Bett legte. Es fühlte sich seltsam an, dass eine Dienerin Angst vor mir hatte, während ich Angst vor dem hatte, was gleich in der Arena passieren würde. Bestimmt hatte sie gehört, Firebloods seien gnadenlose Mörder und Ähnliches.

Ich plauderte weiter mit Doreena, teils um sie zu beruhigen, teils aber auch, weil ihre Angst meine eigene Nervosität steigerte. Ich erzählte ihr von meinem Dorf und wie merkwürdig es sich anfühlte, sich in einem so prächtigen Schloss aufzuhalten, wenn man selbst in einer strohgedeckten Hütte aufgewachsen war, und dass ich noch nie eine Rüstung getragen und keine Ahnung habe, wie ich sie anlegen solle, wenn Doreena mir nicht helfen würde. Ich plapperte über alles, was mich irgendwie harmloser erscheinen lassen konnte.

Doreena sagte nichts, aber ihre Hände zitterten nicht mehr, als sie mir die blutrote Tunika hinhielt, sorgsam darauf bedacht, mich nicht zu berühren.

Während ich hineinschlüpfte, beschloss ich, dass ich genug von mir erzählt hatte. Stattdessen stellte ich ihr eine Frage. »Du sagtest doch, du stehst den Meistern zu Diensten, nicht wahr?«

Sie nickte.

»Kannst du mir irgendwas sagen, was mir nachher in der Arena helfen könnte? Egal was?«

Sie nahm einen ledernen Brustpanzer hoch und hielt ihn schweigend, bevor sie antwortete. »Ihr habt bessere Chancen, wenn Ihr die Zuschauer auf Eure Seite bringen könnt«, sagte sie schließlich leise.

Dann hielt sie mir den Brustpanzer so hin, dass ich die Arme durchstecken konnte. Er fühlte sich so hart an, dass mir ganz anders wurde. Jetzt, wo ich die Rüstung trug, die mich vor Schlägen und Schnitten schützen sollte, kam mir der Kampf viel wirklicher vor.

»Hat es ein Fireblood je geschafft, die Zuschauer auf seine Seite zu bringen?« Ich verzog das Gesicht, als Doreena die Schnallen an meinem Rücken festzurrte. »Oh, ich glaube, das ist etwas zu eng.«

Sie lockerte den Panzer ein bisschen, dann kam sie um mich herum und betrachtete mich mit geschürzten rosigen Lippen. »Ich habe noch nie davon gehört, dass die Zuschauer einen Fireblood ins Herz geschlossen hätten. Aber vielleicht werdet Ihr ja die Erste sein.«

Sehr unwahrscheinlich. Die Frostbloods würden alle kommen, um mich sterben zu sehen, als Ausgleich für all die Eltern und Kinder, die sie in Scharmützeln gegen uns Firebloods verloren hatten, bevor man uns vom Angesicht des Erdbodens gefegt hatte. Meine Angst und mein Zorn mussten sich in meinem Gesicht widergespiegelt haben, denn Doreena wich einen Schritt zurück.

»Wie kommt es, dass du so viel weißt?«, fragte ich und rang mir ein Lächeln ab.

»Ich diene den Meistern schon seit zwei Jahren. Und ich höre manchmal, worüber sie sich unterhalten.«

»Was hast du sonst noch gehört, was mir von Nutzen sein könnte? Kannst du mir irgendwelche Ratschläge geben?«

Sie blinzelte überrascht und biss sich auf die Unterlippe, bevor sie antwortete. »Es ist schwer, weil man nicht weiß, wer Euer Gegner sein wird. Das Einzige, was ich Euch verraten kann, ist, dass jeder eine besondere Schwäche hat. Versucht darauf zu achten. Viele der Meister haben Verletzungen, Körperteile, die sie besonders stark schützen oder ganz im Gegenteil besonders gern einsetzen. Wenn Ihr ihre Schwachstelle einmal erkannt habt, könnt Ihr Eure Angriffe auf genau diese Stelle konzentrieren. Und … nun ja, Ihr seid ziemlich klein. Also bleibt auf Abstand. Wenn der Gegner Euch in der Mangel hat, habt Ihr kaum noch eine Chance.«

Wäre ich nicht so nervös gewesen, ich hätte lachen können. »Du bist sehr ehrlich, das muss man dir lassen.«

»Ehrlich bis jenseits der Schmerzgrenze, ja, das hat man mir schon öfter gesagt. Vielleicht hätte ich lieber gar nichts sagen sollen.«

»Nein, ich bin wirklich dankbar für deine Ratschläge.«

Sie hielt ein Stück weiches, schwarz gefärbtes Kalbsleder hoch. »Eure Maske.«

Die Maske verfügte über Öffnungen für Augen, Nase und Mund und erinnerte mich an die Maske, die Arcus beim Training immer trug.

Es tat weh, überhaupt an ihn zu denken, aber ganz besonders schmerzlich war die Erinnerung daran, wie ich ihm Kapuze und Maske verbrannt und er daraufhin entsetzt aufgeschrien hatte. Reue schnürte mir die Kehle zu, und ich musste hastig ein paar Tränen wegblinzeln.

Ich konzentrierte mich lieber auf das, was er gesagt hatte – dass ich der gefährlichste Mensch sei, dem er je begegnet sei. Jetzt hing mein Überleben davon ab, wie gut ich es schaffte, meine Gabe todbringend einzusetzen.

Die Maske, die mir Doreena anlegte, bedeckte alles bis auf meine Augen, ein kleines Dreieck unterhalb meiner Nase und meinem Mund. Ich hasste sie sofort. Ich hatte das Gefühl zu ersticken, und die Maske machte mich zu einem gesichtslosen Opfer, das zur Unterhaltung des Königs in den Tod geschickt wurde. Ich riss sie mir vom Kopf und schleuderte sie zu Boden.

»Tut mir leid«, sagte ich, als ich Doreenas erschrockenen Blick sah. »Aber ich kann da drunter nicht atmen.«

»Man muss in der Arena entweder eine Maske oder einen Helm tragen«, sagte sie und rang die Hände. »Ihr müsst Euer Gesicht bedecken. Die Tradition verlangt, dass die Gegner sich auf Augenhöhe begegnen, egal ob Bauer oder Edelmann. Die Maske wird nur demjenigen abgenommen, der tot in der Arena liegt.«

Was für ein netter Gedanke.

»Dann musst du mir eine Maske bringen, unter der ich Luft bekomme, denn das Ding hier lege ich bestimmt nicht an. Und ein Helm wäre mir zu schwer.«

Sie nickte. »Ich werde etwas finden.«

Nach kurzer Zeit kehrte sie mit einer Maske zurück, die nur die Haut um meine Augen bedeckte. Sie war über und über mit roten Federn und Saatperlen verziert. Als ich Doreena fragte, wo sie die jetzt aufgetrieben hatte, lief sie sofort tiefrot an.

»Sie stammt von der Mätresse eines der Adeligen«, erzählte sie. »Die Dame hatte mich gebeten, ein Geheimnis zu wahren, und das habe ich getan. Also war sie mir etwas schuldig.«

»Was für ein Geheimnis?« Ich war neugierig zu erfahren, was sie in solche Verlegenheit bringen konnte.

»Es ist in Adelskreisen nicht unüblich, sich eine Nacht mit einem der Meister zu wünschen. Ich bin für meine Verschwiegenheit bekannt.«

Ich lächelte und betrachtete sie mit neu erwachtem Interesse. »Ich glaube, ich kann dich gut leiden, Doreena. Du bist eine Überlebenskünstlerin.«

»Und ich hoffe, Ihr auch, Mylady.«

Ich ging im Gleichschritt mit den Wachen, die mich abgeholt hatten. Unsere Stiefel schlugen den Rhythmus eines Kampfmarsches an, in den sich das Rauschen des Blutes in meinen Ohren mischte. Wir traten auf den Innenhof hinaus und wechselten von dort in einen Gang, der zu der großen Arena führte. Die Wachmänner ließen mich in einem Tunnel zurück, der offensichtlich um die Arena herumführte und den

Kämpfern vorbehalten war. Durch einen Torbogen konnte man ins Innere der Arena blicken.

Mein Herz klopfte so heftig, dass die Welt vor meinen Augen verschwamm. Ich machte sie zu und holte tief Luft, dann schlug ich die Augen wieder auf und zwang mich zu einer eingehenden Betrachtung meiner Umgebung.

Um mich herum waren (größtenteils männliche) Kämpfer jeglicher Art versammelt: solche in zerschlissenen Fetzen ebenso wie solche mit stählernen Brustpanzern, solche mit blitzenden Schwertern, die in reich verzierten Schwertscheiden steckten, ebenso wie solche, die keinerlei Waffen trugen. Ein paar Frauen gab es auch, obwohl ich einige Augenblicke brauchte, um sie als solche zu erkennen, denn sie waren ebenso breitschultrig, bewaffnet und stattlich wie die Männer. Ich fragte mich, wie sie sich bis hierher durchgekämpft haben mochten und wie ihr Leben wohl ausgesehen haben musste, um sie hierher zu führen.

Noch nie hatte ich so viele Menschen auf einem Haufen gesehen. Die Arena war aus Eis erbaut und sah mit ihren glatten, runden Außenmauern wie eine riesige Schüssel aus. Sitzreihe um Sitzreihe wuchs aus der Innenwand hervor, sie bogen sich um das gesamte Rund der Arena. Das aufgeregte Raunen aus eintausend Kehlen fügte sich zum Summen eines gigantischen, ohrenbetäubenden, undurchdringlichen Bienenstocks zusammen.

Hier und da ragten Balkone aus der Eiswand heraus, in denen elegant gekleidete Herrschaften saßen, aus deren Mund frostige Atemwölkchen drangen. Aus den Reihen der schlichten Zuschauer, die sich auf den normalen Plätzen drängten, stieg dagegen nur wenig frostiger Dampf auf – offenbar war die Gabe des Frostes bei Edelleuten wesentlich stärker ausgeprägt als beim gemeinen Pöbel.

Bevor die Wachen mich verließen, zeigten sie noch flüchtig auf eine Frau namens Braka, eine hoch aufgeschossene, breitschultrige Kriegerin mit stahlgrauen Augen, die sich von einem Kämpfer zum anderen schob, um mit ihnen Tipps und Ermunterungen auszutauschen. Eiszapfen hingen von ihren metallenen Schulterpanzern herab und ihr dickes, grau meliertes, zu einer Vielzahl von Zöpfen geflochtenes Haar war ebenfalls mit Eis überzogen. Ich nahm an, dass sie für die Ausbildung der Frostblood-Meister zuständig war – eine Ausbildung, die mir natürlich niemand hier angeboten hatte. Aber das hätte ich auch nicht erwartet. Ich verschränkte die Hände auf dem Rücken, um zu verbergen, wie sehr sie zitterten.

Bevor ich mir überlegen konnte, was ich als Nächstes tun oder wohin ich gehen sollte, betrat ein Mann mit kurzem weißem Haar und tiefblauer Robe die Arena.

»Willkommen, Volk von Fors«, dröhnte er über das Raunen der Menge hinweg und hob Ruhe gebietend die Hände. »Heute werden wir zur Erbauung und Belustigung eine breite Auswahl von Kämpfern vorführen, von niederen Taschendieben und Verrätern bis hin zu hoch geschätzten Meistern. Darüber hinaus wird es wilde Kreaturen und exotische Tiere von nah und fern zu sehen geben. Und wie immer erwarten Euch spektakuläre, hochspannende Kämpfe, wahre Schauspiele voller Kraft und Kühnheit, die Euch den Atem rauben werden. Ihr ehrt Euren König, indem Ihr seine Meister anfeuert und seine Feinde verflucht. Mögen die Kämpfe blutig und die Tode aller Ehren wert sein!«

In meinen Füßen kribbelte es, so sehr wünschte ich mir, ich hätte davonlaufen können. Ich stützte mich an der Eismauer ab in der Hoffnung, die Kälte könnte mir helfen, meinen Kopf freizubekommen. Doch stattdessen sackte ich zusammen, eine Hand an den Bauch gepresst. Ich keuchte und hatte große Mühe, überhaupt auf den Beinen zu bleiben.

Hufgetrappel ließ den Boden erzittern. Reiter auf weißen Pferden ergossen sich aus einem Eingang an der gegenüberliegenden Seite der Arena. Ihre polierten Rüstungen glänzten im Sonnenlicht, sie trugen blitzende Helme und lange Speere, deren Spitze aus scharfkantigem Eis bestand. Ihnen folgten mehrere Meister zu Fuß, die sofort frenetisch bejubelt wurden, sobald sie den Kampfplatz betraten. Als Nächstes schleiften muskulöse Tierbändiger eine Unzahl verschiedener wilder Tiere herein – knurrende Eiswölfe, gedrungene Eisbären, einen breitköpfigen, weiß-blau gestreiften Tiger und sogar einen massigen weißen Stier mit grauen Hörnern und einem Joch um den Hals, das zu beiden Seiten von je zwei Männern gehalten werden musste.

Das nächste Tier sah äußerst merkwürdig aus. Es war ein großer Vogel mit glutroten Federn, langen Beinen und kleinen Flügeln. Sein Schnabel sah todbringend spitz aus. Immer wieder wand und drehte er sich im Griff seiner Führer, und einmal schaffte er es, den Kopf kurzzeitig aus dem Geschirr zu ziehen und eine Feuerwolke auszuspeien. Ich hätte beinahe mit dem Publikum aufgeschrien.

Ein Wesen des Feuers, hier im Reich von Fors!

Der Vogel war anmutig, wunderschön und wild, gefährlich und unfassbar und ganz anders als alle Lebewesen, die ich je gesehen hatte. Es tat mir in der Seele weh, diese exotische Schönheit so aus ihrem Lebensraum gerissen und gefesselt zu sehen. Das arme Tier wehrte sich so heftig gegen seinen Bändiger, dass ich beinahe fürchtete, es könnte sich das Genick brechen.

Ich verspürte einen starken Drang, hinzurennen und das Tier zu befreien. Doch schon einen Augenblick später wurde es mit den meisten anderen Tieren wieder aus der Arena geführt. Nur die Eiswölfe blieben zurück, und aus ihren Mäulern stiegen kalte Nebelwolken auf, die im Sonnenlicht tanzten.

Zwei Wachen brachten einen Mann mit verbundenen Händen herein. Der Verkünder mit der blauen Robe stellte ihn als Landesverräter vor, worauf die Menge mit zornigen Buhrufen reagierte. Die Wolfsführer stießen einen Befehl aus, und die Wölfe legten sich hin, zitternd vor Aufregung, als die Führer ihnen die Leinen abnahmen und schließlich die Arena verließen. Langsam wich der Gefangene zum Rand des Kampfplatzes zurück.

Einer der Bändiger brüllte von draußen einen Befehl, und sofort stürzten die Wölfe wie aus einem Langbogen abgeschossene Pfeile los. Ihre Leiber erbebten, als sie auf den Gefangenen zuflogen, er schrie vor Entsetzen auf und ich fiel in seinen Schrei mit ein. In Sekundenbruchteilen verschwand er unter den Körpern der Wölfe, die in ihrer Gier übereinanderkletterten, um ihn zu fassen zu kriegen. Die Schreie des Mannes wurden fast von dem Gebrüll der Zuschauermenge übertönt. Fast, aber doch nicht ganz. Ich taumelte in eine dunkle Ecke und übergab mich in heftigen Krämpfen, bis nichts mehr im Magen war.

Neue Tiere wurden angekündigt, neue Verräter in die Arena geführt. Wieder hallten Schreie über den Kampfplatz, wildes Geheul, Zähnefletschen, Jubelrufe ... Mir war schlecht und schwindlig, ich konnte kaum mehr klar denken. Als ich den Kopf hob, sah ich den blau-weiß gestreiften Tiger, wie er das bluttriefende Maul von einem am Boden liegenden Opfer hob, dann wurde ihm ein Geschirr über den Kopf gezogen und ein Bändiger führte ihn aus der Arena.

»Und jetzt, Ihr lieben Leute«, dröhnte der Ansager mit fröhlicher Stimme, »zu einem ganz besonderen Spektakel: Feuerschnabel wird gegen unsere kampferprobtesten Meister antreten.«

Sechs Krieger in Rüstung betraten den Kampfplatz. Der Vogel wurde von zwei Bändigern hereingeschleift, die deutlich Mühe hatten, ihn halbwegs unter Kontrolle zu halten. Seine Augen rollten wild in ihren Höhlen, seine Krallen bohrten sich in die Erde, während er sich gegen die Fesseln wehrte. Sobald die Bändiger ihn freiließen und zum Ausgang der Arena rannten, schüttelte den Vogel sein Geschirr ab und stieß eine Feuerwolke aus, deren orangefarbene Flammen grell übers Eis tanzten.

Die Meister hoben die Schilde und schossen aus ihren Handflächen Froststrahlen in seine Richtung aus, sodass die Federn des Vogels sofort mit Eis überzogen wurden. Er stieß eine zweite Feuerwolke aus, die zu einem Rauchnebel verpuffte. Die Männer wichen zurück.

Frostströme und Feuerwolken rasten hin und her, doch die Meister, die sich eindeutig vor der Hitze fürchteten, wichen immer weiter zurück. Hoffnung glomm in meiner Brust auf. Der Vogel war flink, peitschte rasch vor und zurück, spuckte den Männern dünne Flammenzungen ins Gesicht. Es war, als wäre sein Feuerspeicher unerschöpflich.

Doch dann wurde meine Hoffnung zunichtegemacht. Die Meister fächerten sich zu einem breiten Bogen auf, bis der Vogel in der Mitte gefangen war. Kaum schoss er sein Feuer auf den einen Mann ab, schon stürzte sich von der Seite ein anderer so schnell auf ihn, dass er ihn nicht abwehren konnte. Gewieft versuchte der Vogel, dem Frost auszuweichen, doch es waren einfach zu viele Gegner, und so dauerte es nicht lange, bis er, von allen Seiten angegriffen, zu Boden ging. Wie auf Befehl stürmten alle sechs Männer gleichzeitig vor. Eine Feuersäule schoss senkrecht in die Luft, sechs Arme holten aus, sechs Speere bohrten sich in das Fleisch des Vogels. Eine zweite Feuerwolke schwebte empor, kleiner diesmal, dicht gefolgt von Rauch. Wieder hoben sich die Speere und senkten sich herab, wieder johlte die Menge.

Als die Meister die Arena verließen und der Staub sich legte, befand sich der Vogel reglos am Boden. Er sah so klein aus, sein Schnabel so zierlich, seine Federn so unpassend grellbunt auf dem öde grauen Fußboden. Sein langer Hals war merkwürdig verdreht und erinnerte mich an einen anderen zart gebogenen, von dunklem Haar umrahmten Hals.

Auf einmal war die Welt wieder ganz scharf. Der Schmerz, das Leid des Vogels berührte mich zutiefst und schärfte meine Sinne.

Dann wurde Feuerschnabel aus der Arena geschleift und die eigentlichen Wettkämpfe begannen, einer brutaler als der andere. Zuerst mussten zerlumpte, mit Kurzschwert oder Messer bewaffnete Männer gegeneinander antreten. Wenn der Anblick zu schwer zu ertragen war, machte ich die Augen zu, aber das Jubeln der Zuschauer konnte ich ebenso wenig aussperren wie die Schmerzensschreie, wenn scharfes Metall weiches Fleisch durchbohrte. Die Heilerstochter in mir fühlte den Schmerz mit, fühlte die Ohnmacht und die Wut angesichts der Grausamkeit und der sinnlosen Vergeudung von Leben.

Beim dritten Kampf lehnte ich schon an der Wand, die Beine völlig taub. Ich ließ mich zu Boden gleiten und schlug die Hände vors Gesicht, und erst jetzt wurde mir klar, dass meine Wangen tränenüberströmt waren.

»Steh auf, Mädchen!«, sagte eine barsche Stimme. Ich sah auf – zu Braka und ihren Zöpfen. »Du bist jetzt eine Herausforderin, da ist kein Platz für Tränen.«

»Was sie mit Feuerschnabel gemacht haben …«, sagte ich mit heiserer, gebrochener Stimme. »Ist das auch für mich vorgesehen?«

»Nein, dir gestattet man einen fairen Kampf gegen einen einzigen Meister.« Brakas Stimme war genauso fest wie ihr Blick. »Du hast also genauso gute Chancen wie jeder andere Herausforderer. Lass nicht zu, dass sie dich weinen sehen. Stelle dich ihnen wie eine Kriegerin, ob du nun eine bist oder nicht.«

Ich riss mich zusammen, hievte mich auf die Füße und sah Braka nach, als sie ging. Ich hätte ihr gern gesagt, dass mir Kriegerehre nichts bedeutete, aber stattdessen richtete ich ein Gebet an Sud und schob mich dann wieder zur Tür, von wo aus ich zusah, wie statt der Bauern in zerlumpten Kleidern nun Männer mit Lederrüstung und blitzenden Schwertern die Arena betraten.

Der Kampf, der den meisten Aufruhr verursachte, war der zwischen zwei begabten Frostbloods, die bis auf ihre Hände und ihre eisige Gabe unbewaffnet waren. Ich versuchte ihre Angriffe und Parierschläge zu studieren, um vielleicht daraus einen Nutzen zu ziehen. Als einer der beiden schließlich ausrutschte und hinfiel, erledigte der andere ihn, ohne zu zögern, indem er ihm mit einem Eiszapfen die Kehle durchbohrte. Ich wandte mich ab, während der Sieger sich im Jubel der Zuschauer sonnte.

»Du bist als Nächste dran, Fireblood«, brummte Braka mir zu. »Der Gegner, der für dich ausgelost wurde, heißt Gravnach. Er ist einer der beliebtesten Meister.«

Auf der gegenüberliegenden Seite der Arena ging ein hölzernes Doppeltor auf und heraus kam ein Bär von einem Mann. Er trug schwarzes Leder und eine glänzende Stahlrüstung, die den einen Arm von der Schulter bis zum Handgelenk bedeckte. Und jetzt begriff ich, warum Doreena mir eingeschärft hatte, ich müsste das Publikum auf meine Seite ziehen. Mein Gegner wusste sehr genau, wie das zu bewerkstelligen war. In weiten Kreisen zog er durch die Arena, blieb immer wieder stehen, riss die Arme hoch und brüllte theatralisch. Die Meute antwortete mit wildem Johlen.

»Wenn der Gong schlägt, ist der Kampf eröffnet«, erklärte mir

Braka. »Und zu Ende ist er erst, wenn du tot bist. Stirb ehrenhaft, Feuerling.«

Es entging mir nicht, dass sie mir jetzt wohl keinerlei Chance mehr einräumte. Ich schaute ihr in die Augen und versuchte, Stärke auszustrahlen.

»Du meinst, wenn Gravnach tot ist.«

Als sie lächelte, entblößte sie eine Zahnlücke, und ich erhaschte einen flüchtigen Blick auf ein Kinngrübchen, bevor sie sich hastig wieder abwandte.

Ich schob mich in den Schatten beim bogenförmigen Eingang der Arena. Jeder Herzschlag schien einhundert Jahre lang zu sein, die Sekunden dehnten sich zu einer Ewigkeit schmerzvoller Furcht vor dem, was mich erwartete. Doch dann schlug der Gong, und sofort war ich hellwach auf den Moment konzentriert.

Ich betrat die Arena und blinzelte gegen das grelle Licht an. Der begeisterte Jubel machte einem Chor aus Buhrufen und verächtlichem Geschrei Platz. Meine Brust war wie zugeschnürt, und ich verspürte einen überwältigenden Drang, auf der Stelle umzudrehen und wegzulaufen.

Als ich meine Augen über die Reihen der Zuschauer gleiten ließ, blitzte etwas Goldenes im Sonnenlicht auf: der König. Er saß auf einer hohen Balkonempore, die von filigranen, aus Eis geschnitzten Geländern gesäumt wurde. Er trug eine goldene Krone, die mit Saphiren besetzt war, und wäre die eisige Kälte in seinen Augen nicht gewesen, ich hätte ihn schön finden können, ein goldener Anführer inmitten des endlosen eisblauen Farbenmeers um ihn herum. Er hatte einen trägen, erwartungsvollen Ausdruck auf dem Gesicht, als wäre er bereit, sich unterhalten zu lassen, aber nicht sicher, ob der zu erwartende Kampf seine Aufmerksamkeit auch wirklich wert war.

Ich reckte das Kinn vor und meinte, als Antwort den Hauch eines verächtlichen Lächelns zu ernten.

Marella stand neben dem König, die Brauen dicht zusammengezogen, die Kiefer angespannt. Als unsere Blicke sich trafen, glättete sich ihre Stirn, sie schenkte mir ein flüchtiges Lächeln und formte mit den Lippen ein einziges Wort: *Siege!* Wenigstens ein Mensch, der an mich glaubte.

Aus einer Ecke der Tribüne erklang ein Schlachtruf, der sich wie eine Woge durch die Reihen fortpflanzte, bis die gesamte Arena vom hämmernden Takt widerhallte.

»Gravnach! Gravnach! Gravnach!«

Der massige Meister stand mit dem Rücken zu mir, als wäre die Anwesenheit eines Herausforderers zu unwichtig, um von ihm wahrgenommen zu werden. Der Schlachtruf bohrte sich mir in den Schädel, sodass meine Kraft wie durch ein Leck abzufließen begann. Ich musste etwas tun, egal was, um mich von der lähmenden Angst zu befreien, die sich meiner bemächtigte. Also hob ich die Hände und entließ eine Feuerwalze, die über den Boden rollte. Als sie bei Gravnachs Füßen ankam, sprang er hoch und wirbelte zu mir herum. »Töte die Fireblood! Töte die Fireblood!«, zischte und jaulte die Meute.

Mit Verachtung hatte ich gerechnet, aber die Intensität seines hasserfüllten Blickes erschreckte mich dann doch.

Ich blendete die Zuschauer aus und konzentrierte mich ganz auf Gravnach, der nun mit mächtigen Schritten auf mich zustürmte. Ich erwartete, dass er irgendwann stehen bleiben würde, dass wir einander umkreisen würden, wie die anderen Kämpfer vor uns es getan hatten, aber stattdessen kam er immer weiter auf mich zu, wie ein riesiger gefällter Baum, der einen Abhang hinunterrollt. Ich kam mir vor wie ein hilfloses Unkrautbüschel, das er auf seinem Weg nach unten einfach zermalmen würde. Wieder hatte ich Mühe, meinem Fluchtinstinkt zu widerstehen.

Als Gravnach nah genug war, dass ich das Weiße in seinen Augen sehen konnte, warf ich mich zur Seite und schleuderte ihm gleichzeitig einen Feuerstoß entgegen. Er blockte ihn mit hochgerissenen Unterarmen und einer Kälteexplosion ab, die mir das Gesicht zerstach.

Atemlos und frustriert schoss ich eine Reihe Feuerpfeile ab, wobei ich auf die Lücken in seiner Verteidigung zielte. Doch die meisten verfehlten ihn und landeten zischend am Boden. Einige jedoch erreichten ihr Ziel, trafen seine Maske oder seine Haut, wo sie knisternd verglühten. Gravnach wich einen Schritt zurück. Der erste Triumphmoment für mich.

Dann schickte er unter lautem Gebrüll eine Eiswelle über die Erde, die so rutschig war, dass ich sofort zu Boden ging und auf dem Rücken landete. Hilflos und panisch lag ich eine Sekunde da, ohne mich rühren zu können, doch als Gravnach sich auf mich stürzte, gelang es mir, unter ihm wegzurollen und schlitternd auf die Füße zu kommen. Ich brachte mich ein Stück weiter weg in Sicherheit, wobei ich mehrere Feuerblitze über die Schulter abschoss, um etwas Zeit zu gewinnen. Dann wirbelte ich herum und stellte mich meinem Gegner wieder. *Bleib in Bewegung*, redete ich mir innerlich gut zu. *Nicht denken, einfach nur in Bewegung bleiben.*

Das Publikum wurde lauter. »Gravnach! Gravnach! Gravnach!« Der Schlachtruf traf mich ein ums andere Mal wie ein Schmiedehammer, klopfte mir die Nerven dünn und brüchig.

Mein Gegner begann mich langsam zu umkreisen. Seine kleinen schwarzen Augen blitzten zornig hinter der Maske hervor. Ich hatte schließlich auch noch nicht um Gnade gewinselt – oder was auch immer seine Gegner sonst so innerhalb der ersten Kampfsekunden taten.

Das zumindest redete ich mir jetzt ein: dass ich stärker war als alle anderen. Dass ich gewinnen konnte.

Schneller, als ich es bei einem so kräftigen Mann erwartet hätte, hechtete er nach vorn und erschuf von beiden Seiten je eine gebogene Eiswand um mich herum. Ich streckte die Arme aus und schoss Hitzespiralen ab, wobei ich rückwärts taumelte, während er immer näher kam. Er spann mich in einen Käfig aus dünnen Eisfäden ein. Meine Todesangst musste mir wohl anzumerken gewesen sein, denn er grinste mich zwischen den Eisstäben hindurch verschlagen an.

Nicht denken. Beweg dich!

Ich ließ eine Hand vorschnellen und fraß ein Feuerloch in mein frostiges Gefängnis. Als ich daraus floh, baute Gravnach eine Eismauer in meinem Rücken auf und peitschte mir gleichzeitig einen Schwall frostiger Luft ins Gesicht. Ich taumelte rückwärts und krachte gegen die Eiswand, bevor ich es schließlich schaffte, auf allen vieren wegzukriechen.

Er verfolgte eindeutig eine Strategie. Gravnachs Bewegungen waren kleine spielerische Vorstöße, fast als würde er mich auf die Probe stellen. Er war eine riesige Spinne, die ihre klebrigen Fäden abschoss, auf dass sich ihre Beute in mindestens einem von ihnen verfing. Und ich war die Fliege, flink und geschmeidig, die sich einen Fluchtweg in seine Netze schnitt, um zu entkommen. Aber dabei wurde ich jedes Mal ein bisschen langsamer, ein bisschen müder. Und irgendwann würde ich unweigerlich in seinem Netz kleben bleiben.

Ich holte aus und ließ meinen Arm dann zu einem Drachenschwanz nach vorne schnellen. Bruder Thistle wäre stolz auf mich gewesen. Das Ende des Drachenschwanzes erwischte Gravnach am Bauch, woraufhin er nach vorne klappte. Dann richtete er sich wieder auf und schoss wie wild mit Eis um sich, doch ich schaffte es, entweder jede Attacke mit Feuerblitzen zu parieren oder ihr zumindest auszuweichen.

Einige Zuschauer johlten immer noch, aber die meisten waren verstummt. Eine nervöse, erwartungsvolle Stille breitete sich aus. Endlich, endlich hatte ihr Meister einen würdigen Gegner gefunden. Eine Welle der Zuversicht ließ die Gabe in meiner Brust aufglimmen, wie trockener Zunder ein Feuer entfacht. Ich wirbelte mit fliegenden Haaren im Kreis herum und ließ die Flammen um mich tanzen. Gravnach kauerte auf Knien am Boden, hinter einem Schutzschild aus Eis verschanzt.

Ich keuchte und konnte kaum glauben, dass ich die Oberhand gewonnen hatte. Ich ließ den Blick zur Empore des Königs hochfliegen. Er wirkte genauso reglos und gelassen wie zuvor, doch seine Hände hielten die Armlehnen fest umklammert. Das war es also. Ich würde gewinnen und er wusste es. Und wenn ich das schaffen konnte, dann konnte ich auch alles andere schaffen.

Ich wandte mich wieder Gravnach zu, schleuderte einen Feuerring um ihn herum und starrte ihn durch die Flammen an. Ich hatte keine Wahl – hier konnte es nur heißen, er oder ich. Ich sammelte meine Hitze für den einen, finalen Todesstoß.

Doch plötzlich ließ er mit bestürzender Geschwindigkeit seinen Frost auf meine Flammen los, und meine Welt verwandelte sich in Eis. Erst bedeckte es mein Gesicht, raubte mir den Atem, dann eroberte es auch meine Arme. Panik durchfuhr mich, als mir klar wurde, dass ich Gravnach in die Falle gegangen war, ins Netz. Ich warf mich zu Boden, wobei einiges von dem Eis zersplitterte und eine Hand freikam. Damit ließ ich Hitze aus mir herausströmen, verwandelte meine Angst in Feuer. Doch das Eis wuchs weiter, Schicht um Schicht legte es sich auf mich, drückte mir die Luft ab, quetschte mir den Atem aus der Lunge. Ich war dabei, alle Kraft zu verlieren, alle Konzentration. Ich war dabei, den Kampf zu verlieren.

Nein, ich kann jetzt noch nicht sterben!

»Du dreckiges Fireblood«, schnaubte Gravnach. »Ich gönne dir keinen schnellen Tod.«

Damit hob er ein Eisschwert über den Kopf und ließ es auf meinen Arm herabsausen. Verzweifelt sandte ich eine Hitzewelle aus, die das Eis schmelzen ließ, und zog meinen Arm gerade noch rechtzeitig weg, bevor die Klinge ihn durchdringen konnte. Stattdessen bohrte sich das frostige Schwert in die Erde.

Doch bevor ich das Überraschungsmoment ausnutzen und mich ganz befreien konnte, wurde ich schon wieder mit neuem Eis gefesselt. Die Niederlage war beinahe schon zum Greifen nah.

»Du kannst nicht siegen«, dröhnte Gravnach mit vor Grausamkeit entstellter Stimme. »Hast du gedacht, nur weil du das Untier umgebracht hast, könntest du auch mich töten? Ich bin Gravnach.« Er schlug sich mit der Faust auf die Brust. »Ich unterwerfe mich weder Frost noch Feuer.« Er ließ den Arm nach vorne schnellen und schoss hundert Eispfeile auf mich ab. Automatisch riss ich eine Hand hoch und baute mir einen flammenden Schutzschild.

Gravnach umwickelte seine Arme mit Eis und schoss weitere Frostpfeile auf mich ab. Diesmal trafen mich einige im Gesicht, bevor sie wie Tränen auf meinen Wangen zerschmolzen. Einer schlitzte mir sogar das Augenlid auf, sodass sich in meinem Auge eine Blutlache bildete.

Lachend holte Gravnach wieder aus und ließ Pfeil um Pfeil auf mich herabregnen, bis mein ganzes Gesicht brannte und blutüberströmt war.

»Und jetzt zu deinen kostbaren Fingern«, knurrte er. »Die werden nie wieder Feuer entfachen können.«

Er hob das Schwert und ließ es mit gnadenloser Genauigkeit herabsirren. Ich schrie auf, als der Stahl in das Fleisch meines kleinen Fingers schnitt. Gravnach lachte nur und zog die Klinge wieder heraus.

»Ich hab eine noch bessere Idee. Ich werde deine Hände gefrieren und dir dann jeden Finger einzeln abbrechen.«

Schon betäubte die Kälte meine Finger. Angst bemächtigte sich meiner, die grenzenlose Todesangst hilfloser, in die Ecke getriebener Beute. Die Zuschauermenge schrie nach meinem Blut. Ich war schwach und besiegt, der Gnade dieses Monsters ausgeliefert, und immer noch brüllten sie nach mehr. Ich hasste sie, hasste sie alle, und wenn ich gekonnt hätte, hätte ich sie alle zu Asche verbrannt.

Während der Hass mich durchströmte, nahm etwas Dunkles, Verworrenes in meinem Herzen Gestalt an. Statt auf das Publikum richtete ich die Aufmerksamkeit nun auf mein Inneres. Es war, als hätte sich ein Fremder in meinen Körper geschlichen. Da war keine Kälte mehr. Da war nichts. Nur Schwärze, eine spürbare Abwesenheit von allem Sein. Und es wuchs in mir, bis es sich von innen bis in die letzte Zelle meiner Haut ausgebreitet hatte.

Desorientiert schlug ich die Augen auf. Meine Sicht war völlig verändert. Die Welt wirkte schwarz und weiß und grau, bar jeder Farbe, und ganz flach. Das Einzige, was sich davon abhob, war mein Gegner, der den Kopf ekstatisch in den Nacken legte und sich an meinem Elend ergötzte. Dann sah er auf mich herab.

»Spürst du ihn, Fireblood? Spürst du den Schmerz?« Er beugte sich ganz nah zu mir herunter. »Dein Schmerz ist mein Vergnügen.«

Aber ich hörte ihn kaum. Mein Geist war in ein anderes Stadium übergewechselt – nicht wirklich friedvoll, aber komplett gefühllos. Der Zustand ähnelte nicht im Geringsten dem, was Bruder Thistle mir beigebracht hatte. Etwas Neuartiges hatte in meinem Inneren den Platz der völligen Ruhe eingenommen und hatte alle Gedanken, Sorgen und Fragen davongefegt, die normalerweise in meinem Kopf durcheinanderwirbelten.

Auf einmal war alles so viel einfacher. Schwarz oder Weiß. Ich oder du. Leben oder Sterben.

»Nein, dein Tod wird mein Vergnügen sein«, flüsterte ich, und meine Stimme klang wie von weit her, als gehörte sie jemand anders.

Die Zeit verlangsamte sich.

Es war, als spürte ich den Herzschlag des Fremden in meiner Brust, spürte, wie er Blut und Leben durch meine Adern schießen ließ. Ein Herzschlag dauerte eine Ewigkeit. Ein unglaubliches, überwältigendes Gefühl von Macht durchströmte mich.

»Verbrenne ihn!«, raunte mir eine Stimme zu, und ich wusste, ich musste ihr gehorchen. Die Stimme war ich und ich war die Stimme, und ich durfte sie nicht infrage stellen.

Ich schleuderte mein Feuer hinaus. Es war stärker und zielgenauer als jedes andere Feuer, das ich je erschaffen hatte. Es brannte sich durch Gravnachs Panzer direkt in seine Brust hinein.

Er riss die Augen auf und ein gurgelndes Geräusch drang aus seinem Mund. Sein Körper bebte und wand sich, dann ging er mit einem Krachen bäuchlings zu Boden. Dort zuckte er noch ein paarmal und blieb dann reglos liegen, das Gesicht in den Dreck gepresst.

Ich starrte den Leichnam an, der nun so still und leer dalag. Eine dunkelblaue Blutlache breitete sich unter seinem Gesicht aus.

Ich empfand keinerlei Triumph. Keine Reue. Es war einfach nur interessant – diese Kreatur, die mir so wehgetan hatte, war jetzt verstummt.

Dann sah ich zu den Zuschauern hoch, die ebenfalls wie betäubt schwiegen. Ein Gedanke schoss mir durch den Kopf. Was ich mit Gravnach getan hatte – ich konnte es mit ihnen allen tun. Ihre Herzen verbrennen. Sollte ich es tun?

Ich hob eine Hand, um die Schwärze auf sie abzuschießen, aber da riss etwas in meinem Inneren wie ein Faden, der zu sehr überdehnt worden ist.

Wie ein rauschendes Gewitter kehrten die Gefühle und die Farben in meine Welt zurück, prasselten regelrecht auf mich ein. Ich schnappte nach Luft. Meine Brust schmerzte von der geballten Macht all dessen, was auf einmal wieder hineinströmte. Ich brauchte mehrere Sekunden, um zu begreifen, wo ich mich befand und was da gerade passiert war.

Nein. Nichts denken. Nichts fühlen. Einfach nur aufstehen und gehen.

Das meiste Eis um mich herum war geschmolzen. Triefnass und zitternd rappelte ich mich auf.

Ich sah auf meine Hand herunter. Dumpfes Entsetzen erfasste mich, als ich das grellrote Blut sah, das von meinem verletzten Finger auf den eisbedeckten Boden tropfte. Wie die Beeren, die in der Nacht, als die Soldaten kamen, über den Boden unserer Hütte gekullert waren. Mir wurde schwindlig, und ich schwankte.

Eine Gestalt schob sich auf mich zu, war nur noch wenige Schritte von mir entfernt. Noch ein Gegner? Nein, die Gestalt war übermenschlich groß, ein schwarzer Schatten mit spitzen Schultern, der wie überhitzte Luft an einem heißen Sommertag auf mich zuwaberte. Die Umrisse wurden immer schärfer, als er näher kam, die Arme zeichneten sich ab, die langfingrigen Hände, die sich mir entgegenreckten …

Ich hob eine Hand, um ihn zu verbrennen.

Doch als ich blinzelte, erkannte ich in der näher kommenden Gestalt den weißhaarigen Ansager, dessen indigoblaues Gewand inmitten des ganzen Blutes in der Arena fehl am Platz erschien. Er blieb in der Mitte des Kampfplatzes stehen und wandte sich ans Publikum.

»Oh Volk von Tempesien, hiermit präsentiere ich Euch den allerersten Fireblood, der jemals in dieser Arena einen Frostblood besiegt hat. Bejubelt die Fireblood-Meisterin!«

Aber sie jubelten nicht. Einige schrien und fluchten, andere schmissen Essensreste und Unrat in die Arena hinunter, wiederum andere eilten zur Umrandung und spuckten auf den Boden.

Meine verletzte Hand mit meiner gesunden schützend, humpelte ich, immer noch leicht benommen, auf das Tor zu, hinter dem ich vor dem Kampf gewartet hatte. Ich hatte Gravnach nicht allein mit meinem Feuer bezwungen. Irgendetwas anderes hatte sich meines Geistes und meines Herzens bemächtigt. Eine Finsternis, die ich so noch nie zuvor erlebt hatte, und doch hatte ich sie wie einen alten Freund willkommen geheißen. Ein Fremder unter meiner Haut.

Ich schaute zur Empore des Königs hin, und mein Blick fing den seinen auf. In seinen Augen lag ein berechnendes Interesse, das mir beinahe Gänsehaut verursachte. Marellas Gesicht hingegen strahlte pure Zufriedenheit aus, vielleicht sogar triumphierende Genugtuung.

Dann erhob sich König Rasmus, trat an das Balkongeländer heran und ließ den Blick über das bestürzte Publikum schweifen. »Ihr seid heute Zeugen eines großartigen Spektakels geworden, genau wie Fürst Albus es versprochen hatte, unser hoch geschätzter Ausrichter dieser Spiele.« Schwacher Beifall kam auf. »Vielleicht hat es euch überrascht, dass eine Fireblood in *unserer* Stadt gesiegt hat. Im Herzen *unseres* Landes. In *meiner* Arena. Doch seid unbesorgt. Ich versichere euch, dies hat nichts zu bedeuten. Ihre Macht ist wie eine Kerze in einem Schneesturm – durch einen einzigen kalten Windstoß auszulöschen.«

Eine Frostwoge entstand in seiner Hand und machte sich auf den Weg in meine Richtung. Wenige Augenblicke später umhüllte sie mich wie Watte, wickelte mich Schicht für Schicht ein, bis ich kaum noch Luft bekam. Als ich mich wand und schüttelte, fingen einige der Zuschauer zu lachen an.

»Sei versichert, oh Volk von Fors«, fuhr der König fort, »dass der

Frost für alle Zeit die Oberhand behalten wird. Und wer es wagt, uns die Stirn zu bieten, wird allzu schnell erkennen, welch Fehler das ist, und mit Blut und Tränen dafür bezahlen.«

Trotz meiner Benommenheit spürte ich, wie mir beim Klang seiner Worte von innen heiß wurde. Sein Frost war unheimlich mächtig, doch einige Feuerblitze reichten, um mich freizukämpfen. Im wandte mich ab, beinahe unbemerkt von der Meute, die zu sehr von den Worten ihres Königs in den Bann gezogen war, um auf mich zu achten.

Doch als ich den Schatten des Tunnels erreichte, legte mir plötzlich jemand die Hand auf die Schulter und ich zuckte zusammen.

»Du hast heute einen großen Kämpfer zur Strecke gebracht, Fireblood«, sagte Braka. »Und als Kriegerin erbiete ich dir hiermit meine Ehrenbezeugung.«

Ich schüttelte ihre Hand genauso ab wie ihre Huldigung und humpelte durch den dunklen Tunnel davon.

21

»Bist du sicher, dass so deine Befehle lauten?« Mein Herz raste, seit ich die Worte vernommen hatte.

Das Gesicht des Wachmannes war steinern und seine Augen abgewandt, sodass ich nichts darin lesen konnte. »Ja. Der König wünscht, dass du mit ihm zu Abend isst.«

Mir tat nach dem Kampf alles weh, die Glieder ebenso wie das Herz. Ich konnte mich kaum daran erinnern, wer ich war, geschweige denn, was ich im Schloss des Frostkönigs zu suchen hatte. Ich sah an meinen Kleidern hinunter, denselben Kleidern, die ich auch schon in der Arena getragen hatte. Eine fremde Macht hatte mich ergriffen und ich hatte ein Menschenleben ausgelöscht. Es war, als wäre ich kurzfristig zu jemand anders geworden, und jetzt taumelte ich benommen durch meinen eigenen Kopf und suchte nach der Person, die ich einst gewesen war.

Doch als der Wachposten den König erwähnte, fiel mir schlagartig wieder ein, mit welchem Ziel ich hierhergekommen war, und das verscheuchte die Benommenheit aus meinem Kopf und ließ meine Hände zittern.

Den Thron zerstören. Den König töten. Rache nehmen.

Endlich wieder Herrin meines vernebelten Verstandes, nickte ich und folgte dem Wachmann auf den Flur hinaus. Er berührte mich nicht, blieb aber dicht bei mir und führte mich durch ein Labyrinth von Gängen zu einem großen Badezimmer. Farbig leuchtende Porzellanfliesen bedeckten Boden und Wände. In der Mitte blubberte ein Brunnen, der nach Rose, Lavendel und Zitrone duftete.

Es hätte paradiesisch wirken können, wären da nicht die fünf Soldaten gewesen, die sich an den Wänden entlang postiert hatten, die Schwerter auf mich gerichtet.

»Betrachte dies als Belohnung für deinen Sieg«, sagte der Wachmann. »Das heiße Wasser wird dich stärken. Es ist unsere Aufgabe, dich zu töten, wenn du etwas Unerlaubtes versuchst. Wie du siehst, gibt es in diesem Raum ohnehin nichts Brennbares.«

»Bis auf euch«, wandte ich ein.

Er zuckte zusammen und blinzelte.

Dann fing er sich wieder. »Solltest du zu fliehen versuchen, sind unsere Schwerter jederzeit bereit loszuschlagen«, sagte er und bedachte mich mit einem stählernen Blick.

Dabei war Flucht gar keine Option für mich. Der Thron war immer noch verflucht, der König immer noch am Leben, der Tod meiner Mutter immer noch nicht gerächt. Ich konnte genauso wenig fliehen, wie ich mir Flügel wachsen lassen und mich in die Lüfte erheben konnte.

Als die Soldaten verschwunden waren, betrat eine Heilerin des Hofes den Raum. Sie trug ein weißes Kleid und nähte die Wunde an meinem Finger mit grimmiger Entschlossenheit zu, dann schmierte sie mir Salbe auf die Schnitte, die ich im Gesicht davongetragen hatte. Die Wunde am Finger war tief, aber nicht so schlimm, wie ich zuerst befürchtet hatte.

Nachdem die Heilerin weg war, wartete ich noch einen Moment, um sicherzugehen, dass sie nicht zurückkehrte, dann schlüpfte ich aus meinen Kleidern und stieg in das dampfend heiße Wasser, wobei ich sorgsam darauf achtete, dass meine bandagierte Hand trocken blieb.

Eigentlich hatte ich mir nicht erlauben wollen zu denken, aber da war so viel Grauenhaftes, was in meinem Kopf eingeschlossen war. Ich schlug mir eine Hand vor den Mund, um die Schluchzer zu dämpfen, und klatschte mir ein ums andere Mal Wasser ins Gesicht, bis mein Atem wieder halbwegs normal ging. Mit der unverletzten Hand schrubbte ich mir den Dreck von der Haut und aus den Haaren, dann stieg ich wieder aus der Wanne und wickelte mich in ein Badetuch.

Über einen kurzen, gefliesten Flur erreichte ich einen Raum, der kaum größer war als ein Wandschrank und über einen hohen Wandspiegel verfügte. Ich ließ das Badetuch fallen und betrachtete mich im welligen Spiegelglas. Mein Körper war über und über mit blauen und grünen Flecken bedeckt, aber ich war nicht mehr das wandelnde Skelett, das Arcus und Bruder Thistle aus dem Gefängnis gerettet hatten. An Armen und Beinen hatte ich Muskeln bekommen, und dazwischen hatten sich Kurven ausgebildet. Ich konnte mich nicht erinnern, wann ich zuletzt in einen Spiegel geschaut hatte. Mir war, als wäre ich eine Fremde, die mich von der falschen Seite des Spiegels aus betrachtete.

In einer Ecke des Raums stand eine Truhe, in der sich zarte Unterwäsche aus Leinen und ein Fischgrätenkorsett befanden. Ich zog alles an, so gut ich konnte, und stellte fest, dass es mir perfekt passte. Ich war immer noch verwundert darüber, als plötzlich eine bislang unsichtbare Tür in der Wand aufging.

Ich wirbelte herum und riss unwillkürlich die Fäuste hoch. Marella betrat den Raum, legte ein Bündel Kleidung auf einem Stuhl ab und machte die Tür hinter sich zu.

»Immer kampfbereit, nicht wahr? Du hast also in der Arena gesiegt. Ich wusste, dass du es schaffen würdest.«

Sekundenlang sprachlos, ließ ich die Fäuste sinken. Ich hätte ihr davon erzählen können, wie sich jemand Fremdes meiner bemächtigt hatte, aber so sehr vertraute ich ihr noch nicht. Nicht solange ich nicht wusste, warum sie auf meiner Seite war.

»Fast hätte ich verloren«, sagte ich. »Ich war zu … selbstsicher.«

»Es war Gravnachs Spezialität, so mit seinen Gegnern zu spielen. Das hatte ihn zu einem Favoriten gemacht.«

»Des Königs oder des Publikums?«

»Beides.«

»Und was ist mit Euch?«

Sie zuckte mit den Schultern. »Ich wohne den Kämpfen bei, weil ich muss. Mein Vater würde niemals zulassen, dass ich abwesend bin. Wir müssen zeigen, dass wir den König unterstützen.«

»Tut Ihr das denn wirklich?«

»Du bist ganz schön tollkühn! Aber natürlich tue ich das.« Sie hielt inne. »Außer vielleicht, wenn es um Firebloods geht. Aber das sollte lieber unser beider Geheimnis bleiben, nicht wahr?«

Ich nickte. Ich durfte hier niemandem trauen, weder ihr noch sonst irgendjemandem am Hof, aber es war unmöglich, sich nicht von ihrer Wärme gefangen nehmen zu lassen. Ganz zu schweigen von ihrem offensichtlichen Wohlwollen meinem Volk gegenüber.

»Danke für …« Ich presste die Lippen befangen aufeinander. »Als ich in der Arena war … Es war gut zu wissen, dass wenigstens ein Mensch mir den Sieg wünschte.«

Sie lächelte und ließ den Blick über meine Unterwäsche gleiten. »Offenbar habe ich deine Größe richtig eingeschätzt. Wollen wir dich jetzt weiter anziehen?«

»Wir? Aber … Ihr seid doch eine Lady. Was ist mit Doreena?«

»Ich habe ihr gesagt, ich würde dir beim Ankleiden helfen. Ich wollte Gelegenheit haben, mich mit dir zu unterhalten. Dreh dich bitte, damit ich dein Korsett schnüren kann.«

Ich tat, wie mir geheißen.

»Einatmen«, sagte sie und zog die Schnüre fester an.

Ich schnappte nach Luft.

»Gut Luft zu bekommen ist Luxus. Schön auszusehen eine Notwendigkeit.« Sie lächelte, um ihre Worte etwas zu entschärfen, aber ich hatte das Gefühl, dass sie sie durchaus ernst meinte. Sie sah selbst unglaublich hübsch aus, kein goldenes Haar tanzte aus der Reihe, die seidigen Strähnen waren auf kunstvolle Art hochgebunden und mit perlenverzierten Nadeln festgesteckt worden. Ihr korallenrosa Satinkleid mit weißer Spitze an Ellbogen und Miederausschnitt brachte ihre matt glänzende, pfirsichfarbene Haut gut zur Geltung, und ein schwarzes Samtband betonte ihre schmale Taille.

Sie nahm das Kleiderbündel, das sie mitgebracht hatte, und faltete es auseinander. Zum Vorschein kam ein weinrotes, mit Perlen und Blumen besticktes Kleid, das sie mir nun hinhielt.

Ich schüttelte den Kopf. »Ich würde lieber wieder die Sachen anziehen, die ich in der Arena anhatte. Die passen zu mir. Das hier ist … So etwas Feines habe ich noch nie im Leben getragen.«

Marella lachte. »Na das wäre ja ein Anblick! Der König und seine geschätztesten Höflinge speisen zusammen mit einem Mädchen, das in blutige Lumpen gehüllt ist. Nein, das geht nicht. Außerdem sind die Fetzen bestimmt längst in der Wäsche oder im Abfall gelandet. Jetzt zieh es endlich an.« Sie schüttelte das Kleid ungeduldig.

Mir blieb nichts anderes übrig, als hineinzuschlüpfen. Marella nahm eine Bürste und hob einen Teil meiner Haare an.

»Nein, das will ich nicht«, sagte ich. »Spielt doch ohnehin keine Rolle, wie ich aussehe.«

»Für mich schon. Ich kann doch nicht zulassen, dass mein Schützling wie eine Fetzenpuppe auftritt.«

»Euer Schützling?« Ein ungutes Gefühl beschlich mich. Das Wort erinnerte mich daran, wie Bruder Thistle mal gesagt hatte, er habe mich zunächst nur als Werkzeug gesehen, als eine Waffe, die er nach Belieben einsetzen konnte. War es möglich, dass Marella jetzt genau dasselbe in mir sah?

Sie sprach langsam, den Blick auf meine Haare gerichtet, und glättete dabei jede Strähne sorgfältig mit der Hand. »Du bist eine gute Gelegenheit für mich. Als König Rasmus' Mutter von einem Fireblood getötet wurde, schlug hier die Stimmung deinem Volk gegenüber in Feindseligkeit um. Und als sein älterer Bruder ermordet wurde, verwandelte sich die Feindseligkeit in blanken Hass. Den nutzte König Rasmus dazu, seinen Feldzug zur Vernichtung deines Volkes zu rechtfertigen. Wer damit nicht einverstanden war, wurde verbannt oder getötet. Seitdem traut sich niemand mehr, seine Kampagne zur Auslöschung der Firebloods offen zu kritisieren.«

»Aber Ihr habt das trotzdem getan?«

Sie kicherte. »Ich bin doch kein Dummkopf. Er würde mich im Handumdrehen in den Kerker werfen lassen – oder Schlimmeres.« Sie griff nach einer meiner Haarsträhnen und wickelte sie sich um den Finger. »Wir leiden alle unter den wilden Stimmungsschwankungen des Königs und unter den gefährlichen Entscheidungen, die daraus hervorgehen. Aber ich bin durchaus nicht tatenlos gewesen. Ich habe Pläne geschmiedet und auf den richtigen Augenblick gewartet – auf den Fireblood gewartet, der mächtig genug ist, mir bei der Ausführung meiner Pläne zu helfen. Und jetzt bist du da.«

Ich wollte den Kopf drehen, um ihr in die Augen zu schauen, aber sie hielt ihn wie in einem Schraubstock zwischen ihren Händen fest. »Halt still! Ich muss deine Frisur am Hinterkopf hinbekommen.«

»Was erwartet Ihr von mir?« Die Worte klangen eisiger als beabsichtigt.

»Dass du in der Arena weiter siegst, die Aufmerksamkeit des Königs auf dich lenkst. Wenn du sein Vertrauen gewinnst, wirst du dich innerhalb des Schlosses freier bewegen können, und das kommt uns beiden zugute.«

»Aber warum sollte ich *Euch* vertrauen?«

»Weil ich der einzige Mensch im Palast bin – und vielleicht sogar im gesamten Königreich –, der dich nicht tot sehen möchte.«

Ich schüttelte unwillkürlich den Kopf, nur ganz unmerklich, aber ihr entging es nicht, und ich sah im Spiegel, wie sich ihr Gesichtsausdruck veränderte. »Dann gibt es noch jemanden, der dich am Leben erhalten will? Die Mönche, bei denen du gewohnt hast? Die Leute, die dir geholfen haben, aus dem Gefängnis zu entkommen?«

Ich presste die Lippen aufeinander.

»Der junge Mann?«, fragte sie leise.

Meine Augen blitzten auf, bevor ich es verhindern konnte.

Marellas Spiegelbild lächelte das meine an. »Ich denke, der junge Mann mit der Kapuze könnte dein Verehrer sein. Wie ist sein Name?«

Ich starrte schweigend geradeaus, konnte aber nicht verhindern, dass meine Gedanken zu Arcus wanderten. Ich sehnte mich so danach, zu erfahren, ob er in Sicherheit war, und wünschte mir zum tausendsten Mal, er könnte bei mir sein, mich führen und beschützen, so wie es geplant gewesen war.

»Eines Tages wirst du mir sicher von ihm erzählen«, sagte Marella zuversichtlich. »Und um dein Vertrauen zu gewinnen, werde ich dir jetzt etwas über mich erzählen. Ich war einmal mit dem König verlobt.«

Ich sah ihrem Spiegelbild in die Augen. »Ihr und König Rasmus …?«

Sie schüttelte den Kopf, nahm einen kleinen Tiegel in die Hand, rieb mit einem Finger über das grellrote Rouge darin und verteilte es auf meinen Wangen. Sie runzelte die Stirn und griff nach einem Tuch, mit dem sie mir das Rouge wieder aus dem Gesicht wischte. »Das brauchst du gar nicht. Deine Wangen sind von Natur aus rosig. Sehr hübsch.«

»Euer Verlobter …«, hakte ich nach.

»Ich war seinem Bruder versprochen, König Arelius. Unsere Väter hatten die Verbindung schon arrangiert, als wir beide noch Kinder waren. Wir sind in dem Bewusstsein aufgewachsen, dass wir eines Tages heiraten würden. Als König Akur starb und Arelius zum König gekrönt wurde, wurde gleichzeitig auch der Tag unserer Hochzeit festgelegt. Ein König braucht eine starke Königin, so lautet unsere Tradition. Er ist die Quelle der Macht, sie die Brücke zwischen ihm und seinem Volk. Zumindest hat mein Vater mir das immer so erklärt. Jedenfalls – noch bevor die Hochzeit stattfinden konnte, wurde Arelius ermordet.«

»Das tut mir leid«, sagte ich und meinte es auch so. Ich wusste auch, was sie verschwieg: dass Arelius von einem Fireblood getötet worden war. Ein Wunder, dass sie mich nicht auch abgrundtief hasste, so wie alle anderen hier. »Hat Euer Vater dann eine neue Heirat für Euch arrangiert?«

Sie verzog den Mund zu einem herablassenden Lächeln. »Er hat es versucht. Aber König Rasmus besteht darauf, sich seine Braut selbst auszusuchen, wenn er die Zeit für reif hält. Mein Vater hat mich ihm schon so oft aufzudrängen versucht, dass Rasmus meinen Anblick kaum mehr ertragen kann. Zum Glück steht unsere Familie im Adelsrang der Frostbloods recht weit oben und verfügt über eine Vielzahl von Beziehungen und Verbündeten, sodass der König es nicht wagt, uns vor den Kopf zu stoßen. Deswegen darf ich bei formellen Gelegenheiten, zum Beispiel Arenakämpfen, an seiner Seite sein. Als Platzhalter für die Königin, die eines Tages neben ihm stehen wird.«

»Aber wenn Eure Familie so einflussreich ist, wieso könnt Ihr Euch dann nicht gegen den König auflehnen? Oder Widerstand gegen ihn organisieren?«

»Vorsicht«, erwiderte sie leise. »Diese Mauern mögen aus Stein gebaut sein, aber wenn es um Verrat geht, können sie auf einmal papierdünn werden. Und der König ist wesentlich mächtiger, als dir vielleicht bewusst ist.«

»Aber nur dank des Throns.«

Ihre Augen blitzten überrascht und voller Genugtuung auf, sie hielt meinen Blick kurz gefangen, dann sah sie wieder weg.

Nachdem sie mein Gesicht gepudert hatte, nickte sie zufrieden und bedeutete mir aufzustehen, um mich von oben bis unten im Spiegel zu betrachten. Das bodenlange Kleid war einfach umwerfend. Es betonte meine rosigen Wangen und wärmte meine bernsteinfarbenen Augen zu glänzendem Gold. Noch nie hatte ich so etwas Wunderschönes abgehabt.

Aber ich hasste das Kleid – und mit ihm die Fremde im Spiegel. Das alles hatte nicht zu meinem Plan gehört.

»War es wirklich nötig, mich wie eine zu Besuch weilende Prinzessin auszustaffieren?« Ich versuchte das Mieder höher zu ziehen. »Wahrscheinlich wird mich der König noch während des Abendessens umbringen.«

»Er wird nichts dergleichen tun. Du gehörst jetzt zu seinen Meistern. Beweise ihm, dass du diese Bezeichnung zu Recht trägst. Zeig keine Schwäche und lasse nicht zu, dass dein Temperament mit dir durchgeht. Er will dich wieder in der Arena kämpfen sehen, das habe ich gleich gespürt.«

Mir drehte sich der Magen um bei dem Gedanken, dass es ihm Spaß gemacht hatte mit anzusehen, wie ich mich in eine Mörderin verwandelte. Aber wenn meine einzige Chance, am Leben zu bleiben und den Thron zu zerstören, darin bestand, seine grausamen Spielchen mitzuspielen, dann würde ich das eben tun.

Bevor sie ging, warnte Marella mich noch, niemandem etwas von unserer Unterhaltung zu erzählen. Es verwunderte mich, wie sehr sie mir schon vertraute, aber andererseits konnte sie sich ja sicher sein, dass ich keinen Grund hatte, sie zu verraten. Es wäre furchtbar dumm von mir gewesen, meine einzige Verbündete zu verlieren. Und für ihre kühne Ehrlichkeit musste ich sie unwillkürlich bewundern. Ich spürte sogar, dass ich anfing sie zu mögen.

Doch sie erinnerte mich an etwas, was ich in Mutters Buch über exotische Pflanzen gelesen hatte: eine wunderschöne Blume, die harmlos war, solange man die Blütenblätter nicht berührte, aber tödlich, wenn man es tat. Sie behielt ihre Geheimnisse in ihrem Inneren verborgen, doch welch süßlich duftendes Gift würde sie ausströmen, wenn sie zu voller Blüte aufging?

Wenige Minuten später wurde ich von zwei Wachleuten abgeholt und durch eine Reihe von Gängen geführt. Das Herz schlug mir bis zum Hals, als wir vor einem riesigen Doppeltor stehen blieben, in das zwei Drachen geschnitzt waren, die einander gegenüberstanden und mit ihren Klauen Eispfeile umklammert hielten. Weiß behandschuhte Diener drückten die glänzenden Klinken herunter, und eine Wand eiskalter Luft schlug mir durch die sich öffnenden Türen entgegen.

Der Raum war gigantisch und fürchterlich kalt. Nur wenige Wandteppiche, die in kalten, düsteren Farbtönen gehalten waren, hingen an den mit Frost übersäten Wänden. Die Bodenfliesen waren glasig blau und blitzend weiß. Mehrere Kerzen zitterten in Wandhalterungen, und von der bogenförmigen Decke hing ein kristallener Kronleuchter herab, dessen unzählige Eiszapfen das Licht brachen und bunte Strahlen in den Raum warfen.

In der Mitte stand ein Tisch aus scharf geschliffenem Glas, daran durchsichtige Stühle, auf denen weiße Tierfelle ausgelegt waren. Etliche der Plätze waren bereits von elegant gekleideten Damen und Herren mit dunklen Westen besetzt. Jede Unterhaltung erstarb sofort, als ich den Raum betrat.

Ich schluckte und zwang meine in schmale Frauenschuhe gezwängten Füße, langsam zum Tisch zu schreiten. Eine hoch aufgeschossene Gestalt mit hellem Haar stand auf und die anderen Männer folgten augenblicklich seinem Beispiel. Dann deutete der Mann auf einen Stuhl, und zwar nicht ganz am Ende der Tafel, wie ich gehofft hatte, sondern direkt zu seiner Rechten.

Beim Anblick des Königs spannte ich sofort alle Muskeln an, bereit mich zu verteidigen, bereit zu kämpfen. Die Kälte wurde schneidender, als ich mich ihm näherte, wirbelte durch den Raum in unsichtbaren Strömen, die meinen Nacken, mein Gesicht und die entblößte Haut an meinem Ausschnitt streiften. Es fühlte sich weniger wie ein Lufthauch an als vielmehr wie eine Macht, die sich bemerkbar machen wollte, um meine Hitze zu testen. Ich versuchte ungerührt zu erscheinen, um nicht den Hauch einer Schwäche zu zeigen, aber es war, als kämpfte ich mich durch einen Schneesturm. Als ich schließlich meinen Sitz erreichte, ging mein Atem schnell und stoßweise.

Ich stützte mich am Tisch ab, zog die Hand aber sofort wieder zurück. Die Tischplatte war aus geschliffenem, durchsichtigem Eis. Ich strich mein Kleid glatt und setzte mich auf das weiße Fell auf meinem Stuhl. Meine Hände zitterten. Auf dem Sitz des Königs lag kein Fell, als ergötze er sich an der Kälte. Der Tisch war mit silbernen Tellern, Kelchen und Besteck auf weißen Stoffservietten gedeckt. In meinem Teller spiegelten sich die Eiszapfen des Kronleuchters wider, die über meinem Kopf baumelten wie winzige Speere, die jederzeit herabsausen konnten. Ich reckte das Kinn vor und sah in die Runde. Einige Gäste schauten weg, während andere mich unverwandt anstarrten.

»Bitte verzeih ihnen die neugierigen Blicke«, sagte der König. »Du bist sozusagen ein Phänomen – der allererste Fireblood, der zur Meisterschaft gelangt ist.«

Ich spürte, dass alle wie gebannt auf meine Antwort warteten. Doch da ich nichts zu erwidern wusste, schwieg ich.

»Eine bewundernswerte Errungenschaft«, sagte ein Mann und zog damit meine Aufmerksamkeit auf sich. Er war mittleren Alters, hatte grobe Gesichtszüge, dichte Koteletten und einen stechenden Blick. »In der Arena würde ich Euch niemals offen zujubeln, aber bitte nehmt jetzt meine Glückwünsche entgegen. Zweifellos werde ich keine zweite Gelegenheit bekommen, Euch zu gratulieren.« Er lächelte, aber seine Augen sprachen eine andere Sprache.

»Ihr solltet sie nicht so leichtfertig abschreiben, Fürst Blanding«, erwiderte eine andere Stimme. Ein Blitz durchzuckte mich, als ich sie erkannte. Ich war bislang zu nervös gewesen, um mir jeden Gast genau anzuschauen, und er sah so anders aus ohne seine Uniform – diesmal trug er ein blaues Samtjackett über einem gestärkten weißen Hemd und hatte sich das dunkelblonde Haar streng aus der Stirn gekämmt. »Sie hat immerhin mein halbes Regiment in Brand gesetzt und ist aus dem Blackcreek-Gefängnis entkommen. Ganz schön gewieftes Ding. Wir haben Monate gebraucht, um sie aufzustöbern.«

Ich sah zum König hin und er erwiderte meinen Blick. Seine kalten, dunklen, blau unterlaufenen Augen wirkten so trostlos wie ein Gletscher inmitten eines gefrorenen Meeres. Trotz aller Grausamkeiten, die ich hier bisher hatte erdulden müssen – mit dem Hauptmann, der meine Mutter umgebracht hatte, an einem Tisch sitzen zu müssen, war das Allerschlimmste. Wenn ich ihn mit Blicken hätte töten können, ich hätte ihn auf der Stelle in Asche verwandelt, nein, alle beide, auch den König, dessen Gesicht teilnahmslos schien, in dessen Augen aber ein kalter Freudenfunke blitzte, als er sprach.

»In der Tat. Und jetzt habt ihr sie zu uns gebracht. Obwohl ich zugeben muss, dass ich nicht gerade begeistert darüber bin, erst mein Biest und nun auch noch meinen besten Kämpfer verloren zu haben. Ich erwarte von ihr zum Ausgleich einen hohen Unterhaltungswert.«

Bevor ich etwas erwidern konnte, flog die Doppeltür auf und Marella trat ein. Sie sah unglaublich aus in ihrem bronzefarbenen Seidenkleid mit der zarten, in Tee gefärbten Spitze an den Rändern, und sie streifte die Männer, die sich bei ihrem Anblick erhoben, mit einem huldvollen Lächeln. Dann nahm sie ihren Platz mir gegenüber ein. »Habe ich mich schon wieder verspätet? Ich kann mir nie merken, um welche Uhrzeit wir das Abendmahl einnehmen.«

Der König warf ihr einen kühlen Blick aus zusammengekniffenen Augen zu. Fürst Ustathius, der in Dunkelgrün gekleidet war und zu Marellas Linken saß, sah sie mahnend an. »Wenn du wie die meisten Menschen des Nachts schlafen und morgens aufstehen würdest, würde deine Uhr vielleicht im selben Rhythmus wie der Rest der Welt ticken«, sagte er.

»Aber dann könnte ich nicht mehr in die Sterne sehen, nicht wahr, Vater? Und wir wissen doch beide, dass die Antworten auf all unsere Fragen in den Sternen stehen.«

»Würdest du zumindest einen Bruchteil deiner Zeit in Gesellschaft verbringen statt in diesem vermaledeiten Observatorium, hättest du schon längst einen Gatten finden können.«

Marellas Augen flammten zornig auf. »Ein Gatte würde mir aber, anders als du, niemals erlauben, meinen Wissensdurst zu befriedigen. Also bleibe ich doch lieber unverheiratet.«

»Ich bin nicht sicher, wie lange ich dir das noch erlauben kann. Vielleicht beschließe ich auch, dir ein Ultimatum zu setzen. Sagen wir etwa …« Er wedelte mit einer Hand durch die Luft. »Du musst bis zur Wintersonnenwende heiraten, sonst schicke ich dich ins Schweigekloster auf die Insel Nimbus.«

Sie schürzte die Lippen, und etwas beinahe Gewaltsames verdüsterte ihren Blick. »Die Schweigeschwestern gehören zum Orden von Cirrus«, sagte sie leise. »Da stürze ich mich eher von den östlichen Klippen.«

Bei Tisch verstummte jede Unterhaltung. Und ich war Marella dankbar, dass sie die Aufmerksamkeit von mir auf sich umgelenkt hatte.

Sichtlich aufgebracht tätschelte ihr Vater ihr die Hand. »Ich wollte dich doch nur ein wenig necken, meine Tochter. Ich bin sicher, du wirst irgendwann jemanden aus Forsien zum Heiraten finden.«

Sie lehnte sich auf ihrem Stuhl zurück, nippte an ihrem Kelch und versuchte die Fassung wieder zu erlangen. »Du wirst sicherlich recht behalten. Ich werde meine Hand irgendeinem alten Greis schenken, der schon so senil ist, dass er genau wie ich den halben Tag verschläft. Oder vielleicht auch einem Mann, der so sehr der Spielsucht und der Leidenschaft für Freudenmädchen verfallen ist, dass es ihn gar nicht kümmert, wie ich meine Zeit verbringe.«

Ein Lachen durchschnitt die entsetzte Stille. Der Hauptmann beugte sich mit einem verwegenen Grinsen nach vorn und ließ seinen erhitzten Blick über Marella schweifen, bis er schließlich an ihrem Ausschnitt hängen blieb. »Ich habe einiges übrig für Spiele und Freudenmädchen.«

Marella lächelte zurück, wobei sich hübsche Grübchen in ihren Wangen bildeten. »Seid Ihr nicht schon verheiratet, Hauptmann Drake?«

»Bin ich in der Tat. Doch meine Gattin ist sehr verständnisvoll.« Er verzog anzüglich das Gesicht. »Nur meine Tochter will mich nie in Ruhe lassen. Sie würde mich lieber am Galgen baumeln sehen als zuzulassen, dass ich ihre Mutter betrüge.«

»So soll es auch sein«, sagte Marella.

Ich bohrte mir die Fingernägel in die Handflächen. Also hatte der Mann Frau und Tochter. Wie würde es ihm wohl gefallen, wenn sie vor seinen Augen getötet würden? Ich gab mir größte Mühe, mir meinen Hass nicht anmerken zu lassen.

Der Hauptmann stierte Marella weiterhin anzüglich an. »Seit Neuestem besteht sie darauf, dass ich den größten Teil meines Geldes ihr überlasse. Sie ist einfach so schlau ... Wo sind die Zeiten hin, in denen ich mir ihre Zuneigung schon dadurch erkaufen konnte, dass ich ihr von einem meiner Feldzüge eine Puppe mitbrachte?«

»Wie alt ist sie denn jetzt?«, fragte eine Frau, die Fürst Blanding gegenübersaß.

»Zwölf. Aber so, wie sie an mir herumnörgelt, könnte sie genauso gut auch fünfzig sein. Sie wird mal eine starke Ehefrau abgeben. Falls ihr überhaupt jemals ein Mann gut genug ist ...«

Die Stimmung im Saal entspannte sich, als die Konversation sich in Richtung der Kinder anderer Edelleute weiterbewegte. Marella behielt ihr leicht verächtliches Lächeln im Gesicht, beteiligte sich an den Gesprächen, warf hie und da eine kleine Bemerkung ein. Ich spürte den Blick des Königs auf mir. Als ich mich zu ihm umdrehte, streifte mich erneut die bestürzende Erkenntnis, dass er kaum älter als ich sein konnte. Wie hatte sich so ein junger Mensch in ein gefühlskaltes Wesen verwandeln können? Arcus hatte mir doch erzählt, dass Rasmus nicht immer so grausam gewesen war.

»Du bist erstaunlich hübsch, Feuerling«, sagte er leise. »Trotz der vielen Schnittwunden und blauen Flecken.«

Er hob eine Hand, wie um eine Prellung an meinem Schlüsselbein zu berühren. Ich wich bestürzt zurück.

Schnittwunden und blaue Flecken sind gar nichts, hätte ich am liebsten gesagt. Er hatte seinen Soldaten befohlen, mein Dorf dem Erdboden gleichzumachen, meine Mutter war ermordet worden, und jetzt war ich auch noch gezwungen, mit ihrem Mörder an einem Tisch zu sitzen. Nachdem man mich erst einem Untier und dann einem sadistischen Kämpfer vorgeworfen hatte, der mir die Finger hatte abbrechen wollen, versuchte der König mir jetzt plötzlich Komplimente zu machen?!

Meine Furcht vor ihm wich aufkeimender Wut. Eine Hitze, die ich an diesem kalten Ort nicht für möglich gehalten hätte, bildete sich in meinem Inneren und breitete sich wellenförmig aus. Wassertröpfchen begannen am Rand der Tischplatte hinabzugleiten.

Rasmus fuhr mit der Hand über den Tisch und schnipste mehrere Tropfen weg, die schon zu Eis gefroren, noch bevor sie den Boden berührt hatten. »Halte dich im Zaum. Ich habe dich nicht hierher bestellt, um über deine Schönheit zu sprechen.«

Ich sah diesen jungen König an, der so kalt und ruhig und … leer wirkte. »Was hat Euch dann geritten, mich hierher zu bestellen? Ich würde meine Mahlzeiten wesentlich lieber bei den Hunden einnehmen.«

Die Beleidigung schien an ihm abzuperlen wie die Wassertropfen am eisigen Tisch. »Es ist Tradition, den neuen Meister zu feiern.«

»Auch wenn es ein Fireblood ist?«

»Den Fall hat es hier noch nie gegeben. Du hast einen großen Krieger besiegt. Wie hast du es geschafft?«

Neben mir raschelte Stoff. Ich sah zur Seite – mehrere Gäste schienen die Frage mitgehört zu haben und beugten sich nun näher zu uns. Vor allem Marellas Vater schien deutlich angespannt zu sein, seine Augen unter den dichten Brauen durchbohrten mich förmlich.

In meinen Ohren rauschte das Blut. »Ich kann mich kaum noch an den Kampf erinnern. Es ging alles so schnell, mein Gedächtnis ist ein einziger Nebel.«

Der König verzog den Mund zu einem winzigen Lächeln. »Dann werden wir den Versuch wiederholen müssen, und beim nächsten Mal erzählst du mir dann, wie du es geschafft hast zu siegen. Ich habe große Pläne mit dir, Feuerling.«

»Ich glaube, Euer Plan hat darin bestanden, mich zu töten, auf die eine oder andere Weise.«

Marella lachte auf. »Kaum auszudenken, dass wir beinahe keine Gelegenheit bekommen hätten, dich in der Arena zu bewundern. Das wäre doch jammerschade gewesen, nicht wahr, Ras?«

Es erstaunte mich, dass sie sich traute, den König mit einem solch vertrauten Spitznamen anzusprechen. Aber Rasmus ließ mich nicht aus den Augen. »Ich habe nicht vor, dich zu töten. Du gehörst jetzt zu meinen Meistern. Und du bist mein Gast.«

Ein Diener brachte eine Karaffe und goss Wein in den Kelch des Königs. Eine Tür ging auf, und drei Männer brachten große Tabletts herein, die mit Schinken, Braten, Fisch, gebutterten Kartoffeln und Gemüse in dicken Soßen beladen waren.

Während die anderen Gäste sich gierig über die Köstlichkeiten hermachten, blieb ich reglos sitzen, die Hände im Schoß gefaltet.

»Du musst essen«, sagte er König leise.

Ich sah ihm in die Augen. Was würde geschehen, wenn ich mich weigerte?

Er neigte den Kopf, als hätte er meine Gedanken gelesen. »Ich habe doch schon gesagt, dass ich dich nicht töten will, Ruby.«

»Nennt mich nicht Ruby. Der Name, den mir meine Mutter gegeben hat, sollte euch nicht über die Lippen kommen.«

Lächelnd nippte er an seinem Wein. »Ich glaube, ich weiß sehr genau, was auf meine Lippen gehört.«

Und zum ersten Mal lag dabei etwas Heißes in seinem Blick. Ich sah weg, meine Haut kribbelte vor Widerwillen. Ich nahm einen Schluck aus meinem Kelch, um mein Unbehagen zu verbergen.

Dann tippte der König mit den Fingerspitzen gegen sein Gefäß, sodass es leise klirrte. »Ich weiß, dass es dein sehnlichster Wunsch ist, mich zu töten.«

Ich sah ruckartig hoch.

»Ja«, fuhr er fort. »Es ist doch offensichtlich, wie sehr du mich hasst. Feuer und Eis sind von Natur aus Feinde, und ich kenne deine Geschichte. Was mit deinem Dorf passiert ist – und mit deiner Mutter.« Er lehnte sich zurück. »Es gibt nicht mehr viele Firebloods auf dieser Welt. Wenn eine aus dem Gefängnis flieht, bleibt das nicht unbemerkt. Vor allem nicht, wenn diejenige dann ausgerechnet in einer Abtei entdeckt wird, die Fors geweiht ist. Ich frage mich, wer dich wohl dorthin gebracht hat. Deine Mönche sind in dieser Hinsicht leider nicht sehr mitteilsam, fürchte ich.«

»Wo sind sie?« Ich schob meinen Stuhl nach hinten und stand auf. Ich stellte mir vor, wie die Mönche im Blackcreek-Gefängnis hockten, wie die Ratten ihnen im Schlaf übers Gesicht huschten, wie ihnen die Knochen wehtaten von den Nächten auf dem harten Steinboden.

Um uns herum verstummten augenblicklich alle Gespräche.

Der König deutete auf meinen Stuhl. »Setz dich, Feuerling. Deinen Mönchen wurde kein Haar gekrümmt. Sie befinden sich weiterhin in der Abtei und führen ihr gewohntes Leben.«

Ich starrte ihn an und blinzelte, unschlüssig, ob ich ihm trauen konnte. »Ich glaube Euch kein Wort.«

Ich ließ den Blick über die schweigende Gesellschaft schweifen. Alle sahen mich an. Dann gab ich mir einen Ruck und setzte mich. Bald fingen die Leute wieder an, sich miteinander zu unterhalten.

»Hast du gedacht, sie wären hier in meinem Kerker?«, fragte der König leise. »Dass ich sie foltern lasse, um ihnen Informationen abzupressen? Es steht dir frei, dich hier umzusehen.«

»Ihr könntet sie doch überall gefangen halten. Das Blackcreek-Gefängnis ist nicht sehr weit von der Abtei entfernt.«

Der König nippte am Wein, dann stellte er den Kelch seelenruhig ab. »Aber es ist gut, dass du verstehst, in welcher Gefahr diejenigen schweben, die du liebst, Feuerling.«

Auf einmal wünschte ich mir, dass ich nie erfahren hätte, was Liebe war, dass ich frei von jeglichem Gefühl sein könnte, so wie damals im Gefängnis, als das einzige Gefühl in mir mein brennender Hass gewesen war.

»Erzähl mir, was in der Arena geschehen ist«, sagte der König sanft.

Ich starrte auf meinen Schoß, wo sich meine Fingerknöchel weiß vor dem Hintergrund meines Kleids abzeichneten. Jede Information, die ich ihm gab, konnte gegen mich verwendet werden, konnte mich daran hindern, den Thron zu zerstören.

Als ich schwieg, lehnte der König sich seufzend zurück. »Du betrachtest mich als Feind«, sagte er. »Ich hingegen sehe dich nicht als Feindin – sondern erkenne dein Potenzial.«

Ich schüttelte den Kopf. Schon wieder jemand, der vorhatte, mich zu benutzen. Und diesmal handelte es sich dabei um einen Menschen, den ich vernichten wollte.

Er nestelte an seinem Kelch herum. »Irgendwas ist mit dir passiert, kurz bevor du zum endgültigen Schlag ausgeholt hast. Deine Augen sind nämlich auf einmal ganz schwarz geworden.«

Eine Erinnerung überflutete mich – die Erzählerin im Wald ... Sie hatte davon gesprochen, dass der Minax einem unter die Haut kroch, einem Augen und Blut schwarz verfärbte, einen böse und blutdurstig machte, sodass man ihm blind gehorchte, nur um die Gnade der Dunkelheit zu erfahren.

Ich nahm einen Schluck Wein und verfluchte meine Hand dafür, dass sie so zitterte.

»Du weißt genau, dass da irgendetwas mit dir geschehen ist. Eines Tages wirst du mir genug vertrauen, um mir davon zu erzählen. Aber heute will ich dir zunächst ein Zeichen meines Wohlwollens geben. Ich tue etwas für dich, und dann tust du etwas für mich.«

»Und worin soll dieses Zeichen bestehen?«

Er zögerte, wollte sich meiner vollen Aufmerksamkeit vergewissern. »Ich räume dir die Chance ein, dem Hauptmann gegenüberzustehen, der deine Mutter getötet hat. Und ihn zu töten, wenn du möchtest.«

Ich sog scharf die Luft ein. Wie konnte er das sagen, wo der besagte Mann doch nur wenige Schritte von ihm entfernt saß? »Den Hauptmann, der *Eurem* Befehl untersteht und *Eure* Order ausführt? Den würdet Ihr mir ausliefern?«

»Ja.«

»Aber warum?« Ein Muskel zuckte in meinem Nacken. »Warum solltet Ihr das tun?«

»Das sagte ich doch bereits. Als Zeichen dafür, dass du mir vertrauen kannst. Und dass ich dich, wenn du mir das gibst, was ich will, auch weiterhin belohnen werde. Warum sollten wir nicht Wege finden, einander Nutzen zu bringen?«

Ich war verwirrt. Seine Worte hatten mich aus dem Konzept gebracht. Ich hatte meine Deckung aufgegeben, hatte mich neben den König gesetzt und mit ihm gesprochen, als wäre ich irgendein normaler, ihm wohlgesinnter Gast und er mein herzensguter Gastgeber. Wut auf mich selbst und auf ihn brach in meinem Inneren aus, suchte verzweifelt nach einem Ventil. Ich ließ eine Hand nach unten sausen und brannte zischend eine Furche in den Eistisch. Der Riss pflanzte sich mitten durch die Tischplatte fort, von einem Ende zum anderen.

In der schweren Stille, die meinem Schlag folgte, sah ich dem König schwer keuchend in die Augen. Er antwortete mit einem schwarzen Blick aus den Tiefen seiner kalten Finsternis. Falls er eine Entschuldigung wollte, konnte er lange warten. Ich war froh, seinen Tisch angeknackst zu haben. Am liebsten hätten ich ihn gleich in zwei Teile zerbrochen.

Der König hob eine Hand. Ich wappnete mich, rechnete mit einem Schlag, doch er legte die Hand nur auf die Tafel und ließ eine dünne Eisspur in den Riss fließen, sodass dieser augenblicklich geflickt war. Dann griff er nach meiner Hand und legte sie so auf den Tisch, dass meine Hitze die Oberfläche des Eises zerschmolz. Meine Haut kribbelte angesichts der Kälte.

Ich riss mich los, und der König legte seine eigene Hand auf den Tisch, um das Schmelzwasser wieder zu gefrieren. Die Oberfläche des Tisches war sofort wieder glatt und makellos, als wäre nie etwas geschehen.

»Siehst du?«, sagte er. »Feuer und Eis können wunderbar zusammenarbeiten. Vielleicht kannst du daraus etwas lernen.«

Ich starrte auf den Tisch, auf den Riss, den ich erschaffen hatte und der doch so rasch wieder verschwunden war. Würde ich ebenso im Handumdrehen ausgelöscht werden, wenn man mich eines Tages nicht mehr brauchte?

»Da du offensichtlich keinen Hunger hast, darfst du jetzt gehen, Feuerling.«

Ohne ein Wort stand ich auf und lief auf die Wachen zu, wobei ich die vielen Blicke ignorierte, die sich mir in den Rücken bohrten. Als die Tür aufging, hörte ich die Stimme des Königs hinter mir.

»Dein nächster Kampf findet in drei Tagen statt.«

22

»Ich möchte Euch danken«, sagte Doreena leise. »Ich habt den Mörder meines Bruders getötet.«

Drei Tage waren seit meinem Kampf vergangen, und sie waren mir wie eine Ewigkeit vorgekommen. Ich hatte die ganze Zeit in meinem Zimmer verbracht, und nur die gelegentlichen Besuche von Doreena hatten die Eintönigkeit durchbrochen. Nun, am Tag des nächsten Kampfes, half sie mir gerade in die rote Tunika. Sie war frisch gewaschen, keine Spur mehr vom Gestank nach Schweiß und Blut. Selbst die Maske, die ich beim ersten Mal getragen hatte, hatte Doreena wieder aufgetrieben. An der linken Hand trug ich einen Schutzhandschuh aus Leder und Stahl, um meinen heilenden kleinen Finger zu schützen.

»Was meinst du damit?«, fragte ich.

Sie schluckte trocken. »Gravnach hat meinen Bruder umgebracht. Er war erst vierzehn, viel zu jung für die Arena. Aber unsere Familie war arm und Lorca fest entschlossen, sich das Preisgeld zu verdienen. Er …« Sie schlug sich eine Hand vor den Mund und schloss die Augen, bevor sie weitersprach. »Er war der Jüngste in der Familie. Meine Mutter hat vor Trauer den Verstand verloren. Ich habe also Bruder und Mutter an dieses Monster verloren, und jetzt habt Ihr ihn getötet. Dafür danke ich Euch.«

Ihre Dankbarkeit rührte mich, auch wenn ich sie meiner Meinung nach nicht verdiente. Ich hatte nur versucht zu überleben. Aber Doreenas Durst nach Rache verstand ich besser, als ich ihr hätte sagen können.

Sie sah mich flehentlich an. »Normalerweise rede ich nicht darüber, aber ich hatte einfach das Gefühl, mich bei Euch bedanken zu müssen. Wenn Ihr jemandem erzählt, dass ich mich über einen der Meister abfällig geäußert habe, werde ich bestraft.«

»Das würde ich nie tun, Doreena. Und ich bin froh, dass Gravnachs Tod dir ein bisschen Frieden bringt. Aber ich habe nur getan, was ich tun musste. Ich hatte keine andere Wahl.«

Als ich fertig angezogen war, die Haare offen über den Schultern, stellte Doreena sich vor mich hin und sah mich an. In ihren Augen blitzte es wild. »Ich werde Euch anfeuern, Mylady, gleichgültig, was die anderen davon halten.«

Wenige Minuten später führten die Wachmänner mich auf den Innenhof hinaus. Meine Hitze drängte in nervösen Schüben nach draußen, als die ersten Tod-der-Fireblood!-Rufe an mein Ohr drangen.

Jetzt wusste ich, was mich in der Arena erwartete, aber ob ich auch diesmal am Leben bleiben konnte, stand in den Sternen. Ob die fremde Macht mir wieder unter die Haut kriechen würde? Nervös, verwirrt und ganz krank vor Angst tigerte ich in dem Tunnel hin und her, dankbar dafür, dass die anderen Kämpfer mir aus dem Weg gingen und ich daher Platz hatte, meine Anspannung durch Bewegung zu verringern.

»Vorsicht, Feuerling«, sagte Braka. »Nicht dass du dich schon verausgabst, noch bevor du überhaupt die Arena betrittst.«

Ich blieb stehen und sah sie an. Der Gedanke an Doreenas Bruder schoss mir durch den Kopf. Wenn sie einmal einem Kind erlaubt hatten, in den Kampf zu gehen, dann war es doch möglich, dass sie es wieder taten. Und es gab für mich nichts Schlimmeres als die Vorstellung, ein Kind töten zu müssen.

»Hast du jemals gegen einen Unschuldigen kämpfen müssen?«, fragte ich. »Gegen jemanden, von dem du wusstest, dass er eigentlich gar nicht in der Arena stehen sollte? Ich gehe davon aus, dass du selbst mal eine große Meisterin gewesen bist.«

Die Eiszapfen in ihren Haaren klimperten leise, als sie den Kopf schüttelte. »Ich habe unter König Akur gekämpft, und das ist viele Jahre her. Damals war alles anders. Da wurden nur erfahrene Krieger eingesetzt.«

Sie öffnete den Mund, um etwas zu sagen, machte ihn dann aber gleich wieder zu. Ich sah ihrem offenen Gesicht an, dass sie genau wie Doreena kein Problem damit hatte, dass ich eine Fireblood war.

»Heute wird dir ein Schwert zugeteilt«, sagte sie schließlich und reichte mir die stählerne Waffe in einer Schwertscheide aus Leder.

Ich beäugte die Waffe mit Widerwillen. Ich wusste, wie es sich anfühlen würde, das kalte Metall in der Hand zu halten, und wie wenig es mit meiner inneren Hitze zu tun hatte. »Ich bin nicht besonders geschickt im Umgang damit.«

Braka zuckte mit den Schultern. »Der König hat so entschieden.«

Ich zog die Klinge heraus, wog ihr Gewicht in der Hand. Das Schwert war gut austariert und nicht zu schwer, genau die richtige Größe für mich.

»Diesmal bist du der Meister im Ring«, sagte Braka. »Du darfst mit den anderen zusammen das Publikum begrüßen. Das ist die Tradition.«

Ich folgte der Prozession durch den dunklen Tunnel, der uns offenbar auf die andere Seite der Arena führen würde. Nach wenigen Minuten waren wir auf der gegenüberliegenden Seite angekommen, wo ich die Kämpfer beim letzten Mal hatte herauskommen sehen. Um den Ausgang herum waren Männer mit Speeren versammelt, die weiße Pferde bei den Zügeln hielten, dazu Bändiger, die verschiedene gegen ihre Fesseln anzerrende Tiere festhielten, und Kämpfer der unterschiedlichsten Art, von zerlumpten, in Ketten liegenden Männern und Frauen bis hin zu Kriegern mit glänzenden Brustplatten und Helmen.

Der weißhaarige Ansager zwängte sich durch unsere Reihen und rauschte in die Arena hinaus. Heute trug er ein besticktes kobaltblaues Gewand, das mit weißem Pelz besetzt war, und an seinem Hals und seinen Fingern blitzte schwerer Silberschmuck. Er stellte sich in der Mitte auf, begrüßte das Publikum wie schon beim letzten Mal und erinnerte es daran, dass es dem König Ehre erwies, indem es für seine Meister jubelte und seine Feinde verfluchte. Als der Ansager fertig war, starteten mit Speeren bewaffnete, berittene Krieger die Parade. Die Meister folgten zu Fuß, ich an letzter Stelle. Nach uns kamen die exotischen Tiere und ihre schweißüberströmten Bändiger.

Staub, der von unseren Füßen aufgewirbelt wurde, tanzte im Sonnenlicht. Ich schaute zur Empore des Königs hin – seine weiße Robe mit Goldrand glänzte im grellen Schein der Sonne. Sein Blick folgte mir auf Schritt und Tritt. Aus dem Augenwinkel sah ich Marella, die heute ein türkisfarbenes Kleid anhatte, doch in behielt lieber den König im Blick, und es fiel mir immer schwerer, meine Augen von ihm abzuwenden.

»Oh Ihr treuen Anhänger von Fors«, begann der Ansager, als wir wieder in den Tunnel zurückgekehrt waren. »Heute erwartet Euch ein Spektakel, wie Ihr es noch nie erlebt habt. Denn heute sehen sich Meister und Herausforderer mit einer zusätzlichen Aufgabe konfrontiert.

Sizar, der seltene und gefährliche Eistiger, und Brux, der riesige Stier und einstiges Wappentier der nördlichen Stämme, werden ebenfalls in die Arena treten. Und den beiden ist es gleichgültig, ob sie einen Meister oder einen Herausforderer mit Klauen und Hörnern aufschlitzen!«

Er deutete mit einem breiten Lächeln auf die beiden Tiere, die nun hereingeführt wurden. Der Tiger stapfte vor und zurück, fletschte die Zähne und knurrte. Der Stier stampfte schnaubend und lehnte sich gegen das Joch auf, das von kräftigen Männern festgehalten wurde.

»In jedem Kampf treten an: ein Meister, ein Herausforderer und zwei Untiere«, fuhr der Ansager fort. »Wenn die Tiere überleben, dürfen sie beide in den nächsten Kampf ziehen. Aber bei den Kämpfern wird nur ein Mann oder eine Frau, die Arena lebend verlassen.«

Beifall und Jubelrufe brandeten auf.

Ich spürte, wie mir das Blut aus dem Gesicht wich. Zitternd lehnte ich mich gegen eine hölzerne Säule und wartete darauf, dass die Welt um mich herum aufhörte sich zu drehen. Hier würde Menschen die Kehle aufgeschlitzt werden, nur zur Belustigung der Menge. Am liebsten hätte ich den Ansager aus dem Weg gestoßen, um der Meute meine Meinung ins Gesicht zu brüllen.

»Aber bevor wir die Meister in den Kampf schicken … Ich finde, die Tiere sehen etwas ausgehungert aus, nicht wahr? Vielleicht können sie sich ja mit ein paar Verrätern die Bäuche vollschlagen.«

Wieder grölte die Meute.

Zwei Männer in Ketten wurden durch den Tunnel gezerrt. Als sie an mir vorbeikamen, erkannte ich einen davon.

»Clay«, keuchte ich. Unfassbar, das war der Sohn des Fleischers, dem ich meinen ersten Kuss zu verdanken hatte. Und der den Soldaten verraten hatte, dass ich eine Fireblood war, und damit dem Leben, wie ich es bis dahin kannte, ein Ende gesetzt hatte.

Es kam mir vor, als wäre es hundert Jahre her, dass ich ihn zuletzt gesehen hatte, aber ja, es war eindeutig Clay. Er hatte eine unverwechselbare Hakennase, die ihm mal jemand im Kampf gebrochen hatte. Ich erinnerte mich daran, wie meine Mutter ihn gescholten hatte, weil er nicht schon früher zu ihr gekommen war, denn dann hätte sie ihm helfen können, damit die Nase nicht schief zusammenwuchs.

Ich zögerte. Natürlich hätte ich ihn ohne ein Wort vorbeilassen können, schließlich würde ich ihn nie wiedersehen müssen. Aber er stammte doch aus meinem Dorf, und egal was er getan hatte, er sollte nicht an diesem schrecklichen Ort sein, genauso wenig wie ich.

»Warte«, sagte ich zu dem Wachmann, der seine Kette hielt. »Den hier kenne ich. Bitte.«

»Das juckt aber niemanden, du Dreckstück. Geh aus dem Weg.«

Braka, die gerade mit einem der Krieger gesprochen hatte, drehte sich um, stemmte die Hände in die Hüften und starrte den Wachmann nieder. »Eine der Meisterinnen des Königs hat eine Bitte geäußert. Dafür wirst du wohl eine Minute erübrigen können.«

Der Mann starrte zurück, doch dann war er derjenige, der den Blick senkte. »Nur eine Minute.«

Ich nickte Braka dankend zu, dann näherte ich mich Clay. Er blickte mir erst feindselig entgegen, doch dann riss er die Augen auf. »Ruby?«

»Was ist passiert?«, fragte ich. »Du hast ihnen doch geholfen, indem du meine Mutter und mich ausgeliefert hast, und jetzt nennen sie dich trotzdem einen Verräter?«

Er schüttelte den Kopf. »Ich wollte weder dir noch deiner Mutter etwas Böses tun.«

»Aber du hast doch die Soldaten gerufen.«

»Nein, das war ich nicht«, wehrte er eindringlich ab. »Aber als sie erst mal da waren, hatte ich keine andere Wahl. Sie haben damit gedroht, uns einen nach dem anderen umzubringen, wenn wir ihnen nicht verraten, wo die Firebloods wohnen. Ich habe keine Ahnung, wie sie von dir erfahren hatten.«

»*Du* wusstest von mir. Es war nicht schwer, sich auszumalen, dass ich eine Fireblood war, nachdem wir … nachdem du mich berührt hattest. Und ich habe deinen Bruder nicht getötet. Ich habe versucht, ihn zu retten!«

»Ich weiß, aber … Ich wollte nicht als Verräter enden. Sie hätten sich dafür an meiner Familie gerächt, das weißt du. Und ich schwöre, ich hatte ihnen nichts von dir gesagt.«

»Und trotzdem bist du jetzt hier gelandet. Wie kommt das, Clay?«

Der Wachmann zog an Clays Schulter.

»Ruby, hör zu!« Clay kämpfte gegen seine Ketten an und beugte sich zu mir. »Jener Tag hat mich verändert. Ich konnte einfach nicht vergessen, was sie dir angetan haben. Was ich dir angetan habe. Also habe ich das Dorf verlassen und mich anderen angeschlossen, die ebenfalls genug hatten von den Grausamkeiten des Königs. Das ganze letzte Jahr haben wir überall Unterstützung gesucht.« Er spuckte auf den Boden. »*Das* halte ich von dem Frostkönig, der jetzt auf dem Thron sitzt.«

Der Wachmann schlug ihm auf den Hinterkopf, sodass Clay ins Schwanken geriet. Ich streckte eine Hand aus, um ihm Halt zu geben.

»Das war jetzt genug geplaudert«, sagte der Wächter.

Und damit zerrte er Clay in die Arena hinaus.

Also hatte jemand anders die Soldaten in unser Dorf gelockt. Clay hatte mich nur verraten, weil ihm nichts anderes übrig geblieben war. Das konnte ich zwar nicht gutheißen, aber ich verstand, dass er verängstigt gewesen war, hoffnungslos zwischen Schwertern und Fackeln eingezwängt, und dass er versucht hatte, die Menschen zu schützen, die er liebte.

Die Tierbändiger hatten sich inzwischen in eine Mauernische zurückgezogen, die durch ein Gitter von der Arena abgetrennt war, sodass sie in Sicherheit sein würden, sobald sie die Halteseile losließen. Als der Tiger sich befreite, sah ich zu Clay und dem anderen Gefangenen hin. Ihre Hände waren immer noch gefesselt. Sie würden nicht den Hauch einer Chance haben.

Der Tiger schüttelte sich und knurrte den Bändiger hinter dem Gitter an, bevor er abdrehte und in die Arena stolzierte. Der zweite Gefangene stürzte in Richtung der Mauernische, wo ihn aber mehrere Speerspitzen empfingen und ihn umkehren ließen. Clay dagegen blieb einfach in der Mitte der Arena stehen, die Augen geschlossen. Seine Lippen bewegten sich, als würde er beten.

In meinem Brustkorb flammte etwas auf: Wut, Verbitterung, Schmerz, alles wirbelte wild durcheinander und pumpte Hitze in meine Adern.

Der Tiger hatte seine Erkundungsrunde durch die Arena beendet und wandte seine Aufmerksamkeit nun Clay zu. Langsam stapfte er näher, schnupperte in der Luft und holte schnaubend und wie prüfend mit einer Pranke aus. Seine Klauen schlitzten Clays ohnehin in Fetzen hängende Hose weiter auf. Eine Kralle schnitt Clay dabei tief in den Oberschenkel. Der Geruch nach Blut schien das Tier zu beflügeln. Wieder schlug es nach seinem gefesselten Opfer, dann kauerte es sich hin, nahm Anlauf und stürzte sich auf Clay.

Ohne nachzudenken, was ich da tat, riss ich mich los und stürmte in die grell erleuchtete Arena hinaus.

23

Clay stürzte sich, die Kette zwischen den Handgelenken gespannt, auf den Tiger. Während ich auf ihn zurannte, verschmolzen Jubel und Buhrufe zu einem dichten akustischen Brei. Ich zog mein Schwert aus der Scheide und hieb damit auf die Schulter des Tieres ein, gerade als es zum zweiten Angriff ansetzen wollte. Fauchend wirbelte es herum und bleckte die langen, spitzen Zähne. Ich stellte mich mit dem Rücken zu Clay auf, das Schwert im Anschlag.

»Was machst du denn da?«, zischte er hinter mir.

»Wir kommen aus demselben Dorf«, antwortete ich, während der Tiger vor- und zurückstapfte, die blauen Augen brennend vor Wut. »Das heißt, dass ich an deiner Seite kämpfe.«

Bevor er antworten konnte, schaltete sich der Ansager von einem Balkon irgendwo zu meiner Linken ein. »Das Fireblood-Mädchen kann es offenbar nicht erwarten, in den Kampf zu ziehen. Warum gestalten wir das Ganze nicht etwas interessanter und schicken ihr einen Herausforderer in die Arena?«

Die Zuschauer grölten zustimmend, und schon kam eine Gestalt, deren Gesicht von einem Helm verdeckt war, auf den Kampfplatz gerannt. Gleichzeitig wurde auch der Stier freigelassen, indem man einfach sein Joch zu Boden fallen ließ. Er buckelte, trat mit den Hinterbeinen in die Luft und stürzte sich dann auf den anderen Gefangenen, der verzweifelt versuchte, am blanken Eis der Arena-Umrandung hochzuklettern. Einige Leute lachten und bewarfen ihn mit Steinen. Mehrere davon trafen allerdings den Stier, was diesen nur noch wütender machte. Mit einem wuchtigen Schub stürzte er sich auf den Gefangenen und bohrte ihm seine spitzen Hörner in den Rücken. Sofort ging der Mann zu Boden und blieb dort reglos liegen.

Dann wandte sich der Stier der behelmten Gestalt zu und beäugte sie. Der Mann stand da, das Schwert im Anschlag, und als der Stier angriff, warf er sich im letzten Moment zur Seite und reckte das Schwert hoch, sodass es dem Tier den Bauch aufschlitzte. Wahnsinnig vor Schmerz heulte der Stier auf, wirbelte herum und setzte zu einem neuerlichen Angriff an.

Der Tiger stapfte währenddessen weiterhin von einer Seite zur anderen. Ich musste ihm jedes Mal ein paar Schritte nach links und rechts folgen, um Clay Schutz zu bieten, und versuchte immer mal wieder, mit meinem Schwert nach dem Tier zu stoßen. So aus der Nähe konnte ich erkennen, wie mager es war; ich hätte seine Rippen zählen können. Es tat mir leid, dieses arme ausgehungerte Wesen, das auch nur ein Spielzeug des Königs war.

Als ich zur Seite schaute, sah ich, dass der Stier am Boden lag und der Mann das Schwert hoch über den Kopf erhoben hatte. Ich wandte mich schnell ab, um den Todesstoß nicht mit anzusehen. Das Publikum johlte begeistert.

»Du kannst mich nicht retten«, sagte Clay. »Nur ein Einziger kann die Arena lebend verlassen.«

Ich schüttelte den Kopf, wollte seine Worte nicht an mich heranlassen.

Der Herausforderer wischte sein Schwert am weißen Fell des Stiers ab, dann kam er auf mich zu. Ich schob Clay so hinter mich, dass ich sowohl den Tiger als auch meinen Gegner im Auge behalten konnte. Als ich das Schwert auf den Mann richtete, erkannte der Tiger seine Chance und stürmte nach vorn. Mit der Linken schoss ich ihm einen Hitzestrahl entgegen, dass er ein Stück zurückwich. Hastig zog ich eine Barriere aus Feuer zwischen uns hoch.

»Heb dir noch was für mich auf«, sagte der Herausforderer. Ich erkannte die Stimme, noch bevor er den Stahlhelm abnahm. Als sein Gesicht offen zu sehen war, schrie das Publikum begeistert auf.

Hauptmann Drake.

Ich hob das Schwert, doch er steckte das seine in die Scheide und zeigte mir die offenen Handflächen. Ich wartete, während er sich mir näherte und wenige Schritte von mir stehen blieb.

»Du hast meine Soldaten verbrannt und mich auf eine wilde Suche quer durchs ganze Königreich geschickt«, sagte er. »Einige der Männer, die deinetwegen Narben tragen, sitzen heute im Publikum. Sie werden mich bejubeln, wenn ich mich in ihrem Namen an dir räche.«

»Du hast meine Mutter umgebracht«, sagte ich und spürte, wie Hitze aus meinen Fingern in den Stahl meines Schwertes floss. »Heute werde ich dir das Leben nehmen, im Tausch gegen das ihre.«

»Versuchen kannst du es ja«, gab er zurück und erhob dabei die Stimme über das Raunen der Zuschauer. Dann zog er sein Schwert wieder aus der Scheide und schwang es ein paarmal hin und her, um seine Geschicklichkeit zu demonstrieren. Schließlich drehte er sich um und verbeugte sich tief vor einer Dame, die in einer Loge saß, und vor einem Mädchen, das die Augen des Hauptmanns und seine sandblonde Haarfarbe geerbt hatte. *Seine Frau und seine Tochter*, dachte ich. Das Mädchen, mit dem er am Abendtisch des Königs geprahlt hatte.

Hast du jemals gegen einen Unschuldigen gekämpft?, hatte ich Braka gefragt. Nun, unschuldig war der Hauptmann eindeutig nicht. An seinen Händen klebte das Blut unzähliger Opfer. Und dennoch … ihn jetzt vor den Augen seiner Frau und seiner Tochter zu töten … Das wollte ich nicht. Ich war dazu erzogen worden, das Leben zu achten und es zu bewahren. Ich konnte der Tochter des Hauptmanns nicht den Schmerz zumuten mit anzusehen, wie ihr Vater getötet wurde.

Verzweifelt sah ich zum König hin, der mit seiner goldgesäumten Robe und dem glänzenden Haar wie eine überirdische Erscheinung schimmerte. Seine Augen waren dunkel und unnachgiebig, seine Körperhaltung entspannt.

»Ich will das nicht«, sagte ich. Meine Worte hallten in der Arena wider.

Der König verzog einen Mundwinkel, und sein verächtlicher, ungläubiger Blick durchbohrte mich. *Doch, du willst das*, sagten seine Augen, gleichermaßen sanft wie triumphierend. *Du willst es nur nicht zugeben.*

Marella, die neben ihm saß, beugte sich unmerklich nach vorn, die Armlehnen fest umklammert, die violettblauen Augen weit aufgerissen. Sie musste doch wissen, dass das hier falsch war. Aber sie sah irgendwie merkwürdig aus, ein harter Ausdruck lag auf ihrem Gesicht. War es Vorfreude? Aufregung?

Der Hauptmann lachte auf. »Du flehst den König an? Wie jämmerlich. Jage ich dir solche Angst ein, Feuerling? Das hab ich mir gedacht. Im Kampf gegen Gravnach hast du nur Glück gehabt. Wahrscheinlich hat er nur einen Herzanfall erlitten und der Sieg war gar nicht dein Verdienst.«

»Ich will dich nicht umbringen.« Ich schüttelte den Kopf, um wieder klar denken zu können, und wandte mich vom königlichen Balkon ab.

»Ich hingegen habe zum Glück keine solchen Skrupel.« Im nächsten Augenblick blitzte sein Schwert auf. Ich riss meins hoch, um den Angriff abzuwehren, schätzte den Bogen seines Schwertes aber falsch ein und fing mir eine Schnittwunde am Oberarm ein. Ich sog vor Schmerz zischend die Luft ein und taumelte einen Schritt nach hinten.

Der Hauptmann bleckte die Zähne zu einem befriedigten Grinsen. »Du hast keine Ahnung, wie man mit einem Schwert umgeht. Du hältst es, als würdest du damit ein Brot schneiden wollen.«

Bevor ich zu Atem kommen konnte, deutete er auf der rechten Seite einen Angriff an, stieß aber auf der linken zu, sodass die Klinge die Lederriemen durchschnitt und in die Haut an meiner Taille eindrang. Warmes Blut lief über meine Haut.

»Du machst es mir so leicht, Fireblood«, sagte der Hauptmann. Mit einer winzigen Handbewegung schnitt er mir eine Locke ab, die mit dem Wind davonschwebte. Die Zuschauer lachten und spendeten der Geschicklichkeit des Hauptmanns Beifall.

Mit einem Aufschrei warf ich das Schwert zu Boden und schoss eine Feuerspirale auf die Beine des Hauptmanns ab. Brüllend und fluchend versuchte er mit den Händen die Flammen auszuschlagen.

Das Publikum setzte zum Gesang an. »Stirb, Fireblood, stirb!«

Der Hauptmann umkreiste mich, Mordlust in den Augen. Es war derselbe Gesichtsausdruck, mit dem er auch meine Mutter umgebracht hatte.

Da tauchte hinter ihm ein Schatten auf. Ich hatte Clay vollkommen vergessen – bis zu der Sekunde, als er seine gefesselten Handgelenke auf den Nacken des Hauptmanns herabkrachen ließ, sodass dieser in die Knie ging.

»Das war für mein Dorf, du Abschaum«, sagte Clay und spuckte auf den Hauptmann.

»Clay, nicht!« Ich wollte ihn aus dem Weg schubsen, aber der Hauptmann war schneller. Immer noch auf Knien, drehte er das Schwert und stieß es nach hinten, Clay geradewegs in den Bauch. Alles war so rasch vor sich gegangen, dass ich nicht einen Atemzug hatte machen können. Clay riss die Augen auf und sah mich an, dann ging er zu Boden.

Ich schrie. Ich empfand seinen Schmerz, als wäre es mein eigener. Finsternis bildete sich in meinem Herzen, breitete sich aus, erfüllte meinen Brustkorb. Meine Gedanken wurden schlagartig klar, meine Bewegungen scharf und geschmeidig.

Ich setzte den Drachenschwanz aus Feuer ein, und diesmal zielte ich auf die Brust des Hauptmanns. Der Hieb erwischte ihn wie ein Peitschenschlag und erhitzte seine metallene Rüstung. Ich schlug ein zweites Mal zu, ein drittes Mal. Ich schoss eine Salve von Feuerpfeilen ab, dann einen heißen Wirbelwind, der den Staub vom Boden der Arena aufstieben ließ und ihn dem Hauptmann in die Augen schleuderte. Ich wandte jeden Angriff an, den ich kannte, und dazu erfand ich an Ort und Stelle noch so einige neue, ich brachte sie nacheinander und gleichzeitig an, immer und immer wieder. Der Hauptmann ging rücklings zu Boden, sein rotes Gesicht glühte. Ich streckte die Hand aus und sandte kochende Hitze in Richtung seines Schwerts.

Mit einem Aufschrei ließ er die Waffe fallen.

Das war meine Chance. Jetzt würde ich ihn mit einem letzten Angriff erledigen können. Der Mörder meiner Mutter wäre tot, ich hätte mich endgültig von ihm befreit.

Doch aus dem Augenwinkel erhaschte ich einen Blick auf zwei Gestalten, die sich über das Geländer einer Loge beugten: die Frau des Hauptmanns, das Gesicht schmerzverzerrt, die Haare unter einem Tuch verborgen, und seine Tochter, der ihr dicker Zopf über eine Schulter hing und die die Augen vor Entsetzen weit aufgerissen hatte.

Ich hielt inne. Wenn ich ihn tötete, würde seine Tochter dasselbe Schicksal erleiden wie ich: Ihr Leben wäre von Trauer und Rachedurst geprägt. Sie würde Firebloods bis in alle Ewigkeit hassen. Der Kreislauf der Rache würde nie durchbrochen werden.

»Tu so, als würdest du sterben«, sagte ich zum Hauptmann und wandte ihm den Rücken zu. »Ich starte einen letzten Angriff, und du tust so, als würde er dich niederstrecken. Und dann bleib liegen. Wenn sie herausfinden, dass du noch lebst, ist es schon zu spät. Ich werde dich nicht töten.«

Während der letzten Sekunden hatte er sich etwas erholt. Er nahm sein Schwert in die Hand und reckte es mit grimmiger Entschlossenheit vor. »Du musst wahnsinnig geworden sein, du dreckiges Feuermädchen. *Ich* werde *dich* töten.«

»Du hast die Gabe des Frostes nicht. Du hast keine Chance, das weißt du. Sieh dich um.« Ich umkreiste ihn und deutete dabei mit der Hand auf die Zuschauerränge. »Deine Tochter ist hier. Ich will dich nicht vor ihren Augen töten.« Dann schluckte ich und sprach die Worte aus, die auszusprechen ich mir nie erträumt hätte. »Das würde meine Mutter auch nicht zurückbringen.«

In den Augen des Hauptmanns blitzte Berechnung auf. »Ich brauche keinen Frost. Der hat deinen Mönchen auch nichts genützt, als wir die Abtei überfallen und ihnen das Schwert in die Eingeweide gerammt haben.«

Meine Haut wurde schlagartig kalt. Es war, als würde meine Welt vor meinen Augen zerfallen. »Ich glaube dir kein Wort.«

»Weil du mir nicht glauben willst. Und hier noch etwas, was dir nicht gefallen wird, du Dreckstück. Ich hab dich mit dem Dorftrottel reden gehört. Er hat die Wahrheit gesagt. Er hat uns nicht gerufen. Du selbst hast es getan.«

»Jetzt weiß ich endgültig, dass du ein Lügner bist.«

»Wir hatten auf Mount Vex ein Zwischenlager aufgebaut, nur ein Stück nordwestlich von deinem Dunghaufen von Dorf. Du bist da immer gern in den Wald gegangen, um ein Feuerchen zu machen, nicht wahr? Um deine kleinen Tricks zu üben.«

»Das kannst du nicht gesehen haben.«

»Zwei meiner Leute haben gesehen, wie du deine Hände ins Feuer gelegt hast, aber nicht verbrannt wurdest.«

Er stürzte sich auf mich. Ich taumelte rückwärts und hatte Mühe, das Gleichgewicht zu halten.

»Die Dorfbewohner hatten keine Ahnung, dass ich eine Fireblood bin, du Mistkerl.«

»Der Junge schon. Er ist für sein Geständnis fürstlich bezahlt worden. Nützt ihm jetzt natürlich auch nichts mehr.«

Wenn der Hauptmann die Wahrheit sagte, dann war das alles noch viel schlimmer, als ich gedacht hatte. Ich war nicht verraten worden. Es war meine eigene Achtlosigkeit gewesen, meine starrsinnigen Versuche, meine Gabe zu trainieren. Ich hatte alle um mich herum in Gefahr gebracht. Allen voran meine Mutter, den Menschen, den ich mehr geliebt hatte als alles andere auf der Welt. Sie hatte für meinen Egoismus mit dem Leben bezahlt.

Eine Bewegung riss mich aus meinen Gedanken. Während der Hauptmann mich abgelenkt hatte, war das Feuer, mit dem ich den Tiger in Schach gehalten hatte, ausgegangen. Der Hauptmann sprang beiseite, als die blau-weiß gestreifte Gestalt sich auf uns stürzte. Ich warf ihm eine Feuerwolke entgegen, doch das Tier war zu schnell und ich hatte in der Eile nur ungenau zielen können. Schwere Pranken trafen meine Schulter, und ich ging zu Boden. Die Luft entwich meiner Lunge, Geifer flog mir ins Gesicht. Schon riss das Tier das Maul auf, um seine

Zähne in meinem Hals zu versenken. In mir schrie alles, jede Faser meines Körpers war zum Zerreißen gespannt.

Bevor ich meine Hitze sammeln konnte, sah ich plötzlich eine Schwertspitze aus dem Hals des Tigers herausstoßen. Das Tier gurgelte Übelkeit erregend, Blut sprudelte aus seinem Maul hervor. Dann sackte es auf mir zusammen und blieb reglos liegen.

Stöhnend versuchte ich mich unter ihm herauszuwinden. Zwei Hände tauchten in meinem Sichtfeld auf, schoben den Kadaver zur Seite. Der Hauptmann stand über mir und verdeckte die Sonne mit seiner Gestalt.

»Ich wollte mir die Genugtuung, dich eigenhändig zu töten, nicht nehmen lassen«, sagte er und hob das Schwert.

Die Zeit verlangsamte sich. In meinem Brustkorb begann die Finsternis zu verwirbeln, und die Welt veränderte sich schlagartig, verwandelte sich in ein Bild aus Schwarz und Weiß.

Ich sah meine Mutter, sah das Schwert des Hauptmanns über ihrem Kopf, sah den Ausdruck in ihren Augen, als er die Klinge herabsausen ließ. Ich hörte meine eigenen Schreie, als sie auf dem schneebedeckten Boden zusammensackte. Und der Ausdruck, den er jetzt im Gesicht hatte … Es war wieder diese Mordlust. Ich würde sterben. Ich würde zu einer Geschichte verkommen, die sie sich bei einem Krug Bier erzählten, im Kreis ihrer Freunde und Familie – während er mir meine Familie schon längst genommen hatte.

Auf einmal war alles wieder weg, jeder Zweifel, jeder Sinn für richtig oder falsch. Es gab nur noch das Ziel, sein dunkel schlagendes Herz und mein Feuer. Keine Furcht, kein Zorn, keine Scham, keine Reue. Nur Kraft, die durch meine Adern rauschte, mich von Kopf bis Fuß erfüllte. Es war, als würde ich die Luft aus dem Himmel saugen, als würde meine Kraft die Sonne zu Asche verbrennen. Ich war alles und gleichzeitig nichts, und niemand würde mich jetzt aufhalten können. Ich war Dunkelheit, in menschliche Gestalt gepresst.

Ich hob die Hand und schoss Feuer daraus hervor, ohne zu zögern.

Der Hauptmann fiel getroffen in sich zusammen, zuckte und wand sich, und jede krampfhafte Bewegung schien eine Ewigkeit zu dauern. Endlich fiel sein Schwert zu Boden und wirbelte Staub auf, dessen weiße Körnchen im Sonnenlicht tanzten.

Als mein Gegner zu Boden ging, war in mir nichts als Euphorie. Noch nie hatte ich solche Seligkeit empfunden.

Ich stand auf und sah in die Menge. Die Gesichter und Gestalten bewegten sich nur langsam, in Nuancen von Schwarz und Weiß und Grau. Sie skandierten etwas, und ihre Herzen waren schwarze Steine in ihrer Brust.

Ich drehte mich zur Empore des Königs um. Der Mann sah grau aus, sein Herz nachtschwarz. Aber mit jeder Sekunde wurde seine ganze Gestalt immer dunkler, seine Schultern wurden spitzer, aus seinem Kopf sprossen Hörner. Ein Schattenungeheuer hatte seinen Platz eingenommen, und es rief mich zu sich. Ich sehnte mich danach, Teil von ihm zu sein. Es war ich, ich war es. Ich trat einen Schritt näher heran.

Doch dann flog aus den Zuschauerrängen etwas auf mich zu, traf mich am Kopf. Eine Frucht, deren Samen in alle Richtungen flogen. Ich fiel auf die Knie, und die Welt wurde schlagartig wieder normal. In einem schmerzhaften Schwall kehrten die Farben zurück. Mein ganzer Körper tat weh, und ich schrie auf, so schrecklich war der Schmerz des Verlustes. Die Kraft in meinem Inneren war verschwunden.

Die Trennung von dem dunklen Wesen, das sich meiner bemächtigt hatte, erschien mir unerträglich.

Da drang die Stimme des Ansagers an mein Ohr. »Das Fireblood-Mädchen hat wieder gesiegt! Ein dreifaches Hoch auf den Feuerling!«

Das Publikum jubelte nicht, aber die Buhrufe verebbten langsam, wie eine Welle, die sich Stück für Stück in die Weiten des Meeres zurückzieht. Wie durch einen Schleier erkannte ich die Verwirrung, die Bestürzung der Leute darüber, dass schon wieder ein Fireblood gewonnen hatte.

Der Hauptmann lag neben mir am Boden, die Augen weit aufgerissen, und ein Blutrinnsal schlängelte sich aus seinem Mundwinkel. Ich hatte es wieder getan. Ein Mensch, der eben noch geatmet und gekämpft hatte, lag nun leblos und still da.

Ich suchte mit den Augen die Zuschauerränge ab. Die Frau des Hauptmanns stand nach vorne gebückt, vom Gewicht der Trauer geschüttelt. Die Augen seiner Tochter hingegen waren trocken. Der Hass beanspruchte ihr ganzes Sein, da war kein Platz für Tränen. Ich hatte das Mädchen in mich selbst verwandelt.

»Er hat meine Mutter getötet«, flüsterte ich, als würde das etwas ändern. Ihr Vater war weg, und mit ihm auch das Geld, das er für die Familie verdiente. Die Besessenheit würde dieses Mädchen ebenso ergreifen und auffressen, wie sie mich aufgefressen hatte.

»Feuerling«, drang die Stimme des Königs an mein Ohr.

Ich drehte mich gerade rechtzeitig um, um zu sehen, wie seine Hand vor- und zurückschnellte. Er schoss Eispfeile auf mich ab. Ich hechtete aus der Schussbahn, doch eine dicke Scherbe, breit und spitz wie ein Schwert, segelte nur wenige Zentimeter an meinem Kopf vorbei und bohrte sich in die Erde.

Die Menge jubelte.

Der König grinste breit. »Die Fireblood ist eine Furcht einflößende Gegnerin. Doch wie man sieht, können sich ihre Kräfte nicht mit den meinen messen. Die gewandteste, mächtigste Fireblood duckt sich vor mir. Sehet die Macht des Thrones von Fors!«

Er breitete die Arme weit aus, und Bänder aus Eis rollten aus seinen Handflächen hervor, legten sich als frische, schnell härtende Eisschicht auf die Wände der Arena. Das Publikum klatschte ehrfürchtig. Mit einer einzigen wischenden Handbewegung verwandelte der König auch den Boden der Arena in eine Eisfläche. Dann begann ein todbringender Regen aus seinen Händen zu fließen, scharfe Eisspitzen, die auf mich einprasselten und mich zwangen, mich hinzukauern und meinen Kopf zu bedecken. Ein paar Eisnadeln durchstachen den Stoff meiner Tunika und zerkratzten mir die Haut.

Wieder verwirbelte sich die Dunkelheit in mir, verwandelte die Welt in Schwarz und Weiß. Ich drehte mich zum König um, doch war da kein schwarzes Herz, das ich als Ziel hätte anpeilen können, nur eine komplett schwarze Gestalt dort, wo er gestanden hatte.

Nach einigen Sekunden versiegte der Regen, doch die Meute jubelte weiter.

Ich taumelte in den Tunnel, wo Braka auf mich wartete. Als unsere Blicke sich trafen, wich sie erschrocken zurück. »Deine Augen …«

»Was?«

Sie blinzelte. »Ich dachte … ach nichts.«

Taub und zitternd humpelte ich weiter.

»Du hast es schon wieder geschafft, Feuerling«, sagte Braka. »Auch wenn ich keine Ahnung habe, wie.«

Ich wusste es genauso wenig. Und ich hatte mehr Angst, als ich jemals zuvor gehabt hatte.

24

Nachdem die Wachen mich zu meinem Zimmer begleitet hatten, lehnte ich mich von innen an die geschlossene Tür.

Ein bitterer Geschmack lag mir auf der Zunge. Ich hielt den Atem an, solange ich konnte, denn ich wusste, wenn ich erneut Luft holte, würde die Zeit wieder weiterlaufen und ich würde wieder die scharfen Klauen des Schmerzes spüren, die mein Herz zerfetzten.

Ich ließ mich zu Boden gleiten und zog die Knie an die Brust, die sich keuchend hob und senkte.

Clays Tod fühlte sich an, als hätte ich mein Zuhause ein zweites Mal verloren, als hätte ich ein zweites Mal mit ansehen müssen, wie mein Dorf abgefackelt wurde. Aber noch schlimmer war das gewesen, was der Hauptmann über die Abtei gesagt hatte. Geplündert. Geschändet. Die Mönche ermordet.

Warum hatten sie sich nicht schützen können? Bruder Thistle und seine törichten, hochtrabenden Ideale und seine hoffnungsvollen Prophezeiungen. Hatte er wirklich geglaubt, er wäre vor dem Zorn des Königs sicher? Er hatte mich aus dem Gefängnis gerettet und nun hatte er deswegen den Tod gefunden. Und wo war Arcus? Er hatte doch versprochen, mich zu beschützen. Hatte er mich etwa vergessen?

Es war, als würde ich Stück für Stück auseinanderbrechen. Das Glücksgefühl, das ich verspürt hatte, nachdem ich den Hauptmann getötet hatte, die Verwandlung, die Braka in meinen Augen erkannt hatte ... Rache fühlte sich auf einmal wie ein hohler Traum an, wie trockenes Feuerholz, das einmal hell aufgelodert hatte, nun aber nur noch aus Asche bestand. Die Finsternis in mir war diesmal stärker gewesen als beim ersten Mal, schärfer. Wenn ich weiterhin in der Arena kämpfte – und tötete –, würde ich dann irgendwann für immer verloren sein?

Und würde das überhaupt noch eine Rolle spielen, wenn alle tot waren, an denen mir etwas lag?

Ich rappelte mich auf, riss mir die Maske vom Gesicht, schleuderte sie zu Boden und warf mich, immer noch in voller Rüstung, auf das Bett.

Dann hörte ich, wie die Tür auf- und wieder zugemacht wurde.

»Nicht jetzt, Doreena«, sagte ich.

»Ich bin es.«

Ich drehte mühevoll den Kopf. »Euch will ich jetzt auch nicht sehen.«

Marella schob sich ins Zimmer, eine schlanke Gestalt in einem türkisfarbenen Kleid, das leise raschelte, als sie auf mich zukam. Ich konnte den Duft nach Rosenwasser und Seife an ihrer Haut riechen, ein scharfer Kontrast zu dem Gestank nach Schweiß und Blut, in den ich getaucht war. Mein Arm tat weh, mein Knöchel pochte, und ich hielt mir mit einer Hand die Wunde an der Seite zu – bis eben war ich mir meiner Verletzungen noch nicht einmal bewusst gewesen.

Marella hob ihre Rockschöße an und trat sorgsam um die Blutspur herum, die ich auf dem Boden hinterlassen hatte. Ich krümmte mich auf dem Bett zusammen, den Rücken zu ihr.

»Du hast wieder gewonnen«, sagte sie, und Stolz schwang in ihrer

Stimme mit. »Ich hatte ihm doch gesagt, dass du kein Schwächling bist.«

»Und das Gewinnen bringt mich um. Mit jedem Sieg verliere ich einen Teil von mir selbst. Ich kann so nicht weitermachen.«

»Ich verstehe deine Traurigkeit und deine Zweifel. Aber du wirst wieder gesund werden, an Körper und Seele.«

»Ihr habt nicht einmal den Hauch einer Ahnung, wie es mir geht.«

»Da magst du recht haben. Aber du bist zu wichtig, als dass ich dich aufgeben könnte.« Sie drückte meine Schulter, dann ließ sie die Hand wieder sinken. »Was ist da in deinem Herzen, Ruby? Nur dein Feuer? Oder noch irgendetwas anderes?«

Ich schnappte ein paarmal nach Luft, bevor ich mich zur ihr umdrehte. »Was meint Ihr damit?«

»Ich denke, das weißt du ganz genau. In der Arena … Etwas hat dir geholfen, deine Gegner zu besiegen. Und das ist der Schlüssel zu dem, was wir beide wollen. Verstehst du, was ich sage?«

»Nein.«

»Du weißt mehr, als du zuzugeben bereit bist. Aber vielleicht ist dies auch nicht der richtige Zeitpunkt.« Sie bückte sich und hob die Maske auf, die ich zu Boden geworfen hatte. »Vor mir musst du keine Maske tragen, Ruby«, sagte sie und ließ das Ding an ihrem Finger baumeln. Ihre Worte klangen neckisch, aber ihre Augen blickten mich ernsthaft an. »Ich kann durch sie hindurchsehen.«

Damit legte sie mir die Maske aufs Bett und verließ mit einem Rascheln ihrer parfümierten Rockschöße das Zimmer.

Ich hätte nicht sagen können, wie viel Zeit vergangen war, als mich ein Zischen weckte. Mein ganzer Körper fühlte sich steif an. Erst jetzt wurde mir bewusst, dass ich noch in voller Rüstung eingeschlafen war.

Ich rieb mir die Augen und drehte den Kopf auf dem Kissen. Schatten schlängelten sich als faserige, rauchige Tentakel unter meiner Zimmertür hindurch, tanzten wie die bunten Muster in einem Kaleidoskop, bevor sie zusammenflossen wie schwarzes Wasser, das in einen durchsichtigen Kessel gegossen wird. Dann nahm, von den Füßen ausgehend, eine dunkle Figur Gestalt an. Sie wirkte solide, und doch hatte ich das Gefühl, wenn ich sie berührte, würde ich in ein bodenloses schwarzes Loch gesogen werden. Sie war größer als ein Mann, mit spitzen Schultern und ständig die Form verändernden Hörnern auf dem Kopf, und manchmal sah sie geradezu wie ein Clown aus.

Vor Angst wie gelähmt, blieb ich auf dem Bett liegen. Die Gestalt bewegte sich vorwärts, jeder Schritt von einem seltsamen Echo begleitet, wie der tiefste Ton, den man einer Flöte entlocken kann. Vor dem Bett blieb sie stehen und beugte sich über mich.

»Wahrhaftiges Gefäß«, sagte sie mit einer Stimme wie eintausend Orgelpfeifen. »Du und ich werden vereint sein, wenn dein Herz alle Farbe ausgeblutet und vollkommene Dunkelheit sich deiner Seele bemächtigt hat. Dann wirst du Freiheit empfinden, wie du sie noch nie bisher empfunden hast.«

Dann griff sie nach mir. Ich versuchte zu schreien, doch plötzlich schreckte mich ein Klopfen an meiner Tür auf. Mit aufgerissenen Augen krallte ich mich im Bettzeug fest. Das Zimmer war leer.

Die Tür ging auf und Doreena trippelte herein. Ihre weichen braunen Schuhe machten kein Geräusch auf dem Boden. »Kann ich Euch helfen, die Rüstung abzulegen, Mylady?« Sie sog scharf die Luft ein, als sie das getrocknete Blut sah, und schimpfte leise auf die Nachlässigkeit der Hofheilerin, die schon längst hätte hier sein sollen. Dann nahm sie mir schnell, aber vorsichtig die Brustplatte ab. Steif saß ich da und ließ mir helfen, unfähig, die Erinnerung an die schwarze Gestalt abzuschütteln, die nach mir gegriffen hatte. War sie real gewesen oder hatte ich nur geträumt?

»Stimmt etwas nicht, Mylady?«, fragte Doreena.

Ich musste wohl ziemlich entsetzt ausgesehen haben. Ich beeilte mich, mein Gesicht wieder zu glätten, und versicherte ihr, dass ich nur erschöpft sei. Schon ihre bloße Anwesenheit half mir, die Schatten in meinem Kopf zu verscheuchen.

Irgendwann traf dann auch die grimmige Hofheilerin ein und begutachtete die Wunde an meiner Seite mit großer Bestürzung. »Der Schnitt ist ziemlich tief«, sagte sie in einem Ton, als hätte ich mich absichtlich selbst verletzt. »Sie muss genäht werden.«

Der Trank, den sie mir zur Schmerzlinderung gab, schmeckte scheußlich und war nicht annähernd so wirkungsvoll wie Bruder Gamuts Tee, half aber doch ein wenig. Als die Heilerin mit dem Nähen und dem Verbinden meiner Wunde fertig war, widmete sie sich meinem Knöchel. »Der muss mindestens eine Woche ruhiggestellt und mit Eis gekühlt werden.«

»Na davon gibt es ja hier zumindest genug«, murmelte ich.

Ich hatte nicht damit gerechnet, dass mir die ganze von der Heilerin verordnete Ruhezeit gegönnt werden würde. Aber die Tage vergingen, ohne dass irgendetwas geschah – außer dass meine Langeweile und mein Frust immer schlimmer wurden. Ich hätte so gern das Schloss erforscht, mehr über den Thron in Erfahrung gebracht oder Pläne geschmiedet. Aber stattdessen war ich gezwungen, die ganze Zeit im Bett zu liegen und zu hoffen, dass meine genähte Wunde nicht wieder aufplatzte.

Die Heilerin kam täglich vorbei, um meine Verbände zu wechseln, und Doreena brachte mir meine Mahlzeiten. Wenn sie Zeit hatte, blieb sie ein bisschen, um mir Gesellschaft zu leisten. Manchmal brachte sie Kleider mit, die sie zum Flicken bekommen hatte, und arbeitete daran, während sie mir das Neueste vom Hof erzählte. Gerüchte machten im Palast sehr schnell die Runde, verbreiteten sich unter Edelleuten und Dienern gleichermaßen, wie eine ansteckende Krankheit.

Offenbar hatte der König mehrere Würdenträger aus Safra zu Besuch gehabt, dic ihn beinahe angefleht hatten, ein Friedensabkommen in Betracht zu ziehen. Doch schon nach wenigen Stunden verließen sie das Schloss auf ihren Pferden, ernüchtert und mit hängenden Schultern. Augenzeugen berichteten, nur ein Einziger habe es bis zum Fuße der Berge geschafft, alle anderen habe der König als Strafe für ihre Dreistigkeit töten lassen – und der eine sei auch nur deswegen am Leben geblieben, damit er König Remus im Osten die Nachricht des Frostkönigs überbringen konnte.

Bruder Thistle hatte mir während einer unserer Unterrichtsstunden erzählt, die Armee von Safra sei umfangreich und gut ausgebildet, oder zumindest sei sie das vor Beginn des Krieges gewesen. Doch offenbar ging der König nicht davon aus, dass sie eine Bedrohung darstellen könnte. Seine eigene Armee hatte unter dem Befehl der Frostblood-Generäle die strategisch wichtigsten Orte im Königreich unter ihre Kontrolle gebracht – die Minen und Erzlager im Nordwesten – und musste jetzt dort nur noch die Stellung halten.

Viel mehr Kopfzerbrechen schienen dem König Meldungen über Rebellen zu bereiten. Es ging das Gerücht, er habe noch mehr Spione ausgesandt und verbringe jetzt noch mehr Zeit mit dem Kriegsrat. Doreena sagte allerdings, die Gerüchte beruhten auf Wunschdenken und Hoffnung, nicht auf harten Fakten. Denn wer würde es schon wagen, sich gegen den Frostkönig aufzulehnen?

Unglücklicherweise konnte sie mir auch nicht mehr über den Thron erzählen, als ich schon wusste. Als ich herausfand, dass sie lesen konnte, versuchte ich sie zu überreden, in der königlichen Bibliothek nach Büchern über den Thron zu suchen, aber sie erschauerte schon beim bloßen Vorschlag. Also begnügte ich mich damit, die dicken Wälzer zu lesen, die ein Diener mir mit den besten Wünschen des Königs brachte: Geschichtsbücher über die glorreiche militärische Vergangenheit der Frostkönige der letzten eintausend Jahre. Wenn schon zu nichts anderem, so waren sie wenigstens bestens dafür geeignet, mich abends in den Schlaf zu langweilen.

Marella kam mich kein einziges Mal besuchen. Ob sie immer noch etwas mit mir vorhatte? Oder hatte sie das Interesse an mir verloren, weil sie meine Verletzungen als Zeichen dafür nahm, dass ich doch nicht so stark war, wie sie gehofft hatte?

Nach der verordneten Woche zeigte sich die Heilerin endlich mit meinen Genesungsfortschritten zufrieden und erklärte mich für tauglich, normale Aktivitäten wieder aufzunehmen. Schon wenige Minuten nach ihrem Weggang platzte ein Wachmann in mein Zimmer.

»Könnt ihr eigentlich nie anklopfen?«, sagte ich unfreundlich und legte eins der dicken Geschichtsbücher beiseite.

Er beäugte mich säuerlich. »Du bist zum königlichen Abendmahl eingeladen.«

Wieder wurde Doreena dazu abgestellt, mir beim Baden und Ankleiden zu helfen. Diesmal war mein Kleid blau wie die Eier eines Rotkehlchens und mit Bändern geschmückt, die sich unter meinem Busen und in der Taille kreuzten. Filigrane, mit blauen Edelsteinen verzierte Ohrringe baumelten an meinen Ohrläppchen. Mein Haar wurde an den Spitzen zu kleinen Löckchen geringelt und fiel mir offen über den Rücken. Doreena tupfte mir noch etwas Wachsartiges auf die Lippen, um sie zum Glänzen zu bringen.

»Ihr seht wunderhübsch aus«, sagte sie. »Der König befindet sich heute in großer Gefahr.«

»Wie meinst du das?«, fragte ich überrascht.

»Er läuft Gefahr, sich in Euch zu verlieben, wenn Ihr so umwerfend ausseht.«

Ich schüttelte mich. »Sag so etwas bloß nie wieder.«

Sie legte den Kopf schief. »Es wäre nicht das erste Mal, dass ein Frostkönig sich in eine Fireblood verliebt, wisst Ihr.«

Das erinnerte mich an die Unterhaltung, die Arcus und ich an dem Abend geführt hatten, als wir Seite an Seite unter dem zunehmenden Mond gesessen hatten, sein Profil im schwindenden Licht gerade noch zu erkennen, der Umhang vom Wind aufgebläht, seine Augen blitzend, wenn er mich ansah. An dem Abend hatte er mir zum allerersten Mal so vertraut, dass er mir von seiner Vergangenheit erzählt hatte. Und vom Frostkönig, der eine Fireblood-Lady liebte. Die Erinnerung ließ Schmetterlinge in meinem Bauch auffliegen.

»Ja, ich kenne die Geschichte, in der eine Fireblood Königin wurde. Hat das Volk sie eigentlich jemals wirklich anerkannt?«

»Nun …« Doreena sah mich flüchtig an, dann senkte sie den Blick. »Ehrlich gesagt nahm die Geschichte ein tragisches Ende. Die Königin ist einem Mord zum Opfer gefallen. Es heißt, eine Edelfrau, die in den König verliebt war, sei eifersüchtig auf sie gewesen und habe deswegen ihren Tod geplant. Die Fireblood-Königin ist an ihrem ersten Hochzeitstag gestorben.«

Ein Schauder rannte mir das Rückgrat hinunter. »Was für eine entsetzliche Geschichte.«

Doreena nickte, die Stirn nachdenklich gerunzelt. »Liebesaffären zwischen Feuer und Frost enden nur selten glücklich.«

Ich hielt still, damit sie meine Frisur zu Ende bringen konnte, musste dabei aber weiter an das unglückselige Schicksal der Fireblood-Königin denken.

Wenige Minuten später lieferten die Wachmänner mich im Speisesaal des Königs ab. Das Licht der brennenden Kerzen im eisigen Deckenleuchter flackerte über die frostüberzogenen Wände. Die Luft war vom Duft nach geröstetem Fleisch und Gewürzen erfüllt.

Diesmal waren keine üppig gekleideten Damen anwesend, keine Höflinge, nur der König thronte am Kopfende der Tafel, sein Haar vom Kerzenschein in einen goldenen Schimmer getaucht. Mein Blick glitt zu dem Stuhl hin, auf dem sich der Hauptmann beim letzten Mal niedergelassen hatte. Ich hatte nur zwei Plätze von ihm entfernt gesessen und mir gewünscht, er wäre tot. Und nun war er es tatsächlich, und zwar durch meine Hand.

Der König trug Schwarz, und die Farbe hob sich so kontrastreich von seiner hellen Haut ab, dass es mich an die Momente in der Arena erinnerte, als mir die Welt nur noch schwarz-weiß erschienen war. Doch die Kerzen glühten golden, die Wände leuchteten blau. Ich holte tief Luft und versuchte die bösen Erinnerungen wegzuschieben.

Auch diesmal deutete der König auf den Platz neben sich. Ich ging langsam auf ihn zu, mein Herz schlug wie wild, und setzte mich auf das weiße Fell.

Der König sah auf eine herbe Art gut aus. Meine im Schoß gefalteten Hände zitterten. Beim letzten Mal, als ich hier gesessen hatte, hatte er mich in Bezug auf die Mönche angelogen. Am liebsten wäre ich ihm an die Gurgel gegangen. Oder hätte ihn auf seinem Stuhl verbrannt. Aber selbst weit vom Thron entfernt strahlte er große Macht aus, und die hatte er in der Arena klar demonstriert. Mein Feuer hätte gegen ihn keine Chance.

Er betrachtete mich schweigend und verengte die Augen, die Lippen zu einem belustigten Lächeln verzogen. Seine Pupillen wirkten merkwürdig, schwarz mit einem schmalen dunkelblauen Rand.

»Du siehst heute hübscher aus denn je zuvor, Ruby.«

Ich versteifte mich beim Klang meines Namens aus seinem Mund.

Er lehnte sich auf seinem Sitz zurück. »Ich habe meinen Teil unserer Abmachung erfüllt«, sagte er ernsthaft. »Ich habe dir den Hauptmann geschenkt. Bist du denn gar nicht dankbar dafür?«

»Ich wollte ihn nicht töten. Nicht so.«

»›Nicht so‹«, wiederholte er mit einer wegwerfenden Handbewegung und ließ den Blick über meine Gestalt wandern. »Du bist ganz schön wählerisch, Feuerling. Du wolltest ihn töten, und jetzt hast du bekommen, was du wolltest. Das ist doch die Hauptsache.«

»Seine Frau hat es mit angesehen«, murmelte ich mit tauben Lippen. »Und seine Tochter. Außerdem hat er mir gesagt, die Mönche seien tot, und zwar auf Euren Befehl hin.«

Das Gesicht des Königs verdüsterte sich, dann wechselte sein Ausdruck wieder zur üblichen leeren Gleichgültigkeit. »Ach. Das war mir wohl entfallen.«

Es überraschte mich nicht, dass er keinen Überblick mehr hatte, wie viele Leute seinetwegen inzwischen gestorben waren – wie hätte jemand so viele im Kopf behalten können? –, aber die Lässigkeit, mit der er es sagte, machte mich zutiefst betroffen.

Auf einen Fingerzeig des Königs hin erschien ein Diener und füllte seinen Teller. Als er dasselbe bei mir machen wollte, hielt ich die Hand über meinen Teller und starrte ihn durchdringend an, bis er wieder verschwand. König Rasmus betrachtete mich mit schweren Lidern, ebenfalls ohne ein Wort zu sagen.

Dann sprang er plötzlich auf und packte mich am Handgelenk. Seine kalte Haut brannte schlimmer, als ein Feuer es je vermocht hätte.

»Ihr tut mir weh«, sagte ich und versuchte, mich aus seinem Griff zu winden.

»Deine Berührung tut mir auch weh«, erwiderte er, seine Stimme ebenso rau wie seine Haut, als er mich noch näher an sich heranzog. »Doch es ist ein Schmerz, den ich genieße.«

Arcus hatte einst zu mir gesagt, meine Berührung würde ihn verunsichern, ihm ein unbehagliches Gefühl geben, weil sie seine Abwehr durchbrach und ihn Dinge empfinden ließ, die er nicht empfinden wollte. Aber das hier war komplett anders. Die Berührung des Königs verursachte mir Schmerzen, und ihm ging es mit mir genauso. Wenn er tatsächlich Gefallen daran fand, dann hatte er eine sehr verdrehte Art, Lust zu empfinden.

Er zerrte mich zur Wand hinter dem Kopfende der Tafel und drückte auf eine kaum sichtbare Einkerbung im Stein, die einen geheimen Mechanismus in Gang setzte. Sofort glitt eine verborgene Tür auf und wir betraten einen schmalen Tunnel, der von Fackeln erhellt wurde. Die Decke war so niedrig, dass der König den Kopf gesenkt halten musste.

»Das ist mein ganz privater Tunnel«, erklärte er. Sein Griff um mein Handgelenk wurde lockerer, als wir voranschritten, und seine Stimme klang in dem beengten Gang ganz dumpf. »Es ist ein Privileg, ihn sehen zu dürfen. Ich zeige ihn dir nur, um dir zu beweisen, welch großes Vertrauen ich in dich lege.«

Ich horchte auf. Ich hatte zwar nichts getan, um sein Vertrauen zu gewinnen, aber trotzdem konnte ich es vielleicht für meine Zwecke nutzen.

Kurz darauf erreichten wir eine Tür. Der König drückte dagegen, und schon befanden wir uns im Thronsaal, der in Fackellicht und Schatten getaucht war. Es musste Neumond sein, denn der Nachthimmel hinter dem Fenster war vollkommen schwarz. Der Thron wirkte allein durch seine Anwesenheit übermächtig und bedrohlich. Von ihm ausgehend hatte sich Eis bis in den Flur verteilt und, wie ich wusste, in jeden Raum des Schlosses, ja selbst bis in die Arena. An meinem ersten Tag waren mir die Eisstränge wie Adern vorgekommen, die mit einem Herzen verbunden waren. Jetzt bemerkte ich die Schatten im Eis. Ein Minax existierte offenbar in diesem Thron, erkannte ich, und auch in den Strängen, die davon ausgingen.

Ich unterdrückte ein Stöhnen, als die inzwischen vertraute, unsichtbare Macht mir innerhalb von Sekundenbruchteilen mein Feuer raubte.

»Was machen wir hier?«, fragte ich mit gedämpfter Stimme. »Ich dachte, wir wollten zusammen zu Abend essen.«

»Du lehnst das Essen doch ab. Ich habe diese Spielchen so satt. Hier ist doch der Ort, an dem du wirklich sein willst. Also biete ich ihn dir als Geschenk dar.«

Er zog mich vorwärts, bis wir nur noch eine Armlänge vom Thron entfernt standen. Seine dunkle Kraft schäumte in Wellen an mich heran. Ich hätte mich am liebsten weggedreht und wäre geflohen, aber gleichzeitig verspürte ich einen unbändigen Drang, mich dem Thron weiter zu nähern, als wäre ich eine Motte, die von der tödlichen Lichtquelle unwiderstehlich angezogen wird.

»Spürst du das?«, fragte der König und legte meine Hand auf den Thron. »Die schiere Kraft. Fors höchstpersönlich hat den Thron erschaffen, als Geschenk an seine Frostblood-Gefolgsleute. Wusstest du das?«

»Ja«, flüsterte ich. Kälte kroch mir den Arm hinauf. »Aber Fors ist Euer Gott, nicht meiner. Die Kälte verbrennt mich.«

»Auch sein Bruder Eurus hat ein Geschenk erschaffen. Einige behaupten, es sei der Fluch eines eifersüchtigen Gottes, der damit das Werk seines Bruders zu zerstören trachtete. Aber in Wirklichkeit ist es ein Geschenk der Macht, die nur die Auserwählten fühlen können. Um sie vollständig zu entfesseln, muss man den richtigen Menschen an seiner Seite haben. Jemanden, der dazu geschaffen ist, eine so große Macht auch tragen zu können.«

»Das Kind der Finsternis«, murmelte ich und versuchte meine Hand zurückzuziehen.

»Ja. Als ich den Thron bestieg, befahl er mir, das Kind zu finden. Zusammen würden es und ich dann völlige Dunkelheit über das Land bringen. Gemeinsam mit diesem Kind, diesem Mädchen, würde ich vollkommen sein.«

Seine Augen brannten mit einer unbändigen Vorfreude, wie ich sie noch nicht an ihm erlebt hatte. Ich schüttelte den Kopf, weigerte mich zu akzeptieren, was seine Worte mir bedeuteten. »Ich bin es aber nicht. Ich bin nicht das Kind der Finsternis.«

Er fuhr mir mit eisigen Fingern über die Haut, drehte mein Gesicht so zu sich, dass ich ihm in dem flackernden Licht in die Augen schauen musste.

»Die Prophezeiung besagt, das Kind der Finsternis würde über eine mächtige Gabe verfügen. Ich habe die stärksten Frostbloods und Firebloods in meiner Arena auf den Prüfstand gestellt. Du bist die Erste, die eine Verbindung zum Thron aufweist. Hör auf, dagegen anzukämpfen, Ruby, und du wirst nie wieder Schmerz empfinden.«

Ich schüttelte erneut den Kopf. »Aber andere schon. Die Menschen leiden und Ihr seht es nicht. Der Thron hat Euch Eures Mitgefühls beraubt. Ihr seid zum Monster geworden.«

»Nein, nicht zum Monster.« Er strich mir mit dem Daumen über die Wange. »Zusammen werden du und ich göttergleich sein.«

»Ich will aber keine Göttin sein!« Ich riss mein Kinn aus seiner Hand los. »Ich will eine Heilerin sein, wie meine Mutter eine gewesen ist.«

Es war die Wahrheit, und ich wusste das erst jetzt, in dem Moment, als ich die Worte aussprach. Ich wünschte, ich hätte heilende Hände, die Gabe des sanften, geduldigen Heilens, nicht diesen wüsten Sturm der Empfindungen, der mit der Macht des Tötens und Verstümmelns einherging.

König Rasmus zog mich an sich heran und drückte mir seine Lippen auf den Mund. Kälte und Hitze vermischten sich mit der Dunkelheit und gebaren eine neue Flamme. Seine Lippen waren hart, aber sie erwärmten sich unter meiner Berührung und erfüllten mich mit einer merkwürdigen verdrehten Art von Glück. Rasmus fuhr mir mit einer Hand durch die Haare, und der scharfkantige Stein an seinem Ring kratzte mir über die Wange.

Dann ließ er die Lippen mit kühler Zärtlichkeit nach unten wandern, zu der sanften Wölbung meines Halses. Lust vermischte sich mit Abscheu und vernebelte all meine Gedanken. Ich tastete nach den Schultern des Königs, um ihn wegzuschieben, krallte mich stattdessen aber darin fest. Er hob den Kopf und lächelte.

»Mein blutrünstiger Feuerling«, wisperte er und fuhr mir mit glatten Fingerspitzen über die Lippen. »Nur noch ein einziger Kampf, dann wirst du bereit sein. Sobald du zulässt, dass der Minax dich durchdringt, wird seine Kraft sich in dir aufs Zehnfache entfalten, und dann steht uns die Welt offen.«

»Das werde ich nicht zulassen.«

»Aber du hast es in meiner Arena schon mehrfach getan. Du hast doch sicherlich gespürt, wie er dir geholfen hat? Er leiht dir seine Kraft, um zu töten, und wenn du tötest, verstärkst du damit seine Kraft. Bis zur vollkommenden Glückseligkeit.«

Seine Worte erinnerten mich an den Traum, den ich gehabt hatte, an die dunkle Gestalt, die zu mir gesagt hatte, wir würden miteinander verschmelzen, wenn mein Herz erst vollkommen schwarz wäre.

»Aber der Minax ist doch schon Teil von *Euch*«, wandte ich ein.

Rasmus schüttelte leicht den Kopf. »Er berät mich, er verleiht mir die Macht des Thrones und enthebt mich meiner Sorgen. Ja, kraft meiner Krone teile ich etwas von seiner Macht. Aber ich kann nicht völlig mit ihm verschmelzen, jedenfalls nicht so wie du. Sobald du und der Minax eins seid, werden wir als perfektes Herrscherpaar über ein perfektes Königreich regieren. Kein Aufstand könnte unserer vereinten Kraft Widerstand leisten. Kein anderes Land wäre in der Lage, sich meiner Oberherrschaft zu widersetzen. Und wenn die Macht erst in deinem Inneren lebt, sind wir auch nicht mehr an den Palast gebunden. Wir könnten überallhin gehen und die Macht wäre immer bei uns.«

Jetzt begriff ich, warum der König mich in die Arena geschickt hatte. Dort konnte er mich nach Belieben manipulieren, mich zum Töten oder Getötetwerden zwingen und jedes Mal weitere Spalten in meiner Seele aufschlagen, durch die die Finsternis in mich eindringen konnte. Was würde aus mir werden, wenn ich zuließ, dass er mich zu solch einer Kreatur formte? Wie bei Eurus, der seine Schatten erschaffen hatte, hatte auch hier kein Gedanke an richtig oder falsch Platz, nur die schiere Lust an der eigenen Schöpfung und der Macht, über jedes andere Lebewesen zu herrschen.

Ich versuchte mich loszureißen, aber es war, als wäre ich in Bernstein gefangen. Rasmus strich mir über den Hals, und widerwillige Lust durchströmte mich.

Da erhob sich ein großer Schatten aus dem Thron, eine Gestalt mit spitzen Schultern und zwei riesigen, aus der Stirn hervorsprießenden Hörnern. Der Minax sah hier massiver aus als in der Arena, von derselben Form, doch stetig wachsend, als würde sich sein Körper mit jeder Sekunde stärker manifestieren.

Eine Ranke verwandelte sich in eine schwarze Hand, die sich nach mir ausstreckte und mir über die Fingerspitze strich, was kitzelnde Dunkelheit durch meinen Arm in meine Brust schießen ließ. Alle Traurigkeit verschwand augenblicklich und wurde durch das berauschende Gefühl von Macht ersetzt. Der Minax nahm mir alle schmerzlichen Gefühle und erfüllte mich stattdessen mit einer primitiven, leeren Art von Freude. Ich hätte mich nur zu gern in seine Umarmung geworfen, um mich dem seligen Zustand des Vergessens hinzugeben.

Es dauerte ein paar Momente, bis ich feststellte, dass ich meine Hitze wiederhatte. Der Minax hatte mir das Feuer zurückgeschenkt.

Die pfeifende Stimme aus meinem Traum machte sich wieder in meinem Kopf breit. »Lass uns eins sein. Gemeinsam werden wir frei sein.«

Ich verspürte den unwiderstehlichen Drang, meine Hitze auf den Thron zu richten und jedes winzige Stück Eis zu zerschmelzen, bis nur noch eine Pfütze davon übrig blieb.

Um somit den Minax zu befreien.

Bevor ich etwas tun konnte, waren Rasmus' Lippen wieder auf den meinen, härter und drängender diesmal. Ich versuchte verzweifelt, meine Gedanken zu ordnen, mich an etwas Verlässlichem festzuhalten, was mich inmitten dieses Sturms der Verwirrung erden könnte. Ein Fetzen Erinnerung durchzuckte mich, an zwei andere Lippen, kalt und doch so feurig, die sich auf meinen Mund pressten. Für einen Augenblick war es Arcus, der mich küsste. Ich tastete mit den Handflächen über seine Wangen, wickelte mir seine seidigen Haarsträhnen um die Finger. Ich sah, wie er den Kopf neigte, um mich zu küssen. Immer neue Bilder stürmten auf mich ein, sein Profil im Dunkeln, das Zittern in seiner Stimme, als er mir gestand, dass er mich nicht verlieren wolle, seine Überzeugung, dass ich stark sei.

Hoffnung und Sehnsucht verdichteten sich in meinem Inneren, drängten die Schwärze in die Enge, scheuchten sie hinaus. Aber der finstere Fremde war nicht geschlagen, nur vertrieben, und jederzeit bereit, sich meiner wieder zu bemächtigen. Ich nutzte den Augenblick, schubste den König mit aller Kraft von mir weg, rannte auf die Tür zu und hämmerte mit beiden Fäusten dagegen.

Hinter mir lachte jemand, ich hätte nicht sagen können, ob es der König war oder der Schatten, der über dem Thron aufragte.

Auf Befehl des Königs öffneten die Wachen die Türen, griffen nach meinen Armen und brachten mich in mein Zimmer zurück.

Ich saß auf meinem Bett, die Arme um die angezogenen Knie geschlungen. Der König hatte die Dunkelheit in meinem Inneren gesehen; ich konnte nicht abstreiten, dass sie existierte. Ich hatte sie sogar willkommen geheißen, sie und den König mit offenen Armen empfangen, hatte mich von ihm küssen lassen und seinen Kuss sogar erwidert. Von Scham überwältigt, machte ich die Augen zu. Ich hätte es gern geleugnet, aber ich hatte den Kuss genossen, fast so sehr, wie ich es genossen hatte, in der Arena meine Gegner zu töten. Und jetzt sprach der Minax zu mir, erzählte mir, dass wir verschmelzen, dass wir eins werden würden. Je länger ich hierblieb, je öfter ich tötete, desto mächtiger und wirklicher wurde das finstere Wesen in mir.

Ich schlug mir die Hände vors Gesicht und wippte vor und zurück. Was war nur aus mir geworden?

Denn selbst jetzt sehnte sich ein Teil von mir nach dieser Dunkelheit, nach ihren sinnlichen Berührungen, so wie ich mich nach Bruder Gamuts Tee und seiner schmerzstillenden Wirkung gesehnt hatte, nur um das Tausendfache verstärkt. Ich sehnte mich nach dem Vergessen, nach der Abwesenheit von Sorge und Schmerz, auch wenn mich der Gedanke anekelte, in was ich mich dann verwandeln würde.

Ich hasste den König, hasste ihn mit meiner gesamten Existenz. Und doch hatte er irgendetwas in mir zum Leben erweckt, einen Durst nach stumpfsinniger Macht, den ich kaum noch unter Kontrolle hatte.

Ich sprang vom Bett auf und tigerte zwischen Zimmerwand und Tür hin und her. Als Bruder Thistle mir seinen Plan auseinandergesetzt hatte im hellen Schein der abendlichen Sonne, der durch die Fenster des Kapitelsaals geströmt war, hatte er sich so selbstsicher angehört. Ich würde in den Palast kommen und den Thron zerstören.

Doch jetzt, da ich im Palast war, erschien mir gar nichts mehr einfach. Den König konnte ich nicht töten, weil der Thron ihn beschützte. Und den Thron konnte ich nicht zerstören, weil ich in seiner Gegenwart keine Kraft hatte, außer wenn ich mit dem König verbunden war.

Ein Teil von mir hätte am liebsten aufgegeben und sich vom nächsten Gegner in der Arena töten lassen. Dann würde ich im Jenseits endlich wieder mit meiner Mutter vereint sein.

Wenn ich wirklich das Kind der Finsternis war, dann war es für die Welt besser, wenn ich starb und nicht zu einer unaufhaltsamen Macht an der Seite des Königs wurde.

Dunkel und schwer und unwiderruflich schlich sich der Gedanke in die hinterste Ecke meines Gehirns.

Aber leider konnte ich nicht davon ausgehen, dass die Finsternis mich sterben lassen würde. Bei beiden Kämpfen war sie aufgetaucht und hatte sich meiner bemächtigt, wenn ich Gefahr lief, besiegt zu werden. Und beim zweiten Mal war sie stärker gewesen als beim ersten. Ich wusste nicht, wie meine Chancen standen, wenn ich mich dieser dunklen Kraft in den Weg stellte.

Dann sollte die Finsternis mich eben haben, bitte schön. Der König hatte gewonnen.

Mit der Plötzlichkeit eines Fensterladens, der aufgerissen wird, um das Sonnenlicht hereinströmen zu lassen, schoss mir die Erinnerung an meine Großmutter durch den Kopf, wie sie am Feuer gesessen und Geschichten erzählt hatte. Ich sah, wie ihre Lippen sich bewegten, spürte ihre Hand auf meinem Haar. Wenn die Geschichte zu Ende war, bot sie mir ganz oft ein Stückchen Weisheit, die ich daraus mitnehmen konnte.

»Wo Dunkelheit ist, da ist auch immer Licht. Vielleicht nur ein winziges Fünkchen, aber es ist da. Folg ihm und du wirst deinen Weg aus der Dunkelheit hinausfinden.«

Wenn ich zuließ, dass die Finsternis sich meiner bemächtigte, verwirkte ich mein Recht auf freie Entscheidung. Und so schwach war ich doch wohl nicht! Ich konnte mich dem Minax und seinen Plänen für mich widersetzen. Ich würde nie wieder töten, gleichgültig, wie stark der Drang danach sein sollte.

Dann würde ich zwar in der Arena verlieren, aber den Kampf gegen den König gewinnen. Mit meinem Tod wäre seine Hoffnung, ein Gefäß für den Minax zu finden, für immer zerschmettert. Und vielleicht würde dann eines Tages ein anderer Fireblood kommen, stärker und schlauer und mächtiger als ich, und würde es schaffen, den Thron zu zerstören.

Nur dass ich das eben nicht sein würde.

»Ich werde das Licht finden, Großmutter«, flüsterte ich.

25

»Ruby!«, rief Braka.

Ich blinzelte und nahm meine Umgebung – die mir inzwischen so vertraute Arena – plötzlich wieder wahr. Mir war übel und ich fühlte mich ganz taub bei dem Gedanken daran, was ich jetzt zu tun hatte. »Was ist?«

»Dein Gegner«, sagte sie, und ihre grauen Augen blickten ernst. »Er nennt sich Kane. Es heißt, er sei ein erfahrener Krieger, der gerade aus der Schlacht zurückgekehrt ist. Wie Gravnach setzt auch er keine Waffe ein, nur Frost. Bleib auf Distanz und halte Ausschau nach Körperstellen, die ungeschützt sind. Auf die musst du dich konzentrieren.«

Ich zog die Augenbrauen hoch. Brakas Worte hatten mich aus dem Nebel der Resignation herausgeholt. »Braka, gibst du mir jetzt wirklich Hilfestellung? Vorsicht, sonst denken die anderen am Ende noch, du magst mich.«

Sie lächelte. »Ich mag dich tatsächlich, Feuerling. Du bist mutig und stark und verfügst über Kräfte, die mich ehrlich gesagt ziemlich verwirren. Ich glaube inzwischen, dass du jeden Kampf gewinnen könntest. Und irgendwann schaffst du es sogar, das Publikum auf deine Seite zu ziehen.«

Ich verzog das Gesicht. »Sehr unwahrscheinlich. Ich sehe doch schon das vergammelte Gemüse, das sie mir an den Kopf schmeißen wollen.«

Braka kicherte. »Man braucht ein bisschen, um die echte Ruby hinter den spitzen Worten kennenzulernen«, sagte sie dann nachdenklich. »Gefährlich und beeindruckend … wie ein Eiszapfen.«

Ich verzog den Mund. »Ich bin alles andere als ein Eiszapfen.«

Sie hielt inne. »Dann wohl eher wie … eine Flamme?«

Ich lachte. »Viel besser.«

Sie klopfte mir so heftig auf den Rücken, dass es mich schüttelte. »Nur Mut, Feuerling. Bisher hast du noch alles gewonnen.«

Der gerade stattfindende Kampf dauerte länger als sonst, und einer der Beteiligten war eine der seltenen weiblichen Frostblood-Herausforderer. Die zwei Kämpfenden waren ungefähr gleich groß, doch die Frau hatte dank ihres stärkeren Frostes einen klaren Vorteil, obwohl ihr männlicher Gegner durch seine brutale Kraft immer wieder einen Treffer landete. Solchen Kämpfen zuzusehen bereitete mir jedes Mal Übelkeit, worüber ich beinahe froh war. Die sinnlose Vergeudung von Leben ließ mich nicht kalt – zumindest *noch* nicht.

Ein vertrauter blumiger Duft streifte mich, und ich wirbelte herum. Marella stand da und wirkte wie eine Göttin in ihrem silbergrauen Kleid, dessen Rockschöße über und über mit aufgenähten Seidenblumen verziert waren. Einige Blumen waren auch in ihre komplizierte Frisur mit eingeflochten worden. Eisblaue, in Silber gefasste Edelsteine glitzerten an ihren Ohrläppchen und Fingern, und das Licht aus der Arena spiegelte sich darin wider.

»Ich komme, um dir Glück zu wünschen«, sagte sie mit einem strahlenden Lächeln.

»Das weiß ich zu schätzen«, erwiderte ich und rückte meine Maske zurecht. »Aber ich brauche kein Glück. Ich will kein Glück.«

Marellas Lippen zuckten. »Du hast recht. Glück ist nur etwas für Narren. Du wirst diesen Gegner genauso vernichten wie die anderen.«

Ihre Worte ließen mich frösteln. »Ich werde niemanden mehr vernichten. Ich kann das nicht mehr.«

Sie zog die Augenbrauen hoch. »Du hast aber keine andere Wahl, Ruby. Es ist nicht deine Schuld, dass du gezwungen wirst, das zu tun. Entweder du tötest oder du wirst selbst getötet.«

»Ganz genau. Und jedes Mal, wenn ich jemanden umbringe, bemächtigt sich etwas Fremdes meiner Seele. Eine Dunkelheit, die ich nicht im Griff habe.« Ich machte eine Pause. »Ich habe beschlossen, nie wieder zu töten.«

»Vielleicht lassen dich deine Schuldgefühle …«

»Das sind keine Schuldgefühle. Ich glaube, das ist der Minax, der dem Thron innewohnt.« Ich wartete gespannt auf ihre Reaktion, aber ihr Gesicht blieb vollkommen unbewegt. »Das hört sich bestimmt so an, als wäre ich verrückt geworden, aber …«

»Wie bereits gesagt, weiß ich alles über den Thron«, unterbrach mich Marella. »Du kannst mir vertrauen. Ich will dir helfen.«

»Aber wie solltet Ihr mir denn helfen können?«

»Ich bereite mich schon mein halbes Leben auf diesen Tag vor. Ich habe die ganzen verstaubten Wälzer in der Bibliothek meines Vaters gelesen, habe mir alles Wissen über den Thron angeeignet, habe mich nachts rausgeschlichen, um mich mit Gelehrten zu beraten …« Sie lächelte angesichts meiner Bestürzung. »Mein Vater mag ein verstaubter alter Mann sein, der sich selbst gern reden hört, aber er hat glücklicherweise eine Leidenschaft fürs Büchersammeln. Ich kenne alle alten Legenden, und ich habe mit eigenen Augen gesehen, dass in ihnen wesentlich mehr Wahrheit steckt, als die meisten Menschen zu glauben bereit sind.«

Jubel brandete im Publikum auf, aber ich machte mir gar nicht erst die Mühe nachzusehen, was ihn ausgelöst hatte. Marellas Enthüllungen waren einfach zu faszinierend.

»König Akur hat sich im Laufe seiner Herrschaft stark verändert«, erzählte sie. »Seine Frau und seine Kinder bemerkten es. Mein Vater und die engsten Vertrauten im Schloss bemerkten es. Und ebenso der Hofgelehrte, der daran glaubte, dass der Thron der wahre Grund sei, warum wir Krieg gegen die Firebloods führen. Er war überzeugt, der Fluch des Throns sei erwacht und werde immer mehr Einfluss gewinnen. Der Gelehrte sagte dem König, solange wir Suds Volk ungerecht behandelten, würden auch die Gegenschläge nicht aufhören und der Krieg werde niemals enden. Und dann wurde König Akurs Gattin ermordet, womit Thistles Theorien bestätigt waren. Er wurde nur deswegen nicht wegen Hochverrates hingerichtet, weil er mit dem größten Landbesitzer der östlichen Provinzen blutsverwandt war. Und wenn Thistles Vetter, Fürst Tryllan, dem König seine Unterstützung entzogen hätte, wäre das für die Grenzkriege einer Katastrophe gleichgekommen. Also wurde Thistle nur in eine verfallene Abtei auf Mount Una verbannt, und er und seine Prophezeiungen gerieten in Vergessenheit.«

»Warum habt Ihr mir nicht schon viel früher davon erzählt?«, fragte ich vorwurfsvoll. »Dann hätte ich Euch doch alles offenbart.«

»Ich wusste nicht, ob ich dir vertrauen kann. Du bist irgendwie mit Ras verbunden. Er sieht dich auf eine Weise an, wie er noch nie jemand anderen angesehen hat.« Ihre Augen blitzten auf. »Du hast jede Menge Gründe, mich zu verraten, und ich beschloss, das Risiko nicht einzugehen. Aber plötzlich sprichst du davon, heute in der Arena sterben zu wollen, und dieses Risiko ist wesentlich höher. Für uns alle.«

Ich nickte nachdenklich. »Dann glaubt Ihr wirklich, ich könnte den Thron zerstören?«

Sie nahm meine Hände. Ihre Finger fühlten sich kühl, aber nicht eisig an. »Ich weiß, dass du es kannst, Ruby. Heute ist Sommersonnenwende, da sind deine Kräfte am stärksten. Wann, wenn nicht heute?«

Sommersonnenwende. Ich erinnerte mich daran, wie Bruder Thistle gesagt hatte, der Tag sei nur noch gut drei Wochen hin. Ich hatte das Gefühl für die Zeit völlig verloren.

»Aber ich habe Angst, dass ich mich von der Macht des Throns auffressen lasse und ihn dann gar nicht mehr zerstören will. Der Minax vereint sich mit mir und dann … Was wird dann aus mir werden, Marella?«

Sie drückte meine Hände fester. »Aber das ist doch gleichzeitig auch die einzige Chance, ihn zu zerstören, verstehst du denn nicht?« Ihre Stimme wurde drängender. »Wenn du dich mit ihm vereinst, kannst du seine Kraft gegen ihn wenden. Du bist dann nicht mehr nur auf dein Feuer angewiesen, sondern kannst auch deine Finsternis einsetzen. Das macht dich zu etwas ganz Besonderem.«

»Woher wisst Ihr das alles?«

»Ich habe schon unzählige Firebloods in der Arena kämpfen und sterben sehen – und noch nie konnte einer das tun, was du getan hast. Der Minax hat dich auserwählt.«

»Oh Sud, hilf mir!«, raunte ich, entzog Marella meine Hände und schlug sie mir vors Gesicht.

»Du weißt, dass ich recht habe. Deswegen hattest du entschieden, heute nicht zu kämpfen. Du hast Angst vor dem, was du werden könntest. Aber du kannst dem widerstehen, das verspreche ich dir. Du wirst in der Lage sein, dich mit dem Minax zu vereinen und ihn trotzdem unter Kontrolle zu behalten. Du wirst es schaffen, Ruby.«

»Nein, das stimmt nicht. Ich kann das nicht riskieren.«

Ich wandte mich ab.

»Dann möchte ich dir jetzt etwas sagen, was deine Meinung vielleicht ändert. Kane, dein heutiger Gegner … Er war einer der Soldaten, die die Abtei geplündert haben.«

Ich wirbelte zu ihr herum. »Was?«

Sie nickte. »Ich habe Nachforschungen über ihn angestellt, in der Hoffnung, seine Schwachstellen zu entdecken. Dabei habe ich erfahren, dass er Hauptmann Drake unterstellt war, als sie nach Mount Una geritten sind. Er soll gnadenlos gewesen sein. Es war ein Gemetzel, Ruby. Und … der junge Mann mit den vielen Narben wurde auch getötet.«

»Arcus?«, hauchte ich.

Sie nickte, die Augen voller Schmerz. »Er war ein mächtiger Frostblood-Krieger, der sich trotz der gegnerischen Überlegenheit in die Schlacht gestürzt hat, um die Abtei zu schützen. Es heißt, er habe ein Dutzend Soldaten getötet, bevor er von Bogenschützen mit brennenden Pfeilen zu Fall gebracht wurde.«

Mein Blick umnebelte sich. Die brennenden Pfeile waren sicher nicht stark genug gewesen, seinen Frost zu durchdringen, aber er hatte panische Angst vor Feuer. Wahrscheinlich hatten sie ihn damit auf dem falschen Fuß erwischt, seine Konzentration ins Wanken gebracht. Ich sah es regelrecht vor mir, wie er von der Überzahl der Gegner in die Knie gezwungen wurde.

Erst als Marella mich aufrichtete und in die Arme schloss, wurde mir bewusst, dass ich zusammengeklappt war. »Es tut mir so leid, Ruby«, flüsterte sie. »Ich wollte es dir nicht sagen. Aber jetzt weißt du, warum Kane die Arena nicht lebend verlassen darf. Er verdient den Tod.«

Erschauernd keuchte ich auf. Mir war, als würde ich in tausend Scherben zerfallen und könnte nichts dagegen tun.

»Du schaffst es. Vernichte Kane. Vernichte den Thron. Ansonsten wird die Finsternis niemals ein Ende finden.«

Sie drückte mich noch einmal, dann schob sie mich von sich weg und richtete den Blick mit trauriger Miene auf den gerade stattfindenden Kampf. Ich folgte ihren Augen – beide Gegner lagen am Boden, der Ansager reckte die leblose Hand der Frostblood-Frau in die Luft. Die Zuschauer jubelten, Diener kamen angerannt und zerrten die Leichen aus der Arena, wobei sie blutige Schleifspuren hinterließen. Die Frostblood-Frau hatte den Kampf gewonnen, aber mit dem Leben dafür bezahlt.

Der Ansager gab das Zeichen und ich betrat die sonnenbeschienene Arena.

Das übliche Spottgeschrei setzte an, die Buhrufe und der Regen aus Steinen und fauligen Früchten, die gegen die Wände des Kampfplatzes krachten. Zu meiner Überraschung gab es auch ein paar Stimmen, die »Feuerling!« riefen. Doch ich schwebte über all dem, als wäre ich ein unbeteiligter, gefühlskalter Zuschauer. Hoffentlich würde ich nie wieder etwas fühlen müssen.

Der König saß auf seiner Balkonempore, Marella nun wie eine bemalte Puppe zu seiner Linken, das silberne Kleid über den Armlehnen ihres aus Eis geschnitzten Sitzes aufgebauscht. Die Robe des Königs war tiefschwarz mit silbernen Säumen, und ich fragte mich, ob Marella sich absichtlich farblich passend gekleidet hatte. Mir schien, dass sie immer wieder auf subtile Art versuchte, seine Aufmerksamkeit auf sich zu lenken. Sie hatte darüber gesprochen, wie er mich ansehen würde, und jetzt erkannte ich, was sie damit meinte. Mit zur Seite geneigtem Kopf betrachtete er mich eingehend, und sein Blick ließ meine Haut frösteln. Gegen meinen Willen von den Schatten angezogen, die hinter ihm im Eis tanzten, starrte ich zurück.

Als ich in der Mitte der Arena angekommen war, ging das Doppeltor auf der anderen Seite auf und eine Gestalt stapfte heraus. Der Mann trug eine schwarze Lederrüstung mit Schnallen aus Metall und einen Stahlhelm mit rechteckigen Nasen- und Wangenteilen, die ihm seitlich bis zum Kinn hinunterreichten. Nur für Mund und Augen waren Schlitze hineingestanzt worden. Ein schwarzer Umhang flatterte an seinem Rücken. Er war breitschultriger und schwerer als der Hauptmann, aber nicht so groß gewachsen wie Gravnach, und er hatte kein Schwert in der Hand.

Er benutzt keine Waffe außer seinem Frost, hatte Braka gesagt. Ich erschauerte bei der Erinnerung an Marellas Worte, dass ich mit dem Minax verschmelzen musste, um ihn zu zerstören. Ich hatte geschworen, das Licht zu finden, selbst wenn dies meinen Tod bedeuten sollte, aber das war gewesen, bevor ich wusste, dass dieser Mann ein Mörder war. Dass er Arcus ermordet hatte. Jetzt würde nichts in der Welt ihn davor bewahren können, durch meine Hand zu sterben.

Er blieb ein paar Meter vor mir stehen und verbeugte sich. Ich nahm meine Kampfposition ein, die Fäuste bereit. Er hob ebenfalls die Fäuste, und wir begannen einander zu umkreisen.

Schon wenige Sekunden später fing die Meute zu skandieren an: »Stirb, Feuerling, stirb!«

Aber der Frostblood-Krieger startete keinen Angriff. Vielleicht wartete er ab, wollte erst abschätzen, wie stark ich wirklich war. Ich war nicht so geduldig wie er. Ich schoss einen zischenden Feuerpfeil auf seine Füße ab.

Behände hüpfte er beiseite und reagierte mit einem Eisschuss, der nur knapp vor mir einschlug und eine Staubfontäne aufspritzen ließ.

Ich schleuderte ihm einen Tornado aus heißer Luft entgegen. Er stemmte die Handflächen nach vorn und löste den Tornado zischend auf.

Mehrere Feuerräder schossen aus meinen Händen, doch Kane wehrte jedes einzelne mit seinen stählernen Handgelenkschützern ab und spuckte mir im Gegenzug eiskalte Luftwolken entgegen.

»Du hältst das für ein unterhaltsames Spielchen, nicht wahr?«, rief ich und drehte meine Hände so, dass Luftwirbel aufstoben. Sie waren so heiß, dass das Wasser in der Luft sofort verdampfte, doch mein Gegner ließ sie, ohne mit der Wimper zu zucken, über sich hinwegfegen, als wären sie nichts als eine milde Frühlingsbrise. »Eines weißt du allerdings nicht«, sagte ich und schoss eine Wolke knisternder Hitze ab. »Du wirst diese Arena nicht lebend verlassen.«

In meinem Brustkorb schwoll das Feuer an, ich entließ mehrere Angriffe hintereinander, Feuerblitze und Feuerpfeile und einen wilden Drachenschwanz, dessen Peitschenknall von den eisigen Wänden widerhallte. Kane wehrte alles ab, als wäre es ein Kinderspiel. Das Publikum lachte und jubelte.

»Kane! Kane! Kane!«

Vor Wut verspannten sich meine Schultern. Kanes Frost war sogar noch stärker als der von Graynach.

Ich schleuderte einen Feuerblitz auf seinen Helm. Der erwischte Kane auf dem falschen Fuß und er taumelte einen Schritt zurück, bevor er eine Wolke eiskalter Luft auf mich lenkte, die meine Beine erzittern ließ. Doch ich schaffte es, auf den Füßen zu bleiben.

Unsere Angriffe folgten nun schneller aufeinander. Ich erzeugte eine Hitzewand, er wappnete sich mit einer schützenden Eishülle. Ich schmolz das Eis mit heißer Luft und ließ einen zweiten Drachenschwanz folgen. Mein Gegner vereiste mir den Boden unter den Füßen, gerade als ich mich drehen wollte. Ich rutschte mit einem Fuß aus, verdrehte mir den Knöchel und fiel hin. Sofort versuchte ich mich aufzurappeln, stürzte aber erneut zu Boden.

Kane stapfte auf mich zu, seine massige Gestalt verdunkelte das Sonnenlicht. Ich sah zum König hin, der sich im Sitz nach vorn beugte. Marella saß stocksteif neben ihm. Und zwischen ihnen lauerte eine schwarze Gestalt, deren spitze Schultern immer größer und schärfer wurden. Ob außer mir noch jemand sie sah? Ich jedenfalls konnte ihre Anwesenheit mit jeder Faser spüren, selbst wenn ich die Augen geschlossen hielt.

Während ich fühlte, wie die Dunkelheit in mir anstieg, schoss ich Kane einen neuerlichen Feuerstrom entgegen. Ob es an der Sommersonnenwende lag, an der Finsternis, die mich erfüllte, oder einfach an der Tatsache, dass mein Hass mich endgültig von allen Skrupeln befreit hatte – mein Feuer jedenfalls schien heißer denn je zu brennen. Kanes Tunika fing an zu brennen, und er musste Eis ausstoßen, um die Flammen zu ersticken.

Er schlug mir Frost entgegen, der zu harmlosem Dampf verzischte, dann schoss er kreischende Eisspitzen auf mich ab. Sie schmolzen in der heißen Luftwolke, die mich wie ein Schutzschild umgab.

Ich war jetzt schon zu mächtig, brennend heiß wie ein Stück der Sonne. Ich war mir sicher, dass ich Kane allein durch mein Feuer töten könnte. Aber ich wollte die Seligkeit des Vergessens, die nur der Minax mir schenken konnte.

»Komm, Finsternis«, flüsterte ich. »Benutz mich, um diesen Mörder zu töten.«

Der Frostblood-Krieger blieb ein paar Schritte von mir entfernt stehen.

»Dann stimmt es also. Du bist für mich verloren«, sagte er.

Aber seine Worte hatten keine Bedeutung für mich, sie verglühten im triumphierend summenden Rausch der Macht. Ob ich hinterher noch die Kraft haben würde, dem Minax die Stirn zu bieten, spielte jetzt keine Rolle. Jetzt zählte nur meine Sehnsucht nach der Seligkeit der Rache.

Meine Sicht veränderte sich, meine Welt verdichtete sich zu dem nun schon vertrauten Kontrast aus Schwarz und Weiß. Alle Geräusche verstummten, bis auf das Pochen meines Herzens in meinen Ohren und den keuchenden Atem meines Gegners. Onyxfarbene Fäden schlängelten sich aus mir heraus, machten sich auf die Suche nach dem krampfhaft pochenden schwarzen Klumpen in seiner Brust.

»Zwing mich nicht, dir wehzutun«, sagte Kane, doch seine Worte klangen wie von weit her, wie Regentropfen, die an der Glasscheibe herabgleiten.

Ich schoss einen dicken Feuerstrom ab, er antwortete mit einer Frostsäule. In der Zwischenzeit rankten sich die geschmeidigen Schattenfäden weiter auf sein Herz zu, zogen ihre Spiralen enger und immer enger.

»Ruby, bitte«, sagte er und schichtete seinen Frost höher auf. Er schob mich damit weg, schon bald würde ich gezwungen sein, dem Kampf ein Ende zu setzen.

Aber im hintersten Winkel meines Geistes schrie etwas auf – die Stimme meines Gegners kam mir merkwürdig bekannt vor.

Ich kannte *ihn*.

Aber das war doch unmöglich! Er war tot. War ich dabei, den Verstand zu verlieren?

»Arcus?«, keuchte ich und zitterte von der Anstrengung, meine Angriffe zurückzuhalten.

»Wie schön, dass du mich doch wiedererkennst«, erwiderte er, und der Sarkasmus seiner Worte wurde von dem Gefühl in seiner Stimme übertönt.

Der Schock traf mich wie ein Hammer. Ich zog die Hand zurück, ließ den Flammenstrom versiegen, und Arcus folgte meinem Beispiel. Wir bebten beide vor Anstrengung. Das Feuer zu bändigen war leicht, bei der Finsternis sah es schon ganz anders aus. Immer noch waren die schwarzen Fäden um Arcus' Herz geschlungen. Stöhnend vor Schmerz griff er sich an die Brust. Keuchend versuchte ich, den Blutrausch in mir zu unterdrücken. *Ich werde das Licht finden.* Ich konzentrierte mich auf die zerstörerischen Tentakel, zog sie zurück und schob sie fort. Mit einem lauten Knall explodierte die Welt wieder zu Farbe.

»Bist du das wirklich?«, flüsterte ich und versuchte verzweifelt, unter seinen Helm zu schauen. Dann ließ ich den Blick über seine Gestalt schweifen. Breite Schultern – breiter als ich sie in Erinnerung hatte, aber das konnte auch an der Rüstung liegen. Und dann dieser vermaledeite Helm, der sein Gesicht bedeckte! Hoffnung und die Angst, dass ich mich täuschen könnte, hielten sich die Waage.

Er ließ den Arm sinken. »Ich habe dir doch gesagt, dass du ganz schön gefährlich sein wirst, wenn du deine Gabe erst mal unter Kontrolle hast. Allerdings scheint man dich hierzulande trotzdem immer noch nicht besonders zu mögen.«

Berauschende Freude überschwemmte mich – und verwandelte sich dann in Wut, als mir klar wurde, was hätte passieren können.

»Ich hätte dich umbringen können!«, rief ich zittrig und schrill, dann taumelte ich vorwärts und warf mich in seine Arme. Er umarmte mich so fest, dass ich kaum atmen konnte, aber es war mir gleichgültig.

Von einem Balkon dröhnte die Stimme des Ansagers, dessen Robe sich wie ein Farbspritzer vor dem eintönig farblosen Eis abhob.

»Kämpfer! Das ist eine Arena und kein Ballsaal!« Die Zuschauer lachten und johlten zustimmend. »Die Leute sind hergekommen, um Blut zu sehen! Oder sollen wir erst ein paar Herausforderer reinschicken, um euch voneinander loszueisen?«

»Arcus«, raunte ich und suchte seinen Blick. »Das Tor geht erst wieder auf, wenn einer von uns tot ist. Ich werde dich nicht umbringen. Also musst du mich töten.«

Er riss die Augen auf, dann umwölkte sich sein Blick. »Bist du verrückt geworden, Ruby?«

»Nein, hör mir zu«, flehte ich. »Bruder Thistle hatte recht, was den Thron angeht. Aber er hat sich geirrt, was mich angeht. Ich bin nicht das Kind des Lichtes. Ich bin …«

»Einfach nur eine Fireblood, die ihr Temperament nicht zügeln kann.« Er grinste, um seinen Worten die Schärfe zu nehmen, dann streckte er mir die Hand hin. »Beruhige dich, Ruby. Ich weiß, dass du es nicht geschafft hast, den Thron zu zerstören. Aber wir haben Verbündete hier im Schloss. Ich musste nur Zeit schinden, um sie strategisch günstig zu platzieren, ohne Verdacht zu erregen. Und um ehrlich zu sein, ich war mir nicht ganz sicher, wem gegenüber du loyal sein würdest. Ich hatte Gerüchte gehört, dass du und der König …« Er suchte meinen Blick, bevor er fortfuhr. »Wie auch immer. Ich wollte dich nicht verletzen. Tut mir leid, dass ich so lange gebraucht habe, um …«

»Das ist mir egal!« Ich konnte es kaum fassen, dass er so ruhig blieb, als wäre alles in bester Ordnung. »Hör zu. Der Fluch, der dem Thron innewohnt …«

Doch da krachte das Doppeltor auf und spuckte eine Ladung Kämpfer aus. Von allen Seiten stürmten sie auf uns zu, mit Speeren, Schwertern und Keulen bewaffnet, und mit Wirbelstürmen aus Frost und Eis.

Arcus schubste mich weg und stellte sich vor mich, um mich vor dem heranrauschenden Chaos zu schützen. Er holte tief Luft, stemmte sich den Helm mit beiden Händen vom Kopf und schleuderte ihn mit einer ruhigen entschiedenen Bewegung zu Boden. Dann hob er die Hände. Macht entströmte seiner ganzen Gestalt, eine königliche Haltung, die keinen Widerspruch duldete. Die Kämpfer verlangsamten den Schritt und kamen schließlich um uns herum zum Stehen.

Staub und kalter Nebel tänzelten durch die Luft. Die Zuschauermenge verstummte.

»Verehrte Anwesende, hört mir zu!«, rief Arcus. »Ich bin kein kämpfender Bauer, kein Soldat, kein Meister, wie ihr glaubt.«

Mit seiner Statur hätte er zwar als Meister des Königs durchgehen können, doch seine Körperhaltung war eindeutig die eines Edelmannes.

»Ich spreche zu euch als der Mann, der rechtmäßig auf dem Thron von Fors sitzen sollte!«

Ich hörte die Worte, doch mein Geist erfasste ihren Sinn nicht. Arcus gab sich offensichtlich für jemand anderen aus und sagte Dinge, die nicht der Wahrheit entsprachen. Und er hatte gerade erst damit angefangen.

»Ich spreche zu euch als Arelius Arkanus, Sohn von Akur, älterer Bruder von Rasmus. Ich wurde von einem Auftragsmörder verbrannt und für tot gehalten. Aber ich bin nicht tot.«

Mit rasendem Herzen taumelte ich zurück und begriff immer noch nicht.

»Ich habe überlebt, um für mein Recht zu kämpfen«, sagte Arcus, und in seiner Stimme lag mehr Kraft denn je zuvor. »Um zu den Menschen zurückzukehren, die ich liebe. Nun bin ich hier und stelle mich als euer ergebener Diener in eure Dienste. Ich bin zu euch gekommen als das, was ich bin – der rechtmäßige Frostkönig!«

26

Die Zeit verlor jede Bedeutung. Die Geräusche in der Arena verhallten zu einem fernen, diffusen Dröhnen.

Arcus stand vor mir, das Gesicht entblößt, die Narben im Schein der nachmittäglichen Sonne deutlich zu erkennen. Es war, als schaute ich einen Fremden an. Er sprach zum Publikum, sagte Dinge, die ich nur mit halbem Ohr hörte, etwas darüber, dass das Volk entscheiden müsse, welcher Herrscher auf den Thron gehöre, dass die Menschen sich auf seine Seite schlagen sollten, weil er ein gerechter König sein und niemals vergessen würde, wer ihm treu ergeben war.

Er sprach zu ihnen mit der Gabe eines erfahrenen Redners, selbstbewusst und überzeugend, die Schultern durchgedrückt, das Kinn stolz nach vorn gereckt. Von der geheimnisvollen Gestalt, die sich unter einer Kapuze versteckte, war nichts mehr zu sehen. Genauso wenig wie von dem Mann, der sich vor meinem Feuer gefürchtet hatte. Wo war der Arcus, dem ich vertraut, dessen Narben ich berührt hatte, dessen Lippen die meinen mit süßer, feuriger Leidenschaft geküsst hatten?

Vor mir stand ein wahrer König. Der Frostkönig. Stattlich und gnadenlos, bereit, seinen Platz auf dem korrupten Thron einzunehmen und sich in seiner Macht zu sonnen.

Ich bekam Gänsehaut am ganzen Körper. Diesmal würde es keine Hoffnung mehr geben. Arcus strömte schiere Macht aus, eine lange unterdrückte, vibrierende Kraft, die nur darauf wartete, aus ihm herauszubrechen. Diese Aura umgab ihn von Kopf bis Fuß, hatte es wohl schon immer getan, nur dass ich es bisher nicht erkannt hatte. Während Rasmus seine Kraft aus dem Thron bezog, kam Arcus' Kraft aus ihm selbst heraus. Er würde die dunkle Kraft des Thrones in seine Hand nehmen und sie auf das Zehnfache verstärken.

Dann drehte er sich um und sah mir in die Augen. Sein stählerner Blick wurde weicher, in seinen Augen glitzerte ein warmer Funken.

Ich schüttelte den Kopf, und das Bild von dem unbesiegbaren, gnadenlosen König auf dem Thron zerfaserte wie Morgennebel. Das hier war Arcus. Er mochte zwar Rasmus' Bruder sein, aber er war auch immer noch der Mensch, den ich kennengelernt hatte. Ich reichte ihm meine Hand und er zog mich an seine Brust. Ein Lächeln umspielte seine Lippen.

»Mein Bündel Feuerholz«, sagte er sanft. »Wie schön, dich wieder in den Armen zu halten.«

Da explodierte eine Frostbombe vor Arcus' Füßen und zwang ihn in die Knie.

Ich wirbelte herum – der Angriff war vom Balkon des Königs gekommen. Rasmus hielt die Hände ausgestreckt, und in seinen Augen glühte der Zorn.

»Tötet den Betrüger!«, brüllte er. Seine Worte hallten durch die Arena. »Mein Bruder ist tot. Dieser Mann ist ein Thronräuber! Tötet ihn, oder ihr seid Verräter!«

Sofort holten etliche Zuschauer Schwerter oder Keulen unter ihren zerlumpten Kleidern hervor und begannen von ihren Plätzen in die Arena zu strömen.

Arcus stand auf und zog mich wieder zu sich heran. Aber ich wand mich aus seinen Armen. »Du musst gehen!«, sagte ich.

»Ruby, nicht«, widersprach er. »Das sind meine Rebellen, die Leute, die sich entschieden haben, für mich zu kämpfen. Und ich gehe davon aus, dass sich uns noch mehr anschließen werden.«

Er hatte recht. Die Leute stürzten sich auf die Soldaten des Königs, Schwerter krachten in einer ohrenbetäubenden Kakofonie aus Stahl auf Stahl aufeinander. Wer die Gabe des Frostes besaß, schleuderte Eisblitze auf seine Gegner, und schon bald erfüllten kristalline Eisnebel die Luft.

Das war ein ausgewachsener Aufstand, direkt vor den Füßen des Königs. Ich wandte mich zu seinem Balkon um, konnte aber wegen der dicht an dicht kämpfenden Leiber nichts sehen.

»Wir müssen dich hier rausschaffen«, sagte Arcus. »Selbst unter meinen Verbündeten kann ich nie ganz gewiss sein, dass du in Sicherheit bist.«

Er zog mich an der Hand zum Rand der Arena, zu dem Eingang, hinter dem ich normalerweise vor meinen Kämpfen wartete. Ein mächtiger Eisstoß gegen meine Fersen brachte mich ins Wanken, aber Arcus ließ mich erst los, als wir den Tunnel erreichten.

Ich wandte mich ihm zu. »Der König wird deinen Aufstand in wenigen Minuten niederschlagen – und du bist der Erste, den er töten wird. Wie konntest du so etwas Dummes tun? Das hier hat doch nie zum Plan gehört!«

»Doch, es hat schon immer zum Plan gehört, nur nicht zu dem Teil, der dich betraf. Schon seit einem Jahr habe ich mich mit meinen Unterstützern immer wieder heimlich getroffen. Aber wir hatten eigentlich vorgehabt, den Palast erst dann zu stürmen, wenn der Thron zerstört ist.«

»Und wie du weißt, wurde der Thron noch nicht zerstört. Du hättest nicht herkommen dürfen!«

Er schüttelte den Kopf. »Der Plan hatte sich schon geändert, als du ohne mich die Abtei verlassen hast. Ich konnte nicht zulassen, dass du hier ganz auf dich allein gestellt bist. Wir sind nachgekommen, so schnell wir nur konnten ... Auch wenn ich mir nicht mehr ganz sicher war, auf wessen Seite du stehst. Ich hatte erfahren, dass du Kampfmeisterin geworden bist. Und ich hörte, dass du dem König ziemlich nah gekommen wärst.«

Unsere Blicke trafen sich, und er stellte mir wortlos die Frage, von der er wohl selbst nicht wusste, ob er die Antwort darauf hören wollte.

Ich schlang ihm einen Arm um den Nacken, seine Hände ruhten auf meinem Rücken. »An meiner Loyalität hat sich nichts geändert, wenn du das wissen willst. Ich gehöre zu euch.«

Noch während ich sprach, stellten sich die Härchen in meinem Nacken plötzlich auf. Eine unsichtbare Fingerspitze fuhr mir über das Schlüsselbein und ließ meine Haut kribbeln. Wie ein wabernder Fleck sperrte ein unförmiger Schatten die Sonne aus. Meine Kehle war wie zugeschnürt, als die schwarzen Fäden in mich eindrangen, alle Sorgen und Bedenken wegschwemmten und durch das berauschende Gefühl grenzenloser Energie ersetzten. Die Welt verlor alle Farbe, Arcus schimmerte grau mit schwarzen Umrissen, und sein Herz pochte dunkel und überdeutlich vor meinen Augen.

Töte ihn!, dröhnte die vertraute Stimme schmerzhaft und doch verführerisch in meinen Ohren. Ich war versucht, alles zu tun, um ihr zu gefallen.

Nein! Mit einem Aufschrei riss ich meinen Geist los. Die Farben der Welt kehrten zurück, allerdings wirkten sie schwach, pastellig, wie ausgewaschen. Ich war in einem Zwischenstadium gefangen, zur Hälfte in der realen Welt, zur Hälfte außerhalb von ihr, und die dunklen Tentakel hörten nicht auf, an den Rändern meines Bewusstseins zu lecken.

»Ruby?«, sagte Arcus, die Augenbrauen sorgenvoll hochgezogen.

Schon schwoll die Mordlust, der Blutdurst in mir wieder an. Ich hatte den Minax eingeladen, mich zu durchdringen, und jetzt hatte ich keine Ahnung, wie ich ihn wieder loswerden sollte. Und es dürstete ihn nach Arcus' Leben. Ich spürte, wie es mir in den Fingerspitzen juckte, die schwarzen Fäden loszuschicken, auf dass sie sein Herz umschlangen. Mit jeder Sekunde fiel es mir schwerer, die dunklen Gelüste unter Kontrolle zu halten.

»Lass mich los!«, schrie ich und stieß Arcus von mir. »Der Minax hat sich meiner bemächtigt und ist zu einem Teil von mir geworden. Ich kann dir das jetzt nicht erklären. Ich muss den Thron zerstören, bevor ich dir etwas antue!«

Überrascht wich Arcus zurück. Ich wandte mich ab und stürmte zurück in die Arena. Der Eingang, durch den ich ins Schloss gelangen konnte, befand sich auf der anderen Seite, ich musste mich also irgendwie mitten durch das Getümmel durchkämpfen.

»Ruby!«, rief Arcus hinter mir her, und in seiner Stimme schwang Wut ebenso mit wie Angst.

Aber in meinem Kopf hatte nur ein einziger Gedanke Platz: *Ich muss den Thron zerstören.* Marella hatte mir gesagt, dass ich heute am mächtigsten sei. Und jetzt, wo der König abgelenkt war, würde sich mir vielleicht meine einzige Chance eröffnen. Selbst wenn die Wahrscheinlichkeit, dass ich es schaffen würde, noch so klein war, ich musste es einfach versuchen.

Ich stürzte mich ins Kampfgewühl, in das Durcheinander aus kreischendem Metall und klirrendem Frost. Ich bückte und duckte mich, wich manchmal nur um Haaresbreite den Hieben der königlichen Soldaten und Arcus' Mitstreitern aus, den makellosen blauen Tuniken unter schartigen Rüstungen, denen als zerlumpte Bauern verkleidete Männer gegenüberstanden. Ich schlängelte mich zwischen ihnen hindurch, wobei ich manchmal Feuerwände errichten musste, um mich vor den Eissplittern zu schützen, die vom Schlag eines Frostblood weggespritzten. Ich brauchte mehrere Minuten, um zum Tunneleingang zu gelangen, vor dem Braka und ihre Meister mit wilder, mächtiger Entschlossenheit kämpften.

»Kämpft für Arcus!«, schrie ich Braka zu.

Ihre eisigen Zöpfe tanzten, als sie um sich schlug und trat, Schläge parierte und ihr Schwert geschmeidig herumwirbeln ließ. Sie sah mich verständnislos an, und da fiel mir ein, dass sie Arcus sicher nur unter einem anderen Namen kannte.

»Kämpft für Arelius Arkanus!«

»Das kann ich nicht, Feuerling!«, rief sie und blockte gleich drei Angreifer gleichzeitig ab. »Wir sind doch die Meister des Königs!«

»Und wer ist der wahre König?« Ich ließ die Frage in der Luft schweben und stürmte in den Tunneleingang. Ich hatte jetzt keine Zeit, Überzeugungsarbeit zu leisten.

Ich stürzte durch den Tunnel auf den Innenhof hinaus, wo inzwischen auch viele Kämpfe ausgetragen wurden. Mehr noch, die Kämpfe in der Arena waren ein Kinderspiel im Vergleich zu der Schlacht, die hier draußen tobte. Stahl krachte gegen Stahl, die Luft war erfüllt von schrillen Rufen und Schmerzensschreien. Bogenschützen ließen von ihren Positionen auf den Zinnen Pfeile herabregnen, Eiswölfe bissen mit gefletschten Zähnen um sich bei dem Versuch, ihre Herren zu beschützen. Blut verdunkelte das Kopfsteinpflaster unter unseren Füßen, der metallische Geruch vermischte sich mit dem Gestank nach Schweiß und Todesangst.

Als ich die Schlossmauer erreichte, waren die Wachen gerade dabei, das riesige Tor zu schließen. Verzweifelt bündelte ich meine Hitze und lenkte sie auf ihre Schwerter und Rüstungen, um sie aufzuheizen. Zwei der Wachleute ließen mit einem Aufschrei ihre Waffen fallen, ein dritter behielt das Schwert aber in der Hand und lief auf mich zu. Ich sprang zur Seite und warf ihm gleichzeitig eine Feuerwelle entgegen, die ihn einhüllte. Ich raste an ihm vorbei durchs Tor, und sobald es zugefallen war, schob ich eine schwere Stange durch beide Riegel, um etwaige Verfolger auszusperren.

Menschenleer lagen die Flure da, die meisten Wachen hatten sich wohl draußen ins Kampfgetümmel gestürzt. Doch ich war mir sicher, dass die Tore zum Thronsaal weiterhin bewacht sein würden, also hielt ich, ohne zu zögern, auf den Geheimgang zu, der vom Speisesaal ausging.

Ich rannte zur Wand, in der die geheime Tür verborgen war, und ließ meine Hand auf der Suche nach dem Öffnungsmechanismus über die glatte Oberfläche gleiten. Nichts.

»Ruby!« Die Stimme klang dumpf, kam mir aber vertraut vor.

Es klackte, dann ging die Tür einen Spalt weit auf und gab den Blick auf eine Gestalt im Geheimgang frei. Marella. Eines ihrer violettblauen Augen und die sanfte Biegung ihrer Wange erschienen im schmalen Türspalt, der sich aufgetan hatte.

»Was macht Ihr denn hier?«, wisperte ich.

»Wie gesagt, mein Vater hat drei Königen als Berater gedient. Ich kenne jeden versteckten Raum im Schloss, jede in Vergessenheit geratene Treppe, jeden geheimen Tunnel. Ich war mir nicht sicher, ob der König dir diesen Gang gezeigt hat, aber ich habe es gehofft. Komm mit.« Sie machte die Tür weiter auf und wandte sich zum Gehen.

Ich dachte an das, was sie mir vor dem Kampf gesagt hatte – dass

Kane zu den Soldaten gehörte, die die Abtei geplündert hatten, und dass Arcus tot sei –, packte sie bei der Schulter und drehte sie zu mir um. »Warum habt Ihr mich angelogen?«

»Psst!«, zischte sie. »Willst du etwa die Soldaten herlocken? Wir können uns im Tunnel unterhalten.«

»Ich gehe nirgendwo mit Euch hin. Ich traue Euch nicht, Marella. Warum habt Ihr behauptet, Arcus sei tot?«

Sie seufzte. »Du hast davon gesprochen, dass du aufgeben willst, dass du den Kampf absichtlich verlieren willst. Das konnte ich doch nicht zulassen, Ruby. Ich wollte, dass du kämpfst.«

»Dafür hätte es gereicht, mir zu sagen, dass Kane zu den Männern gehört hat, die unter dem Befehl des Hauptmanns die Abtei angegriffen haben. Ihr hättet mir nicht erzählen müssen, dass mein liebster Freund tot sei. Ich hätte ihn umbringen können! Wenn ich daran denke, was wegen Euch hätte passieren können …«

Sie lächelte vielsagend. »Ist er wirklich nur dein liebster Freund, Ruby? Ich habe doch deinen Blick gesehen, als du dachtest, er wäre gestorben.«

Ich trat auf sie zu, sie wich zurück, die Hände abwehrend erhoben. »Und ja, ich weiß, dass ich wohl zu weit gegangen bin, das war unnötig. Aber ich wollte, dass du zornig bist. Ich wollte, dass du von deinen dunkelsten Gedanken, deinen dunkelsten Gefühlen durchdrungen wirst. Denn nur so kann der Minax sich mit dir vereinen, und nur so kannst du den Thron zerstören. Du willst ihn doch immer noch zerstören, oder etwa nicht?«

»Natürlich will ich das«, sagte ich und konnte mich gerade noch beherrschen, sie nicht wütend durchzuschütteln wegen dem, was sie getan hatte. »Aber das heißt noch lange nicht, dass ich Euch vergebe.«

»Es tut mir leid, Ruby.« Endlich wirkte sie ehrlich zerknirscht. »Ich wusste nicht, dass … wie nennst du ihn, Arcus? Ich wusste nicht, dass er in die Arena kommen würde. Ich hatte keine Ahnung, was aus ihm geworden war, nachdem du aus der Abtei entführt wurdest. Ehrlich gesagt habe ich nicht einmal mit Sicherheit gewusst, dass er der rechtmäßige König ist. Ich hatte nur Vermutungen. Aber jetzt komm. Wir dürfen keine Zeit mehr verlieren.«

Sie wandte sich ab und ging los, und diesmal folgte ich ihr. Die Zerstörung des Thrones hatte Vorrang über meine Wut wegen Marellas Verrats. Ob es mir passte oder nicht, ich war auf ihr Wissen und ihre Hilfe angewiesen.

»Meint Ihr wirklich, dass ich es schaffen kann?«, fragte ich, während wir durch den schmalen Gang eilten. »Sobald ich im Thronsaal bin, kann ich kaum mehr auf meine Kräfte zugreifen. Meine einzige Hoffnung besteht darin, dass der Thron schwächer ist, wenn der König sich nicht in der Nähe befindet.«

Marella wirbelte zu mir herum, griff nach meinem Handgelenk und drückte es.

»Ja, du kannst es schaffen, Ruby.« Ihre Überzeugung wirkte ansteckend. »Lass dich vom Minax durchdringen. Sobald ihr eins geworden seid, verfügst du über seine Kraft. Nur so kannst du den Thron zerstören und uns Hoffnung verleihen, dass wir siegen können. Die Hoffnung, dass …« Ihre Stimme verebbte.

»Rasmus?«, fragte ich leise, und als sie mich überrascht ansah, fügte ich hinzu: »Es ist nicht zu übersehen, dass Ihr eine Schwäche für ihn habt.«

Ihre Nasenflügel bebten. »Was vielleicht ein großer Fehler ist. Schon bevor er den Thron bestiegen hat, war er launisch, unvorhersehbar und … nun ja … irgendwie verstört. Aber ich habe schon immer etwas für ihn empfunden.« Sie presste die Lippen aufeinander. »Als er zum

König gekrönt wurde, hat er sich in jemanden verwandelt, den ich nicht mehr wiedererkannte. Sein vorher harmloser Hang zur Grausamkeit wuchs sich zu monströsen Ausmaßen aus, seine Launen schwollen zu schlimmen Temperamentsausbrüchen an, und seine finsteren Stimmungen wurden …« Sie schüttelte den Kopf. »Ich hatte ihn verloren. Wenn du den Thron zerstörst, besteht eine kleine Chance, dass ich ihn zurückgewinne, den echten Rasmus, und vielleicht kann ich ihm dann helfen, sich wieder in einen liebenswerten Menschen zu verwandeln.«

Ihre Beichte war entwaffnend, sowohl das Zugeständnis, dass sie Rasmus liebte, als auch die Tatsache, dass sie sich mir anvertraut hatte.

Wir erreichten den Ausgang des Tunnels und waren nun nur noch einen Steinwurf von dem finster dräuenden Umriss des Thrones entfernt.

»Du musst es schaffen, Ruby«, flüsterte Marella. »Es gibt Dinge, die ich dir noch nicht erzählen konnte, aber ich weiß mehr über diesen Thron, als du dir vorstellen kannst. Seit so vielen Jahren wartet er auf dich. Wenn du versagst, ist alle Hoffnung dahin. Und ich werde hingerichtet, weil ich dir geholfen habe.«

»In der Tat«, ertönte eine aalglatte Stimme zustimmend. »Aber es wäre kein allzu großer Verlust.«

27

Eine Gestalt erhob sich vom Thron. Das Licht, das durchs Fenster hereinfiel und sich in den unzähligen Eisfacetten spiegelte, bildete einen Heiligenschein um sein blondes Haupt.

»Marella, meine liebe Verräterin.« Er bedeutete ihr, sich zu nähern.

»Ich habe dich nicht verraten«, entgegnete sie mit aschfahlem Gesicht. »Ich versuche dich zu retten.«

Er schnaubte ungläubig. »Der einzige Mensch, den du zu retten versuchst, bist du selbst. Ruby magst du mit deinen Worten ja täuschen können, aber ich kenne dich viel zu gut. Komm näher. Ich möchte die hübschen kleinen Tränen sehen, die du so leicht hervorzaubern kannst, wenn du um dein Leben flehst.«

Marella drehte sich um und rannte Richtung Tunnel los. Aber kaum hatte ihre Hand die steinerne Tür berührt, schrie sie auf. Eis bedeckte ihre Finger, klebte sie an den Türknauf. Ich streckte eine Hand aus, um das Eis zu schmelzen, doch das inzwischen vertraute Gewicht lastete auf meiner Brust und sperrte mein Feuer ein.

»Du wirkst überrascht, mich zu sehen«, sagte Rasmus zu mir.

Ich zwang mich durchzuatmen und vorzutreten. »Solltet Ihr nicht Eure Männer im Kampf anführen?«

Sein Blick verdüsterte sich. »Ich werde die Getreuen belohnen und die Verräter aufhängen lassen. Der Thron wird nur mächtiger durch den Kampf.«

Er sprach mit matter Genugtuung, als teilte er dieses bisschen geheimnisvolle Information nur deswegen mit mir, weil er gerade nichts Besseres zu tun hatte.

»Wenn Menschen gewaltsam sterben, wächst die Macht des Thrones weiter und er nährt mich damit.« Er schloss die Augen und lehnte den Kopf gegen den eisigen Sitz. »Was hattest du denn hier vor, mein hübscher Feuerling?«

»Ich war auf die Kraft des Thrones aus, wie von Euch angeboten.«

Er schlug die Augen auf. »Tatsächlich? Nun denn, komm zu mir.«

Er trat einen Schritt vor, griff nach meinem Handgelenk und zog mich zu sich heran. Als er meine Hand auf das Eis presste, schoss dunkle Kraft durch meine Finger in meinen Arm hoch, und mein ganzer Körper vibrierte vor kaltem Entzücken.

»Du gehörst dem Thron«, sagte er, schlang mir einen Arm um den Rücken und hielt mich eisern fest. »Und der Thron gehört mir. Das heißt also, dass du mir gehörst, Ruby.«

Er nahm mein Kinn in seine Hand und drehte mich zu sich. Jede Faser meines Körpers war überwältigt von der Kraft des Thrones unter meiner Berührung, und ich konnte nichts anderes tun, als den Kopf zu schütteln.

Rasmus' Lippen suchten den Herzschlag, der an meiner Schläfe pochte, und flüssige Funken schossen durch meine Adern. »Nimm seine Kraft in deinem Herzen auf«, flüsterte er, und es war, als durchbohrte er mir mit jedem Wort die Haut.

»Lasst Marella gehen«, brachte ich hervor. »Sie hat nichts unrechtes getan.«

Er beobachtete Marella, die sich weiterhin zu befreien versuchte. Aus ihren Haaren hingen immer mehr winzige Eiszapfen.

»Ach, dann hat sie es dir also nicht gesagt?«, fragte Rasmus. »Lady Marella hatte sich mit meinem Hauptmann gegen mich verschworen. Für eine Handvoll Münzen, mit denen er seine Spielschulden begleichen konnte, hat er dich in ihrem Auftrag ins Blackcreek-Gefängnis geworfen, statt dich hierher zu bringen. Sie hat dich vor mir versteckt.«

Ich sah ihm bestürzt in die Augen. »Deswegen habt Ihr ihn also in die Arena geschickt und mir überlassen. Weil er Euch verraten hatte.«

»Ich bedauere seinen Tod nicht.«

»Habt Ihr überhaupt schon mal jemandes Tod bedauert?«

Er hob eine Augenbraue und lächelte schwach.

»Sie hat mich verraten. Eine Spionin im innersten Kreis meiner Macht.« Er fuhr mir mit einem Finger übers Kinn. Ich spürte einen Tropfen meiner Hitze in mir köcheln, und da wurde mir klar, wenn Rasmus mich und den Thron gleichzeitig berührte, gab mir dies meine Gabe zurück, oder zumindest einen Teil davon. »Der faule Apfel muss entfernt werden. Nachdem ich sie befragt habe, darfst du sie töten. Das wird deine Kräfte noch stärker machen.«

Die Schatten, die den Thron bevölkerten, verdichteten sich. Ich konnte genug warme Luft ausströmen, um Marellas Hand zu befreien. Sie riss sich vom Eis los und stürmte durch den Tunnel davon. Ihre Schritte hallten noch lange in der eisigen Stille wider.

Rasmus griff nach meinen Schultern und schüttelte mich. »Deine Gnade ist auf sie verschwendet.«

Und dann küsste er mich. Eine Welle seliger Freude durchströmte mich, wusch alle Sorge und alle Furcht hinfort, jeden Gedanken daran, was ich zu tun hatte. In mir waren nur noch süße Gleichgültigkeit und Finsternis. Ein Schatten erhob sich über uns.

»Willst du mich?«, raunte Rasmus an meinen Lippen, ließ seine Hand an meinem Rücken hinabgleiten und suchte erneut meinen Mund.

In meiner Ekstase hätte ich beinahe Ja gesagt. Ich wollte die Dunkelheit. Ich wollte die Macht. Ich wollte das selige Vergessen. *Und weil du mir all dies gibst, will ich dich.*

Aber da flackerte etwas an den Rändern meiner Wahrnehmung auf, die Erinnerung an Wärme … Die meisten Menschen, die ich liebte, waren tot, doch da war noch jemand, der mich brauchte, jemand, der mir kostbarer war als Finsternis und Macht. Ich sah Augen in unzähligen Blauschattierungen, die innerhalb eines Herzschlags von kalt auf heiß umschlugen. Ich hatte mir vorgenommen, ihn zu vergessen, aber dann war er zurückgekommen, und jetzt hing sein Leben von mir ab. Jetzt konnte ich mich auf keinen Fall mehr von Arcus abwenden.

Während Rasmus seine Lippen über mein Gesicht gleiten ließ, während er mich mit seiner Dunkelheit und der Dunkelheit des Throns verband, rauschte meine Hitze in Wellen in meinen Brustkorb zurück. Ich sandte sie in die Hand aus, mit der ich den Thron berührte, Feuer floss aus meinem Herzen in das zerklüftete Eis hinein. Die Oberfläche begann zu schmelzen, meine Hand hinterließ eine Einbuchtung darin, Wasser tropfte mir auf die Füße. Rasmus keuchte auf und schubste mich von sich weg, und etwas Ungeschütztes, Verletzliches schwebte in seinem Blick, bevor seine Augen sich schlagartig wieder verfinsterten.

»Warum bist du wirklich hergekommen?«

Er fegte mit einer Hand durch die Luft, versiegelte die Tür mit einer glitzernden Eisschicht und reichte mir dann dieselbe Hand. Instinktiv wich ich vor ihm zurück Richtung Tür.

»Hast du schon mal jemanden wirklich geliebt, Ruby?«

Die Frage schockierte mich, aber ich musste das Gespräch fortführen, musste Zeit schinden, um mir einen Fluchtweg zu überlegen. »Ja, meine Mutter. Und m-meine Großmutter.«

»Und jetzt? Wen liebst du jetzt?«

Ich zögerte. »Ich liebe … mein Volk.«

»Du kennst dein Volk doch überhaupt nicht. Warum solltest du es dann lieben?«

»Aus einer Vielzahl von Gründen, die du nie begreifen wirst.«

»Weil du das Gefühl hast, dazuzugehören?«, bohrte er weiter. »Nun, ich bin bei meiner Familie, bei meinem Volk aufgewachsen, und doch habe ich nie dazugehört. Mein Frost war schwach im Vergleich zu dem meines Bruders, und dafür hasste mein Vater mich. Immer wieder bestrafte er mich, indem er mir winzige Eissplitter einpflanzte, genug um mir unfassbare Schmerzen zu verursachen, aber nicht genug, um mich zu töten. Er hoffte, das würde meine Kräfte wachsen lassen.«

Ich schluckte trocken. »Das ist ja grauenhaft.«

»Stattdessen schnitt es mich von allen anderen Menschen ab. Nie verstand mich jemand, nie wurde ich akzeptiert. Als ich den Thron bestieg, dachten meine Berater, sie könnten sich über mich lustig machen. Sie bedienten sich aus der königlichen Kasse, redeten verächtlich über mich, wenn sie glaubten, ich könne sie nicht hören, nannten meine Regentschaft eine Farce. Doch der Thron verstand meine Ängste und half mir dabei, einen von ihnen vor den Augen der anderen zu töten. Und plötzlich wurde ich ob meiner Macht respektiert, die Finsternis schenkte mir Freude und nahm mir den Schmerz, genau wie sie dir dein Feuer nimmt. Sie ernährt sich von allem, was heiß ist – Leidenschaft, Hass, Gewalt …«

Mir war auf einmal so übel, dass ich mir eine Hand auf den Magen presste. Mein eigener Hass, meine Gewalt hatte den Thron genährt, den zu zerstören ich eigentlich hergekommen war.

»Aber innerlich war ich immer noch aus Eis«, fuhr der König fort. »Dafür hatte auch der Thron kein Heilmittel. Als ich dich in meiner Arena kämpfen sah, als ich sah, wie du das Herz deiner Gegner, ohne zu zögern, verbranntest, dachte ich: *Das ist sie. Sie ist das Feuer. Sie ist diejenige, die für mich bestimmt ist.* Ich fand alles über deine Trauer und deinen Schmerz heraus, und damit wusste ich, wie ich dein Herz verfinstern konnte, um dich stark zu machen.«

Der Thron zerrte immer noch an mir und ebenso Rasmus' Worte, ob ich wollte oder nicht.

»Ich bin schon stark«, sagte ich. »Nur auf eine andere Weise.« Ich holte tief Luft und erinnerte mich daran, dass ich die Tochter einer Heilerin war. »Vielleicht gibt es ja doch noch eine Chance für dich. Er wollte immer, dass ich dich heile.«

Rasmus kniff die Augen zu. »Wer wollte das?«

Ich machte eine unbestimmte Handbewegung. »Arcus. Er wollte, dass ich den Fluch breche und dich heile. Ich weiß nicht, wie wir das bewerkstelligen sollen, aber vielleicht könnten wir es gemeinsam herausfinden.«

Langsam, wie jemand, der auf einen wilden Hund zugeht, kam er näher. Seine Stimme bebte, seine Augen glänzten wie polierter Onyx. »Wie du seinen Namen aussprichst, Ruby … Ich habe gespürt, wie du dich von der Finsternis losgerissen hast, von mir losgerissen hast, um meinen Bruder zu beschützen, wo du ihn doch eigentlich hättest umbringen sollen.« Schmerz huschte über seinen Blick, flink wie ein Blitz, und hinterließ seine Augen noch dunkler als zuvor. »Warum hast du ihn nicht getötet?«

Ich streckte die Handflächen aus. »Ich wollte nie jemanden töten.«

»Aber das hast du vorher schon mehrfach getan. Also warum nicht ihn, Ruby?«

Ich hatte das Gefühl, in eine Falle gelockt zu werden. »Weil er ein Freund ist.«

Rasmus nahm mein Kinn zwischen Daumen und Zeigefinger und hielt es so fest, dass es beinahe wehtat. »Warum hast du ihn nicht getötet?«

»Ich würde Arcus niemals wehtun«, sagte ich und wand mich mit aller Kraft aus Rasmus' Griff. Jeder Gedanke daran, ihn zu heilen, war schlagartig verschwunden. »Lieber würde ich sterben!«

Dichte, pulsierende Stille ging Rasmus' Antwort voraus, und als er sprach, schien seine Stimme aus blankem Stahl zu bestehen. »Wenn du den Thron ablehnst, lehnst du mich ab. Dann bist du nicht so stark, wie ich dich brauche. Und ich verachte Schwäche jeder Art.«

Er schnippte mit einer Hand, und sofort war ich von den Füßen bis zur Taille mit Eis bedeckt. Ich gab mir alle Mühe, meine Hitze zu bündeln, doch das Eis kroch mir immer höher, immer dicker über den Leib.

»Nimm Abschied von dieser Welt, Ruby«, sagte der König. »Und sei dir gewiss, dass dein Tod die Macht des Thrones noch verstärken wird. Also war er doch nicht ganz umsonst.«

28

Die Flügeltüren erbebten, als jemand von der anderen Seite dagegenkrachte, und mit jedem Schlag zersplitterte das Eis, das sie verschloss, immer mehr. Dann schließlich brachen die Türen auf und Arcus schob sich schwer atmend hindurch. Er trug nichts auf dem Kopf, und in seiner Hand glänzte ein blutverschmiertes Schwert.

Rasmus, der in Kampfstellung zugesehen hatte, holte selbstsicher aus und traf Arcus mit einem Frostblitz in der Brust, sodass er gegen die Steinmauer flog. Ein zweiter Blitz traf Arcus an der Hand, er musste sie öffnen und sein Schwert schepperte zu Boden, wo es sofort von einer dicken Eisschicht überzogen wurde.

»Lass sie gehen«, sagte Arcus, und seine ruhige Stimme stand in krassem Gegensatz zu seinen zornig funkelnden Augen. Er stieß sich von der Wand ab und kam langsam näher. »Dann können wir reden, von Bruder zu Bruder.«

»Sieht sie nicht hübsch aus, wie sie da zur Eissäule erstarrt steht?« Rasmus klang belustigt. »Vielleicht stelle ich sie so in meinem Innenhof auf. Feuer, das in Eis gefangen ist. Schöne Metapher, findest du nicht?«

»Du stehst unter dem Bann des Thrones«, sagte Arcus mit tiefer Stimme und tat noch einen Schritt nach vorn.

Rasmus lachte heiser. »Der Thron ist mein Verbündeter.«

Arcus blieb ein paar Schritte vor uns stehen und musterte mich, als versuchte er herauszufinden, ob ich irgendwo blutete oder sonstige Wunden aufwies. Erleichterung leuchtete in seinen Augen auf, als er sah, dass ich unverletzt war.

»Ich bin nicht dein Feind, Ras. Wir können einen Weg finden, dich von dem Fluch zu befreien.«

Rasmus bleckte die Zähne wie ein wildes Tier. »Fors und Eurus sind auch Brüder. Und Eurus hat den Thron stärker gemacht, als Geschenk an seinen Bruder.«

»Nein, er hat ihn aus lauter Eifersucht vergiftet«, widersprach Arcus.

»Du hast Angst vor dem eigenen Thron. Bist du deswegen erst jetzt zurückgekommen?«

»Du hast jemanden damit beauftragt, mich umzubringen! Bitte verzeih, dass ich deswegen nicht gerade erpicht darauf war, wieder nach Hause zu kommen.«

Rasmus schüttelte den Kopf. »Das war ich nicht. Ich war damals doch noch ein halbes Kind.«

Arcus blinzelte »Du behauptest also, du hättest den Auftragsmörder nicht geschickt? Ich weiß nicht, ob ich dir glauben kann.«

»Du kannst glauben, was du willst. Ich brauche dich nicht.« Rasmus drehte sich zu mir um. »Und sie brauche ich auch nicht«, fügte er mit fiebriger Leidenschaft hinzu.

Eis kroch mir übers Kinn, bedeckte meine Lippen, sodass ich kaum noch Luft bekam. Panisch versuchte ich mich zu befreien, doch es dauerte ein paar Sekunden, bis mein warmer Atem das Eis um meinen Mund herum geschmolzen hatte. Gierig schnappte ich nach Luft und wandte meine Aufmerksamkeit dann wieder den beiden Brüdern zu, die einander gegenüberstanden.

»Lass sie gehen, Ras«, wiederholte Arcus mit fester Stimme. Alles an ihm drückte seine Überlegenheit aus, als älterer Bruder und als König. »Wir können Frieden schließen, aber wenn du sie umbringst, bist du schon so gut wie tot.«

»Ich muss nur einen Finger heben und ihr Herz hört auf zu schlagen«, erwiderte Rasmus leise. »Ich brauche nur einen Atemzug. Oder auch nur einen Gedanken. Und du wirst es erst merken, wenn es zu spät ist. Noch ein Fireblood, den niemand vermissen wird.«

Ich konzentrierte mich auf mein Herz, zwang die Hitze hervor, um das Eis um mich herum zu schmelzen. Doch mehr als ein Flämmchen, einen winzigen Funken, bekam ich nicht zustande.

»*Ich* würde sie vermissen.« Arcus' Stimme klang bedrohlich, doch der verzweifelte Unterton darin war nicht zu überhören.

»Ich habe dich auch lange vermisst«, sagte Rasmus.

»Du hast immer gesagt, du willst den Thron gar nicht haben. Zusammen können wir ihn zerstören. Du kannst Seite an Seite mit mir herrschen, als meine rechte Hand.«

»Ich herrsche doch jetzt schon, und zwar allein.« Rasmus' Stimme wurde lauter.

Arcus holte tief Luft. »Ich gebe zu, ich war zu stolz und habe mich geweigert, an den Fluch zu glauben. Ich habe zugesehen, wie Vater immer paranoider und grausamer wurde, aber ich schob es auf die Kriege und den Druck, der auf ihm als König lastete. Als ich den Thron übernahm, wollte ich nicht wahrhaben, dass er auch mich zu verändern, zu verderben begann …«

»Nein, der Thron hat dich vollendet«, giftete Rasmus zurück. »Dich stärker gemacht. Wenn du das einfach nur akzeptiert hättest, wären deine Beschränkungen verschwunden und du wärst so viel mehr geworden, als du dir je erträumt hattest.«

Arcus schüttelte den Kopf. »Du hast dich selbst verloren. Das Ding da drin ...« Er zeigte auf den Thron. »Das hat dich von innen zerfressen.«

»Das Einzige, wovon mein Thron sich ernährt, ist der Geist von Verrätern und Firebloods.« Rasmus machte eine Handbewegung, und das Eis schloss sich enger um mich, bis ich vor Schmerz aufschrie. Arcus riss die Augen auf und erbleichte.

»Du kannst den Thron behalten«, hauchte er. »Ich bringe sie weit weg von hier, jenseits des Ozeans. Ich verzichte auf meinen Titel, meinen königlichen Anspruch. Ich tue alles, was du willst. Wenn du mir nur erlaubst, sie von hier wegzubringen.«

Nein. Ich versuchte den Kopf zu schütteln, doch das Eis war unnachgiebig. Ich hätte Arcus so gern angeschrien, dass er kein solches Angebot machen durfte. Denn wenn ich eines über ihn wusste, dann, dass er seine Versprechungen immer einhielt. Und es würde ihn umbringen, sein Volk im Stich lassen zu müssen.

»Du könntest aber zurückkommen«, sagte Rasmus. »Und du hast zu viele Unterstützer, die sich gegen mich auflehnen, mich sogar ermorden könnten.«

»Ich wollte nie, dass du stirbst. Ich wollte nur, dass unser Königreich wieder zu dem wird, was es einmal gewesen ist. Ich wollte, dass du die Kriege beendest, dass du wieder anfängst, den Menschen zu helfen. Aber all das würde ich jetzt aufgeben.«

Rasmus schüttelte den Kopf. »Ich traue dir nicht.«

Stille legte sich über den Thronsaal, bis Arcus wieder das Wort ergriff. »Dann töte mich, wenn du es unbedingt tun musst. Aber erst lässt du sie frei. Sobald sie die Stadt verlassen hat und in Sicherheit ist, kannst du mich töten.«

Nein, nein, nein.

Ich war völlig außer mir. Ich machte den Mund auf, doch nur ein Krächzen entrang sich meiner eingefrorenen Kehle. Meine Lunge brannte, mein Geist verbrauchte seine ganze Kraft darauf, meine Glieder wieder beweglich zu machen, damit ich diesem eisigen Gefängnis entfliehen konnte. Es war, als läge ich unter der Last eines Berges begraben. Jede Anstrengung war vergebens.

»Du würdest sterben …« Rasmus sah zwischen mir und seinem Bruder hin und her. »Für *sie?*«

»Ja, das würde ich«, antwortete Arcus. »Das ist die Abmachung.«

Nein, das durfte ich auf keinen Fall zulassen!

Unentschlossenheit hing wie dichter Nebel in der Luft, Schatten tänzelten über die Wände. Ein leises Raunen drang aus dem Thron, ein scharfes, kaum hörbares Zischen.

Rasmus lächelte, und sein Ausdruck war so kalt wie der eines Toten. »Jetzt hast du es geschafft. Jetzt will ich sie nur noch mehr töten.« Er wandte sich mir zu und sah mir in die Augen. »Du bist nichts.«

Das Eis begann sich in meinen Körper hineinzubohren. Ein Schrei klemmte in meiner Kehle fest, als der Schmerz meinen Brustkorb erfasste, schlimmer als durch einen Schwerthieb. Mein Herz war heiß, aber es schaffte es nicht, das todbringende Eis zu schmelzen. Immer tiefer stieß es in mich hinein, unbarmherzig, unaufhaltsam.

Aus dem Augenwinkel erhaschte ich einen Blick auf Arcus, wie er sich auf seinen Bruder stürzte, dann schloss der Schmerz meine Augen, und mein letzter Gedanke galt der traurigen Erkenntnis, dass Arcus keine Chance hatte, gegen Rasmus zu gewinnen, weil der Thron Letzteren einfach zu mächtig machte. *Sud, lass es schnell zu Ende gehen. Bitte lass mich rasch den Tod finden.* Gleich würde ich in die andere Welt übergehen, meine geliebte Mutter wiedersehen … Dann wäre mir endlich wieder warm. Und ich würde frei sein.

Doch plötzlich schossen mir Marellas Worte durch den Kopf. Der einzige Weg, den Thron zu besiegen, bestand darin, mit ihm eins zu werden. Zuzulassen, dass der Minax mit mir verschmolz. Der Thron von Fors war dazu erschaffen, Firebloods abzustoßen und zu schwächen. Im Augenblick bestand ich aus Feuer. Aber wenn ich die Finsternis in mich eindringen ließ, die ohnehin schon zwischen dem Thron und dem mit ihm verbundenen Eis hin und her wanderte, dann konnte ich hinter die Abwehrlinien des Thrones schlüpfen und ihn von innen heraus zerstören.

Komm, Finsternis!, rief ich im Geiste.

Ein Zischen drang an meine Ohren, dunkle Fäden schlängelten sich durch meine Fingerspitzen in meine Arme hoch, in mein Gesicht. Ich spürte starken Druck überall, in meinen Ohren knackte es und ich schnappte verzweifelt nach Luft, unfähig, mich zu wehren, weil das Eis mich weiterhin so eng umschlungen hielt. Dann ließ der Druck langsam nach, mein Körper gewöhnte sich an den Fremden, der ihm jetzt innewohnte. Triumphierend stellte ich fest, dass meine Hitze wieder mir gehörte, dass sie wie ein wilder Strom durch meine Brust, meine Adern rauschte. Mein Geist war aller Sorgen enthoben, meine Gedanken wurden schlichter, elementarer, und grenzenlose Freude erfasste mich.

Du und ich sind nun eins, ertönte eine Stimme, die mir vertraut war, nur dass sie diesmal in mir selbst war. *Befreie mich, dann können wir im Feuerthron nach meinem Bruder suchen und gemeinsam das Schicksal erfüllen, das unser Vater für uns vorgesehen hat. Tochter der Finsternis, sei bereit für jenen Tag, denn er wird bald kommen.*

Der Raum war farblos, das Blau des Eises war zu Grau verblasst, die Sonnenstrahlen, die durchs Fenster sickerten, zu grellem Weiß. Ich sah auf meine Fingerspitzen hinunter – onyxschwarze Rauchfähnchen kringelten sich daraus hervor.

Arcus und Rasmus waren wenige Meter von mir entfernt ineinander verkeilt, und obwohl Arcus verzweifelt versuchte, seinen Bruder auf Abstand zu halten, schien er immer mehr unter Rasmus' Würgegriff einzuknicken. Mit unbeteiligtem Interesse sah ich den beiden Kämpfenden zu und versuchte mich daran zu erinnern, was ich mir noch wenige Augenblicke zuvor so verzweifelt gewünscht hatte. Dann versuchte ich mich zu bewegen, stellte aber fest, dass ich noch immer im Eis gefangen war.

Brich das Eis auf!, dachte ich, und schon explodierte mein frostiges Gefängnis in tausend halb zerschmolzene Eisscherben, die wie weiße Edelsteine glitzerten, als sie durch die Luft flogen und über den Boden schlitterten.

War ich nicht eben noch mit dem König verbunden gewesen, meine Finsternis Teil seines Inneren? Er war mein Verbündeter.

»Mein König«, sagte ich, und in meiner Stimme klangen Glocken mit, vibrierend und alles durchdringend. Ich schoss einen heißen Wirbelwind auf Arcus ab, der ihn mehrere Meter durch die Luft schleuderte, bis er gegen die Wand krachte und mit einem kreischenden Geräusch der über den Stein rutschenden Rüstung zu Boden glitt.

Langsam ging ich auf Rasmus zu, und er sah mich mit Augen an, die nicht mehr nur schwarz waren, sondern von einem breiten blauen Rand gesäumt. Er atmete bebend ein. »Du bist mit dem Minax verschmolzen.«

»Wir sind eins«, erwiderte ich mit meiner neuen, fremden Stimme.

Er streckte langsam eine Hand aus, legte sie auf meinen Nacken und zog mich zu sich heran. Als er seine Lippen auf die meinen presste, zuckte er erschrocken zusammen.

»Deine Haut ist brennend heiß.« Aber dann küsste er mich wieder, und ich drückte mich an ihn und erwiderte seinen Kuss.

»Ruby!«, rief Arcus, und der Klang meines Namens schmeckte nach Schmerz und Verrat.

»Sie hat sich entschieden, Bruder«, sagte Rasmus und strich mir eine Haarsträhne glatt. »Sie hat sich für die Macht entschieden.«

»Ich *bin* die Macht«, verbesserte ich ihn und deutete auf den Thron.

Kein Hauch von Schatten verdunkelte jetzt mehr das Eis. Der Minax war vollständig aus dem Thron herausgekommen und in mich übergegangen. Er *war* ich, und ich war er, und diese unglaubliche Macht würde ich nie wieder hergeben. Aber ein Teil des Minax war immer noch mit Rasmus verbunden. Also hielt er immer noch einen Teil meiner finsteren Energie gefangen. Das konnte ich nicht zulassen. Ich wollte alles in der eigenen Hand haben.

»Verlasse den König«, befahl ich dem Minax, und schon schnalzte eine dunkle Kordel aus Rasmus heraus und drang in mich ein. Rasmus klappte in der Mitte zusammen und musste sich an seinen Knien abstützen, um nicht hinzufallen.

»Beanspruche nicht alles für dich, Liebste«, sagte er zitternd. »Wir müssen die Macht miteinander teilen.«

Ich zögerte. Ich war nicht bereit, auch nur einen Funken dieses unfassbaren Gefühls abzugeben. »Du hast mich befreit«, sagte der Minax in meinem Kopf. »Du wirst die Macht nicht lange teilen müssen. Gib ihm nur genug, dass er seinen Bruder töten kann, dann nähren wir uns von ihrer Trauer und ihrem Hass und verlassen diesen Ort doppelt gestärkt.«

Ich nickte, berührte Rasmus an der Wange und ließ wieder etwas Finsternis in ihn fließen.

»Danke«, sagte er und lächelte.

»Töte ihn«, befahl ich.

Rasmus holte mit beiden Händen aus und ließ sie dann nach vorn schnellen, um Arcus in eine dichte Frostwolke einzuhüllen. Doch Arcus drehte sich so weg, dass er den Angriff mit der Schulter parierte. Dann hob er eine Hand, um seinerseits einen Schlag zu landen.

»Ich brauche mehr«, flüsterte Rasmus, und ich schenkte ihm noch etwas von der schwarzen Kraft.

Als die Dunkelheit aus mir herausfloss, kehrte eine vage Ahnung von Farbe in die Welt zurück. Auf einmal sah ich Arcus wieder mit anderen Augen.

»Du tust ihm weh«, sagte ich ausdruckslos. Der Minax hatte versprochen, er würde mich stärker machen, doch ich verspürte ein diffuses Unbehagen, das auch die Finsternis in mir nicht verdrängen konnte.

»Ja«, sagte Rasmus. »Wenn er nur endlich sterben würde.« Er spannte die Muskeln an und schoss Stoß auf Stoß auf Arcus ab. Arcus wurde am Hals getroffen und sein Schrei gellte durch den Raum. Er legte sich eine Hand auf die Wunde, um die Blutung zu stillen, während er mit der anderen Hand kämpfte.

Wie unbeteiligt sah ich zu – bis Arcus auf einmal an der Hand verletzt wurde. Eine tiefe Wunde klaffte auf, und er drehte sich weg, sodass die Angriffe auf seinen Rücken prallten.

»Etwas ist hier nicht richtig«, sagte ich, umfasste Rasmus' Handgelenk und zog seinen Arm herunter. Sein Frost verwirbelte sich am Boden und versiegte. »Ich will nicht, dass er stirbt.«

Rasmus begegnete meinem Blick, seine Augen waren wieder beinahe schwarz. »Du darfst jetzt nicht ins Wanken geraten. Wir sind so kurz davor.«

»Ruby.« Arcus richtete sich auf, blutüberströmt und erschöpft keuchend. »Hilf mir!«

»Nein«, sagte Rasmus. »Er muss sterben, damit wir seine Kräfte übernehmen können. Gemeinsam werden wir dann nicht mehr aufzuhalten sein. Tu es, Ruby! Zeig mir deine Macht!«

Eine Welle der Vorfreude erfasste mich. Ich zögerte nur eine Sekunde, dann hob ich die Hand und schoss eine Feuerkugel auf Arcus ab. Er wehrte sich mit Frost. Als die beiden Elemente sich in der Mitte trafen, spritzten sie als weiß-blaues Funkenfeuer auseinander, das wie ein Geysir zur Decke schoss.

»Frostfeuer«, hauchte Rasmus und lachte. »Das Feuer, das alles verbrennen kann. Es heißt, nur eine göttliche Gestalt kann es hervorrufen, und doch stehst du hier und erschaffst, was sonst nur Götter erschaffen können. Ich wusste es schon immer, du bist etwas Besonderes.« Er drehte sich zu Arcus um. »Nicht einmal du kannst ihr das Wasser reichen, Bruder!«

Er fügte seinen Frost dem Geysir hinzu, und die drei Strahlen vereinigten sich zu einem grellweißen Wirbelwind mit blauer Mitte. Rasmus setzte seine Kraft ein, um das blaue Zentrum immer weiter auf Arcus zuzutreiben.

»Wenn es ihn erreicht«, sagte Rasmus grinsend, »bleibt von ihm nichts weiter als ein mickriger Fleck am Boden.«

Doch plötzlich explodierte etwas in meinem Inneren, wie eine Warnung, eine Blase, die sich in meinem Herzen bildete und mir Schmerzen verursachte. Das hier war Arcus. *Arcus.*

Tausend Bilder tanzten auf einmal durch meinen Kopf. Arcus, wie er mich aus dem Gefängnis trug, Arcus, wie er mich vor meinem eigenen Feuer rettete, indem er mich in den Fluss warf, Arcus, wie er mir half, meine Kräfte auszubilden. Ich erinnerte mich daran, wie ich ihm das allererste Mal in die Augen gesehen hatte, wie er mich angelächelt hatte, wie erstaunt ich gewesen war, dass in ihm so viel mehr steckte, als selbst er zu denken gewagt hatte. Er hatte sich für mich verändert, oder zumindest hatte er es versucht. Nach der ersten Unterrichtsstunde hatte er angefangen, seine Ungeduld zu zügeln. Er hatte mir in der Schmiede gezeigt, dass Stahl die Flammen braucht. Er hatte seine innersten Geheimnisse mit mir geteilt, von seiner Liebe zu Geschichten erzählt, von seiner Sorge um Menschen, die Not litten. So oft hatte er mich weggestoßen, doch inzwischen wusste ich, dass er sich damit nur hatte schützen wollen, vor Gefühlen, die zu groß waren, um sie noch verleugnen oder unter Kontrolle bringen zu können. Genauso hatte ich auch empfunden, als mich meine Gefühle für ihn aus der Bahn geworfen hatten, meine Sehnsucht, von ihm beachtet und für vertrauenswürdig erklärt zu werden – meine Sehnsucht danach, von ihm berührt zu werden.

Ich dachte daran, wie er mich geküsst hatte, wie er davon gesprochen hatte, mich beschützen, mich nicht verlieren zu wollen. Immer wieder hatte er mir gezeigt, wie viel ich ihm bedeutete, ob absichtlich oder auch nicht, und ich hatte tief in ihn hineinschauen dürfen und dort einen so ganz anderen Menschen gesehen als anfangs vermutet. Arcus empfand alles so tief – und ich ebenso. Er war zu einem wesentlichen Teil meines Lebens geworden.

Er hatte sich angeboten, für mich zu sterben. Und dasselbe würde ich für ihn tun. Tief in der hintersten Ecke meiner Seele war ich immer noch ich, und ich wusste, dass ich Arcus für nichts in der Welt Schmerzen zufügen wollte.

Die Woge dieser Empfindungen half mir, wieder Kontrolle über mich zu gewinnen. Ich entdeckte meine Hoffnung wieder, etwas Warmes und Helles, an dem ich mich schon immer hochgezogen hatte, wenn alles verloren schien. Ich wickelte mich in dieses Gefühl ein, wechselte die Position, schob mich auf Arcus zu und begann die blaue Mitte des Geysirs in Rasmus' Richtung zu schieben.

»Was tust du denn da?« Rasmus riss erschrocken die Augen auf.

»Ich schmelze deinen Thron.« Mit jeder Sekunde wurde mein Kopf klarer, schüttelte mein Geist den Einfluss des Minax immer mehr ab. Deswegen war ich doch hergekommen. Um den Fluch des Thrones zu zerstören.

»Nein!« Rasmus sandte eine Frostwelle in meine Richtung. Ich schoss eine Feuerwalze auf ihn ab, die ihn quer durch den Raum schleuderte. Er schlug mit dem Kopf an die Wand und glitt reglos zu Boden.

Ich wandte mich wieder dem Thron zu und bündelte meine Hitze. Doch der Thron versuchte mir das Feuer abzusaugen, zu rauben, denn Fors hatte ihn dazu erschaffen, Firebloods zu schwächen und zu bekämpfen.

»Du schaffst es, Ruby«, sagte Arcus hinter mir. »Halte dich nicht zurück. Lass alles raus!«

Es gab einen Moment schrecklichen Zweifels, in dem jedes Versagen in meiner Vergangenheit vor meinem inneren Auge auftauchte: mein Dorf, meine Mutter, die frühen Versuche, mein Feuer in den Griff zu bekommen, wie ich zugelassen hatte, dass der Minax sich meiner bemächtigte, die Tatsache, dass ich mir noch vor wenigen Augenblicken hatte einreden lassen, ich müsste Arcus töten …

Aber ich war stärker als all dies. Ich hatte mich vom Minax nicht besiegen lassen. Ja, in spürte die Anwesenheit der Finsternis in meinem Kopf, und doch behielt ich die Oberhand. Meine Gaben, ob Feuer oder Dunkelheit, wüteten nicht länger unkontrolliert in mir, sondern gehörten mir, und ich war ihr Befehlshaber.

»Arcus«, keuchte ich. »Hülle dich in Eis.«

Ich hörte das Knacken von sich bildendem Eis und sah aus dem Augenwinkel, dass Arcus zuerst seinen Bruder mit einer Eisschicht überzogen hatte, der immer noch reglos am Boden lag, bevor er sich selbst mit dem schützenden Eis bedeckte.

Und jetzt ließ ich alle Kräfte frei.

Mein Herz pochte einmal, zweimal, und schon war ich von der Kraft unendlich vieler Sonnenuntergänge erfüllt. Grelles Orange versengte mir die Augenlider, weißes Feuer schwappte in schmerzhaften Wogen durch mich hindurch. Dies war hundertmal heißer als die Flammen, aus denen Arcus mich gerettet hatte, als ich mir am Fluss die Kleider verbrannt hatte. Es war, als hätte man mich in ein Meer aus brodelnder Lava geworfen.

Ich konzentrierte mich auf den schwarzen Umriss des Thrones. Immer noch versuchte er mir die Hitze aus dem Brustkorb zu saugen, es war ein schmerzhaftes, unnachgiebiges Zerren, als würde mir das Herz herausgerissen. Aber ich war keine normale Fireblood. Ob ich nun dazu bestimmt war oder nicht – ich hatte es hinbekommen, den Minax in mir unter Kontrolle zu bringen. Ich konnte es schaffen.

Ich bündelte jeden Gedanken an Feuer und Macht in meinem Kopf und meinem Herzen, ließ den Druck in mir ansteigen, bis er unerträglich wurde. Dann schoss ich alles in einer ohrenbetäubenden Explosion auf den Thron ab. Der Rückstoß schleuderte mich nach hinten, wo ich gegen eine Eissäule krachte. Benommen sah ich, dass der Thron nur zur Hälfte geschmolzen war, und setzte deswegen zu einem zweiten, ebenso schweren Schlag an. Lass die Hitze in dir aufsteigen, hatte Großmutter mir beigebracht. Mach sie dir zunutze, hatte Bruder Thistle gesagt. Lass los, hatte Arcus gesagt. Immer wieder sammelte ich die Hitzewellen, kämpfte gegen den aufgestauten Druck an, bündelte meine Kräfte – und entließ sie dann mit einer Selbstsicherheit, wie ich sie noch nie im Leben empfunden hatte.

Schweiß rann mir übers Gesicht, meine Hände zitterten und ich schrie von der Anstrengung, so viel Feuer erzeugen zu müssen. Doch es hatte sich gelohnt – der verbliebene Eisrest des Thrones schwoll wie eine überfüllte Blase an und zerplatzte schließlich, wobei eine riesige Wolke winziger, dampfender Tröpfchen aufstob und die Luft mit glitzernden Kristallen erfüllte.

Der Minax in mir zerrte an meinen Eingeweiden, wand sich in Krämpfen angesichts des leeren Platzes, wo gerade noch der Thron gestanden hatte, sein Zuhause seit eintausend Jahren. Ich spürte seine Bestürzung, seinen Verlust, aber dann verschoben sich seine Gefühle, machten einer freudigen Erleichterung Platz, als er die Freiheit begriff, die darin lag, in meinem Inneren weiterzuleben. Er richtete sich in mir ein, füllte mein Bewusstsein bis an den Rand aus.

Ein Geräusch wie von zersplitterndem Glas ertönte. Arcus brach aus der Eisschicht heraus, die ihn vor meinem Feuer geschützt hatte. Er kam zu mir, und ich hörte dumpf, wie er meinen Namen rief, spürte seine Hände auf meinen Schultern. Doch mein Bewusstsein löste sich in dichtem Nebel auf wie Meerwasser, das im Ufersand versickert und in die Tiefe der See hinabgesogen wird.

Die Stimme der tausend Glöckchen hob an zu sprechen, und jedes Wort vibrierte vor unbändigem Triumph.

»Mein wahrhaftiges Gefäß! Du hast mich befreit. Von nun an werden wir für immer eins sein.«

Während die Finsternis sich in meiner Brust breitmachte, wurde mir bewusst, dass sie bisher nicht ihre volle Kraft auf mich gerichtet hatte. Sie hatte mich den Thron zerstören lassen, weil sie es so wollte. Ich war Teil ihres Plans gewesen. Und nun wuchs sie in meinem Inneren heran, fraß mich von innen auf, raubte mir mein Ich.

Ich brauchte Hilfe, brauchte jemanden, dessen Kräfte stärker waren als mein Bewusstsein, jemanden mit goldenen Haaren und Augen, der Arcus schon einmal geholfen hatte, jemanden, der mir damals im Eissturm begegnet war, als ich mich in den Wäldern verlaufen hatte. Wenn das damals wirklich die Seherin gewesen war, die Prophetin, die Cirrus geheilt hatte, dann brauchte ich ihre Hilfe jetzt. Dringend.

»Sage«, sagte der Teil meines Ichs, der mehr wusste als mein Verstand. »Bitte hilf mir!«

Da sprach die Stimme aus meiner Vision mir ins Ohr. »Um mit Licht erfüllt zu werden, musst du einfach nur eine Entscheidung treffen. Entscheide, dir selbst zu vergeben. Entscheide dich für die Liebe.«

Ihre Worte gaben mir die Kraft, gegen die Schatten anzukämpfen. Ich zwang mich dazu, mich auf alles zu konzentrieren, was aus Licht geboren wurde: Liebe, Hoffnung, Heilung, Neuanfang und Vergebung. Ich dachte an das Leben, das ich führen wollte, statt an den Schmerz und die Schuld der Vergangenheit. Ich dachte an meine Mutter, wie sie stolz lächelte, und an ihrer Seite stand Großmutter, und beide riefen mich zu sich und öffneten die Arme zu einer warmen Umarmung. Liebe war eine reinigende Kraft, genau wie das Feuer. Ich schloss sie in meine Arme.

Blendend goldenes Licht erfüllte mich. In meinen Ohren tobte ein Schrei, ein unmenschlicher Schmerzensschrei wie im Todeskampf, und dann zerriss die Finsternis, die in mir gewesen war, wie eine Wäscheleine, die ihre Laken in alle Windrichtungen schleudert. Ich wäre zu Boden gestürzt, hätte Arcus mich nicht festgehalten und an seine Brust gedrückt.

Der Minax schwebte über uns. Er versuchte wieder in mich einzudringen, doch ich erfüllte mein Selbst mit jedem liebenden Gedanken, dessen ich fähig war, hielt das Licht unverbrüchlich hell am Leuchten.

Da verschleierte sich das Schattenwesen von dunkel zu durchsichtig, es hatte sichtlich Mühe, seine solide Gestalt zu bewahren. Schließlich entfernte es sich bebend, zog sich zurück, als würde es bei jedem

Schritt zurückkommen wollen, wüsste aber, dass ihm dies unmöglich war.

Aus dem Augenwinkel erhaschte ich eine Bewegung. Rasmus hatte sich aus seinem eisigen Gefängnis befreit und kroch nun auf allen vieren auf uns zu. Er zitterte, sein Gesicht war kränklich grau, seine Augen blau und schmerzerfüllt. »Komm zu mir zurück, Minax«, krächzte er heiser.

Er wirkte so schwach, dass alle Angst, die ich je vor dem früheren König empfunden hatte, verschwunden war. »Du darfst nicht zulassen, dass er sich wieder deiner bemächtigt«, sagte ich. »Ich habe seine ganze Macht gespürt. Wenn du ihn einlässt, löscht er alles aus, was dich ausmacht. Das kannst du nicht überleben.«

Er schüttelte den Kopf. »Ich werde doch sowieso sterben.« Er hob die Arme. »Komm, Minax, mein einziger Freund! Komm zu mir zurück!«

Das Schattenwesen zögerte nur eine Sekunde, dann schob es sich auf Rasmus zu. Arcus sprang zu seinem Bruder hin. »Ras, nein!«

Doch die Finsternis war schneller als Arcus. Sie wand sich in Rasmus hinein, und seine Augen färbten sich wieder schwarz, als er erleichtert aufseufzte und die Mundwinkel zu einem zittrigen Lächeln verzog. »Macht ist das Einzige, was zählt«, flüsterte er.

Dann legte er die Stirn in Falten und warf schmerzerfüllt den Kopf in den Nacken. Die Adern wölbten sich unter seiner hellen Haut hervor, und das Blau seines Blutes wurde zu Schwarz, als flösse Öl durch seinen Körper. Seine Adern waren wie winzige Rinnsale, die sich zu Strömen zusammenschlossen, sich verbanden und immer weiter anschwollen. Rasmus brüllte und krallte sich im eigenen Fleisch fest, die Augen an die Decke geheftet, als erhoffe er sich von dort eine Rettung. Krämpfe durchzuckten ihn, dann stürzte er leblos zu Boden. Der Minax kroch aus ihm heraus, erhob sich in die Luft und hing erneut über uns.

Er sah wieder stärker aus, dunkel und solide. Er bewegte sich auf Arcus zu, doch ich stellte mich vor ihn, die Hände nach vorn gereckt.

»Beschütze uns, Sage!«, flüsterte ich.

Der Minax erbebte, als würde er lachen. »Den hier brauch ich gar nicht, diesen König, der sich gegen meinen Einfluss gestemmt hat, als er den Thron übernahm. Ich habe mich vom anderen König genährt. Das wird mich am Leben erhalten, bis ich den nächsten Wirt gefunden habe. Du allerdings, Tochter der Finsternis, wirst für alle Zeit mein wahrhaftiges Gefäß bleiben. Wenn die Verzweiflung dich erfüllt, wenn jeder, den du liebst, gestorben ist, dann werden wir wieder eins sein. Denk an meine Worte und nimm dies als mein vorläufiges Abschiedsgeschenk.«

Ich spürte, wie etwas unter meinem linken Ohr über meine Haut schabte, dann verließ mich die Anwesenheit des Minax.

Die Welt wirbelte um mich herum und rastete in der Wirklichkeit wieder ein. Es tat weh, als ich tief Luft holte. Ich kauerte auf allen vieren auf dem Steinfußboden und versuchte zu sprechen, doch meine Kehle fühlte sich trocken und aufgerissen an.

Als ich endlich meine Augen öffnen konnte, war das Erste, was ich sah, ein Augenpaar in unzähligen Farbschattierungen, vom warmen Azur eines sonnenbeschienenen Sees bis hin zum kühlen Blau eines Wintermorgens.

»Bist du wieder da, Ruby?« Arcus hauchte meinen Namen wie eine Liebkosung.

»Ja, der Minax ist weg. Zumindest bis auf Weiteres.«

»Tempus sei Dank, du bist heil und am Leben!« Er riss mich in die Arme. Ich legte meinen Kopf in die Kuhle unter seinem Hals. So verharrten wir, bis Arcus den Kopf dahin wandte, wo der Leichnam seines Bruders lag. Sein Atem ging ruckartig. »Er war mein Bruder.«

»Ich weiß. Es tut mir so leid.«

Seit Monaten hatte ich nur davon geträumt, Rasmus umzubringen. Aber Arcus hatte gewollt, dass ich ihn heile, und ich hatte es nicht geschafft. Ich hielt Arcus, der heftig zitterte, fest umklammert, und spürte seine kalten Tränen auf mein Schlüsselbein tropfen. Minutenlang tat ich nichts anderes, als ihm übers Haar zu streichen. Ich war erstaunt, wie tief seine Liebe war, trotz des Verrates, den sein Bruder an ihm begangen hatte. Als er schließlich ruhiger wurde, drückte ich meine Lippen auf seine Wange.

Die Sonne war inzwischen hinter die Berge geglitten, mattes Licht sickerte in den Thronsaal und ließ die Staubkörnchen tanzen. Die Schatten wurden mit jeder Sekunde länger, aber es waren nur noch schlichte Schatten. Der Raum fühlte sich ganz anders an, jetzt, wo die spürbare Anwesenheit des Bösen verschwunden war.

»Wir haben einiges zu regeln«, sagte Arcus und stieß einen langen Atemzug aus. »Meine Leute haben den Kampf gewonnen, aber es wird noch genügend Menschen geben, denen das, was hier geschehen ist, nicht … gefallen wird. Sie könnten mich anklagen, meinen Bruder ermordet zu haben, um die Macht an mich zu reißen.«

Ich ließ unerwähnt, dass ich in der Arena eine Sekunde lang dasselbe gedacht hatte: dass Arcus hinter der Macht her war, die dem Thron innewohnte. »Aber du hast ihn nicht ermordet.«

»Das werden die vielleicht nicht glauben«, sagte er. »Und ich muss die Menschen, die meinem Bruder treu ergeben waren, davon überzeugen, mich zu unterstützen. Das wird keine leichte Aufgabe.«

»Ich wünschte, ich könnte dir dabei helfen, aber wie du schon sagtest, ich bin hierzulande nicht besonders beliebt.«

Arcus lächelte schief und strich mir über die Wange. »Bei einigen wenigen aber sehr.«

Eine Mischung aus Freude und Licht durchschoss mich. Vom warmen Gefühl überwältigt, schloss ich die Augen, nahm seine Hand in meine und schmiegte meine Wange daran.

29

Das Licht einer Fackel erhellte plötzlich den Eingang und Marella erschien auf der Türschwelle.

»Wo ist Ras?«, fragte sie, doch ihr schmerzerfüllter Blick verriet, dass sie die Antwort schon kannte.

Arcus deutete auf die reglose Gestalt seines Bruders. Marella schlug sich die Hand vor die Brust, ihre Lider flatterten und sanken dann schwer herab.

Was Rasmus auch getan haben mochte – diese Frau hatte ihn ihr Leben lang gekannt, das durfte ich nicht vergessen.

»Es tut mir leid«, sagte ich leise.

»Du hast den Thron zerstört, wie es deine Aufgabe gewesen ist«, erwiderte sie mit belegter Stimme. Dann holte sie ein paarmal tief Luft, sichtlich um Fassung ringend. Schließlich deutete sie matt zur Tür hin. »Hör auf, dich zu verstecken, Vater. Du willst doch sicher nicht, dass der neue König dich für einen Feigling hält.«

Fürst Usthatius schob sich herein und verbeugte sich mit einem verlorenen Ausdruck vor Arcus.

Marella entfachte mehrere Wandfackeln, sodass der Platz, an dem der Thron seit unzähligen Generationen gestanden hatte, erleuchtet wurde. Da war nichts mehr übrig außer einem geschwärzten Umriss. Der Raum sah ohne die bedrohliche Präsenz des Bösen wie eine nackte Höhle aus. Ich versuchte, nicht zu Rasmus' Leichnam hinzusehen, und konzentrierte mich stattdessen auf Marella.

»Rasmus sagte, du hättest den Hauptmann dafür bezahlt, mich ins Blackcreek-Gefängnis zu stecken. Ist das wahr?«

Sie zögerte, dann öffnete sie die Handflächen zu einer entwaffnenden Geste. »Verzeih mir, Ruby. Mehr konnte ich zu jener Zeit nicht für dich tun. Ich konnte nichts tun, um die Übergriffe der Soldaten zu beenden, aber ich habe zumindest dafür gesorgt, dass Hauptmann Drake die Firebloods, die er aufspürte, vor dem König versteckte.«

»Wie kannst du so etwas sagen?«, ging ihr Vater dazwischen. Seine Wangen sahen stärker eingefallen aus, als ich sie in Erinnerung hatte, seine Hände flatterten nervös an seinen Seiten. »Du hast dich gerade des Hochverrats für schuldig bekannt.«

Marella sah ihn sarkastisch an. »Ich glaube kaum, dass dieser König mir zürnen wird, weil ich Ruby vor dem Hass des alten Königs bewahrt habe. Nicht wahr, König Arelius Arkanus? Oder soll ich dich jetzt Arcus nennen?«

Arcus verlagerte sein Gewicht und legte mir besitzergreifend eine Hand auf die Schulter. »Du hast mich schon zeit deines Lebens Arkanus genannt, ich erwarte nicht von dir, das nun zu ändern. Und natürlich werde ich dir nicht zum Vorwurf machen, dass du dich für Firebloods eingesetzt hast. Aber *warum* hast du es getan? Das ist hier die Frage.«

»Ich habe mich schon immer stark für die Prophezeiungen von Dru interessiert, ebenso für die Geschichte unseres Volkes und die Geschichte der Firebloods. In einem Schriftstück stand, ein mächtiger Fireblood würde einst den verfluchten Thron zerstören – obwohl ich euch versichern kann, dass außer Bruder Thistle und mir nie jemand daran geglaubt hat, dass auf dem Thron ein Fluch lastet. Schon als Kind habe ich gespürt, dass dem Thron etwas Böses innewohnt.«

»Und wo sind dann alle anderen?«, hakte ich misstrauisch nach. »Die ganzen Firebloods, die du gerettet hast?«

Ihr Blick umwölkte sich. »Leider waren die meisten zu dem Zeitpunkt, als der Hauptmann zustimmte, in meinem Auftrag zu handeln, schon weg, entweder geflohen oder getötet worden. Du warst die Einzige, die er aufgestöbert hat. Und für dieses Wunder war ich Fors sehr dankbar.«

»Er hat meine Mutter ermordet, Marella.«

Sie wandte das Gesicht ab. »Ich hatte keine Ahnung, dass er so brutal vorgehen würde. Es tut mir leid, Ruby.« Sie sah mich an, und ihr Blick war reuevoll, beinahe flehentlich. »Aber zumindest konnte ich dich retten. Und als du hergebracht wurdest, habe ich dafür gesorgt, dass Rasmus dich kämpfen lässt. Du hast jeden Gegner besiegt, und da wusste ich, dass du diejenige bist, von der in den Büchern erzählt wurde, diejenige, die über die Finsternis herrschen würde, statt sich ihr zu unterwerfen.« Ein Lächeln erhellte ihr Gesicht und ließ sie noch hübscher aussehen. »Und nun sind wir wie Schwestern, oder nicht? Ich werde nie vergessen, wie du den Thron zerstört hast, und du darfst nie vergessen, wie ich dir geholfen habe.«

Doch mich holten jetzt die Bestürzung und Erschöpfung der vergangenen Ereignisse ein. Ich konnte Marella kaum noch folgen, geschweige denn, dass ich hätte sagen können, was ich davon hielt. Mein Magen drehte sich, und ich presste mir eine Hand an die schmerzende Stirn. Ich hörte noch, wie Arcus Marella bat, einen Heiler zu holen, hörte, wie Marella sich entfernte, dicht gefolgt von ihrem Vater, dessen scheltende Stimme noch lange durch den Tunnel hallte.

Mein Blick fiel auf die leere Stelle, an der der Thron gestanden hatte. Hier hatte der Minax über uns gehangen und triumphierend gedroht, genau an dem Tag wiederzukommen, an dem ich am schwächsten sein würde. Wenn alle, die ich liebte, nicht mehr da waren.

War mir denn noch nicht genug genommen worden? Meine Mutter, mein Zuhause, mehrere Monate meines Lebens. Ich hatte nichts und niemanden mehr außer Arcus. Wie sehr ich auch versucht hatte, mein Herz vor ihm zu verschließen – er war zu einem lebenswichtigen Teil von mir geworden. Schon der Gedanke daran, dass ich ihn verlieren könnte, war unerträglich.

»Was ist das denn?« Arcus fuhr mit den Fingern über die weiche Haut neben meinem linken Ohr. »Es sieht fast aus wie … ein Herz. Ein winziges schwarzes Herz.«

»Das muss eine Verbrennung sein.« Dabei wusste ich, dass es die Markierung war, die der Minax hinterlassen hatte. Mir wurde übel. Aber ich durfte jetzt nicht daran denken. Im Augenblick wollte ich nichts anderes mehr als mich in Arcus' tröstende Umarmung fallen lassen.

Arcus keuchte auf, als er meine Wange berührte. »Ruby, du bist ja kochend heiß! Selbst für eine Fireblood. Wir müssen dich schleunigst ins Wasser bringen.«

Ich nickte und rappelte mich auf. Doch um mich herum drehte sich alles, und es war, als würde mich jemand von der Erdoberfläche pflücken und in den schwarzen Himmel hochwirbeln.

Stöhnend wehrte ich die Hand ab, die meine Stirn mit einem kühlen Tuch abtupfte. Ich hasste Kälte. Ich wollte brennen. Ich war Feuer.

Ein Seufzen drang an mein Ohr. »Du warst schon immer so ein Sturkopf. Das wird dich noch mal ins Grab bringen.«

Ich kämpfte gegen die Schwere an, die meinen Kopf umnebelte, und schlug die Augen auf. Ein faltiges Gesicht mit einer krummen Nase tauchte vor mir auf. Als der Mann lächelte, entblößte er mehrere Zahnlücken. Die paar Büschel weißen Haars auf seinem größtenteils kahlen Kopf schimmerten im Sonnenlicht. Mit seinem sanftmütigen Gesichtsausdruck wirkte er wie ein Botschafter der Götter. Und da ich wusste, dass Bruder Gamut tot war …

»Bin ich im Jenseits?«, fragte ich, und meine Stimme klang so rau wie ein Fels aus dem Steinbruch.

»Wenn du tot wärst, würde man dich noch mit kaltem Wasser abwaschen, wo du das doch so schrecklich findest?«

Sofort sprangen alle meine Sinne an. Meine Kehle schmerzte. Meine Haut schmerzte. Meine Augen fühlten sich an, als wäre sie voller Sand.

»Kommt drauf an«, ächzte ich. »Vielleicht wollen die Götter mich ja bestrafen.«

Bruder Gamut kicherte. »Sehr wahrscheinlich.«

Tränen traten mir in die Augen. Ich war am Leben. Bruder Gamut war am Leben. Wenn der Hauptmann im Hinblick auf ihn gelogen hatte, dann hatte er vielleicht auch bei den anderen gelogen. Stöhnend stemmte ich mich hoch und schlang Bruder Gamut die Arme um den knochigen Leib. »Ihr wisst gar nicht, wie froh ich bin, Euch lebendig und munter zu sehen.«

Er lachte, sog dann aber scharf die Luft ein. »Deine Haut glüht, Ruby.«

Ich ließ mich wieder auf die weiche Matratze zurückfallen und hielt mir den benommenen Kopf. So langsam fing ich an, meine Umgebung wahrzunehmen: Ich befand mich in einem Zimmer, in dem ich noch nie gewesen war. Durchscheinende Vorhänge umrahmten das Bett, schwere Gardinen hingen vor einem geöffneten Fenster.

»Wo bin ich hier?«

»Im alten Zimmer der Königin.« Bruder Gamut schenkte mir sein zahnloses Grinsen und deutete auf eine in die Wand eingelassene Tür. »Dort geht es zu Arcus' Gemächern. Ihr habt Glück, dass ich mich so freue, euch beide wiederzusehen, sonst würde ich mir vielleicht Gedanken darüber machen, ob die Wahl der Räumlichkeiten den Anstandsregeln entspricht.«

Bevor ich auf seine neckische Bemerkung antworten konnte, schlug eine Welle der Übelkeit über mir zusammen. »Ich glaube, ich muss mich übergeben.«

»In deinem Magen ist aber nur Wasser. Mehr hast du nicht drin behalten. Du hast eine Gehirnerschütterung, und dein Körper hat gerade erst angefangen zu heilen. Seit du hergebracht wurdest, sitze ich an deinem Bett und hoffe, dass du richtig wach wirst. Ich bin froh, dass du dich endlich entschieden hast, meine Gebete zu erhören.«

»Wie lange ist das jetzt her?«

»Arcus hat nach uns geschickt, bevor er in die Stadt kam. Wir sind angekommen am Tag nachdem du … krank geworden bist. Und an deiner Seite wache ich jetzt seit drei Tagen.«

»Vorher wart Ihr die ganze Zeit in der Abtei? In Sicherheit?«

Er zog die weißen Augenbrauen zusammen. »Die meisten von uns sind unverletzt geblieben. Nachdem die Soldaten da waren …« Er begegnete meinem Blick und seufzte. »Wir dachten, Bruder Lack wüsste nichts von dem geheimen Ausgang durch die Katakomben. Aber anscheinend haben wir uns getäuscht. Sobald die Soldaten von dir erfuhren, fingen sie an, uns zu befragen. Aber Arcus kam bald zurück, und gemeinsam mit Bruder Thistle griffen sie die Soldaten mit ihrem Frost an. Diejenigen unter uns, die jung und stark waren, kämpften an ihrer Seite.«

»Und wer hat gewonnen?«

»Wir konnten entkommen. Dann ging Arcus weg, um seine Leute ins Schloss einzuschleusen. Wir anderen versteckten uns in den Berghöhlen, bis Arcus uns eine Nachricht zukommen ließ, dass wir wieder in die Abtei zurückkehren konnten. Aber er wollte Bruder Thistle hier haben, für die Zeit, wenn alles vorbei sein würde. Er brauchte jemanden, auf dessen Rat er vertrauen konnte. Und ich bot mich an, ebenfalls mitzukommen, um diejenigen zu heilen, die im Kampf vielleicht verletzt werden würden.«

»Bruder Gamut, Ihr weicht meinem Blick aus. Was verschweigt Ihr mir?«

Er schüttelte den Kopf, und als er dann endlich sprach, kamen die Worte nur langsam und mühevoll heraus. »Wir haben im Kampf etliche unserer Brüder und Schwestern verloren.«

Er zählte die Namen seiner gefallenen Freunde auf. Auch der freundliche Bruder Peele war darunter. Ich hielt Bruder Gamuts Hand, während er sprach, und Tränen rannen ihm über die Wangen.

»Aber wir anderen sind unbeschadet geblieben«, versicherte er mir zum Schluss. »Schwester Clove hat einen gebrochenen Arm davongetragen, aber der Knochen heilt bereits. Wir versuchen ihr jetzt alle mehr zu helfen.«

»Ja, das werde ich auch tun.« Ich setzte mich auf und holte tief Luft. »Sobald es mir besser geht, begleite ich Euch zurück. Die Abtei ist jetzt mein Zuhause.«

»Schön, dass du das so siehst. Ich musste wirklich viele Tassen meines eigenen Tees trinken, um meine Sorge um dich zu betäuben.«

»Jetzt braucht Ihr Euch keinen Sorgen mehr zu machen. Aber nun erzählt doch bitte weiter. Was habe ich alles verpasst?«

Er tätschelte meine Hand, verzog aber sofort das Gesicht und zog seine Finger zurück. »Nur, wenn ich dir dabei das Gesicht und den Hals kühlen darf. Auch Firebloods sollten nicht über längere Zeit so brennend heiß sein.«

Also tupfte er mir wieder mit dem nassen Tuch über die Stirn, die Wangen und den Hals, während er sprach. Ich unterbrach ihn oft, um ihm Fragen zu stellen, und manchmal musste er mich bitten, den Mund zu halten, damit er einen Gedanken zu Ende bringen konnte.

Ich tat mein Bestes, aber Geduld gehört nun mal nicht zu meinen größten Stärken.

Während ich die Tage im Fieberschlaf verdämmert hatte, hatte Arcus die meisten Edelleute davon überzeugt, dass er der rechtmäßige König war. Es war nicht schwer, ihnen klarzumachen, dass ein Fluch das ganze Land verdunkelt hatte, denn diese Wahrheit hatten die Menschen schon lange in ihrem Herzen gespürt. Arcus hatte es dennoch mit einem Volk zu tun, das durch die lang andauernden Kriege ziemlich ausgedünnt war. Er befahl seinen Armeen, sich von den Grenzen zu den Nachbarstaaten zurückzuziehen, und hatte Botschafter ausgeschickt, um die langwierigen Friedensverhandlungen mit Königen und Königinnen in Gang zu setzen. Es würde lange dauern, sagte Bruder Gamut, bis die Leute zu verzeihen begannen. Der finstere Hunger des Minax hatte sich in Gestalt des Königs gezeigt, und Arcus würde einen langen Atem brauchen, um das Vertrauen der Menschen zurückzugewinnen.

»Aber geht es ihm gut?«, fragte ich besorgt. »Wie kommt er mit dem Tod seines Bruders zurecht? Bruder Gamut, Ihr hättet ihn sehen sollen, als … Er sah so … gebrochen aus.«

»Ich weiß, Kind. Ich kann seine Traurigkeit sehen. Er ist nicht mehr er selbst.«

Danach saßen wir schweigend da, bis plötzlich die Tür aufging und Arcus hereinkam. Er sah sofort zu Bruder Gamut hin. Er trug keine

Kapuze, sodass seine Augen klar zu erkennen waren. Heute waren sie von der Farbe eines gefrorenen Sees, der mit Schnee gepudert ist. Sein Gesichtsausdruck war grimmig und beschattet, seine Wangen eingefallen, als hätte er seit Wochen keinen Schlaf mehr bekommen. Als wäre er in den letzten Tagen um Jahre gealtert.

»Ich übernehme jetzt, Bruder Gamut«, sagte Arcus leise und schloss die Tür hinter sich. »Die Krönungszeremonie ist erst in ein paar Stunden.«

Dann fiel sein Blick auf mich, und er riss die Augen auf. »Sie ist ja wach!«

»Ja, du kannst jetzt auch mit mir direkt sprechen«, sagte ich.

»Ruby«, hauchte er und schob seine breitschultrige Gestalt so vorsichtig auf mich zu, als würde er erwarten, dass ich wie ein aufgescheuchter Vogel davonflattern könnte. Es rührte und belustigte mich gleichermaßen, dass er mich nach allem, was ich erlebt und überstanden hatte, immer noch für zerbrechlich hielt.

Er ließ seine kühle Hand unter die meine gleiten. Ich erschauerte, aber von der Berührung, nicht von der Kälte. Gänsehaut erblühte an meinem ganzen Körper.

»Wie fühlst du dich?«, fragte Arcus zärtlich. Ich wollte meine Hand wegziehen, weil ich dachte, die Hitze müsse ihm unangenehm sein, doch er hielt mich fest.

»Wie ein verkochtes Kaninchen«, erwiderte ich.

Seine Augen funkelten belustigt, sodass er auf einmal wieder jünger aussah. »Du bist selbst das Feuer. Du musst nur die Flamme herunterdrehen.«

»Aber das erfordert jede Menge Selbstbeherrschung. Und wie wir beide wissen …«

»Hast du davon ziemlich wenig«, vervollständigte er meinen Satz mit einem schiefen Lächeln, das nicht dazu beitrug, mein Fieber zu senken.

Trotz der neckischen Worte sah ich ihm die Anspannung an. »Und wie geht es dir?«, fragte ich.

»Bruder Thistle wacht wie eine Glucke über mich. Wenn er nicht bald damit aufhört, sperre ich ihn noch ins königliche Verlies.«

»Ihm liegt eben viel an dir.«

»Und mir an ihm.« Seine Miene wurde ernst, als wollte er noch etwas hinzufügen, aber dann wanderte sein Blick zu Bruder Gamut hinüber, der mit einem glücklichen Grinsen auf seinem mit Brokat gepolsterten Sessel kauerte, und es sah so aus, als schluckte Arcus hinunter, was er noch hatte sagen wollen.

»Es tut mir so leid, Arcus.« Ich knetete meine Hände auf der gesteppten Decke. »Ich hätte niemals ohne dich in den Thronsaal gehen dürfen. Wenn ich gewartet hätte, dann wäre vielleicht …«

Er schüttelte den gesenkten Kopf. »Nein, dich trifft keine Schuld.« Er hielt inne. »Wir haben gestern eine kleine Begräbniszeremonie abgehalten. Wir haben ihn in seinem Festtagsgewand beerdigt und ihm einige seiner Lieblingsdinge aus der Kindheit mit beigelegt.«

Ich nickte. Wahrscheinlich wollte Arcus seinen Bruder genau so in Erinnerung behalten: als den Jungen, der er einst gewesen war.

Arcus hob den Kopf. »Wir haben alle nur deinetwegen überlebt.«

»Wieso habe ich dann das Gefühl, versagt zu haben?« Ich sah zur Seite. »Der Minax ist frei, kein Thron hindert ihn mehr daran, sich nach Belieben überallhin zu bewegen. Wer weiß, welches Unheil er anrichten wird, jetzt, da ich ihn befreit habe?«

Bruder Gamut, dem die veränderte Stimmung wohl nicht entgangen war, räusperte sich und stand auf. »Ich muss noch ein paar Kräuter holen, um dir deinen Spezialtee aufzubrühen. Wie hört sich das an?«

»Sehr gut«, antwortete ich. »Ihr habt keine Ahnung, wie sehr ich Euren Tee vermisst habe.«

Der Mönch verbeugte sich flüchtig vor Arcus und schlurfte dann aus dem Zimmer. Als die Tür hinter ihm ins Schloss gefallen war, setzte Arcus sich, meine Hand immer noch in seiner, auf den Stuhl.

»Du hast *nicht* versagt«, betonte er. »Du hast den Palast von einem Fluch befreit.«

»Aber der Thron hat dem Frostkönig Macht verliehen.« Ich sah ihm in die Augen. »Ohne ihn wirst du jetzt schwächer sein.«

Er kniff die Augen zusammen, als er über meine Worte nachdachte. »Ja, der Thron hat dem König Macht verliehen, aber die wurde nicht immer auf die rechte Art eingesetzt. Die finstere Kraft ist mit der Zeit immer stärker geworden, spätestens seit der Herrschaft meines Vaters. Mein eigener Vater war … sehr grausam meinem Bruder gegenüber.«

»Ja, Rasmus hat mir davon erzählt.« Ich drückte seine Hand fester.

Arcus sah auf unsere ineinander verschlungenen Finger hinunter. »Ich möchte von nun an nicht nur meinen Frost einsetzen, sondern auch meine Gabe, zu den Menschen zu sprechen, sie von meinen Ideen zu überzeugen.«

Ich grinste. »Weil du ja so geschwätzig bist.«

Er zog einen Mundwinkel hoch, bis er die Narbe berührte. Auf einmal hatte ich den unbändigen Drang, sie mit den Fingerspitzen nachzufahren.

»Immerhin bin ich für meine überzeugenden Argumente bekannt.«

Für einen Moment schwiegen wir.

»Warum hast du mir nicht gesagt, wer du wirklich bist?«, fragte ich schließlich.

Arcus verzog das Gesicht. Dann sah er mir eindringlich in die Augen. »Das Geheimnis hätte, einmal offenbart, das Leben der Mönche gefährden können. Ich hatte mir die Abtei als Versteck ausgesucht, als Ort der Sicherheit und Abgeschiedenheit, an dem ich bleiben konnte, bis ich genug Unterstützer um mich herum versammelt hätte. Rasmus hätte sich am Orden rächen können, und das konnte ich nicht riskieren. Selbst wenn ich dir vertraut hätte – was ich irgendwann tatsächlich getan habe –, ging es doch auch noch um die Frage, was du hättest verraten können, wenn man dich gefangen nahm.«

»Ich verstehe«, sagte ich. »Auch mir liegt das Wohl der Mönche sehr am Herzen.«

Er lehnte sich zurück und strich mir übers Haar, dann hob er mein Kinn an und sah mir in die Augen. »Ruby, ich möchte, dass du weißt, dass ich meine Meinung geändert hatte. Ich wollte Bruder Thistle vorschlagen, eine andere Möglichkeit zu finden. Aber dann …« Seine Hand zitterte. »Ich war völlig außer mir, als ich nach meiner Rückkehr in die Abtei erfuhr, dass du entführt worden warst. Ich bin euch gefolgt, aber du warst schon zu weit weg. Sobald du den Palast erreicht hattest, brauchte ich eine starke Armee, mit deren Hilfe ich Rasmus' Soldaten standhalten konnte.«

»Und du hast es geschafft. Du hast gesiegt.«

»Es sah lange schlecht um uns aus – aber dann schlugen sich die Meisterkämpfer auf unsere Seite.«

Sofort wärmte eine tiefe Zuneigung für Braka mein Herz. »Sehr gut.«

»Ich habe sie aus der Knechtschaft entlassen, Ruby. Sie sind mir jetzt nicht mehr untertan, sondern freie Frauen und Männer.«

Ich strahlte ihn an. Ich war so stolz auf den neuen König! Als er zurücklächelte, hüpfte mein Herz vor Freude.

»Dachte ich mir, dass dir das gefällt«, sagte er und umschloss meine Hände fester.

Ich kratzte all meinen Mut zusammen und erzählte ihm, wie der Minax mich sein »wahrhaftiges Gefäß« genannt hatte. Arcus' Hand verspannte sich immer mehr.

»Wir werden nicht zulassen, dass er sich deiner bemächtigt«, sagte er heiser. »Ich werde es nicht zulassen, Ruby, das schwöre ich.«

Dankbar drückte ich seine Hand. Er wollte mich ja nur trösten – aber wie sollte er gegen so etwas Flüchtiges wie Finsternis ankämpfen können?

»Du siehst müde aus«, sagte er sanft. »Ich sollte dich jetzt ausruhen lassen.«

Widerwillig ließ ich seine Hand los. »Du musst dich für deine Krönungszeremonie vorbereiten. Ich wünschte, ich könnte dabei sein.«

Er schüttelte mit ernster Miene den Kopf. »Du bist noch zu krank. Sobald dein Fieber gesunken ist, steht es dir frei, alles zu tun, was du willst. Aber bis dahin kommen hier keine Besucher rein – und du nicht aus diesem Zimmer raus.«

Ich dachte daran, wie ich einmal zu ihm gesagt hatte, er würde niemals die Kontrolle über mich haben, und wenn er es doch versuchte, würde er schon sehen, was er davon habe. Aber Arcus war nicht wie sein Bruder, er fand keinen Gefallen daran, über andere Menschen zu bestimmen. Wenn Arcus gebieterisch war, dann nur aus dem Wunsch heraus, mich zu beschützen. Und heute, in meinem kranken, erschöpften Zustand, hatte ich nichts dagegen einzuwenden.

»Du wirkst sehr königlich, wenn du Befehle erteilst«, sagte ich und konnte mir ein Lächeln nicht verkneifen. »Das erweckt in mir den Wunsch, dir die Stirn zu bieten, einfach nur so zum Spaß.«

Seine Augen funkelten. »Du würdest Gefahr laufen, wegen Hochverrats angeklagt zu werden. Willst du wirklich wieder in einer Gefängniszelle landen, Feuermädchen?«

Ich erwiderte sein spöttisches Grinsen. »Pass auf, worüber du Witze machst.«

Er legte sich lächelnd eine Hand auf die Brust. »Deine Augen versengen mich. Ich wünschte, ich wäre im Zorn nur halb so Furcht einflößend wie du, mein kleines Feuerinferno.«

»Du kannst selbst Furcht einflößend genug sein, wenn du willst.«

Sein Lächeln wurde weich. »Aber hoffentlich nicht für dich.«

Mein Herzschlag reagierte auf die Zärtlichkeit in seinen Augen. »Nur als ich dachte, du würdest dich für mich opfern. Wie konntest du das nur tun?« Ich senkte den Blick, dann überwand ich meine Scheu und sah ihm in die Augen. »Es würde mich umbringen, wenn ich dein schönes Gesicht nie wiedersehen könnte.«

Plötzlich riss er mich an sich, presste mich schwer atmend an seine Brust, dann schob er mich sachte wieder von sich und bettete mich auf mein Kissen. Die einst kalten blauen Augen schimmerten.

»Danke, Feuermädchen«, sagte er, und seine Stimme klang, als wäre sie von Rost überzogen. »Ich werde diese Worte mitnehmen, auf dass sie mich jeden Abend begleiten und trösten.«

Die Vorstellung, wie er mit nackter Brust im Bett lag, nur von einem Laken bedeckt, ließ meine Wangen glühen. Arcus drückte mir einen Kuss auf die Stirn und wollte aufstehen.

»Arcus«, sagte ich und hielt seine Hand fest. »Ich habe mal gehört, Beziehungen zwischen Feuer und Frost könnten niemals gut ausgehen.« Mehr sagte ich nicht, aber er schien zu verstehen, welche Frage ich damit stellen wollte. Würden wir beide genauso tragisch enden wie der Frostkönig, der die Fireblood-Lady geheiratet hatte?

Er zögerte, und mein Herz geriet ins Stolpern. Aber dann setzte Arcus sich wieder neben mich auf den Bettrand, und auf seinem Gesicht machte sich eher Nachdenklichkeit als Sorge breit.

»Jener König war zu selten er selbst, als dass er eine Antwort auf diese Frage hätte geben können. Ich bin überzeugt, dass der Thron bei dem Tod der Königin seine Finger im Spiel hatte. Ich habe keine Angst vor deiner Hitze, du hast keine Angst vor meinem Frost. Außerdem …«

Als er sich zu mir herunterbeugte, reckte ich ihm mein Gesicht entgegen. Er drückte seine Lippen auf meinen Mund, und seine Kälte brannte tiefer als jedes Feuer.

Es tat nicht weh, sondern loderte auf eine Art, die mir mehr als willkommen war. Mein Blut fing an zu kochen, mein Fieber stieg, mein Mund wurde trocken. Kleine Schauer rieselten mir durch den gesamten Körper.

Arcus war zärtlich, aber gleichermaßen entfesselt, als wollte er mir etwas zeigen, mir etwas von sich selbst schenken. Ich fühlte mich wie neu geboren, geschliffen und kostbar. Ich erwiderte seinen Kuss, schenkte mich ihm zurück, ließ die Finger über seine Wangen gleiten, durch sein Haar, über seine wundervollen Narben, und bewies ihm, wie sehr ich ihn brauchte, und dass ich jetzt keine Angst mehr hatte, ihm dies auch zu zeigen.

Als wir beide außer Atem waren, löste er sich von mir und lächelte. Ich lächelte zurück. Dann hauchte er mir einen weiteren Kuss auf die Lippen, mein Kinn mit seinen Fingerspitzen stützend.

»Wenn es um dich geht«, flüsterte er, »macht es mir nichts aus, verbrannt zu werden.«

DANKSAGUNG

Wenn Dankbarkeit in Hitze ausgedrückt werden könnte, würden diese Seiten brennen. Unzählige glückliche Fügungen haben zu der Entstehung dieses Buches geführt, und es gibt eine lange Liste von Menschen, die das möglich gemacht haben. Hier eine kleine Auswahl:

Zuallererst danke ich allen bei New Leaf Literary, besonders meiner unerschrockenen Agentin Suzie Townsend, die immer weiß, was sie sagen muss, um mich bei Verstand und Laune zu halten. Ich werde nie vergessen, wie sehr du dich für »Fire & Frost« eingesetzt hast. Danke an Jackie Lindert und Jaida Temperly, die mein Buch entdeckt und es an Suzie weitergegeben haben. Das war mein Glückstag! Einen gigantischen Dank an Kathleen Ortiz, die meine Auslandsrechte phänomenal vertreten hat, ebenso an die fantastischen Sara Stricker, Danielle Barthel, Pouya Shahbazian, Joanna Volpe und Hilary Pecheone.

Ich bin Deirdre Jones von Little, Brown unendlich dankbar, die an »Fire & Frost« geglaubt hat und die beste Lektorin war, die ich mir hätte wünschen können. Es ist eine unglaublich tolle Erfahrung, mit dir zu arbeiten! Einen großen Dank an Sasha Illingworth, Annie McDonnel, Christine Ma, Virginia Lawther, Emilie Polster und Allegra Green, Kristina Pisciotta, Alvina Ling und Megan Tingley. Ihr rockt!

An das »Fire & Frost«-Team bei Hodder & Stoughton, insbesondere Emily Kitchin, Fleur Clarke und Rebecca (Becca) Mundy: Danke für euren nie nachlassenden Enthusiasmus, eure unglaublich coolen Marketingideen und eure generelle Großartigkeit. Cupcakes für alle!

Mein Weg zur Veröffentlichung hat eigentlich erst an dem Tag begonnen, an dem ich zu RWA und TRW kam. Es gibt so viele Menschen dort, denen ich danken möchte, dass ich sie nicht alle nennen kann. Ich schätze euch alle sehr! Riesigen Dank an Morgan Rhodes, die die ersten fünf Seiten von »Fire & Frost« zusammengerollt und mir mit den Worten »Schreib es zu Ende!« über den Kopf gezogen hat. Millionen Umarmungen für Eve Silver, für ihre großzügigen Anmerkungen, sanften Schubser, guten Ratschläge und Hilfe. Danke an Kelley Armstrong und ihr wunderbares Feedback zu den ersten Kapiteln. Danke an Molly O'Keefe, die erste bereits veröffentlichte Autorin, die mir sagte, dass ich schreiben könne und weitermachen solle. Unendlich viele Umarmungen für meine liebe Freundin Nicki Pau Preto für Anregungen, Mitgefühl und Gelächter.

Die Lady Seals, meine allerersten Vertrauten – wie würde ich ohne euch funktionieren? Guida, Crystal, Sarah, Brooke und Anabel: Es muss in meinen Sternen gestanden haben, dass ich euch treffen würde. Ihr seid meine Freundinnen für immer, meine Wahlschwestern, und ich liebe euch mehr, als ich sagen kann.

Und es gibt noch mehr Menschen, ohne die ich nicht leben könnte und die mir wunderbare Anmerkungen, unendlich viel Unterstützung und Humor haben zukommen lassen – die Pitch-Wars-2014-Gruppe: Mara Rutherford, Nikki Roberti, Kristin B. Wright, Mary Ann Marlowe, Summer Spence, Ron Walters und Kelly Siskind. Kelly Calabrese, Jennifer Hawkins, Margarita Montimore, Kellye Garrett: Fühlt euch umarmt und geküsst! Brenda Drake: Danke für die Zeit und Liebe, die du in die Pitch Wars steckst; dieser Wettbewerb hat das Leben von so vielen aufstrebenden Autoren verändert. Vielen Dank an Sarah Nicolas, die mich ausgewählt und beraten hat, ebenfalls danke an Shannon Cooley für ihre exzellenten Kommentare und ihre Unterstützung.

Ich danke dem Agented Chamber of Secrets, besonders Alexa Donne. Viele Umarmungen an alle bei den Swanky 17's für euer Wissen und eure Hilfe. Ich danke auch den ersten Lesern von »Fire & Frost«, besonders Ryan Iler, Rebecca Bartlett, Emily DiCarlo und Isabelle Hanson. Ich umarme meine Kollegen bei ECL, v.a. Mary, Laura und Brittanie, dafür, dass die Tage nur so vorbeiflogen. Danke an Tony Nespolon, einen außergewöhnlichen Englischlehrer, der Lesen und Schreiben zu etwas Faszinierendem gemacht hat, sowie Robin, Skye, Renai und Colleen vom Leseclub »hinten im Bus«, wo meine Träume vom Schreiben begannen.

Alles Liebe meiner Mutter Nancy, der süßesten Mom der Welt, was mich zur glücklichsten Tochter macht. Deine Liebe zum Lesen durchdringt mein ganzes Leben. Deine bedingungslose Liebe und dein Beistand bedeuten mir alles. Danke auch an Dan, der so stolz ist und mich immer unterstützt.

Alles Liebe meinem Vater Matt. Ich höre immer noch, wie du auf der Terrasse am See »Ali Baba und die vierzig Räuber« vorliest. Ich erinnere mich, wie du mir erzählt hast, dass deine Oma eine begnadete Geschichtenerzählerin war. Sie hat es weitervererbt.

Alles Liebe meinen Brüdern Erik und Mark – ihr seid die besten Brüder der Welt – und den wunderbaren Takakis und Stevensons: Fred, Donna, Jill, Todd, Zoe, Quinton und Heather.

Zu guter Letzt: Ich danke euch, Darren, Nicklas, Aleksander und Lukas, dafür, dass ihr mich jeden Tag glücklich macht. Ich liebe euch bis zum Mond und zurück!

LESEPROBE

„Beautiful Liars, Band 1: Verbotene Gefühle"
von Katharine McGee
ISBN 978-3-473-40153-6

November 2118

Das Gelächter und die Musik in der eintausendsten Etage dröhnten. Die Party neigte sich kaum merklich ihrem Ende zu, die ersten Gäste stolperten in die Fahrstühle und fuhren nach unten in ihre Wohnungen. Die raumhohen Fenster wirkten wie Vierecke aus samtener Dunkelheit, obwohl in der Ferne bereits langsam die Sonne aufging und die Skyline in ein ockerfarbenes, blassrosa leuchtendes und sanft schimmerndes Gold tauchte.

Und dann erklang plötzlich ein Schrei. Ein Mädchen stürzte vom Dach, ihr Körper fiel immer schneller durch die kühle, dämmrige Morgenluft.

In nur drei Minuten würde das Mädchen auf dem gnadenlosen Beton der East Avenue aufschlagen. Doch jetzt – mit ihrem Haar, das wie eine Fahne um sie peitschte, dem Seidenkleid, das um ihre Kurven flatterte, ihren leuchtend roten Lippen, die vor Schreck zu einem vollkommenen O geformt waren – jetzt, in diesem Augenblick, war sie schöner als jemals zuvor.

Es heißt, dass unmittelbar vor dem Tod noch einmal das ganze Leben eines Menschen vor seinem inneren Auge abläuft. Doch während der Boden immer schneller auf sie zukam, konnte sie nur an die letzten Stunden denken, an den Weg, den sie eingeschlagen hatte und der hier endete. Hätte sie doch nur nicht mit ihm geredet. Wäre sie doch nur nicht so dumm gewesen. Wäre sie doch vor allem nicht dort hinaufgegangen.

Als der Wachmann auf der Straße fand, was von ihrem Körper übrig geblieben war, und zitternd eine Meldung des Unfalls durchgab, wusste er nur, dass dieses Mädchen die erste Person war, die in der zwanzigjährigen Geschichte des Towers von dem Gebäude hinuntergestürzt war. Er wusste nicht, wer sie war oder wie sie es nach draußen geschafft hatte.

Er wusste nicht, ob sie gefallen oder gestoßen worden war oder ob sie – erdrückt von der Last unaussprechlicher Geheimnisse – beschlossen hatte, zu springen.

Avery

Zwei Monate vorher

»Das war ein schöner Abend«, sagte Zay Wagner, als er Avery zur Tür ihres Familienpenthouses brachte. Sie waren im New York Aquarium in der achthundertdreißigsten Etage gewesen und hatten zwischen vertrauten Gesichtern im sanften Schimmer der Aquarien getanzt. Eigentlich war Avery kein großer Fan dieser Bar. Aber wie ihre Freundin Eris immer sagte: *Eine Party ist eine Party.*

»Das fand ich auch.« Avery beugte sich zum Netzhautscanner vor und die Tür entriegelte sich. Sie strich ihre blonden Haare zurück und warf Zay ein schwaches Lächeln zu. »Gute Nacht.«

Er griff nach ihrer Hand. »Ich dachte, ich könnte vielleicht mit reinkommen? Weil deine Eltern doch nicht da sind …«

»Tut mir leid«, murmelte Avery und verbarg ihr Unbehagen hinter einem falschen Gähnen. Er hatte sie schon den ganzen Abend unter irgendwelchen Vorwänden berührt. Sie hätte damit rechnen müssen. »Ich bin müde.«

»Avery …« Zay ließ ihre Hand los und trat einen Schritt zurück. »Das geht jetzt schon seit Wochen so. Magst du mich überhaupt?«

Avery öffnete den Mund, blieb aber stumm. Sie hatte keine Ahnung, was sie sagen sollte.

In Zays Miene flackerte etwas auf – Ärger? Verwirrung? »Schon verstanden. Bis später.« Er stieg in den Fahrstuhl, dann drehte er sich noch einmal um und betrachtete sie von oben bis unten. »Du siehst heute Abend wirklich wunderschön aus«, fügte er hinzu, bevor sich die Fahrstuhltüren mit einem leisen Klick schlossen.

Avery seufzte und trat in die prachtvolle Eingangshalle ihres Apartments. Bevor sie geboren wurde, als sich der Tower noch im Bau befand, hatten ihre Eltern hartnäckig darum gekämpft, diese Wohnung zu bekommen – sie umfasste die gesamte obere Etage des Towers und hatte die imposanteste Eingangshalle im ganzen Gebäude. Sie waren stolz darauf, aber Avery hasste es, wie ihre Schritte im Foyer widerhallten und wie die funkelnden Spiegel an den hohen Wänden alles reflektierten. Sie konnte nirgendwo hinsehen, ohne ihr Spiegelbild vor Augen zu haben.

Sie zog die Pumps aus, ließ sie mitten in der Halle liegen und lief barfuß zu ihrem Zimmer. Morgen würde jemand die Schuhe wegräumen, einer der Bots oder Sarah, wenn sie zur Abwechslung einmal pünktlich war.

Armer Zay. Avery mochte ihn sogar. Er war echt witzig, auf eine übertriebene, übersprudelnde Art, die sie zum Lachen brachte. Sie fühlte nur einfach nichts, wenn sie sich küssten.

Avery wollte nur einen einzigen Jungen küssen – doch mit ihm durfte das niemals geschehen.

Als sie ihr Zimmer betrat, sprang leise summend der Raumcomputer an, der ihre Vitalfunktionen scannte und die Zimmertemperatur entsprechend anpasste. Ein Glas gekühltes Wasser erschien auf dem Tisch neben ihrem antiken Himmelbett – wahrscheinlich wegen des Champagners, der immer noch in ihrem leeren Magen rumorte –, obwohl sie sich nicht mal die Mühe gemacht hatte, danach zu fragen. Nachdem Atlas die Stadt verlassen hatte, hatte sie die Sprachfunktion des Computers ausgeschaltet. Atlas hatte einen britischen Akzent eingestellt und die Stimme Jenkins getauft. Ohne Atlas mit Jenkins zu reden, war einfach zu deprimierend.

Zays Worte hallten in ihrem Kopf wider. *Du siehst heute Abend wirklich wunderschön aus.* Natürlich hatte er ihr nur ein Kompliment machen wollen. Er konnte nicht wissen, dass seine Worte auf Avery eher abstoßend wirkten. Ihr ganzes Leben lang musste sie sich schon anhören, wie *wunderschön* sie war – von Lehrern, Jungs, ihren Eltern. Inzwischen hatte dieser Satz all seine Bedeutung verloren. Ihr Adoptivbruder Atlas war einer der wenigen, die wussten, dass man ihr keine Komplimente zu machen brauchte.

Die Fullers hatten eine Menge Zeit und Geld investiert, um Avery zu bekommen. Sie war nicht sicher, wie teuer es gewesen war, sie zu »machen«, aber sie vermutete, dass der Betrag nur leicht unter dem Preis für das Apartment gelegen hatte. Ihre Eltern, die beide nicht besonders groß waren, ein durchschnittliches Äußeres und dünnes braunes Haar hatten, waren zu dem weltweit führenden Forschungsinstitut in die Schweiz geflogen, um ihr genetisches Material durchleuchten zu lassen. Irgendwo in den Millionen Kombinationsmöglichkeiten ihrer sehr durchschnittlichen DNA fanden ihre Ärzte die eine Kombination, die zu Avery geführt hatte.

Manchmal fragte sie sich, wie sie ausgesehen hätte, wenn ihre Eltern sie auf natürliche Weise bekommen hätten oder die Gene nur nach Krankheiten hätten untersuchen lassen, wie es die meisten Leute aus den oberen Etagen taten. Hätte sie die schmalen Schultern ihrer Mutter geerbt oder die großen Zähne ihres Vaters? Natürlich spielte das keine Rolle. Pierson und Elizabeth Fuller hatten für *diese* Tochter bezahlt, mit honigblondem Haar, langen Beinen und tiefblauen Augen, der Intelligenz ihres Vaters und der schnellen Auffassungsgabe ihrer Mutter. Atlas hatte sie immer damit aufgezogen, dass Dickköpfigkeit ihre einzige Schwäche sei.

Avery wünschte, das wäre wirklich das Einzige, was nicht mit ihr stimmte.

Sie schüttelte ihre Haare aus, band sie zu einem losen Dutt und verließ zielstrebig ihr Zimmer. In der Küche öffnete sie die Tür zur Speisekammer und tastete gleich darauf nach dem verborgenen Griff an der elektronischen Schalttafel. Sie war vor Jahren zufällig darauf gestoßen, als sie mit Atlas Verstecken gespielt hatte. Sie war nicht mal sicher, ob ihre Eltern davon wussten, denn sie hatten wahrscheinlich noch nie einen Fuß in die Speisekammer gesetzt.

Sie drückte die Schalttafel nach innen und eine Leiter schwang hinab. Avery hob den Saum ihres elfenbeinfarbenen Seidenkleids, zwängte sich in den schmalen Zwischenraum und kletterte hinauf, wobei sie instinktiv die Sprossen auf Italienisch zählte: *uno, due, tre.* Sie fragte sich, ob Atlas in den vergangenen Monaten auch Zeit in Italien verbracht hatte. Ob er überhaupt in Europa gewesen war?

Auf einer der letzten Sprossen balancierend hob sie die Arme, um die Dachluke zu öffnen, und stieg dann erwartungsvoll in die windgepeitschte Dunkelheit hinaus.

Neben dem ohrenbetäubenden Heulen des Windes hörte Avery auch das Grollen unzähliger Maschinen, die sich unter wasserdichten Gehäusen und Solarmodulen auf dem Dach drängten. Ihre nackten Füße wurden auf den Metallplatten kalt. Stahlbögen ragten aus jeder Ecke der Plattform und verbanden sich über ihrem Kopf zu der ikonischen Spitze des Towers.

Es war eine klare Nacht, in der Luft hing keine einzige Wolke, die sofort Averys Wimpern befeuchtet oder sich in Form feiner Wasserperlen auf ihre Haut gelegt hätte. Die Sterne glitzerten wie Glassplitter vor der unglaublich dunklen Weite des Nachthimmels. Wenn irgendjemand herausfand, dass sie sich auf dem Dach aufhielt, bekäme sie für den Rest ihres Lebens Hausarrest. Es war verboten, sich oberhalb der einhundertfünfzigsten Etage Zugang nach draußen zu verschaffen. Alle Terrassen darüber waren durch dicke Scheiben aus Polyethylen-Glas vor dem starken Wind geschützt.

Avery fragte sich, ob überhaupt jemand außer ihr jemals einen Fuß auf das Dach gesetzt hatte. An einer Seite war ein Sicherheitsgeländer angebracht, für den Fall, dass Wartungsarbeiten durchgeführt werden mussten. Aber soweit sie wusste, war das noch nie vorgekommen.

Nicht einmal Atlas hatte sie von diesem Ort erzählt. Es war eins der zwei Geheimnisse, die sie vor ihm hatte. Wenn er hiervon erführe, würde er bestimmt dafür sorgen, dass sie nicht mehr herkommen durfte. Avery konnte den Gedanken nicht ertragen, diesen Platz aufgeben zu müssen. Sie liebte es, hier oben zu sein – liebte den Wind, der ihr ins Gesicht schlug und ihr Haar zerzauste, ihre Augen zum Tränen brachte und so laut heulte, dass er ihre eigenen stürmischen Gedanken übertönte.

Sie trat näher an den Rand und genoss das Schwindelgefühl, während sie auf die Stadt hinunterblickte. Sie beobachtete die Monorails, die sich oberhalb der anderen Gebäude durch die Luft schoben wie fluoreszierende Schlangen. Der Horizont schien unglaublich weit weg. Avery konnte von den Lichtern New Jerseys im Westen bis zu den Vororten im Süden sehen, sie erkannte Brooklyn im Osten und, noch weiter in der Ferne, den schimmernden Atlantik.

Und unter ihren Füßen erhob sich das gigantischste Bauwerk der Erde, eine Welt für sich. Wie seltsam, dass in diesem Moment Millionen von Menschen unter ihr waren, aßen, schliefen, träumten, sich berührten. Avery blinzelte. Plötzlich fühlte sie sich vollkommen allein.

Es waren alles Fremde, jeder einzelne von ihnen, sogar diejenigen, die sie kannte. Warum sollte sie sich überhaupt für die anderen interessieren, oder für sich selbst oder für sonst irgendetwas?

Sie lehnte sich mit den Ellbogen auf das Geländer und schauderte. Eine falsche Bewegung und sie könnte fallen. Nicht zum ersten Mal fragte sie sich, wie es sich anfühlen würde, zweieinhalb Meilen in die Tiefe zu stürzen. Sie stellte sich ein merkwürdig friedliches Gefühl vor, ein Gefühl der Schwerelosigkeit, wenn die endgültige Geschwindigkeit erreicht war. Und wahrscheinlich hätte sie längst einen Herzanfall erlitten, bevor sie auf dem Boden aufschlug. Mit geschlossenen Augen beugte sie sich noch weiter vor, krallte die Zehen um die Kante – als die Innenseiten ihrer Augenlider aufleuchteten. Ihre Kontaktlinsen hatten einen Anruf registriert.

Sie zögerte, denn beim Anblick des Namens schlug eine Welle der Begeisterung über ihr zusammen, die gleichzeitig von Gewissensbissen getrübt war. Sie hatte es den ganzen Sommer über so gut geschafft, ihre Gefühle auszublenden, hatte sich mit einem Auslandsstudienprogramm in Florenz und zuletzt mit Zay abgelenkt. Doch schon im nächsten Moment drehte Avery sich um und kletterte rasch die Leiter hinunter.

Zurück in der Speisekammer, flüsterte sie atemlos »Hey!«, obwohl niemand in der Nähe war, der sie hätte hören können. »Du hast dich schon eine Weile nicht mehr gemeldet. Wo bist du?«

»An einem neuen Ort. Es würde dir hier gefallen.« Seine Stimme klang unverändert, warm und kräftig. »Wie läuft's, Aves?«

Und da war er – der Grund, weshalb Avery in windgepeitschte Höhen kletterte, um vor ihren Gedanken zu fliehen, der Teil ihrer genetischen Schöpfung, der schrecklich schiefgegangen war.

Am anderen Ende der Verbindung war Atlas, ihr Bruder – und der Grund, warum sie niemals einen anderen küssen wollte.